빌리브 미

BELIEVE ME
by JP Delaney

Copyright ⓒ Shippen Productions Ltd., 2018
Korean Translation Copyright ⓒ MUNHAKDONGNE Publishing Corp., 2020

This Korean edition is published by arrangement with Ballantine Books,
an imprint of Random House, a division of Penguin Random House, LLC
through Imprima Korea Agency.
All rights reserved.

이 책의 한국어판 저작권은 Imprima Korea Agency를 통해
Ballantine Books, an imprint of Random House,
a division of Penguin Random House, LLC와 독점 계약한 (주)문학동네에 있습니다.
저작권법에 의해 한국 내에서 보호를 받는 저작물이므로
무단 전재 및 무단 복제를 금합니다.

이 도서의 국립중앙도서관 출판예정도서목록(CIP)은
서지정보유통지원시스템 홈페이지(http://seoji.nl.go.kr)와
국가자료종합목록 구축시스템(http://kolis-net.nl.go.kr)에서 이용하실 수 있습니다.
(CIP제어번호: CIP2020027769)

BELIEVE ME

빌리브 미

JP 덜레이니 JP Delaney 장편소설
이경아 옮김

문학동네

일러두기

1. 주석은 모두 옮긴이주다.
2. 원서에서 이탤릭체나 대문자로 강조한 부분은 고딕체나 작은따옴표를 사용해 표시했다.

마이클을 위하여

| 차례 |

사람은 각자의 흉터를 안고 연기한다.
—셸리 윈터스

누구라도 스스로에게 보여주는 것과 다른 얼굴을
타인에게 오랫동안 보여주면
결국 어느 것이 진짜 얼굴인지 자신도 모르게 된다.
—너새니얼 호손, 『주홍글씨』

프롤로그

투숙객들은 체크아웃하는 날 정오까지 방을 비워주어야 한다.

렉싱턴호텔의 6층은 오전 열한시 무렵 거의 비어 있었다. 이 호텔은 맨해튼의 중심부에 있고, 그 말은 관광객들조차 갤러리와 백화점, 관광지 등으로 일정에 따라 바삐 움직이는 곳이라는 뜻이다. 혹시 늦잠을 자더라도, 메이드들이 오후에 쏟아져들어올 새 손님을 위해 객실을 준비하느라 승강기 옆의 세탁실을 드나들며 스페인어로 떠드는 소리에 눈이 떠지고 만다.

복도에 드문드문 놓인 아침식사 쟁반들을 보면 어느 방을 치워야 하는지 알 수 있다.

테라스 스위트룸의 문 앞에는 쟁반이 없었다.

매일 아침 〈뉴욕 타임스〉 한 부가 무료로 객실마다 배달된다.

테라스 스위트룸의 경우 호텔이 제공한 이 편의를 이용하지 않았다. 신문은 손도 대지 않은 채 문 앞의 매트 위에 놓여 있다. '방해하지 마시오' 팻말이 객실 문손잡이에 걸려 있다.

콘수엘라 알바레스는 테라스 스위트룸의 청소를 제일 마지막으로 미룬다. 얼마 후 다른 객실의 청소를 다 마치자 더이상 그곳의 청소를 미룰 수 없다. 콘수엘라는 허리 통증 때문에 인상을 쓰며―오늘 오전에만 벌써 열두 세트의 침대 시트를 교환한데다 열두 칸의 샤워부스를 박박 문질러 닦았다—자신의 출입카드로 문을 톡톡 두드리고 "객실 청소원입니다"라고 말한 후 대답을 기다린다.

아무런 대답이 없다.

객실로 들어가자마자 제일 먼저 느껴진 것은 한기다. 커튼 사이로 얼음장 같은 바람이 들이치고 있다. 그녀는 못마땅한 듯 혀를 끌끌 차며 창문으로 다가가 커튼을 걷는다. 객실이 어스레한 햇빛으로 가득찬다.

객실은 난장판이다. 그녀는 살짝 유난스럽게 창문을 세게 닫는다.

침대에 누워 있는 사람은 꼼짝도 안 한다.

"저, 손님…… 이제 일어나셔야 합니다." 콘수엘라가 난처한 듯 말을 건다.

투숙객은 이불을 얼굴 위까지 바짝 끌어당겨 덮었다. 이불 탓에, 하얀 눈에 뒤덮인 것처럼 몸의 윤곽이 잘 드러나지 않는다.

나뒹굴고 있는 잔해—넘어진 스탠드와 깨진 와인잔—를 보던 콘수엘라는 불현듯 어떤 예감에 사로잡힌다. 작년에 2층에서 자살 사건이 일어났다. 끔찍했다. 젊은 남자가 욕실에서 약물을 과다복용했던 것이다. 하필 객실이 모두 예약되어 있었던 탓에, 다섯시에 다음 투숙객을 맞이하기 위해 서둘러 그 방을 치워야 했다.

그제야 방을 다시 둘러보는데 테라스 스위트룸에서 평소와 다른 정도가 아니라 기묘한 점들이 콘수엘라의 눈에 들어온다. 어느 누가 카펫 위의 깨진 유리잔 조각을 치우지도 않고 잠자리에 들겠는가. 다음날 모르고 밟을 수도 있지 않은가. 어느 누가 머리끝까지 이불을 덮고 자겠는가. 콘수엘라는 지금까지 수도 없이 호텔 객실을 보아왔다. 그런데 지금 눈앞에 펼쳐진 광경은 어딘지 부자연스러워 보인다.

연출한 느낌마저 든다.

콘수엘라는 성호를 긋는다. 그리고 잔뜩 긴장한 채 한 손을 이불에 올린다. 누워 있는 투숙객의 어깨 언저리다. 일단 그 부분을 흔들어본다.

잠시 후 그녀가 손으로 누른 부분의 하얀 이불 위로 붉은 꽃이 활짝 피어난다.

그 순간 그녀는 뭔가 잘못되었다고, 매우 불길한 일이 일어났다고 직감한다. 다시 침대를 건드리되 이번에는 손가락 하나로만 눌러본다. 또다시 휴지에 잉크가 번지듯 붉은 꽃잎 하나가 이불에 펼쳐진다.

콘수엘라는 용기를 모두 그러모아 왼손으로 이불을 홱 걷는다.

눈앞에 펼쳐진 광경의 의미를 제대로 이해하기도 전에 그녀의 다른 손이 성호를 그으려고 올라간다. 그러나 이번에는 이마를 건드리기만 하고 성호를 끝까지 긋지 못한다. 터져나오는 비명을 틀어막기 위해 덜덜 떨며 곧장 아래로 내려갔기 때문이다.

1부
닷새 전

그 대상은, 인생이 아무 런 쓸모없는.

처음 선명하고 도발적인 모멸 바에 감탄없이 처음 대하며 영예에
리를 하므로 처리고 있던 더 모양으로부터 당신은 이루어져
생각할 것이다. 매이크 상태를 가리키는 젊고 영원한 자유적 여성
이라고. 어떤면 아들이 다른 여자 친구들에 의해 드러내지 않다 다
라성깃자를 지 붙어왔다. 저 앞에 저 나무살에서 이 박기를 끌었
아니다.

바위 마을 쪽 끝에는 한 부라의 모습 나자들이 줄 올
를 하고, 자신의 말을 감소하기 위해 저들의 여봐를
를 '범 봤 말옥회내 처리없은 안목을 시각. 이 두루 박음봐
다. 그리고 미소를 짓는다. 다른 여석을 올린다.

엇어 두 줄이 기어를 도의 데이블 찾나가 면서, 사이로 당근는 일
것. 그곳 오로 가 있는다. 바로 그곳에선 노년들이 다 이규 앞을 찔렀
다 끝벼선다.

(공격적으로)

실례합니다만?

누군가가 내 앞에 서 있다. 마흔다섯 살가량의 비즈니스맨으로, 캐주얼하게 재단한 고가의 정장 덕분에 흔한 임원 나부랭이보다 더 잘나가는 사람 같아 보이고, 목깃을 덮은 머리는 월 스트리트 사람이라 하기에는 긴 편이다.

그는 화가 나 있다. 몹시 화가 나 있다.

나

네?

남자

여기는 내 테이블인데요. 잠깐 화장실에 다녀온 겁니다.

그는 내가 미처 못 보고 지나친 노트북과 음료, 잡지를 가리킨다.

남자

여기 내 음료가 있죠. 내 물건들도 있고. 빈 테이블이 아니라는 사실이 빤히 보이지 않습니까?

주위 사람들이 우리 쪽을 돌아본다. 하지만 언쟁이 벌어지거나 뉴욕 특유의 스트레스가 폭발하는 불상사는 일어나지 않을 것이다. 이미 나는 가방을 어깨에 메며 자리에서 일어나고 있다. 이 소

동의 뇌관을 뽑아버리기 위해.

나

죄송해요. 미처 몰랐어요. 다른 자리를 찾아봐야겠네요.

나는 한 걸음 물러나서 난처한 표정으로 주위를 둘러본다. 하지만 바는 손님으로 북적이고 방금 전까지 앉아 있던 자리는 벌써 다른 사람의 차지가 되었다. 다른 자리는 없다.

제스의 도나 캐런 재킷을 훑어보며 나를 평가하는 남자의 시선이 느껴진다. 제스가 오디션 때 입으려고 아껴둔 비싼 옷으로, 짙은 색의 이 부드러운 캐시미어 재킷은 창백한 내 피부색과 짙은 색 머리에 잘 어울린다. 이윽고 남자가 어리석은 실수를 저질렀다는 사실을 깨닫는 모습도 나는 놓치지 않는다.

남자

잠깐만요…… 합석해도 될 것 같군요.

그가 몸짓으로 테이블을 가리킨다.

남자

둘이 앉을 공간은 되니까요. 하던 일도 끝나가고요.

나

(고마운 표정으로 미소를 지으며)

오, 고맙습니다.

나는 가방을 다시 내려놓고 앉는다. 잠시 침묵이 감돌지만 일부러 먼저 말을 걸지 않는다. 이 침묵을 깨야 할 사람은 이 남자니까.
역시나 그가 말문을 열자 방금 전과는 목소리가 미세하게 바뀌어 있다. 더 낮고 굵어졌다. 여자들도 이런 식으로 목소리가 바뀔까? 언제 한번 실험해봐야겠다.

남자

누굴 기다리시는 중인가요? 그 남자분은 눈 때문에 어딘
가에 발이 묶였겠군요. 저도 눈 때문에 여기서 하룻밤 더
묵게 되었거든요. 라과디아공항은 지금 카오스예요.

나는 속으로 미소를 짓는다. 그의 수가 정말 절묘했기 때문이다.
몇 마디 말로 내 일행의 성별을 알아내면서 자신이 이곳에 혼자 왔다는 사실을 은근슬쩍 알리기까지 하니 말이다.

나

그럼 제가 여기 조금 더 있어도 되겠네요.

남자가 이제는 비어버린 내 술잔을 고갯짓으로 가리킨다.

남자

그렇다면 제가 한 잔 사도 될까요? 아, 저는 릭이라고 해요.

온 세상 어느 도시를 가나 있는 어느 술집에서나 볼 법한……

나

고마워요, 릭. 마티니를 한 잔 더 하면 좋겠네요. 저는 클레어예요.

릭

만나서 반가워요, 클레어. 그리고, 어, 방금 일은 미안했어요.

나

아뇨, 괜찮아요. 애초에 제 실수였잖아요.

내가 어찌나 망설임 없이 태연하게, 그것도 정말로 감사한 듯이 말하는지 나조차 그 말이 거짓이라는 데 깜짝 놀랄 정도다.

하지만 이 상황은 거짓이 아니다. 이 상황은 가상의 설정 안에서 진실하게 행동하는 것이다. 당신도 알게 되겠지만, 그 두 가지는 완전히 다르다.

웨이트리스가 우리의 주문을 받는다. 그녀가 막 돌아서는데, 옆 테이블에 앉은 남자가 몸을 옆으로 기울이고 아직도 음료가 나오지 않았다며 불평을 늘어놓는다. 나는 그 웨이트리스가 뚱한 표정으로 귀 뒤에서 펜을 뽑는 모습을 지켜본다. 그 모습이 흡사 고객의 말을 뽑아내 바닥으로 휙 팅겨내는 것 같다.

저런 건 나중에 써먹을 수 있겠어. 그 생각은 잠시 다른 곳으로, 기록보관소 깊숙이 치워두고 맞은편 남자에게 다시 집중한다.

> 나
>
> 뉴욕에는 무슨 일로 오셨어요, 릭?

> 릭
>
> 일 때문이죠. 변호사거든요.

> 나
>
> 말도 안 돼.

릭이 어리둥절한 표정을 짓는다.

> 릭
>
> 왜요?

> 나
>
> 내가 아는 변호사들은 모두 못생기고 지루하거든요.

내 미소에 그가 마주 웃는다.

> 릭
>
> 음, 나는 음악계 전문이에요. 시애틀에서요. 우리는 당신
> 이 아는 평균적인 형사 변호사들에 비해서는 좀더 흥미

진진한 편이라고 자처하죠. 당신은 어때요?

나

뭘로 먹고사느냐고요? 아니면 나도 흥미진진하냐고요?

그도 나도 놀랍게도, 우리는 지금 추파를 주고받고 있다, 은근하게.

릭

둘 다.

나는 카운터로 돌아가는 웨이트리스를 향해 고갯짓을 한다.

나

음, 나도 저 여자와 같은 일을 했죠, 예전에는.

릭

예전이라면?

나

월세를 지불하는 더 신나는 방법이 있다는 사실을 깨닫기 전까지요.

눈을 보면 항상 알 수 있다. 눈동자 너머에서 어떤 생각이 선명

하게 형태를 갖추어가는 동안 나타나는 거의 감지할 수 없을 정도
로 미미한 그 부동不動의 상태. 남자는 내가 방금 한 말에 내포된
갖가지 가능성을 곰곰이 따져보는 중이다. 그러다 내 말에 너무 의
미를 부여하고 있다고 결론짓는다.

릭

그런데 어디 출신이에요, 클레어? 당신 억양으로 추측해
보는 중이에요.

버지니아다, 이 자식아. 그래서 내가 일부러 모음을 길게 늘여서
발음하는 거잖아.

나

나는…… 당신이 원하는 그곳 출신이에요.

그가 웃는다. 그래, 내 생각대로군, 이라고 말하는 탐욕스럽고 능
글맞은 미소.

릭

그곳 출신 아가씨는 처음인데요.

나

그럼 당신은 아가씨들을 잔뜩 만나는군요, 그렇죠?

릭

출장을 갈 때마다 겸사겸사 어느 정도 재미도 보는 거죠.

나

시애틀의 아내와 아이들에게 돌아가기 전까지 말이죠.

릭이 인상을 쓴다.

릭

왜 내가 기혼이라고 생각하죠?

나

(안심시키듯)

내가 끌리는 사람들은 대개 그렇더라고요. 어떻게 즐겨
야 하는지 아는 사람들이요.

그는 이제 확신이 섰지만 서두르지는 않는다. 우리는 각자의 술
잔을 기울이고, 그는 시애틀에서 상대하는 몇몇 고객들에 대해 들
려준다. 유명한 십대 아이돌이 미성년자 소녀들을 좋아한다거나
어느 마초 헤비메탈 스타는 게이이지만 그 사실을 차마 인정하지
못한다거나 하는 이야기들이다. 그는 내게 은근히 뽐내듯 자신이
하는 일에 대해, 즉 기질적으로 절대 계약을 지키지 못하는 사람들
이 한편으로는 계약서를 작성하기 위해, 다른 한편으로는 그 계약
을 결국 파기하기 위해 찾아오면 그들에게 서비스를 제공하고 돈

을 얼마나 많이 버는지에 대해 떠벌린다. 마침내 내가 자신의 이야
기에 적당히 감동한 시늉을 하자 그는 내 일행이 올 기미가 영 보
이지 않으니 레스토랑이건 클럽이건 내가 좋은 곳으로 자리를 옮
기자고 제안한다.

릭

(은근하게)

아니면 룸서비스를 받아도 돼요. 마침 여기에 묵고 있거
든요.

나

룸서비스는 비쌀 텐데요.

릭

뭐든 시켜도 돼요. 당신이 골라요. 크리스탈* 한 병이든
캐비아든……

나

내 말은 룸서비스는 비쌀 수도 있다고요…… 서비스를
제공하는 쪽이 나라면 말이죠.

자. 이제 용건을 꺼냈다. 하지만 네가 방금 한 말에 반응하지 마.

---

* 프랑스산 고급 샴페인.

웃지도 시선을 피하지도 마. 별거 아니야. 늘 하던 일이잖아.

가슴이 쿵쾅거리는 소리는 무시해. 뱃속 깊숙한 곳에서 올라오는 메슥거리는 느낌도 무시해.

릭이 흡족한 듯 고개를 끄덕인다.

릭

일 때문에 이 도시에 온 사람이 나 말고 또 있군요?

나

바로 맞히셨네요, 릭.

릭

이런 말 해도 되는지 모르겠지만, 클레어, 당신은 그런 타입으로 보이지 않아요.

고백할 시간.

나

그건…… 그런 타입이 아니기 때문이죠.

릭

그럼 어떤 타입이죠?

나

이 도시에 연기수업을 받으러 와서 늘 수업료가 밀리는 타입이죠. 두 달에 한 번씩 데이트를 하고 약간 재미를 보면…… 문제가 사라져요.

로비 반대쪽에서 어떤 가족이 체크인을 하고 있다. 뉴욕 여행을 위해 코트와 털모자와 목도리까지 차려입은 여섯 살쯤 된 여자아이가 프런트 너머에서 무슨 일이 벌어지는지 보고 싶어한다. 아버지가 아이를 들어올려, 코끼리 코가 그려진 제 여행가방에 올려놓아주자 아이는 잔뜩 신이 나서 카운터에 엎드린다. 카드키를 꺼낸 매니저가 미소를 지으며 아이에게 한 장 건넨다. 아이의 아버지는 아이가 떨어지지 않도록 보호하듯 한 손으로 아이의 허리 부분을 받친다. 부러움과 쓰라림이 뒤엉킨 익숙한 감정이 치솟는다.

나는 그런 심정을 마음속에서 밀어낸 후 릭과의 대화로 돌아간다. 그는 몸을 앞으로 기울이고는 목소리를 잔뜩 낮추고 눈을 반짝이며……

릭

오늘밤은 얼마만큼의 재미를 기대하고 있죠, 클레어?

나

그 문제는 협상 가능해요.

그가 미소 짓는다. 그는 변호사다. 협상은 게임의 일부다.

릭

삼백 어때요?

나

시애틀에서는 그 정도 받나요?

릭

시애틀에서 그 정도면 꽤 많이 받는 편이에요, 내 말 믿
어요.

나

여자를 위해 가장 많이 지불한 액수는 얼마였죠, 릭?

릭

오백. 하지만 그건……

나

(말을 자르며)

두 배.

릭

(화들짝 놀라며)

장난이죠?

나

아뇨, 그럴 리가요. 나는 즐기러 나온 평범한 여자예요.
그러니 천 달러의 가치가 있죠. 하지만 당신 마음이 바뀌
었다면……

나는 일부러 아무렇지도 않은 듯 가방으로 손을 뻗지만 속으로
는 내 손이 얼마나 떨리는지 그가 못 보기만 바란다.

릭

아뇨, 잠깐만요. 천 달러라…… 좋아요.

나

몇호실이죠?

릭

814호.

나

오 분 후에 방문을 두드릴게요. 컨시어지와 눈 맞추지 마
세요.

그가 일어난다.

릭

(감탄하듯)

테이블 작전은 꽤 절묘했어요. 바 직원 코앞에서 나를 유
혹하다니.

나

당신도 이런 기술을 배워둬요. 재미를 보려고 할 때를 위
해서요.

릭이 엘리베이터까지 가더니 뒤를 돌아본다. 나는 그에게 고갯
짓을 하고 은밀한 미소를 살짝 짓는다.
엘리베이터 문이 닫히며 그의 시야에서 벗어나자마자 그 미소는
자취를 감춘다. 나는 가방을 집어들고 호텔을 나선다.
페이드아웃.

밖으로 나오니 마침내 눈이 그쳤고 인도에 늘어선 소화전은 하
얀 눈 가발을 쓰고 있다. 인도를 조금 걸어가니 검은색 고급 승용
차가 전조등과 후미등을 다 끈 채 공회전을 하고 있다. 나는 뒷좌
석 문을 열고 차에 탄다.
그 차에 타고 있는 여자, 그러니까 릭의 아내는 마흔다섯 살가
량으로, 릭의 업무를 위한 만찬을 열고 그의 아이들을 키우기 전에
는 분명 본인도 음악계의 일원이었을 것 같은, 권태로워 보이지만
부유한 티가 나는 여자다. 뒷좌석의 헨리 옆에 앉은 그녀는 히터로
차 안이 따스한데도 떨고 있다.

"아무 문제 없었지?" 헨리가 조용히 묻는다.

"그럼요." 나는 가방에서 소형 비디오카메라를 꺼내며 대답한다. 이제 나는 버지니아 억양을 쓰지 않는다. 평소처럼 영국 억양으로 돌아와 그의 아내에게 말한다. "저, 이런 상황에서 제가 늘 하는 말씀을 드리자면 이걸 직접 보실 필요는 없어요. 그냥 댁으로 돌아가서 사태를 해결하시면 됩니다."

그러자 그녀는 다른 사람들도 늘 그랬듯 이렇게 대답한다. "나는 알고 싶어요."

나는 그녀에게 카메라를 건넨다. "결론부터 말씀드리면, 남편분은 평소 성매매를 애용하고 있어요. 출장을 나올 때만이 아니라요. 시애틀에서는 최고 오백 달러까지 지불했다고 했어요. 그리고 방금 제게는 천 달러를 제안했고요."

아내의 눈에 눈물이 차오른다. "오 세상에, 오 이럴 수가."

"정말 유감입니다." 나는 어색하게 말한다. "직접 이야기를 하고 싶으시면, 남편분은 저를 814호실에서 기다리고 있어요."

눈물로 가득찬 그녀의 눈이 분노로 불타오르고 있다. 저 눈을 기억하자. "오, 물론이죠, 변호사와 이야기할 거예요. 하지만 그 변호사는 이혼 변호사죠. 그 사람이 아니라."

그녀가 헨리를 돌아본다. "이제 가고 싶네요."

"그러시죠." 그가 부드럽게 대답한다. 우리가 차에서 내린 후―그는 운전석으로, 나는 내 갈 길을 가기 위해―헨리가 내게 봉투를 슬쩍 건넨다.

사백 달러. 하룻저녁 보수치고 나쁘지 않다.

어쨌든 릭은 쓰레기였다. 그와 상대하는 동안 온몸에 소름이 돋

왔다. 그는 바람둥이이면서 거만하고 공격적이기까지 했다. 아내에게 버림받는다면 자업자득이다.

그런데 차가 지저분한 잿빛 길을 헤치고 떠나자마자, 방금 한 일 때문에 나 자신이 이렇게까지 혐오스럽고 역겨운 건 어째서일까.

2

지금쯤 당신은 나의 진짜 정체가 무엇이며 이곳 뉴욕에서 무엇을 하고 있는지 궁금할 것이다. 내 배경 말이다.

이름: 클레어 라이트
연령: 25세(20~30세까지 연기 가능)
신장: 5피트 7인치
국적: 영국
눈동자 색깔: 갈색
머리 색깔: 변경 가능

위의 정보는 모두 사실이다. 하지만 당신은 저런 것에는 그다지 관심이 없을 것이다. 당신은 내가 원하는 것이 무엇인지 궁금할 것이다. 왜냐하면 그것이 첫날 당신이 제일 먼저 배우는 것, 다시 말해 제일 법칙이기 때문이다. 너의 캐릭터는 네가 무엇을 욕망하는가에 의해 정의된다.

나는 릭에게 비록 일부이지만 어쨌거나 진실을 말했다. 나는 다른 사람이 되고 싶다. 그 외의 것을 원한 적은 한 번도 없다.

어디서 작성한 목록이건 전 세계 상위 10위 안의 연기학교 중

절반은 뉴욕시에 있을 것이다. 이름만 대면 알 만한 곳을 몇 개만 떠올려보라. 줄리아드, 티시예술대학, 네이버후드플레이하우스. 이 학교들은 모두 같은 이론을 변형한 연기법을 가르치는데, 그 뿌리에는 위대한 러시아 배우 콘스탄틴 스타니슬랍스키의 이론이 있다. 그 이론의 요지는 배역의 진실한 감정이 너의 일부가 될 때까지 거기 몰입하라는 것이다.

뉴욕의 연기학교에서는 연기를 가르치지 않는다. 그곳에서는 되기를 가르친다.

당신이 첫 관문을 통과해 뉴욕에서 열리는 오디션에 초청받을 만큼 운이 좋다면, 입학 허가를 받을 만큼 운이 좋다면, 위탁가정을 전전하는 지긋지긋한 인생을 다른 장소의 다른 사람인 척하며 이겨내는 어린 소녀였던 열한 살 이후로 연기가 인생의 전부였다면…… 당신은 천 명 중에 한 명 있을까 말까 한 사람이니 그 제안을 받아들이지 않으면 머리가 어떻게 된 것이다.

나는 충동적으로 액터스스튜디오에 지원했고—메릴린 먼로가 그곳에서 공부했고 그녀도 위탁가정에서 자랐다—결국 이렇게 되려던 것이었다는 터무니없는 신념을 근거로 오디션을 보았고 바로 합격했다.

학교에서는 내게 장학금도 주었다. 그것으로 수업료를 일부 지불했다. 하지만 세계에서 가장 물가가 비싼 도시 중 하나에서 지낼 생활비까지 해결해주지는 않았다.

학생비자의 조건에 따르면 나는 돈을 벌 수 있다…… 내 직장이 학내에 있는 한. 학내란 시청과 브루클린브리지에 인접한 비좁고 현대적인 블록에 위치한 페이스대학이다. 그 안에 파트타임 일자리는 그리 많지 않다.

나는 간신히 헬스키친*에 있는 어느 바에서 웨이트리스 일자리를 구해 일주일에 사흘, 수업을 마치고 저녁이면 그곳으로 전력질주했다. 하지만 그곳의 사장은 일을 하겠다는 젊은 여자를 얼마든지 골라 뽑을 수 있으므로 어느 직원이건 오래 고용할 이유가 없었다. 그렇게 직원을 자주 교체하는 수법으로 국세청이나 이민국에서 점검을 나오면 그는 언제나 그곳에서 보낸 서류를 아직 못 받았다고 주장할 수 있었다. 일한 지 두 달이 되자 그는 내게 비교적 친절하게 나갈 때라고 통보했다.

내가 수업을 듣는 강사 중 한 명인 폴이 자신이 아는 에이전트와 만날 수 있도록 주선해주었다. 나는 주소를 찾아—43번가 바로 끄트머리로, 비상계단들이 지그재그 모양으로 설치된 전전戰前의 블록에 있는 좁은 문—내가 본 것 중에 가장 작은 사무실로 난 계단 세 단을 걸어올라갔다. 벽이란 벽엔 죄다 프로필 사진과 대본, 계약서 들이 높이 쌓여 있었다. 첫번째 방에는 비좁은 일인용 책상 양쪽에 비서가 한 명씩 앉아 있었다. 두번째 방에서 내 이름을 부르는 소리가 들렸다. 그 방의 책상에는 체구가 자그마한 여자가 유별나게 큰 플라스틱 장신구를 달그락거리며 앉아 있었다. 여자는 손에 내 이력서를 들고 있었는데, 책상 반대쪽에 있는 의자에 앉으라고 내게 손짓하며 그 이력서를 소리 내어 읽었다.

실내: 뉴욕 에이전트 사무실—낮

---

* 뉴욕시 맨해튼의 한 구역.

'마시 매슈스', 걸걸한 뉴욕 에이전트인 그녀가 내 이력서를 읽고 있다.

마시

연극학교. 런던드라마스쿨 일 년 다님. TV 단역. 개봉 안한 유럽 예술영화 두 편 출연.

마시가 시큰둥한 표정으로 이력서를 한쪽으로 던지더니 나를 날카롭게 뜯어본다.

마시

그래도 얼굴은 꽤 반반하네. 미인은 아니지만 미인 역할은 할 수 있겠어. 폴 루이스 말로는 자기가 재능이 있다던데.

나
(기쁘지만 겸손한 척하며)
그분이 워낙 훌륭한 선생님이시라……

마시
(말을 자르며)
그래도 나는 자기에게 일감을 알아봐줄 수 없어.

나

왜요?

마시

우선은 그린카드*가 없잖아. 그 말은 노조원이 아니라는
뜻이지. 노조원이 아니라는 말은 일을 못 한다는 뜻이고.

나

제가 할 수 있는 일이 분명히 있을 거예요.

마시

그래. 영국으로 돌아가서 먼저 그린카드부터 신청해.

나

그게…… 그럴 수 없어요.

마시

왜지?

나

사정이 좀 복잡해요.

마시

---

* 미국에서 영구 거주와 취업을 보장하는 허가증.

아니, 그렇지 않아. 맥이 풀릴 정도로 흔한 사정이지.

그녀가 전자담배에 손을 뻗어 스위치를 딸깍 켠다.

마시

런던에 있는 동료 몇 명한테 메일을 보내서 자기에 대해
알아봤어, 클레어. 그 사람들이 뭐라고 했는지 알아?

나

(불쌍한 표정을 지으며)

짐작이 가네요.

마시

제일 친절한 표현이 "열정이 조금 지나치다"였어. 대개
는 "엮이지 마라"였지. 그리고 좀더 깊이 알아보니 소란
이라는 단어가 계속 나오더군.

그녀가 눈썹을 치켜세운다.

마시

무슨 일인지 설명해줄 수 있을까?

나는 심호흡을 한다.

                                   나

소란이라…… 그건 제가 처음으로 출연한 상업영화의
제목이에요. 절호의 기회였죠. 주인공의 애인 역을 맡았
거든요…… 그 사람 이름은 이미 아시겠네요. 유명하고
잘생긴데다 연예계에서 가장 행복한 결혼생활을 하는 사
람 중 한 명이라는 걸 모르는 사람이 없죠.

나는 그녀를 도전적으로 바라본다.

                                   나

그래서 그 사람이 저를 사랑하게 되었을 때, 저는 그게
진심이라고 생각했어요.

                                  마시
                        (조소하듯 코웃음을 치며)
그러셨겠지.

                                   나

그 일은 영화판에서 쓰는 그 용어를 듣기도 전이었어요.
DCOL 말이에요. '촬영지에서의 섹스는 아무 의미가 없
다Doesn't Count On Location.'

                                  마시

그런데?

그런데 사 주 후에 그의 유명하고 아름다운 아내가 그의 유명하고 예쁜 아이들 셋을 데리고 촬영장에 나타났어요. 프로듀서들은 갑자기 이런저런 구실을 대며 저를 촬영장에 못 오게 했고요. 저는 첫 촬영에서 완벽하게 한 대사를 다시 더빙하느라 녹음실에 갇혀 있어야 했죠.

마시

(고개를 끄덕이며)

계속해봐.

나

그 무렵 제 귀에 소문이 들려오기 시작했어요. 제가 미친 스토커라는 거였죠. 제가 그 남자의 아내를 위협했다는 말도 있었고요. 그의 영화를 홍보하는 PR팀이 제 소문을 열심히 홍보하고 있었죠.

나는 터져나오는 눈물을 악착같이 참는다. 이 이야기가 얼마나 순진하게 들릴지 나도 안다. 사실대로 말하자면, 나는 미숙하지 않았다. 위탁가정 출신이 순진하게 아무것도 모를 리 없지 않은가.

그런데 위탁가정 출신은 사랑하고 사랑받고 싶어 애달플 정도로 안달하게 된다. 그는 내가 만난 남자 중에 가장 아름다웠다. 가장 열정적이었고 가장 시적이기도 했다. 그는 셰익스피어에 나오는 사랑의 말들이 그를 위해 쓰인 것처럼 모두 암송할 수도 있었다.

교훈: 다른 사람의 말을 인용하기를 즐기는 사람에게 마음을 주지 말 것.

그 이상은 이야기하지 않았지만 어차피 마시는 이미 다 알고 있을 것이다. 그 모든 부당함에 치기어린 절망에 휩싸여서 이성을 잃은 내가 그의 트레일러로 쳐들어가 우리가 촬영 사이사이 사랑을 나눴던 바로 그 침대에서 손목을 그은 일에 대해서 말이다. 내 감정이 결코 연기가 아니었다는 사실을 그에게 얼마나 보여주고 싶었는지도 나는 말하지 않는다. 그 감정만큼은 진짜였다는 이야기도.

적어도 나는 그랬다.

나

그리고 그게 끝이었어요. 하룻밤 사이에 내가 맡을 배역은 씨가 말라버렸죠. 아시겠지만 저는 첫번째 죄악을 저질렀으니까요. 프로답지 못했죠. 열여덟번째 생일을 일주일 앞둔 때였어요.

마시가 생각에 잠겨 고개를 끄덕인다.

마시

있지, 폴이 보는 눈이 있어. 자기는 썩 괜찮은 배우야. 잠시였지만 동정심이 솟을 뻔했으니까. 동정은 무슨, 신세 조지는 멍청한 짓거리를 한 애한테.

마시는 전자담배의 끝으로 나를 가리킨다.

마시

프로듀서들이 옳았어. 다른 직업을 찾아봐.

나

저는 미국에서 새로운 기회를 얻기를 기대했어요.

마시

그래서 자기가 순진하다는 거야. 자유를 찾아 모여든 사람들을 우리가 받아들이던 시절은 오래전에 끝났어.

나

저는 이 일 외에 다른 직업은 안중에도 없어요. 하지만 일을 하지 않으면 공부를 계속할 수 없어요.

마시가 나를 노려보며 동시에 한숨을 푹 쉰다. 상아처럼 기다란 담배 연기가 그녀의 콧구멍에서 뿜어져나온다. 그러더니 분별력 있는 본능에 반하듯……

마시

좋아. 인적사항을 앞쪽 사무실에 남겨놓고 가. 별 볼 일 없는 뮤직비디오 두 개가 들어올 거니까. 하지만 약속은 못해.

나

고맙습니다! 정말 고맙습니다!

나는 벌떡 일어나 미친듯이 마시의 손을 잡고 흔든다. 전자담배 끄트머리로 내 감사인사를 밀어내며 손을 빼내려던 그녀가 우연히 시선을 아래로 내린다. 책상 위에 마구 흐트러져 있는 서류들 중 뭔가가 그녀의 시선을 사로잡는다.

그녀는 그것을 집어들고 다시 읽고 고개를 들더니……

마시

클레어, 이혼 변호사 사무실에서 일해보는 건 어때?

나

사무보조로요?

마시

정확히 말해 그런 건 아니고…… 있잖아, 솔직히 말할게. 그리 좋은 일은 아니야. 하지만 그 사람들은 자기 같은 사람이 필요해. 돈도 두둑하게 줄 준비가 되어 있고. 아주 두둑하지. 노조원이 아니어도 되고. 그리고 현찰이 생기잖아.

3

릭의 아내를 태운 승용차가 출발하자마자 나는 몸을 돌려 반대
방향으로 걷기 시작한다. 길거리는 눈 때문에 진창이 되었고 나는
코트가 없다. 눈이 오른쪽 구두의 앞코로 스멀스멀 스며든다.

타임스스퀘어에서는 형형색색의 광고판이 현란하게 번쩍인다.
추위도 아랑곳하지 않는 마임 연기자 한 명이 표를 사려고 줄 선
사람들을 즐겁게 해주는 중이다. 광고판은 "마음을 사로잡는" "눈
부신" "특별한" 같은 짧은 호평들을 보여준다. 나는 '시어터랜드'
라고 적힌 거리 표지판 아래로 지나간다.

시어터랜드…… 사람들이 저마다 자신의 조국을 고를 수 있다
면 내 조국은 이곳이 될 것이다.

나는 브로드웨이를 벗어나 가로등도 거의 켜지지 않은 거리를
따라 걷는다. 내 목적지는 비바람에 페인트가 벗겨지기 시작한 간
판이 걸린 '컴퍼스극장'. 관객—대개는 팔리지 않아 반값으로 할
인한 주간 표로 데이트중인 대학생들—이 로비로 들어간다. 나는
몇 야드를 더 가서 극장 뒷문으로 얼른 들어선다.

보조 무대감독들과 무대 뒤에서 잡다한 일을 처리하는 스태프들
이 소품과 클립보드를 들고 다급하게 뛰어다니고 있다. 나는 분장
실을 찾는다. 방 한가운데에 임시로 합판 칸막이를 세워 여성용과

남성용 두 곳의 분장실로 나눠놓았다. 첫번째 분장실에서 제스가 다른 여성 출연자 세 명과 같이 쓰는 거울을 보며 분장을 하고 있다. 물론 다른 세 명도 그 거울을 보며 분장을 하려고 애쓰는 중이다.

"나 왔어." 내가 밝게 인사한다.

"왔어? 클레어." 제스의 눈이 나를 힐끔 보더니 다시 하던 일로 돌아간다. "어땠어?"

나는 헨리에게 받은 봉투를 꺼낸다. "사백 달러짜리였어. 이제 너한테 삼백 더 주면 돼."

엄청난 부자인 제스의 아버지는 딸에게 맨해튼에 아파트를 한 채 사주었다. 나는 월세를 내야 하지만 가끔 조금 밀리기도 한다.

"대단해." 제스가 건성으로 대꾸한다. "그런데 나중에 줄래? 이따 놀러갈 건데 잃어버릴 것 같아."

내가 기대에 찬 표정을 짓고 있나보다. 제스가 이렇게 덧붙인 걸 보면. "공연 보고 나서 우리랑 같이 가지 않을래? 잭이 계속 이야기했던 여성적인 고통을 내가 제대로 표현했는지도 봐주고."

"그래, 그러지 뭐." 나는 선선히 대답한다.

아무것도 하지 않으니 차라리 바에서 배우들과 어울리는 것이 낫다.

"삼 분." 무대감독이 칸막이를 두드리며 소리친다.

"행운을 빌어줘." 제스가 여전히 거울에 시선을 고정한 채 일어서더니 손바닥으로 드레스의 주름을 펴며 말한다. "손가락을 꼬든지 뭐라도 해줘."

"행운을 빌어. 네게 행운이 필요하지는 않겠지만. 그리고 숲속 장면은 좀더 천천히 해. 그 멍청한 연출이 뭐라고 하든."

순식간에 분장실이 텅 빈다. 나는 무대의 옆으로 간다. 객석의 조명이 꺼지고 나는 엉금엉금 앞으로 가서 무대 배경의 틈새로 관객을 훔쳐보며 극장의 중독성 강한 냄새를 들이마신다. 갓 칠한 배경의 페인트와 오래된 무대 먼지, 좀먹은 천, 카리스마의 향기. 어둠이 내려앉고, 그와 함께 일상의 모든 소음과 어수선함이 가라앉는 순간이 지닌 힘.

잠시 우리 모두 다음 순간을 기다리며 집중한다. 이윽고 다채로운 색조의 조명이 무대를 밝히고, 나는 한 걸음 물러난다. 허공에서 눈이 포슬포슬 반짝이며 떨어진다. 가짜 눈이지만 관객은 숨을 죽이고 감탄한다.

연출가의 노림수는 〈한여름 밤의 꿈〉의 시간적 배경을 겨울로 한 것이다. 제스에게 그 이야기를 듣고는 시시껄렁한 수법이라고 생각했지만 굵은 눈송이가 하늘하늘 떨어져 무대 위를 소란스럽게 돌아다니는 배우들의 머리에 스팽글처럼 내려앉는 모습을 보니, 이 작품의 속세가 아닌 듯한 몽환적 분위기를 이 하나의 이미지로 얼마나 잘 연출했는지 알겠다.

테세우스

아름다운 히폴리타, 이제 우리의 혼인날이
멀지 않았구려……

느닷없이 한줄기 갈망이 나를 꿰뚫는다. 이곳은 금지된 왕국, 그린카드가 없는 현실과 영국에서 내가 일으킨 문제가 내게 금지한 꿈이다. 그 허기는 육체적인 것이며 그 갈망은 너무 깊어 내 배를 쥐어짜고 목을 옥죈다. 눈물이 솟는다.

　하지만 눈물로 무대가 흐릿하게 흔들려 보이는 순간에조차 나는 이런 생각을 한다. 나중에 수업시간에 이런 감정을 연기해야 할 일이 있으면 이 순간을 기억하자. 이건 아무나 손에 넣을 수 없는 보물이니까.

4

네 시간 후 우리 모두는 할리 바에 와 있다. 어쩌다보니 늘 천장에 빈티지 오토바이들이 걸려 있는, 이 좁아터진 지하 술집에서 뒤풀이를 한다. 이곳 웨이트리스들의 유니폼은 검은색 브라 위에 소매가 해진 청조끼를 걸치는 것이다. 주크박스에서 브루스 스프링스틴의 노래가 쾅쾅거리며 터져나와 우리는 서로에게 고함을 지를 수밖에 없다. 공연을 끝내고 잔뜩 흥분한데다 발성 훈련까지 받은 스무 명에, 그들의 여자친구들과 남자친구들, 나처럼 어쩌다 합류한 친구들의 말소리까지 가세한다.

제스와 우리 무리는 이런저런 이야기를 주고받는다. 물론 연기에 대한 이야기다. 우리가 나누는 이야기는 온통 그런 것뿐이다.

제스

〈머시니스트〉에 나온 크리스천 베일은 어때? 그 역할 때문에 체중의 삼분의 일인가를 뺐대.

여배우 2

아니면 〈브라운 버니〉에서 진짜로 구강섹스를 한 클로에 세비니는?

남배우

그런 상황에서 진짜란 게 뭐지. 아니, 그냥 해본 말이야.

여배우 3

〈피아니스트〉의 에이드리언 브로디. 첫째, 그 사람은 30파
운드를 감량했고 피아노를 배웠어. 다음으로 자신이 맡
은 인물이 모든 것을 잃은 기분을 느끼려고 차와 아파트
를 다 처분했어. 전화까지도 말이야. 친구여, 그런 것이 헌
신이라네.

여배우 2

야, 나도 그런 건 할 수 있어! 아, 잠깐만. 내가 요즘 브로
드웨이 뮤지컬에서 맡은, 노래하고 춤추는 코러스 쥐는
빼고.

그녀가 살짝 술에 취한 쥐의 춤을 보여준다.

여배우 2

칙칙한 쥐, 칙칙한 쥐, 나의 칙칙한 집에 오신 것을 환영
해요……

저멀리 맞은편에 있는 바텐더가 나를 힐끗 본다. 힐끗이라지만
필요 이상으로 오래 머무르는 시선.
지난번 내가 그런 시선을 봤을 때는 쓰레기 변호사 릭이 자신의

테이블에 합석할 것을 권했다.

　하지만 이번에는 내 또래에 문신을 했고 근사하고 늘씬한 남자다. 길에 면한 문이 열릴 때마다 얼음장 같은 바람이 들이치는데도 이 남자는 티셔츠 한 장만 입고 있다. 바 뒤에 늘어놓은 술병으로 돌아설 때마다 청바지 뒷주머니에 꽂아넣은 행주가 그의 엉덩이 주위에서 흔들린다.

　느닷없이 나는 그곳에 있다. 카운터 앞에.

잘생긴 바텐더

　안녕!

호주 출신이다. 나는 호주 사람을 좋아한다.

나

　안녕!

　그리고 무슨 이유에선지 나는 버지니아 억양으로 말을 건다. 아까 릭 앞에서 썼던 억양 말이다.

잘생긴 바텐더

뭘로 주문할래요?

나
(소음보다 큰 소리로)

마티니 한 잔 주세요.

잘생긴 바텐더

알겠습니다.

그가 작은 유리잔에 잭다니엘을 가득 채워 카운터에 탕 하고 내려놓는다.

나

내가 주문한 건 마티니인데.

잘생긴 바텐더

이 바에서는 마티니를 이렇게 만들죠.

그는 불만이 있으면 말해보라는 듯 나를 보며 활짝 웃는다. 멋진 미소.
그래서 나는 잔을 들어 단숨에 비운다.

나

그럼 피냐콜라다 한 잔 줘요.

잘생긴 바텐더

피냐콜라다 한 잔……

그는 잭다니엘을 한 번 따르고, 또 한번 따르고 또 한번 따라 잔에 가득 채운다.

나는 단숨에 술을 목으로 넘긴다. 바에 모여든 사람들이 환호하고 박수를 친다.

박수갈채. 요즘 한동안 못 들은 소리다.

적어도 나를 향한 소리는 최근 없었다.

나

하는 김에 롱아일랜드아이스티도 한 잔 만들어주면 좋겠
네요.

……내 머릿속에서 상영중인 이 영화는 이 장면을 끝으로 페이드아웃되어야 했다.

그러나 그렇게 끝나지 않는다. 그 대신 점프컷이나 몽타주시퀀스*나 다른 기술적 기법이 이루어진 게 분명하다. 왜냐하면 모든 것이 뒤죽박죽으로 뒤엉키더니 문득 정신을 차렸을 때는 내가 누군가의 아파트에서 누군가의 몸 위에 올라타 신음소리를 내고 있었으니까.

나

좋아, 아앗, 아……

---

* 사건의 흐름이나 시간의 경과를 압축해서 보여주기 위해 대사 없이 짧은 컷들을 이어붙이는 편집 기법.

모르는 남자

하아……

아, 그래. 출연자 교체. 이름이 브라이언이었던 그 잘생긴 바텐더는 세시까지 바를 지켜야 했다. 그래서 나는 제스의 친구의 친구를 골라잡았다. 그 무렵 나는 너무 취했고 박수갈채에 흠뻑 취해 도저히 내 침대로 직행할 수 없었다.

솔직히 말하자면 술 때문만은 아니었다. 환호하는 관객 때문도 아니었고.

체온의 따스한 감각과 부둥켜안을 누군가…… 헨리의 일을 해치우고 나면 나는 그런 것들이 못 견디게 그립다.

영원히 사랑한다고 말해준 남자조차 믿을 수 없게 되면 이 세상에 믿을 사람이 아무도 없어지기 때문일까?

한 가정이 파탄나는 데 내가—내 실력, 내 대사, 내 연기가—일조했다는 사실이 언제나 기분을 묘하게 만든다.

나는 헨리의 의뢰로 한 일을 자랑스러워하지 않는다.

하지만 내가 그 일을 너무나 잘한다는 사실은 가끔 자랑스럽다.

5

이튿날 아침 나는 제스의 재킷에 달리 더 걸친 것도 없이, 출근하는 사람들의 알 만하다는 시선을 무시하며 지하철을 타고 제스의 집으로 돌아간다. 폴이 우리에게 시킨 연습 중에는 다른 인물이 되어 뉴욕의 길거리로 나가 전혀 모르는 사람에게 말을 거는 것도 있다. 그런 연습을 몇 번 하다보면 얼굴이 꽤 두꺼워진다.

호텔 바에 앉아서 유부남이 작업을 걸어오게 만드는 메타몽*.

솔직히 메타몽은 마시의 제안을 받아들이자고 마음먹게 된 이유 가운데 하나였다. 그 부업이 내 지갑 상황은 물론 연기에도 도움을 줄 거라고 생각한 것이다. 그런 연유로 마시가 나를 헨리와 연결해주었다. 헨리는 자신을 법률사무원이라고 즐겨 소개하지만, 사실 법률사무소에 고용된 수사원이다. 그가 잡은 약속 장소는 바였는데, 채용 면접 장소치고 괴상하다 싶었지만 그가 내게 기대하는 일에 대한 설명을 듣는 순간 이해가 되었다.

"할 수 있겠어요?" 헨리가 물었다.

나는 어깨를 으쓱했다. 내게 달리 뾰족한 수가 없는 것 같았다. "물론이죠."

---

* 전에 봤던 것을 기억해 모습을 자유자재로 바꾸는 포켓몬.

"좋습니다. 일단 밖으로 나갔다가 다시 들어와서 나를 유혹해봐요. 오디션이라고 생각하고요."

그래서 나는 바를 나갔다가 다시 들어왔다. 머리가 희끗희끗한 이 연상의 남자와 소소한 환담을 나누는 상황에서 오히려 위화감을 느꼈던 나는 새 역할에 쉽게 빠져들었다. 목소리와 자세면 충분하다. 옛 누아르 영화에서 본 팜파탈로 하자. 그렇다면 〈빅 슬립〉의 로런 바콜이 좋겠지. 고작 그것만으로도 내 본모습을 숨길 틈이 생겼다.

나는 바에 들어가 자리를 잡고 마실 것을 주문했다. 두 자리 건너에 앉은 남자에게는 눈길도 주지 않았다.

그 사람들에게 직접 작업을 걸지 말아요. 그는 아까 내게 이렇게 말했다. 당신에게 여지가 있다는 건 확실히 보여주되, 그 사람들이 먼저 당신에게 제안을 해야 합니다. 그 반대가 아니라. 무고한 사람을 잡으면 안 되니까.

과연 그럴까. 내가 배운 것이 하나 있다면, 남자들의 뇌는 그런 식으로 돌아가지 않는다는 사실이다.

실내: 은은하게 조명을 밝힌, 뉴욕의 어느 바—낮

우리는 바 뒤에 설치된 거울을 통해, 스물다섯 살의 '클레어 라이트'가 술을 놓고 약간 무료해하는 연기를 하는 모습을 지켜본다.

오십대 초반의 호리호리한 전직 경찰 '헨리'가 옆 의자로 건너온다.

헨리

혼자 오셨나요?

클레어

(은근하고 나른하게 말을 끌며)

음, 그랬죠.

그가 그녀의 손을 힐끔 본다.

헨리

결혼반지를 끼고 있군요.

클레어

그건 좋은 건가요? 나쁜 건가요?

헨리

상황에 따라 다르죠.

클레어

어떤 상황?

헨리

그게 손가락에서 얼마나 쉽게 빠지는가.

그의 뻔뻔함에 그녀의 눈이 커진다. 그러더니.

> 클레어

반지 이야기를 하셨으니 말인데, 요즘 들어 반지가 살짝 헐렁해졌어요. 당신은 어때요?

> 헨리

내가 헐렁하냐고요?

> 클레어

기혼인가요?

> 헨리

오늘밤은 아니죠.

> 클레어

그렇다면 오늘밤 저는 운이 좋네요.

그녀가 그를 바라본다. 솔직하고, 자신만만하고, 망설임 없는 눈빛으로. 이 여자는 자신이 무엇을 원하는지 잘 안다. 그리고 지금 그녀가 원하는 것은 약간의 재미다.

> 헨리
> (역할에서 빠져나오며)

세상에, 맙소사.

나

잘했나요? 좀 다르게 해볼 수도 있는데……

그가 목깃을 느슨하게 푼다.

헨리

그 개자식들을 불쌍하게 여길 뻔했어요.

그로부터 사흘 후, 나는 센트럴파크에서 조금 떨어진 조용한 바에 앉아 어느 사업가로부터 아내가 더이상 매력적으로 느껴지지 않는다는 이야기를 끌어냈다. 잠시 후 나는 그의 아내에게 테이프를 건넸고 헨리는 내게 사백 달러를 건넸다.

그 일은 정기적이지 않았다. 어느 달은 의뢰가 서너 건이더니 어느 달에는 전혀 없었다. 헨리의 업무는 대부분, 그가 배우자 감시라고 부르는 일이었다. 즉, 현장을 잡으려고 사람들을 미행하는 것이다. "우리 고객은 대부분 여자야." 그가 한번은 내게 이렇게 말했다. "대개는 의뢰인들의 의심이 적중하지. 아마 그 여자들은 남편이 비싼 와이셔츠를 쫙 빼입고 출근한 날, 늦게 들어온다는 문자를 받고는 감을 잡았을 거야. 어떤 때는 새 면도크림 때문일 수도 있지. 아니면 이미 남편의 외도가 드러난 문자를 휴대폰에서 확인했고 상대 여자가 어떻게 생겼는지 궁금해서 의뢰를 하기도 해. 반면 남자들, 그 사람들의 의심은 틀릴 확률이 높아."

경찰이었을 때 그는 잠입수사를 했는데, 지금도 그 시절의 스릴을 그리워하는 것이 분명하다. 승용차와 호텔 로비에서 표적이 등장하기를 기다리는 긴긴 시간 동안 그는 왕년에 참여한 작전들 이야기를 내게 들려주며 시간을 죽인다.

"위장 잠입을 하려면 회색 지대를 잘 이해해야 해. 범죄자들은 자네가 그들을 경멸하는지 두려워하는지 본능적으로 알아. 그러니 그자들이 뭘 믿든 자네도 그걸 믿어야 해. 그게 위험한 부분이지. 총이나 곤봉이 아니라. 그러다가 어떤 사람들은 그 회색 지대에 장악되고 말아. 그리고 그걸 놓아버릴 수 없게 되는 거야."

나는 그가 의식하지 않은 채 메소드 연기를 했던 거라고 말하며 이번에는 나의 연기 이야기를 들려준다. 이를테면 폴이 우리에게 입센의 한 장면을 연기하게 했던 첫 수업 같은 것. 나는 수업을 같이 듣는 학생들이 꽤 잘했다고 생각했다. 그런데 폴은 우리에게 빗자루 손잡이를 손 위에 올려놓고 균형을 잡으면서 다시 연기를 해보라고 했다. 한 번에 두 가지를 해야 한다는 압박감 때문에 아무도 연기를 할 수 없었다.

"여러분이 처음에 한 건 연기가 아니었다." 폴이 우리에게 말했다. "그런 척하기였지. 여러분은 다른 연기자들의 연기를 흉내냈던 거야. 그런데 타인의 연기는 여러분에게 진짜가 아니지. 그래서 다른 일에 신경을 분산시키자 연기가 되지 않았던 거야. 오늘은 이것 한 가지만 말해두지. 앞으로 여러분에게 들려줄 말들 중에 가장 중요한 교훈일 거야. 생각하지 마라. 연기는 가장하거나 따라 하는 게 아니야. 연기는 하는 것이다Acting is doing. 이게 핵심이다."

헨리는 이 이야기가 헛소리라고 생각한다. 하지만 나는 독감에 걸려 분장실에서 재채기를 하고 코를 훌쩍거리다가도 무대에만 올라가면 콧물이 쏙 들어가는 배우들을 실제로 보았다. 낯을 가리는 내성적인 배우가 왕이 되는 경우도, 못생긴 배우가 아름다워지고 아름다운 배우가 그 반대가 되는 경우도 보았다. 뭔가가 일어난다, 아무도 설명할 수 없는 뭔가가. 눈 깜박할 사이에 당신은 다른 사람이 된다.

그리고 이 세상에서 그 감각만큼 좋은 건 없다.

오늘 아침 맨해튼의 풍경은 영화 세트 같다. 증기 배관이 햇빛 속에서 느긋하게 증기를 뿜어내며 눈밭에 구멍들을 만들어놓았다. 지난밤 헨리가 준 돈을 꽤 써버렸지만 어쨌든 델리에 들러 제스와 먹을 베이글을 몇 개 산다. 밖으로 나오자 한 무리의 아이들이 눈싸움을 하고 있어서 나도 한 손에 눈을 듬뿍 쥐고 끼어든다. 내 머릿속에서는 이런 생각이 떠나지 않는다. 와우. 내가 지금 뉴욕에 있어. 그 뉴욕에. 영화 속 한 장면 같은 곳에서 움직이고, 세계에서 가장 좋은 연기학교 중 한 곳에서 연기를 배우고 있다고. 이 대본은 결국 해피엔딩일 거야.

이런 사람, 자신의 인생이라는 영화 속에서 자신을 끊임없이 지켜보고 있다고 느끼는 사람은 나뿐일까? 친구들에게 물어보니 자신들은 아니라고 한다. 하지만 거짓말일 것이다. 현실을 편집하지 않을 거면 대체 왜 배우가 되려 하겠는가.

설령 내 머릿속에서 재생된 장면 즉, 뉴욕의 눈싸움 장면이 〈엘프〉라는 형편없는 영화 속 한 장면이라는 사실이 막 떠올랐다 하더라도 말이다.

집으로 들어가자 제스의 방에서 말소리가 들린다. 그녀는 지금 유럽에서 광고를 찍고 있는 남자친구 애런과 스카이프로 통화중이다. 나는 얼른 샤워를 하고 재킷의 상태가 그리 나쁘지 않다는 사실을 확인한 후 그녀의 방문을 두드린다.

"아침식사, 집세, 미스 도나 캐런 대령했어." 나는 밝은 목소리로 말한다. "평은 올라왔어?"

매일 아침 제스는 눈을 뜨자마자 누가 자신에 대한 글을 올렸는지 인터넷으로 확인한다. 그녀가 고개를 가로젓는다. "없어. 하지만 에이전트한테서 메일이 왔어. 어젯밤에 공연을 본 프로듀서와 만나기로 했어."

"그거 잘됐다." 너무 샘을 내는 것처럼 들리지 않게 조심하며 말한다.

"너는 어젯밤 어땠어?" 제스의 목소리는 조심스럽게 자제하는 투다. "두시쯤 너를 찾았는데, 벌써 가고 없더라."

"아, 좋았어."

그녀가 한숨을 쉰다. "헛소리 마, 클레어. 그건 생판 남이랑 한 아무 의미 없는 공허한 섹스잖아."

"그렇긴 하지." 나는 가볍게 대꾸한다.

"가끔 네가 걱정돼."

"왜? 나는 항상 콘돔을 챙기는데."

"나는 안전한 삶을 말하는 거야. 안전한 섹스가 아니라. 내가 무슨 말을 하는지 너도 잘 알겠지만."

나는 어깨를 으쓱한다. 나는 내 연애사 혹은 연애사의 부재에 대해 제스와 왈가왈부하고 싶지 않다. 이러니저러니해도 그녀에게는 가족이 있고, 가족이 있는 사람은 이해할 수 없다.

나는 재킷을 걸어놓고 깨끗한 팬티를 찾으려고 제스의 옷장을 뒤진다. 서랍 바닥을 더듬는데, 손가락에 작고 단단하고 묵직한 것이 만져진다.

그 물건을 꺼낸다. 총이다. 진짜 총.

"세상에, 제스." 나는 깜짝 놀라 말한다. "대체 이게 뭐야?"

제스가 웃음을 터뜨린다. "아빠 때문에 하나 구했어. 알잖아, 만약을 위해서. 위험한 대도시가 어쩌고저쩌고하는 거."

"그러면서 나를 걱정한다고?" 나는 어처구니가 없다는 듯 말한다. 그리고 거울에 비친 내 모습을 향해 총을 겨눈다. "잘 생각하는 게 좋을 거다, 애송이. 그 색깔이 네게 어울린다고 생각하나?"*

"조심해. 장전되어 있으니까."

"맙소사." 나는 조심스럽게 총을 제자리에 돌려놓고 붉은색 알라이아 레깅스를 꺼낸다.

"조심해." 그녀가 덧붙인다. "내 옷을 계속 훔쳐가는 사람을 쏘게 될지도 모르니까."

"그 봉투에 삼백오십 달러가 있어. 음, 적어도 삼백이십은 될 거야."

"실은 요즘 아빠가 유난히 까다롭게 구는 일이 하나 있어." 제스는 무심하게 말하지만 나는 그녀의 목소리에 숨어 있는 긴장을 알 수 있다.

---

* 영화 〈더티 해리〉의 대사를 패러디한 것.

"뭔데?" 나도 그녀만큼 선선하게 대꾸한다.

"아빠가 지금 백수잖아. 그래서 고정 수입이 없어. 이 아파트가 아빠의 연금 같은 거거든. 너를 내보냈으면 하시나봐."

예감이 좋지 않다. "너는 뭐라고 했어?"

"나는 그랬지. 클레어가 밀린 월세를 다 갚으면 어떻겠냐고."

"그 말은 그러니까…… 사백을 더 갚아야 한다고?"

제스가 고개를 가로젓는다. "칠백이야. 어쨌든 아빠는 별로 마음에 들어하지 않으셨어. 생각해보겠다고 하셨지만 심지어 지금부터 선불로 받으시겠대."

나는 그녀를 빤히 바라본다. "하지만 그러면 천백 달러를 내라는 소리잖아."

"알아. 미안해, 클레어. 내가 따지기는 했지만 아빠는 내가 무슨 말을 해도 금전적으로 무책임하다고 생각하셔."

"나한테 시간이 얼마나 있어?"

"내가 얼마간은 막을 수 있어. 아마 몇 주 정도."

"엄청나네." 쓸쓸하게 말하지만 제스의 잘못이 아니라는 걸 나도 안다. 내 방은 커플이 살 수 있을 정도로 넓다. 위치도 이스트빌리지라 금융지구에서 근무하는 젊은 전문직 종사자들에게 안성맞춤일 것이다. 제스의 아버지는 지금보다 훨씬 더 벌 수 있다.

한참 침묵이 이어진다. 제스가 자신의 대본을 집어들고 차르륵 넘기며 훑기 시작한다. "대본을 다시 검토해봐야 해. 잭이 지적을 했거든. 역시나 숲 장면이 다층적으로 표현되지 않았다나."

"대사 맞춰줄까?"

"그래줄래?" 제스가 내게 대본을 훌쩍 던진다. 나는 대사를 거의 다 외우지만 페이지를 찾아본다. 이 연극을 보면 당신은 〈로미오와 줄리엣〉 따위는 금방 잊어버릴 것이다. 왜냐하면 제대로만 표현하면 이 장면은 셰익스피어의 작품 중에서 가장 관능적이기 때문이다. 사람들은 대부분 셰익스피어가 문화 그 자체이며 고루하고 시대에 맞지 않는다고 여기지만 그는 역사상 가장 뛰어난 캐릭터를 창조했다.

제스가 시작한다.

제스

(허미아 역)

그렇게 해요, 라이샌더. 저기서 잘 곳을 찾아봐요.
나는 이 강둑에 머리를 누일 테니.

제스가 드러누워 잠을 자려는 듯 팔다리의 자세를 잡는다. 나도 그 옆에 함께 눕는다.

나

(라이샌더 역)

토탄 한 덩이면 우리 두 사람의 베개로 충분할 거요.
한마음, 한 침대. 두 개의 가슴과 하나의 서약.

불편한지 그녀가 뒤척인다.

제스

안 돼요, 선한 라이샌더, 내 사랑, 나를 위해
좀더 떨어져서 누워요. 그렇게 가까이 눕지 말고.

이 대목은, 대본에는 대사가 이렇게 적혀 있어도 캐릭터의 속내
는 완전히 다르다는 사실을 배우가 아는 고전적인 예다. 라이샌더
는 진심으로 허미아를 홀리고 싶어한다. 게다가 온갖 아름다운 시
구를 읊고 있지만 그는 원하는 것을 손에 넣기 위해서라면 무슨 말
이건 할 것이다. 남자니까, 안 그런가? 그리고 허미아는 라이샌더
가 그렇게 가까운 곳에서 자도록 둬서는 안 된다는 것을 알면서도
그가 다가오기를 원한다. 그가 멀리 떨어져주기를 바라는 이유는
허미아 자신이 유혹에 넘어가지 않기 위해서다.
텍스트와 서브텍스트*.
나는 팔꿈치로 상체를 받친 채 제스를 내려다본다.

나
오, 내 순수한 마음을 알아줘요, 내 사랑……

애절하게 제스의 눈을 들여다보는 와중에도 나의 일부는 이렇게
비명을 질러대고 있다. 천백 달러라고? 헨리의 일을 해도 그런 큰돈은
못 마련해.
별안간 나는 아슬아슬한 나의 환상이, 장면이 바뀌면 교체되는
무대 세트처럼 몽땅 허물어질지도 모르는 미래와 직면했다. 돈이

---

* 대사로 표현되지 않는 생각, 느낌, 판단 등을 말하는 개념.

없으면 집이 없다. 집이 없으면 수업을 받지 못한다. 수업을 못 받으면 비자는 없다. 결국 꼬리를 내린 개처럼 터덜터덜 집으로, 다시는 나를 배우로 써줄 사람이 아무도 없는 고국으로 돌아가지 않으면 안 될 신세가 될 것이다.

나는 제스를 향해 입술을 내민다. 순간 그녀가 내 입술에 끌린다. 그녀의 눈빛에 비친 당혹감을 나는 알아볼 수 있다. 다음 순간 그녀가 몸을 뗀다.

제스
라이샌더가 수수께끼 같은 말을 그럴싸하게 잘도 하네.
그 말은, 그가 키스를 아주 잘한다는 뜻이지. 그러고 나서
다시 내게 키스를 할 테고, 어쩌고저쩌고 할 테고,
그리고 우리는 돌아가겠지.

나는 몸을 돌려 제스의 침대에서 나온다. "내가 보기에는 꽤 다층적인 것 같은데."

"있잖아," 제스가 분하다는 듯 말한다. "그 장면에서 나랑 같이 연기하는 그 머저리보다 네가 훨씬 더 잘해. 유감이야, 클레어. 이 세상에는 정의가 없어."

이럴 때 이 나라 사람들은 이렇게 말하지. 그래, 나도 알아. 속뜻: 아무도 안 들으니까 제발 그 얘기 그만해!

6

내가 이 이야기를 하는 건 영국의 가정위탁보호제도를 옹호하기 위해서다. 위탁가정이 회복탄력성을 키워주기 때문이다.

부모님이 돌아가셨을 때 나는 일곱 살이었다. 어느 날 나는 가족이 있었는데, 다음날 운전중에 문자를 보낸 트럭 운전사 덕분에 내 가족이 사라졌다. 엄마와 아빠는 즉사했다고 간호사들이 후에 말해주었다. 나는 뒷좌석의 아동용 카시트에 앉아 있었는데, 의자째 차체에서 튀어나가 목숨을 부지한 것 같다. 나는 그 일도, 그날에 대한 다른 것도, 아무것도 기억나지 않는다. 이 사실을 떠올리면 항상 기분이 나빠진다. 당신이 사랑하는 사람과 최후의 몇 시간을 보내게 된다면 그 시간을 기억할 수 있어야 한다.

두 분의 죽음을 받아들이는 것은 충분히 끔찍했다. 얼마 후 나는 부모뿐 아니라 다른 것들, 그러니까 내 침대와 장난감, 익숙한 모든 것을 잃게 된다는 사실을 실감하게 되었다. 미친 소리 같겠지만, 어떤 점에서는 그 사실이 부모를 잃은 것만큼 끔찍했다. 나는 단지 고아가 된 것이 아니었다. 나는 뿌리가 뽑히고 말았다.

사우스런던 자치구에는 위탁부모가 부족했다. 그래서 퇴원 후 나는 도시의 반대편인 일링에 있는 임시보호소에 맡겨졌다. 그로부터 육 주 후 첫번째 위탁가정을 찾았다. 그들은 170마일 떨어진

리즈에 살았다. 그 말은 전학을 가야 하고 친구들마저 잃을 것이라는 뜻이었다.

런던 토박이에 중산층이었던 나는 다른 학생들은 몇 년씩 서로 알고 지낸 학교에 홀로 떨어졌다. 그 아이들은 나와 다른 언어로 말하는 것 같았다. 그애들은 내가 잘난 척하거나 거들먹거린다고 생각했다. 나는 이내 두 사람이 되었다. 예전의 나였던 사람과 뭐가 됐건 학교 아이들이 내게 원하는 모습의 사람으로.

나는 그 아이들의 말투를 고대로 배웠다. 알고 보니 나는 억양을 바꾸는 재주가 있었다.

새 가족은 전문적인 위탁부모였다. 자신의 두 아이는 물론, 언제나 위탁아동을 세 명쯤 키웠다. 그들은 내게 완벽하게 잘해주었다. 상냥하기까지 했다. 하지만 위탁아동을 받는 것은 결국 그들에게 사업이었다. 더 좋은 집과 더 좋은 휴가를 보낼 수 있는 수단 말이다. 내가 전문적이지 않은 무조건적인 사랑을 갈구할 때 그들은 전문적이었다.

나의 새로운 지위를 부르는 법적 명칭은 보살핌을 받는 아동이었는데, 이 말이 그 상황에서 가장 우스웠다. 왜냐하면 위탁아동이 되면 아무도 당신을 보살펴주지 않는다는 사실을 금방 깨닫기 때문이다. 당신이 숙제를 하는지 아무도 보살펴주지 않는다. 당신이 친구가 있는지 없는지 아무도 보살펴주지 않는다. 시험 성적이 1등인지 21등인지 아무도 보살펴주지 않는다. 그들이 왜 굳이 그러겠는가?

나는 위탁부였던 게리가 자신의 아들을 포옹해주던 모습을 지켜보던 순간을 기억한다. 부모님을 잃은 상처에서 아직 회복되지 않앉을 때라 나도 포옹을 하려고 그 두 사람에게 다가갔다. 게리는 나를 포옹하는 것은 부적절한 행동이라고 부드럽게 말했다. 그는 그렇게 말했다. "부적절하다"고. 흡사 내가 그에게 수작이라도 건 것처럼.

그때 나는 이제 혼자라는 사실을 마침내 뼈저리게 깨달았다. 이 감각은 한번 자리잡고 나면 절대 사라지지 않는다.

내가 난생처음 연극과 마주친 것은 중학생 때였다. 그전에는 연극이 교과목이 될 수도 있다는 것조차 몰랐다. 나는 휴스 선생님이 다른 아이들에게 하던 일을 멈추고 나를 보라고 하셨던 순간을 지금도 잊지 못한다.

"클레어를 봐, 저애는 타고났어." 선생님이 반 아이들에게 말했다.

어느새 내 머릿속은 연극으로 꽉 찼다. 연기를 할 때만큼은 나는 위탁아동이 아니었다. 나는 줄리엣이고 애니이고 낸이고 퍽이었다.* 나는 공주이고 살인자이고 영웅이고 창녀였다.

연극을 하면 다른 아이들은 부모가 무대 뒤로 찾아와 연기가 얼마나 뛰어났는지 칭찬해주었지만 내게는 아무도 없었다. 그래서 더욱 결심을 굳힐 수 있었다.

근처에 공연예술학교가 있었는데, 그곳 학생들 중 몇몇은 〈홀비 시티〉 같은 드라마에 출연하기도 했다. 내가 사회복지사에게 그곳에 들어가고 싶다고 하자 그 여자는 인상을 찌푸렸다.

"거긴 사립학교야, 클레어. 주 위원회는 위탁아동에게 수업료를

---

* 애니는 '고아 소녀 애니'의 주인공, 낸은 유명한 탐정 시리즈인 '낸시 드루 시리즈'의 주인공, 퍽은 셰익스피어의 희곡 『한여름 밤의 꿈』에 나오는 요정.

내주지 않을 거야."

게리는 위원회 사람을 만나 말을 해보겠다고 약속했다. 일주일 후 나는 그에게 어떤 대답을 들었는지 물었다.

"오," 깡그리 잊고 있었던 게 분명한 그가 말했다. "안 된다고 하더구나."

그래서 나는 다시 휴스 선생님에게 말했다.

"네가 연기학교에 들어가려고 싸울 작정이라면," 선생님이 내게 말했다. "좋은 학교를 지망하는 게 좋겠구나. 네가 이야기하는 그곳은 너를 연기하는 원숭이로 만들 거야."

휴스 선생님은 더 나은 연기학교들을 찾아봐주었고 그중 한 곳이 내게 장학금을 제안했다. 그러자 선생님은 나를 담당하는 사회복지사와 만날 자리를 만들었다. 사회복지사는 내가 지금 사는 곳에서 드디어 안정을 찾았는데 또 변화를 주면 내게 결코 도움이 되지 않을 것이라고 주장했다.

나는 뻔한 소리라고 생각했다. 당신이 나를 삼 년 동안 네 번이나 이사하게 만든 건 괜찮고, 내가 뭔가를 원해서 이사를 가게 되면 그건 갑자기 너무 상처가 되어 고려의 여지도 없는 일이 되는 건가.

연기를 하겠다는 뜻을 관철시키는 데 삼 년이 걸렸지만 결국 나는 내 뜻을 이루었다. 연기학교로 걸어들어간 날, 나는 마침내 새로운 가족을 찾은 것 같았다.

7

나는 마시에게 전화를 걸어 일을 더 달라고 간청한다. 결국 그녀는 노조와 관계없는 뮤직비디오의 오디션을 알아봐준다.

지하에 있는 한 스튜디오에서 나는 삼각대에 올려놓은 비디오카메라를 보고 이름과 신장, 에이전트의 이름을 말한다. 남자 프로듀서 두 명이 나는 본체만체하고 몸을 돌려 모니터에 비친 내 모습을 살펴본다.

캐스팅 디렉터가 부분적인 노출에 거부감이 없는지 카메라를 향해 대답해달라고 요청한다.

"음, 역할에 필요하다면요." 나는 마음의 동요를 숨기며 농담을 한다.

"이것 봐요, 상반신을 노출하는 댄서 역이에요." 그 여자가 짜증스럽게 말한다.

"물론이죠." 나는 카메라를 보며 밝게 말한다. "내 이름은 클레어 라이트이고 부분적 노출 정도는 거부감이 없어요."

누가 내 비석에도 그렇게 새겨주면 좋겠다.

"좋아요, 클레어. 준비가 되면." 캐스팅 디렉터가 말한다. 그리고 음악을 튼다.

잠시 후 프로듀서 중 한 명이 무슨 말을 하고 음악이 멈춘다.

"고마워요, 클레어." 캐스팅 디렉터가 말한다. "나가는 길에 다음 지원자를 들여보내줄래요?"

나가려고 몸을 돌리는데 두번째 프로듀서가 무슨 말을 하지만 내 귀에까지 들리지는 않는다.

"잠깐만요……" 캐스팅 디렉터가 말한다.

웅얼거리는 소리밖에 들리지 않는 대화가 잠시 이어지더니 캐스팅 디렉터가 덧붙인다. "인적 사항을 책상에 두고 가세요."

그날 오후, 저녁 여덟시쯤 프로듀서의 사무실에 와줄 수 있느냐는 문자를 받는다. 나는 제스의 옷장을 뒤져 괜찮은 옷을 고르고 정성껏 화장을 한다. 사무실에 도착하니 접수대 직원은 없고 경비원 한 명뿐이다. 다른 사람은 모두 퇴근하고 없다.

복도를 따라가니 사무실에서 전화 통화를 하는 프로듀서가 보인다. 그가 들어오라고 손짓한다. 내가 들어가 회전의자에 앉는 동안에도 그는 파나비전의 이동용 촬영 장비를 주문해야 하는데 헛짓만 하고 있는 어느 개자식에 대해 계속 통화중이다.

마침내 그가 수화기를 내려놓는다.

실내: 사무실―밤

프로듀서

멍청한 자식! 아, 클레어, 왔군요.

나

안녕하세요! 연락 주서서 감사해요.

프로듀서

엄밀히 말하면 정식 연락은 아니에요. 클레어. 나는 지금
아주 다양한 프로젝트에 필요한 사람들을 섭외중이거든
요. 그중에 당신이 적역인 자리가 있을지 확인해볼 만하
다고 판단했을 뿐이에요.

나

어머, 감사합니다! 제가 그린카드가 없는 건 아시죠?

프로듀서가 어깨를 으쓱한다.

프로듀서

그게 문제예요. 하지만 해결하지 못할 장애물은 아니죠.
나는 프로듀서 자격으로 배우노동조합 상호교환 프로그
램을 알아볼 수 있어요. 잘하면 런던의 프로듀서와 말을
맞춰서 당신을 초청하는 형식으로 진행해볼 수도 있어요.

나

끝내주네요! 어떤 프로젝트를 생각하고 계세요?

프로듀서

구체적인 내용은 나중에 이야기해도 돼요. 지금 나는 당신이 그 팀에 참여할 야망을 가지고 전념할 수 있는지 확인하는 데 더 관심이 있거든요.

그가 책상 앞으로 돌아 나오더니 한 손을 내 어깨에 올린다. 그러더니 내 어깨를 밀어 의자를 돌려 자신을 마주보게 한다. 내가 그의 사타구니를 곧장 바라볼 수밖에 없는 위치다. 그가 내 팔뚝을 친근하게 쥔다.

프로듀서

내가 무슨 말 하는지 알죠?

한참 동안 나는 얼어붙은 듯 꼼짝도 하지 않는다. 그러다 양손으로 그를 밀치면서 나한테서 떨어져, 라고 외치며 의자에서 벌떡 일어난다. 그의 코를 냅다 후려치자 그가 뒤로 비틀거린다.

나

뭐 이런 개새끼가……

그가 양손으로 얼굴을 감싼 채 몸을 웅크리는데 인중에 작고 붉은 히틀러 콧수염을 붙인 것처럼 흘러내리는 코피가 보인다.

프로듀서

알았어! 제길! 가, 꺼지라고!

나는 그에게 일어설 공간을 주며 물러난다. 하지만 다음 순간 그가 주먹을 꽉 쥔 채 내게 달려든다.

프로듀서

이런 미친년…… 이런 짓을 하고도 그냥 넘어갈 수 있을 것 같아!

바로 그 순간 그의 눈앞으로 제스의 총이 나타난다.

프로듀서

설마 쏠 생각은 아니겠지?

양손이 덜덜 떨리고 그 손에 들린 총도 같이 떨린다. 잘됐네. 내가 자기제어가 안 되는 것처럼 보일수록 그는 내가 제정신이 아니라 총을 쏘고도 남을 거라고 생각할 것이다.

나

정당방위잖아? 내가 쏠 가능성을 배제하지 마.

나는 턱으로 내 가방을 가리킨다.

나

저 안에 카메라가 있어. 전부 다 찍히고 있고. 네 마누라가 이걸 봤으면 좋겠어?

프로듀서

　무슨 개수작이야?

　표면적으로 여기서 우위를 차지하고 있는 쪽은 그가 아니라 나다. 하지만 내 머릿속은 패닉 상태다. 그가 돌진해오면 어쩌지? 내 손에서 간단히 총을 빼앗아 나를 겨누면? 방아쇠에 올려놓은 손가락이 미끄러지면?

나

　나는 이제 여기서 나갈 거야. 너는 꼼짝 말고 있어.

　나는 대담하게 상황을 통제하는 것처럼 보이려고 애쓰며 뒷걸음질을 친다. 내가 움직이자 그가 악을 쓴다.

프로듀서

　미친년아, 이 바닥에서 잘해봐. 너는 완전 또라이야.

　나는 길거리로 나올 때까지 총을 꼭 붙들고 있다. 덜덜 떨고 흐느끼며 휘청이듯 밖으로 나오자마자 그대로 주저앉는다. 머릿속이 온통 자기회의로 가득찬다. 어쩌면 그렇게 어리석게 굴었을까? 그 상황에서 그렇게밖에 대처할 수 없었나? 오디션을 받을 때 그런 대우를 받아도 되는 여자라는 인상이라도 풍겼나?
　혹시 내가 그런 상황으로 몰고 간 걸까?
　내 이름은 클레어 라이트이고 부분적 노출 정도는 거부감이 없어요…… 이 말을 하며 어떻게 웃었는지 떠올려본다. 그게 내 실수였을까? 그 미소에 다른 의미가 있다고 전달된 걸까? 내 말투가 프로답지 않았나?

논리적인 또다른 나는 아니야, 그 자식이 개새끼야. 그 자식은 그런 식으로 생각할 권리조차 없어. 나쁜 건 네가 아니라 그 자식이야, 라며 나를 위로해주려 하지만 나는 이 토론이 몇 시간 동안 내 머릿속에서 계속되리라는 것을 안다.

그가 개새끼이건 아니건 내 대응이 부적절했을까? 그냥 품위 있게 거절했다면 내 의사를 효과적으로 전달하고 나아가 사과까지 받고 일거리에 대해 생산적인 대화를 나눌 수 있었을까?

이런 미친년…… 이런 짓을 하고도 그냥 넘어갈 수 있을 것 같아!

그 말이 의미하는 바가 떠오르자마자 그 자리에 우뚝 멈춰 설 뻔한다. 그가 앞으로 에이전트들에게 내 비방을 하고 다닐까? 내가 문제를 일으킬 거라고 주변에 말할까? 영국에서의 내 평판이 대서양을 건너와 이곳에서 도는 약간의 암시와 소문에 합류하기는 그리 어렵지 않을 것이다. 그러면 나의 두번째 기회도 끝장이 나겠지.

아, 젠장, 그냥 그 인간이 원하는 대로 어울려줬어야 했나?

제스의 집까지는 사십 블록쯤 가야 한다. 나는 비참한 기분에 스스로를 질책하며 내내 그 거리를 걷는다. 지하철표를 살 돈도 없는데다 어차피 나는 순순히 성추행을 당해줘야 상의를 벗는 눈요깃감 역할이라도 받을 수 있는 배우다. 길거리에는 더이상 쌓인 눈이 없지만 공기는 여전히 차갑고 눅눅하다. 볼을 따라 흘러내리는 눈물이 처음에는 따스하다가 이내 얼음장처럼 식어버린다. 그러다 눈물이 펑펑 쏟아지자 다시 따스해진다.

집을 100야드가량 앞두었을 무렵 휴대폰이 울린다. 전화를 받기 전에 발신자를 확인한다.

실외: 뉴욕의 거리―밤

헨리

어이, 클레어. 오늘 저녁에 시간 되나?

나는 아파트를 아련한 눈빛으로 올려다본다. 지금은 침대로 파고들어가 울고 싶은 마음뿐이다. 하지만 제스의 아버지에게 낼 돈을 어떻게 마련할지도 궁리해야 한다.

나

아마도요.

헨리

일이 한 건 들어왔어. 그런데 고객이 클레어를 먼저 만나고 싶다고 하네.

나

왜요?

헨리

누가 알겠어. 남편이 좋아하는 타입인지 확인해보고 싶

은가보지. 내가 보기엔 자네가 그 남자 취향일 거야.

나

음, 좋아요.

헨리

여기에 언제까지 올 수 있을까? 의뢰인은 지금 렉싱턴호
텔에 투숙해 있어. 테라스 스위트룸으로 와.

8

프로듀서와의 약속 때문에 외출 준비는 끝난 셈이었기에 이십 분도 되지 않아 렉싱턴호텔에 도착한다. 나는 로비의 화장실에서 화장을 고치고 호흡을 가다듬으며 정신을 집중한다. 자, 쇼타임.

엘리베이터를 타고 곧장 6층으로 올라간다. 스위트룸의 문을 두드리니 헨리가 문을 열어준다. 창가에는 삼십대 중반인 여성이 안절부절못하며 서성이고 있다. 영화 〈현기증〉에 나오는 킴 노백 같다고 생각하며 의뢰인을 살펴본다. 우아하고, 진주 장신구를 했고, 아름답게 화장을 했고, 요즘 시대에는 보기 드물게 깔끔한 스타일로 손질한 짧은 금발머리다. 의뢰인에 비하면 나는 화장대를 뒤져 꾸미고 나온 어린아이처럼 느껴진다.

처음에 나는 의뢰인이 묵주를 움켜쥐고 있다고 생각하지만 다시 보니 손가락을 칭칭 감고 있는 것은 열쇠고리다. 의뢰인은 고뇌에 빠진 듯 보이는데, 이것은 자연스러운 일이다. 헨리의 의뢰인들 대부분에게는 이 시간, 즉 마침내 남편의 본색을 확인하려는 순간이 가장 힘들 것이다.

실내: 렉싱턴호텔, 테라스 스위트룸―밤

헨리

클레어, 와줘서 고마워요. 이분은 스텔라 포글러 씨.
(여자를 향해, 안심시키듯)
저는 바람잡이로 여러 아가씨를 고용합니다만, 부군에
대해 들려주신 이야기로 판단해볼 때 클레어가 절대적으
로 적역입니다.

스텔라

(내게로 향하며, 불안한 듯)
조심해야 해요, 알겠어요? 조심하겠다고 약속해줘요.

나는 자리에 앉는다.

나

포글러 부인, 남편분에 대해서 말씀해주시겠어요?

스텔라

당신은 내 남편 같은 남자를 한 번도 만나보지 못했을 거
예요. 헛말이 아니에요. 그 사람을 만만하게 보지 말아
요. 절대 신뢰하면 안 돼요. 약속해줄 수 있나요?

신뢰한다고? 그럴 일은 없을걸. 지금 당장 필요한 건 또다른 쓰레기
유부남이니까.

헨리

클레어는 완전히 프로입니다. 자기가 무슨 일을 하는지
잘 알고 있죠.

나

사진을 보여주시고 어디로 가면 만날 수 있는지 알려주
세요. 나머지는 제가 알아서 하겠습니다.

헨리

음, 포글러 부인? 그럼 진행할까요?

스텔라 포글러가 서성거리던 발걸음을 멈추고 여전히 열쇠고리
를 손에 휘감은 채 고뇌에 찬 눈빛으로 나를 바라본다.

스텔라

좋아요, 그렇게 하죠. 하지만 부디 조심해줘요.

9

실내: 뉴욕, 플래어티스 바―밤

그곳은 어퍼웨스트사이드에 위치한 오래된 바로, 벽면은 목재 패널로 마감되었고 테이블들은 널찍한 간격으로 배치되어 있다. 자리는 드문드문 들어차 있다. 그들 중에 '패트릭 포글러'가 페이퍼백을 읽으며 간간이 노트패드에 메모를 하면서 앉아 있다. 그는 삼십대 후반으로 머리는 짙은 색이고 매부리코가 도드라진 갸름한 얼굴이다. 눈동자는 연한 녹색을 띠고 있다. 차분하고 지적인 분위기의 미남.

바 안쪽의 기다란 거울에 비친 그의 모습을 뜯어보니 젊은 시절의 대니얼 데이루이스를 닮은 것 같다. 마침 어릴 때부터 줄곧 좋아해온 남자배우 중 한 명이다. 하지만 패트릭 포글러가 훨씬 더 팽팽하게 긴장된 느낌이다. 강렬한 외모.

공평을 기하기 위해 말해두자면 그는 외도나 하는 쓰레기처럼 보이지 않는다. 하지만 그렇게 안 보이는 남자들이 가끔 있다. 호감이 가고 매력적인 사람들이 가끔 있다. 실은 그런 사람들이 남을 속이는 경향을 가장 강하게 드러낸다.

왜일까? 아마도 그럴 수 있기 때문이 아닐까.

지금 나는 당신이 그 팀에 참여할 야망을 가지고 전념할 수 있는지 확인하는 데 더 관심이 있거든요.

나는 머리를 흔들어 그 프로듀서에 대한 기억을 몰아내고 집중하려 한다. 그저 들어온 일을 하자고 마음을 다진다. 미소를 짓고 빈틈을 보여 패트릭 포글러가 수작을 걸게 한 후 나가면 돼. 기껏해야 한 시간. 그리고 나면 사백 달러를 손에 쥐고 집으로 돌아가 토하고 울고 취할 수 있어.

그럼 칠백 달러만 더 벌면 된다.

큐 신호를 받기라도 한 듯 패트릭 포글러가 일어나 내게 다가온다. 쉽네. 나는 몸을 돌리고 반의반만큼의 미소를 지은 채 그를 맞이할 준비를 한다. 하지만 그가 향하는 대상이 내가 아니라는 사실을 뒤늦게 깨닫는다. 그는 바텐더에게 이십 달러짜리 지폐를 내미는 중이다.

패트릭

잔돈으로 바꿔줄 수 있어요?

그의 목소리는 정확하게 잘 조절되어 있다. 힘에 대한 감각이 예민한 사람의 목소리다. 바텐더가 현금출납기를 여는 사이 패트릭 포글러의 시선이 거울 속 내 시선과 마주친다. 또다시 나는 보일락 말락 반기는 기색—미세하게 부드러워진 눈빛과 커진 눈—을 그에게 보인다. 그는 어리둥절해하는 것 같지만 그 이상은 아니다. 어디서 만난 적이 있었던가 하는 표정이다.

잔돈을 받자 그는 바텐더에게 고갯짓으로 감사를 표하고 바를 떠난다. 하지만 곧 돌아올 것이다. 그가 떠난 자리에는 읽고 있던 페이퍼백과 함께 마시던 잔이 놓여 있다.

나는 그의 자리로 가 책을 집어든다. 시집이다. 손때가 묻은 샤를 보들레르의 『악의 꽃』.

패트릭 포글러 편역. 나는 그 정보를 기억해둔다. 그렇다면 이 남자는 연구자일지 모르겠다.

나는 써먹을 거리를 찾아 재빨리 책장을 넘긴다. 바로 그 순간 돌아온 남자가 나를 바라본다. 내가 의도한 대로.

나

(미안한 듯)

오, 죄송해요! 이 책 주인이시죠?

패트릭

그래요.

그는 재미있어하는 투다. 그럼 누구 것이겠어요?라고 되묻듯 거의 텅 빈 바를 둘러본다.

나

기분 상하신 게 아니면 좋겠네요…… 보들레르는 한 번
도 못 읽어봤거든요.

그가 내가 펼쳐놓은 페이지를 내려다본다.

패트릭

음, 그 시로 시작하지는 마세요.

내게서 책을 받아간 그는 앞으로 몇 페이지를 넘겨 어떤 시를 찾더니 내게 읽어준다.

패트릭

내게는 천년을 산 것보다 더 많은 기억이 있다.
죽은 생각들로 가득한 오래된 책상도
고통으로 가득한 내 머리보다 더 많은 비밀을 품고 있지는 않
겠지……

그의 목소리에는 확신이, 심장박동처럼 고요하고 끈질긴 리듬이 충만하다. 그는 책을 펼친 채 내게 다시 건넨다. 나는 시선을 내리고 한눈에 다음 연을 빨아들이듯 읽은 후, 그와 시선을 맞추고 그의 박자에 맞춰 언어의 젖을 짜듯 시를 읊는다.

나

그곳은 네크로폴리스; 망자들—
한때 내가 사랑했던 그 시신들—이
좋든 싫든 벌레처럼 나뒹굴고,
병적인 몽상에 의해 쉴새없이 찔리고 밀쳐지는 무덤.

그러자 그가 여전히 나와 시선을 맞춘 채, 육신의 반대가 되어가

는 것에 대한, 내가 도무지 이해할 수 없는 어둡고 기이한 이야기
를 암송하기 시작한다.

패트릭

……피에 굶주린 채 사막에 버려진,

반쯤 잊힌 신의 오래된 조각상처럼……

나는 그와 리듬을 맞추고 내 목소리를 그의 목소리에 맞추며 마
지막 연을 함께 낭송한다.

나/패트릭

……그것의 수수께끼 같은, 풍상에 찌든 찌푸린 얼굴이

해가 지는 저녁 잠시 환하게 밝아진다.

잠시 침묵이 감돌지만 그도 나도 그 침묵을 깨지 않는다.

패트릭

잘 읽으시네요.

나

고맙습니다…… 무슨 시죠?

패트릭

그의 연애사에 관한 시라고 할 수 있죠.

                              나
연애사가 상당히 복잡했나봐요.

패트릭이 미소를 짓는다.

                            패트릭
보들레르는 이 시를 쓸 무렵 두 여자와 관계를 가지고 있
었어요. 한 명은 유명한 미인으로 19세기 파리의 꽃이었
죠. 그는 그 여자를 베뉘스 블랑슈 즉 '백의 비너스'라고
불렀어요. 또다른 여자는 거리에서 몸을 파는 혼혈 카바
레 무희였죠. 보들레르는 그 여자를 베뉘스 누아르라고
불렀어요. '흑의 비너스'였죠.

                              나
흥미롭네요…… 사랑의 삼각관계.

                            패트릭
그렇게 부르고 싶으시다면.

                              나
그 사랑은 어떻게 흘러갔죠?

                            패트릭
그는 시를 써서 익명으로 백의 비너스에게 보내기 시작

했어요. 그가 백의 비너스에게 하고 싶은 것들, 그리고 흑의 비너스에게 한 것들에 대해서요. 온갖 종류의 타락을 그리는 시들이었죠. 그는 향기로운 아름다움의 영역은 다른 시인들이 충분히 썼다고 말했어요. 악에서 비롯된 아름다움을 처음으로 글로 옮긴 시인이 되고자 했죠.

나

레 플뢰르 뒤 말…… 악의 꽃.

이제 내가 한 수 두어야 할 때다.

나

어떤 여자들은 금지된 것에 끌린다는 사실을 그 사람은 알았나봐요.

패트릭 포글러가 고개를 가로젓는다. 내가 그를 실망시키기라도 한 듯이.

패트릭

이제 가봐야겠네요.

뭐라고?

나

정말요? 재미있었는데…… 조금 더 듣고 싶네요……

내가 그에게 책을 돌려주려고 한다. 그가 손을 내저으며 만류한다.

패트릭

가져요. 흥미로운 만남의 기념품으로. 당신 낭독이 마음
에 들었어요.

나

저기, 저…… 보통은 이러지 않지만 오늘 저녁 너무 속
상한 일이 있어서 혼자 있기 싫어서요. 좀더 계시면 안
될까요? 제가 술 한잔 살게요.

그가 다시 미소를 짓자 눈꼬리에 주름이 잡힌다.

패트릭

나도 그러고 싶어요. 하지만 나는 유부남이에요.

나

아, 저는 그런 뜻이……

패트릭

알아요. 하지만 나는 진심이에요. 그리고 보들레르와 달
리 나는 한 번에 한 명의 비너스를 더 선호하죠…… 만

나서 반가웠어요.

그러더니 그가 마치 혼잣말을 하듯 프랑스어로 읊는 말이 귀에 들어온다.

패트릭

오 투아 크 쥐스 에메, 오 투아 키 르 사베……*

나

무슨 말이죠? 저기, 우리……

망했다, 젠장. 여전히 시집을 손에 든 채 나는 멀어지는 그를 멀뚱히 바라볼 뿐이다. 그리고 헨리의 일을 시작하고 처음으로 내가 거절당했다는 사실을 깨닫는다.

---

* '오 내가 사랑할 수 있었을 당신, 오 그것을 알았던 당신……'이라는 뜻.

10

"그러니 이건 좋은 소식인 것 같아요." 나는 심드렁하게 말한다. "축하합니다, 포글러 부인. 남편분은 결혼에 충실하세요."

당신한텐 좋은 소식이잖아, 어쨌든. 나는 여전히 속이 쓰리다.

우리는 다시 스텔라 포글러의 스위트룸에 있다. 이상하게도 내 의뢰인은 결과를 들은 뒤로 전보다 훨씬 더 불안해 보인다.

"충실하다고요!" 스텔라가 양손을 비틀며 소리친다. "이런 수가 먹히지 않을 거라고 짐작했어야 했는데. 오 맙소사! 맙소사!"

"그게 무슨 뜻이죠?" 나는 어리둥절해져 묻는다.

느닷없는 말들이 쏟아져나온다.

"나는 그 사람에 대해 뭔가 빌미를 잡을 수 있을 줄 알았어요. 나를 더이상 뒤쫓지 못하게 할 뭔가를." 스텔라가 격한 감정을 숨기지 않으며 말한다.

무슨 소리야? 어리둥절한 채 헨리를 보지만 그는 나와 눈을 맞추지 않는다.

"그 사람은 이게 다 계략이라는 걸 알아차린 거예요." 스텔라가 헨리를 향해 몸을 돌린다. "저 아가씨는 이 일에 적임자가 아니었어요. 흑인 아가씨를 보냈어야 했어요. 그런 여자들은……" 그녀가 입을 다문다.

"흑의 비너스니까요." 내가 천천히 말한다. "남편분이 그 이야기를 했어요."

"그 사람은 그런 이야기는 절대 하지 않아요." 스텔라가 날카롭게 쏘아붙인다. 그러더니 다시 헨리에게 말한다. "이게 틀어질 줄 알았어요."

나는 점점 화가 치솟는다. 스텔라가 모든 게 내 잘못이라는 듯 행동하기 때문만은 아니다. 그를 유혹하려 했던 이 계획의 의도가 실은 내가 생각했던 것과 정반대였다는 사실을 깨달았기 때문이다.

"이봐, 나한테 이 일을 의뢰하는 노이로제 걸린 년들은 대부분 자신을 행운아라고 생각해야 한다고." 나는 분을 못 이기고 퍼붓는다. "당신 남편은 나한테 넘어오지 않았어. 장담하는데 그런 일은 처음이었다고. 당신이 나를 이용해서 그 사람을 협박할 작정이었다면 나한테 말을 했어야지." 나는 일어선다. "사례비를 받았으면 좋겠네요. 사백 달러."

스텔라가 침대 밑에 둔 여행가방을 꺼내 지퍼를 연다. 돌돌 말린 두툼한 지폐 뭉치를 꺼내더니 네 장을 뺀다. 그녀의 손이 떨리고 있다.

"당신을 원망하는 것처럼 들렸다면 그건 오해예요. 당신이 최선을 다했을 거라고 믿어요. 그리고 정확히 말하자면 나는 남편을 협박하려는 게 아니에요. 나는 다만…… 일종의 보험을 원했을 뿐이에요."

나는 돈을 받아든다. "고맙습니다." 그리고 쌀쌀맞게 인사한다.

"내가 배웅해줄게, 클레어." 헨리가 웅얼거린다.

스위트룸의 문이 닫히자마자 그가 나를 돌려세우며 한 손을 내 어깨에 올린다. "이봐! 지금 뭐하는 거야? 노이로제에 걸린 년들이라고, 클레어?"

"그 여자 노이로제에 걸렸잖아요."

"그리고 의뢰인이지." 그가 말한다.

"헨리…… 이번 의뢰가 망했다는 생각 안 들어요? 저 여자는 남편이 나를 덮치기를 바랐다고요. 무고한 사람을 잡으면 안 된다더니 어떻게 된 거예요?"

그가 어깨를 으쓱한다. "자네는 일이 더 필요했잖아, 아닌가?"

"헨리는 알고 있었군요." 마침내 이 상황이 이해되기 시작한다. "그 여자가 무슨 목적인지 아셨어요. 제기랄. 이미 바람을 피운 쓰레기들한테 이런 일을 하는 건 그렇다고 쳐요. 하지만 바람을 아내가 피우고 있다면……" 나는 믿을 수 없다는 듯 고개를 가로젓는다. "저는 빠질래요."

내가 성큼성큼 걸어가자 헨리가 내 뒤에 대고 소리친다. "유난 떨지 마, 클레어. 이 일을 좋아하잖아. 좋아한다는 걸 자네도 알잖아. 이번 의뢰가 뜻대로 안 돼서 심통이 났을 뿐이야. 감정이 가라앉으면 내일 전화해."

실내: 렉싱턴호텔, 로비─밤

호텔을 나서는데 뭔가가 떠오른다. 나는 가방에서 패트릭이 준 『악의 꽃』을 꺼내 왔던 길을 되돌아간다.

실내: 렉싱턴호텔, 복도─계속

스텔라의 스위트룸 문을 다시 두드린다.

나

포글러 부인? 스텔라 씨? 제가 패트릭 포글러 씨의 물건을 가지고 있어요. 부인에게 돌려드려야 할 것 같아서요.

대답이 없다.

나

안 계세요?

무응답. 나는 어깨를 으쓱하고 돌아선다.

11

전설적인 연기 코치인 샌퍼드 마이스너가 고안한 환상적인 연습법이 있다. 두 배우가 단순히 서로의 말을 반복하는 것이다. 이 연습법의 목적은 당신이 어떤 의도를 표현하려 하건 그 말에는 훨씬 더 많은 의미가 담긴다는 것을 보여주는 것이다. 대본은 성경이 아니라는 사실, 그것이 바로 출발점이다. 텍스트와 서브텍스트.

그로부터 사흘이 지났다. 스콧과 나는 연습실에서 다른 학생들이 지켜보는 가운데 서로를 빙글빙글 돌고 있다.

"너 웃고 있네." 나는 스콧이 내게 들려줄 좋은 소식을 갖고 있는 게 틀림없다는 듯 흥분하며 말을 건넨다.

"너 웃고 있네." 그가 나를 따라 말한다. 마치 우리가 한창 말다툼을 하고 있었는데 내가 지은 웃음이 대화를 진지하게 받아들이지 않는 증거라고 말하는 것 같다.

"너…… 웃고 있네?" 나는 그가 고약한 짓을 하고도 그 사실을 숨길 생각조차 하지 않는다는 듯 어이없어하며 말한다.

"너 웃고 있네." 그는 웃지 않으려는 나를 기어이 웃게 만들었다는 듯 의기양양하게 말한다.

"너 웃고 있네." 나는 그가 웃는 모습을 일 년 만에 본다는 듯 속삭인다.

"너 웃고 있네." 하지만 나는 웃지 않아, 라는 속뜻을 암시하듯 그가 말한다.

"좋아. 이제 그걸로 연기를 해봐." 폴이 말한다.

"너 웃고 있네." 스콧이 비난하듯 말한다.

"아니거든?"

"그러면 무슨 생각을 하고 있었어?"

"우리가 눈밭에서 함께 굴렀던 때를 떠올리던 중이었어."

"그때가 마지막이었어, 그렇지? 우리가 마지막으로 행복했던 때."

"훌륭해." 폴이 우리를 중단시키며 말한다. 다른 학생들이 짧게 박수를 친다.

"이것만 명심해." 폴이 모두에게 말한다. "이 연습은 결국 상대 배우가 준 것을 어떻게 활용하는가의 문제야. 1온스의 행동은 1파운드의 말과 같은 가치가 있어."

그때 열려 있는 강의실 문을 두드리는 소리가 난다. 행정실 직원 한 명이 제복을 입은 여자 경관과 함께 서 있다.

"클레어 라이트를 찾고 있는데요." 그 여자가 말한다.

젠장.

"전데요." 나는 미소를 지으며 대답한다. "왜 그러시죠?"

12

여성 경관이 나를 데려온 곳은 원폴리스플라자*로, 나는 8층의 공기가 탁한 작은 방에서 대기중이다. 무슨 일인지 물었지만 그 경관은 대답을 회피하며 나를 데려오라는 지시만 받았고 곧 알게 될 거라고만 대답한다. 아니면 경관의 표현대로 "잠시 후"에.

그 프로듀서 때문일 거라는 생각에 불안이 엄습해온다. 그가 고소를 한 것이 분명하다. 앞으로 무슨 일이 일어나건 절대 좋은 일은 아닐 것이다. 미국에서는 총기 관련 법규가 훨씬 더 느슨하다고 알고 있지만 그렇다고 사람에게 마구 총을 들이대도 된다는 뜻은 아닐 것이다.

마침내 사복을 입은 덩치 좋은 남자가 들어와 자신을 프랭크 더번 형사라고 소개한다. 나는 좋은 인상을 주고 싶어서 얼른 일어나 그와 악수한다. 더번 형사는 살짝 놀란 것 같지만, 서류 파일을 들고 따라 들어온 좀더 젊고 머리를 밀어버린 남자를 가리킨다. "이쪽은 데이비스 형사이고요."

"변호사를 불러야 하나요?" 나는 불안한 듯 묻는다.

"상황에 따라서는요. 무슨 짓을 하신 겁니까?" 더번이 묻는다.

---

* NYPD(뉴욕시경) 본청 건물명.

농담처럼 상냥하게 대꾸한 말에 나는 웃음이 나오지만 형사가 그 다음 말을 덧붙이기 전에 내게 대답할 시간을 스치듯 줬다는 사실에 신경이 쓰인다. "클레어 씨, 당신은 체포된 것도 기소된 것도 아닙니다. 우리는 당신에게 몇 가지 질문을 하고 싶을 뿐입니다. 스텔라 포글러에 대해서요."

"누구요?" 이제 기억난다. 어쨌든 프로듀서 건은 아니다.

"당신은 커 애들러 법률사무소에서 비정기적으로 일을 받아서 하고 있다던데요." 우리가 자리에 앉자 더번이 말한다 "맞습니까?"

"네, 맞아요."

"그 일에 대해서 이야기를 해주시죠."

순간 거짓말을 해버릴까 하는 생각이 든다. 노조원이 아니어도 할 수 있는 일이기는 하지만 내 비자 조건에 위배되는 일인 건 분명하니까. 하지만 경찰은 이미 그 부분까지 상당히 아는 것 같으니 더번 형사의 말대로 모든 것을 털어놓기로 한다. 에이전트인 마시부터 바람잡이가 되어 작업을 거는 것, 가방에 숨겨놓는 카메라까지 전부 말이다. 잠시 후 데이비스 형사가 서류를 한쪽으로 밀어놓고 메모를 하기 시작한다.

"포글러 부인의 의뢰에 평소와 다른 점이 있었나요?" 더번이 묻는다. "일반적인 의뢰와 다른 점 말이에요."

"음, 작업을 하기 전에 저를 먼저 보자고 했어요. 늘 그런 건 아니거든요."

"왜 보자고 한 거죠?"

나는 어깨를 으쓱한다. "헨리는 그분이 저를 한번 보고 싶어한다고만 했어요. 제가 그 일에 적합한지 보려고요."

"그때 포글러 부인은 어때 보이던가요?"

나는 기억을 되돌려 스텔라 포글러가 창가를 연신 서성거리던 모습을 떠올린다. "음…… 초조해했어요."

"좀더 구체적으로 말해줄 수 있을까요?"

나는 천천히 말한다. "뭔가 겁을 집어먹은 것 같았어요."

두 남자는 눈길을 주고받지는 않지만 내 말에 집중하느라 잔뜩 긴장한 기색이다. "포글러 부인은 괜찮아요?" 내가 묻는다.

"그냥 무슨 일이 있었는지 말해주세요, 클레어 씨." 더번 형사가 말한다. "어떤 식으로, 겁에 질려 있던가요?"

나는 그들에게 스텔라에 대해서, 그리고 바에서 어떻게 스텔라의 남편에게 접근했는지까지 모두 털어놓는다. 패트릭이 내게 시집을 주고 바를 나가는 대목에 이르자 더번 형사가 나를 중단시킨다. "남편이 눈치챘을 거라고 생각하나요?"

"그럴 리는 없을 것 같은데요."

"좋아요. 그러면 포글러 부인은요? 결과를 보고했을 때 어떤 반응을 보였죠? 기뻐하던가요? 안심하는 것 같았나요?"

"정확히 말해 그렇지는 않았어요." 나는 스텔라가 남편에 대해 뭔가 빌미를 잡으려 했다는 이야기를 반복한다. 어쩐지 점점 불길한 예감이 든다. 이 두 사람이 나를 뚫어지게 바라보는 시선이 결코 좋게 느껴지지 않는다.

"그 부부는 괜찮은 거죠? 무슨 일이 있었어요?" 다시 물어보지만 두 사람은 또 묵묵부답이다.

"포글러 부인이 사례금을 지불할 때 돈을 더 봤나요? 부인의 가방에서?" 더번이 묻는다.

나는 고개를 가로젓는다. "하지만 포글러 부인이 꺼낸 돈뭉치는 적어도 천 달러는 되어 보였어요. 거기서 뺀 돈을 저한테 줬어요."

"그러면 당신은 지폐 네 장을 받았군요." 더번이 네, 라는 단어를 유난히 강조한다.

"네." 나는 의아함을 숨기지 못한 채 대답한다. "아까 말씀드린 대로예요. 그게 제가 받기로 한 사례금이었으니까요."

"나머지는 어떻게 됐죠?"

"무슨 나머지요?"

"우리는 부인의 소지품에서 돈을 한푼도 못 찾았어요." 그가 무덤덤하게 말한다. "포글러 부인은 그날 아침 현금으로 큰돈을 인출했어요. 천 달러보다 훨씬 많은 액수였죠."

나는 그를 빤히 바라본다. "부인의 소지품에서…… 혹시 죽었다는 말인가요?"

"그렇습니다." 그가 내 반응을 유심히 지켜본다.

"어떻게 그런 일이." 나는 깜짝 놀라며 묻는다. "어떻게요? 무슨 일이 일어난 거예요?"

"우리는 이 사건을 살인으로 보고 있어요. 지금 말씀드릴 수 있는 건 그게 다입니다." 더번 형사가 나를 계속 바라본다. 마치 삼촌처럼 상냥해 보이던 얼굴이 점점 딱딱하게 굳어간다. "피해자가 투숙한 스위트룸에서, 아마 날이 밝기 전에 사망했다는 사실은 알려드릴 수 있습니다. 당신과 만났던 그날 밤이죠."

"오, 세상에." 나는 속삭인다. "정말 끔찍한 일이네요. 설마……"

"우리 질문에 다 대답을 하셨다면, 클레어 씨."

그가 내 말을 끊는다. 또다시. 벌써 세번째다. 데이비스 형사는 여전히 뭔가를 기록중이다.

"비디오는 어떻게 됐죠?" 더번이 마침내 묻는다. "가방에 숨겨둔 카메라로 촬영한 영상 말이에요. 지금 누구에게 있죠?"

나는 다시 기억을 더듬는다. "스텔라 씨한테 줬어요. 포글러 부인요. 그게 규칙이거든요. 어쨌든 그것까지 지불한 거니까요."

"그러면 그 시집은?"

"아직 제 가방에 있어요. 원래 시를 잘 읽지 않지만 이 시들은 정말 흥미로워요. 기괴한……"

"그 시집이 필요합니다." 더번 형사가 내 말을 끊는다.

그는 증거 봉투를 꺼내 안쪽이 밖으로 나오게 뒤집더니 장갑처럼 손에 끼우고 내게서 그 책을 받는다. "그 프랑스 말이 무슨 뜻인지 혹시 알아봤나요? 그 사람이 떠나면서 당신에게 했다는 말 말이에요."

"네, 그건 아마 「아 윈 파상트A Une Passante」라는 시의 한 구절일 거예요. '지나가는 여인에게'라는 뜻이죠. 길거리에서 누군가를 만나지만, 시선만 주고받고 각자 갈 길을 간다는 내용의 시예요…… 글자 그대로 해석하면 '오 내가 사랑할 수 있었을 당신, 오 그것을 알았던 당신.'"

더번이 코웃음을 친다. "그거 좋은 시네요. 기억해둬야겠어요. 그래서 당신은 호텔에서 나왔다…… 그리고 뭘 했죠?"

"친구들하고 놀러갔어요."

"술집으로?"

나는 고개를 끄덕인다. "할리 바라는 곳이요. 사람들이 많았으니까 제가 아홉시 반까지 거기 있었다는 사실을 확인해줄 사람이 있을 거예요."

"집에는 몇시에 들어갔죠?"

"오전 일곱시쯤요. 누구를…… 만났거든요."

"그 사람 이름이?"

"어, 톰이요."

"성은요?"

"그, 그 사람 전화번호가 어딘가 있을 거예요, 분명." 나는 가방을 마구 뒤져 종잇조각 하나를 찾아낸다. "아, 여기 있어요."

더번 형사가 그 종이를 받아들더니 꼼꼼하게 살펴본다. "내가 보기에는 i인 것 같군요. 톰이 아니라 팀이에요. 우리가 이 사람에게 연락해보겠습니다."

"그 돈으로 뭘 했죠, 클레어 씨?" 데이비스 형사가 묻는다. 그가 처음으로 입을 열었다.

"사백 달러요? 룸메이트한테 줬어요. 그 친구한테 월세가 꽤 많이 밀렸거든요. 그래서……"

"그 사백 달러 말고요." 그가 말을 끊는다. "스텔라 포글러한테서 훔친 이만 달러 말이에요."

나는 머리가 어질어질해 그를 빤히 바라본다. "뭐라고요? 설마, 형사님은 혹시……"

"질문에 대답하세요." 더번이 말한다.

"다른 돈은 없었어요. 그 정도 액수는요. 어쨌든 저는 그 돈을 보지 못했어요. 제가 용의자인가요?"

"용의자?" 데이비스가 코웃음을 친다. "당신은 이미 동의 없이 촬영을 했고, 자격증 없이 조사원으로 일했고, 성매매 호객 행위를 했고, 협박에 공모했다고 인정했어요. 그래도 우리는 절도와 살인 건만 마무리지으면 됩니다. 우리 일은 끝난 것 같네요."

"살인요?"

"헨리 노스의 증언에 따르면 그날 밤 당신이 포글러 부인과 언쟁을 했다던데요."

"아까 말했지만 그 여자가 이상하게 행동했어요."

"그래서 당신은 의뢰인의 무례함에 앙심을 품은 채 그곳을 나섰다…… 그리고 잠시 후 그 방으로 되돌아갔다." 데이비스가 말한다. "의뢰인이 마침 큰돈을 현찰로 가지고 있는 곳으로. 헨리 노스가 당신이 금전적으로 어려움을 겪고 있다고 증언했습니다. 화가 치밀었겠죠. 그렇게 거금을 가지고 있는 여자를 봤으니."

나는 혼란스러워 고개를 가로젓는다. "말씀드렸다시피 저는 책을 돌려주려고 갔을 뿐이에요. 그리고 이보세요. 헨리는 제가 그 법률사무소에서 의뢰받아 하는 일이 전부 합법이라고 했어요. 공공장소에서 녹음을 하는 건 괜찮다고 그랬다고요. 상대가 먼저 제안을 했다면 성매매 호객이 아니죠." 문득 한 가지 생각이 머리를 스친다. "헨리한테도 물어보셨어요?"

"물론이죠. 그리고 우리는 그의 진술을 철저하게 확인할 겁니다. 당신 진술을 확인하는 것처럼요. 이 팀이라는 사람한테 말이죠."

"당신이 스텔라 포글러를 죽였습니까, 클레어 씨?" 더번 형사의 말투는 커피에 설탕을 탔는지 묻는 것처럼 건조하다.

나는 미친듯이 뛰는 심장을 무시한 채 그의 눈을 똑바로 바라본다. "아뇨. 나는 안 죽였어요."

긴장에 찬 정적이 흐른다. "이봐, 우리 잠깐 나가서 이야기 좀

할까?" 더번이 말한다.

두 사람이 밖으로 나간다. 문을 통해 두 사람이 웅얼거리는 소리가 들린다. 잠시 후 더번이 혼자 돌아온다.

"당신이 아홉시 반까지 그 바에 있었다는 사실을 확인해줄 사람 최소 세 명의 인적사항이 필요합니다. 그게 끝나면 가도 좋습니다."

나는 긴장이 풀려 살짝 현기증을 느끼며 그를 바라본다. "그러면 제가 범인이라고 생각하지 않으시는 거죠?"

"우리는 당신이 한 이야기를 전부 확인해볼 겁니다. 사실대로 말했다면 당신을 수사 선상에서 빠르게 제외할 수 있겠죠. 하지만 이 도시를 벗어날 때는 먼저 우리한테 알려주세요. 그 법률사무소의 일은 더이상 받지 말기를 강력하게 권합니다. 이건 살인사건 수사입니다, 클레어 라이트 씨, 이민국의 조사가 아니라. 하지만 당신이 또다시 비자 발급 조건을 위반했다는 사실을 알게 되면 지체 없이 그 사실을 관련 당국에 전달할 겁니다."

그 말을 끝으로 그는 서류를 주섬주섬 모아 분류한다. 이 모든 것이 연기였다는 생각이 스친다. 나를 벌벌 떨게 만들려는 전형적인 나쁜 경찰, 좋은 경찰 작전.

그리고 작전은 성공했다. 나는 여전히 몸이 떨린다. 내가 정말 나쁜 짓을 했다면 나는 저 두 사람에게 순식간에 다 털어놓았을 것이다. 자신만만함과 다정함, 공격적인 태도가 뒤섞인 심문에 내 정신은 순식간에 너덜너덜해졌다.

하지만 이런 순간에도, 안도의 한숨을 내쉬면서도 내 의식은 이런 생각을 하고 있다. 이런 상황을 어떻게 써먹을 수 있을까?

13

집에 오자 제스가 머리에 수건을 감고 발톱을 연한 하늘색으로 칠하는 사이사이에 페이스북을 확인하며 TV 채널을 이리저리 돌리고 있다.

"별일 없었어?" 제스는 고개도 들지 않고 묻는다.

"엄밀히 말해 없는 건 아니야." 나는 친구에게 경찰이며 살해당한 고객의 이야기를 전부 들려준다. 어느새 제스는 입을 떡 벌린 채 나를 빤히 바라보고 있다. 나는 이렇게 말을 끝낸다. "너무 끔찍해. 호텔 직원을 제외하면 스텔라 포글러가 살아 있는 모습을 마지막으로 본 사람이 나랑 헨리라는 거잖아."

"어떻게 죽었는지 경찰이 말해줬어?"

나는 고개를 가로젓는다. "경찰들 이야기는 너무 모호해. 그런데 경찰이 나를 심문한 내용으로 봐선 강도사건 같기도 하더라. 어쩌면 법정에 나가 증언을 해야 할지도 몰라."

순식간에 내 머릿속에서 생각지도 못한 장면이 펼쳐지기 시작한다.

실내: 뉴욕의 법정―낮

〈오인〉의 베라 마일스처럼 입은 '클레어 라이트'가 증언대에 선
다. 차분하고 냉정하지만, 긴장한 기색이다.

검사

라이트 씨, 오늘 나와주셔서 감사합니다. 당신의 증언이
이 재판의 결과에 매우 중요할⋯⋯

"지금 포글러라고 했어?" 제스가 끼어든다.
"응. 왜?"
"뉴스에 나왔는데⋯⋯" 제스가 TV를 향해 리모컨을 엄지로 이
리저리 누른다. "봐."
화면에는 피로로 칙칙해 보이지만 여전히 잘생긴 패트릭 포글러
가 아파트 건물 밖에 서서 수많은 마이크에 대고 무슨 말인가를 하
고 있다. 연달아 터지는 카메라 플래시가 그의 얼굴을 밝힌다.
"저 사람이야." 내가 말한다. "소리 좀 키워봐."
소리를 키우자 그의 말소리가 들린다. "⋯⋯NYPD에 도움이 되는
것이라면 어떤 내용이라도 좋습니다. 어떤 도움이라도 감사히 받겠습니
다." 그가 말을 멈추자 플래시가 번쩍거리며 터지는 강도가 두 배
가 된다. 뒤쪽에 서 있던 누군가가 소리친다. "아내분과의 관계는
어땠습니까?"
"기자들이 몰려갔네." 제스가 의미심장하게 말한다. "너, 저게
무슨 뜻인지 알아?"
"저 사람이 언론에 인터뷰를 한다는 뜻?"
"아니야, 멍청아. 경찰은 저 사람 짓이라고 생각한다는 거야." 말

귀를 못 알아듣는 나를 보며 제스가 한숨을 푹 쉰다. "경찰이 누구 짓인지 아는데 변호사가 강도 높은 심문을 못하도록 틀어막고 있을 때 언론에 정보를 살짝 흘리는 거야. 경찰 대신 기자들이 질문을 할 수 있게. 다음번에 저 남자를 TV에서 볼 때는 수갑을 차고 있을걸."

나는 스텔라와 만났던 때를 기억에서 되살린다. 그녀가 했던 이상한 말들.

스텔라

조심해야 해요, 알겠어요? 조심하겠다고 약속해줘요.

나

포글러 부인, 남편분에 대해서 말씀해주시겠어요?

스텔라

당신은 내 남편 같은 남자를 한 번도 만나보지 못했을 거예요. 헛말이 아니에요. 그 사람을 만만하게 보지 말아요. 절대 신뢰하면 안 돼요. 약속해줄 수 있나요?

그때 나는 스텔라가 남편의 손버릇이 나쁜 것을 두고 하는 말이라고 생각했다. 물론 그건 내가 그를 만나기 전의 짐작이었다. 패트릭 포글러만큼 여자를 더듬는 데 관심 없는 사람이 또 있을까. 그렇다면 스텔라의 그 말은 완전히 다른 의미가 아니었을까?

스텔라가 두려워한 건 그 남편이었을까? 적어도 내가 그 상황을 증언했을 때 더번 형사는 그렇게 이해했을까?

TV를, 너무나 차분하고 너무나 지적이고 너무나 호감이 가는 패트릭 포글러를 다시 보자 절대 그럴 리 없다는 생각이 든다.

"저 사람은 아니야." 나는 머리를 가로저으며 말한다. "말도 안 돼. 나한테 수작을 걸지 않은 유일한 남자였다고. 정말 신사적이고 매력적이고 관계에 충실한 남자야."

"그딴 소리 집어치워." 제스가 수건으로 머리를 말리며 가볍게 말한다. "이 세상에 그런 남자가 어딨어. 네가 늘 하던 말 아냐?"

14

그 살인사건이 신문 1면을 장식한다. 그 기사들을 바탕으로 블로거와 논객들이 사건의 진상에 대해 저마다 가설을 내놓는다. 그들이 미는 첫번째 가설은 강도가 실패하면서 발생한 일이라는 것이다. 몇 해 전 무장 폭력단이 미드타운에 위치한 호텔들의 고급 스위트룸을 표적으로 삼아 손님들을 총으로 위협한 사건이 있었다. 하지만 그 폭력단원은 지금 모두 복역중이며 그후로 맨해튼에서 호텔 강도사건은 더이상 발생하지 않았다. 그런데도 소셜미디어에서는 이 사건이 관광업계에 미칠 영향에 대해 떠들어댄다. 투숙객들에게 체인을 걸어놓은 채 문을 열라고 충고하고 있다.

얼마 후 여론의 관심은 스텔라에게로 넘어간다. 같은 도시의 모닝사이드하이츠에 사는 여자가 집에서 얼마 떨어지지 않은 호텔에서 무엇을 하고 있었을까? 이런 의문에서 두 가지 가설이 나온다. 하나는 피해자가 남편과 부부싸움을 했다는 설이고 다른 하나는 피해자가 연인을 기다리고 있었다는 설이다. 피해자가 묵었던 스위트룸에서 엄청난 액수의 돈이 도난당했다는 소문도 떠돌고 있지만 경찰은 확인도 부인도 하지 않는다.

시신을 발견한 메이드인 콘수엘라 알바레스는 기자에게, 방에서 몸싸움이 벌어진 것처럼 보였다고 말했다. 스텔라의 시신은 침대에 놓인 채 시트로 덮여 있었다고도 했다. 콘수엘라는 흐느끼면서 머리가 "으깨져서…… 끔찍했고…… 피가 너무 많았다"고 묘사했다.

호텔 CCTV에서는 도움이 될 만한 영상이 전혀 나오지 않았다.

시간이 흐르면서 두 가설이 하나로 합쳐진다. 스텔라가 연인을 기다리고 있었으며 남편과의 사이도 소원했다는 것이다. 그 가설에는, 그런 연유로 남편이 아내를 살해했다는 의심이 깔려 있다.

물론 나는 말도 안 되는 소리라는 걸 안다. 스텔라가 그 호텔에 묵은 건 내게 패트릭을 유혹하도록 하기 위해서였다. 그리고 두 사람 사이에 무슨 문제가 있었는지 몰라도 패트릭은 외도를 할 생각이 없었다. 그 사실을 보면 적어도 그는 부부 사이의 문제가 해결될 것이라고 믿고 있었던 게 분명하다. 하지만 그 사실은 경찰도 안다. 나는 경찰이 기자들에게 나에 대해 슬쩍 흘려 그에 대한 수사를 종결하기를 기다렸지만, 무슨 이유인지 그럴 낌새가 없다. 그 후로 물어볼 게 있다며 찾아오지도 않는다.

나는 친구들 몇 명에게 그날 밤 스텔라와 만났다고 말한다. 물론 소수의 친구들에게 말이다. 내가 프리랜서로 한 일이 블로그에 도배되는 것만큼은 절대 사절이다. 어찌됐건 나는 소름 끼치는 사건을 좀더 자세하게 듣고 싶어하는 친구들의 호기심을 만족시켜줄 수 없다. 나도 아는 게 없기 때문이다. 그 사건에 대해 나도 다른 사람들만큼 아는 게 없다.

그후 두 주가 지나도록 경찰에서 아무 소식이 없자 나는 헨리에게 전화를 건다.

"클레어." 그가 전화를 받는다. 의문형이 아니라 서술형 말투. 마치 내 연락을 받아 놀란 것처럼.

"우리 만날 수 있어요? 헨리한테 물어보고 싶은 게 있어요."

침묵이 이어진다. "좋아. 하지만 사무실에서는 안 돼." 그는 우리가 의뢰를 두 번 처리했던 호텔의 이름을 댄다.

그곳에 도착하니 헨리는 바텐더에게 우리 대화가 들리지 않도록 바의 끄트머리 자리에 이미 앉아 있다. 그에게 다가가 자리에 앉는다.

"무슨 이야기를 들으신 게 있을까 하고요." 나는 말한다. "사건 수사에 대해서 말이에요."

"내가 들은 건 경찰 수사가 막다른 벽에 부딪혔다는 것뿐이야." 그가 어깨를 으쓱한다. "하지만 강도가 진짜 동기라고는 더이상 생각하지 않아. 분명히 남편을 지목하는 사실들이 밝혀졌을 거야."

"어떤 사실요?" 나는 제스의 말이 옳았음이 확인된 상황에 놀라 묻는다.

"경찰은 아무 말도 안 해줘. 그게 규칙이야. 그래야 심문할 때 같은, 정말 필요한 순간에 느닷없이 터트릴 수 있으니까. 그런데 광분했다는 표현이 나왔어." 그가 곁눈으로 나를 본다. "경찰이 심하게 했어?"

나는 고개를 끄덕인다. "헨리는요?"

"나도 옛날에 다 했던 일이야. 그 사람들은 자기 일을 할 뿐이지."

"헨리…… 제가 일을 더 받을 기회가 있을까요? 요즘 형편이 점점 힘들어지고 있거든요."

"절대 안 돼." 그가 말한다. "다행스럽게도 사무소는 서류가 없는 직원을 쓴 일에 대해서 벌금을 물지 않았어. 내가 전직 경찰이 아니었다면 그 정도로 봐주지도 않았을 거야." 그가 망설인다. "솔직히 말하자면, 클레어, 우리는 어차피 자네를 자를 작정이었어."

"제대로 된 서류가 없어서요?"

그가 고개를 가로젓는다. "클레임이 들어왔어. 그것도 변호사한테서. 릭이라는 작자. 기억하지?"

기억하고말고. 시애틀에서 그 정도면 꽤 많이 받는 편이에요. 내가 그의 아내에게 테이프를 보여줬을 때 눈물이 차오른 그녀의 두 눈이 분노로 활활 타올랐었다.

"그 의뢰를 처리하고 이틀 후에 그 작자가 우리한테 진술서를 보냈어." 헨리의 말이 이어진다. "자네가 바에서 그를 만났고 그의 방으로 올라가서 섹스를 하고 화대로 협의한 천 달러를 받아간 후에 자기 아내한테 자길 팔아넘겼다고 주장하더군. 그 때문에 당연히 자네는 형사범죄자가 될 뻔했고 우리는 공범이 될 뻔했다고. 게다가 그 부인은 이혼소송에서 그 비디오를 증거물로 인정받지도 못했겠지."

"그 인간이 거짓말하는 거예요." 나는 흥분해 말한다. "그 영상을 잘 보세요."

헨리가 차분하게 말한다. "잘 봤어. 그 영상은 자네가 그자한테 먼저 올라가라고, 방에서 만나자고 말하는 데서 끝나. 다음 순간 자네가 카메라를 꺼버렸지. 릭은 처음부터 끝까지 시간별로 뭘 했는지 제출했어, 클레어. 바 영수증과 방의 정보까지 다 말이야. 자네가 거기 얼마나 있었지, 두 시간인가? 그의 주장을 뒷받침하기에 충분한 시간이지."

"영상은 제가 필요한 걸 얻었으니까 거기서 끝난 거잖아요." 나는 스스로를 변호한다. "두 시간이나 걸린 건 그 남자가 자리를 잠시 비울 때까지 한 시간을 기다려서 그런 거고요. 젠장, 헨리, 대체 무슨 소릴 하는 거예요? 제가 어떤 식으로 일하는지 헨리는 다 알잖아요!"

"자네가 맡은 역에 몰입하기를 좋아하는 거 나도 알아. 그 점에 대해서 일일이 캐물은 적도 없어. 우리가 필요한 것을 손에 넣는 한 말이지."

"저는 절대 그러지 않았어요." 나는 단호하게 말한다. "누가 뭐래도 그놈은 개자식이었어요. 쓰레기였다고요. 게다가 변호사잖아요. 아내의 진술에서 그 영상을 배제하려면 어떻게 거짓말을 하면 되는지 누구보다 잘 아는 거라고요."

"자네가 그 작자의 주장대로 했다는 말이 아니야, 클레어. 나는 그 주장이 거짓이라는 걸 증명하느라 고생할 뻔했다는 말을 하고 있는 거야. 게다가 그 의뢰 후 자네가 맡은 일들은 오염이 된 셈이야. 증거의 관점에서 본다면 말이지. 그래서 경영진한테서 다른 사람을 찾아보라는 말을 들었어. 자네가 월세 낼 돈이 급하다는 전화를 하지 않았다면 나는 절대 스텔라 포글러의 일에 자네를 보내지 않았을 거야. 그간의 정을 생각해 마지막으로 준 일거리였지."

나는 모든 것이 너무 억울해서 눈물을 흘릴 뻔한다. "좋아요. 그렇다면 헨리의 사무소 일은 못 하겠네요. 그렇다면 다른 식으로 일을……"

헨리가 고개를 젓는다. "그건 꿈도 꾸지 마. 잘 들어, 자네는 대단한 아가씨이고 자네와 함께 일해서 즐거웠어. 언젠가 다시 한번 자네와 일하고 싶어. 하지만 이 쇼는 이제 막을 내리는 거야." 그가 바텐더에게 손짓을 한다. "계산은 내가 할게, 됐지?"

15

시간이 흐른다. 석 달, 어쩌면 그 이상.

한동안은 렉싱턴호텔 살인사건을 두고 떠들썩했다. 블로거들은 거들먹거리며 의견을 개진하고, 사람들은 술집이나 사무실에서 얼굴만 마주치면 억측을 쏟아냈다. 하지만 얼마 후 연속극 스타가 스와핑 클럽에서 사진이 찍히고, 링컨터널이 공사로 폐쇄되고, 대통령이 더 많은 병력을 중동에 파병한다.

사람들은 앞으로 나아간다.

제스의 아빠는 월세 문제에서 내게 약간의 말미를 준다. 하지만 법률사무소의 일이 없으니 절대 하지 않겠다고 다짐한 일들을 하지 않을 수 없는 상황이다. 생각조차 하고 싶지 않고 아무도 모르는 일.

계속 연기를 하기 위한 일.

2부

16

연습실은 햇빛으로 가득하다. 우리는 바닥에 드러누워 천장을 바라보고 있다. 방사형으로 누운 우리 여덟 명은 머리가 거의 맞닿을 듯하다.

"이건 아주 오래된 즉흥 게임이야." 폴의 목소리가 내 왼쪽에서 울린다. "이 게임의 이름은 '이야기가 스스로 말한다'야. 이제부터 우리는 바닥을 두드리며 박자를 맞출 거야. 박자를 맞출 때마다 돌아가면서 이야기가 되도록 단어를 하나씩 더하는 거지."

"어떤 이야기죠?" 누군가가 묻는다.

"나도 몰라. 그게 핵심이야. 아무도 몰라. 이야기는 이미 여기에 있어. 우리는 그 이야기를 밖으로 끄집어내기만 하면 되는 거야."

최근 들어 연습이 점점 혹독해지고 있다. 폴은 어떤 느낌인지 확인해보라며 우리에게 며칠 동안 사물을 다른 이름으로 부르게 했다. 기상천외한 미친 캐릭터들을 즉흥적으로 연기하게 하더니—여행가방에 기린 털로 짠 스웨터를 가득 넣고 다니는 영업사원, 보이지 않는 기관총으로 무장한 군인—그 캐릭터 그대로 우리를 밖으로 내보내 행인에게 다가가 말을 걸게 했다. 놀랍게도 행인들은 대개 재미있게 이야기를 들어주었다. 내 연기가 점점 나아지고 있거나 더위가 시작되어 뉴욕이 점점 멍해지고 있는 것 같다.

폴은 매번 연습을 할 때마다 유일무이한 그 규칙을 우리에게 상기시킨다. 연기는 흉내내기가 아니다. 연기는 하는 것이다. 존재하는 것. 되는 것. 이게 핵심이다.

"시작하지." 그가 양손바닥으로 바닥을 내리치며 말한다. 느리고 뚝뚝 끊어지는 박자. 점점 우리 모두 속도를 더해간다.

"옛날." 그가 시작한다.

다음 순간 그의 왼쪽에 누운 학생이 말한다. "옛적에."

"어느."

"시절에."

"어느."

"나라에."

"어느."

어느새 내 순서다. 생각하지 말고 행동해. 생각도 행동도 할 시간이 없지만 모두가 만들어낸 리듬에 나도 모르게 머릿속에 제일 먼저 떠오른 단어를 내뱉는다. "공주가."

그리고 이야기는 돌고 돌면서 점점 더 기세를 더해간다. 자신의 정원에 서 있는 조각상과 사랑에 빠지는 어느 왕자에 관한 동화다.

다음번에는 폴이 난이도를 높인다. 망설이면 바로 탈락이다. 그리고 한 바퀴를 돌 때마다 박자가 빨라진다. 폴의 설명에 따르면 주어진 순간에 본능적으로 반응하는 법을 배우는 것이 목적이다.

이번에는 '옛날'처럼 명확한 단어로 시작하지 않는다.

이번에는 기괴하고 반짝이는 이야기가 떠오르더니, 묘지에서 갈까마귀와 까마귀와 더불어 사는 어린 여자아이에 관한 어두운 판타지로 완성되어간다.

학생들이 한 명씩 탈락하고 일어난다.

모두 떨어져나가고 나만 남을 때까지.

그리고 마침내 시계의 분침과 시침처럼 직각을 이루며 누워서 세 배나 빠르게 바닥을 두드리며 암송한 이야기를 풀어놓듯 단어들을 재빠르게 술술 쏟아내는 나와 폴만 남는다.

나는 뭔가에 홀린 듯 고양되고 도취되어 있다. 마치 다른 인격의 대변인이 된 것 같다. 부두교의 강신술이라도 한 것처럼. 진짜 나는 그 어떤 오르가슴보다 강렬한 힘에 의해 지워지고 소멸된 것 같다.

이제 그 말의 참뜻을 알겠다. 생각하지 마라.

마침내 폴이 멈추고 나는 잠시 더 누워서 그 순간을 음미하며 정신을 차린다.

학생들은 말없이 서서 우리를 지켜본다. 대개 연습이 잘 진행되어 끝나면 박수를 치는데. 나는 고개를 들어 주위를 둘러본다.

그 경찰이 학생들과 함께 서 있다. 더번 형사.

"라이트 씨." 그가 말한다. "클레어. 잠시 이야기 좀 할 수 있을까요?"

나는 그를 카페테리아로 안내한다. 주위에는 학생들이 두세 명씩 무리 지어 앉아 잡담을 나누거나 노트북으로 작업을 하는 중이다.

커피를 마시기에는 너무 덥다. 그는 자판기에서 자신과 내가 마실 다이어트 콜라를 산다.

"아메리카." 그가 콜라를 내밀자 나는 우스꽝스러운 양키 억양으로 말한다. "칼로리 제로의 나라."

그는 웃지 않는다. 다시 보니 지친 기색이 역력하다.

"클레어, 우리를 도와서 뭘 좀 해주면 좋겠어요." 그가 퉁명스럽게 말한다.

"물론이죠. 뭐든 할게요. 할 수 있는 거라면. 뭘 하면 되죠?"

"포글러 살인사건과 관련해서 처음으로 다시 돌아가 되짚어보는 중이에요. 혹시 우리가 처음에 놓친 것이 없는지 모든 증언을 다시 확인해가면서요."

"아직 체포한 사람은 없죠, 그렇죠? 저도 인터넷에서 계속 확인하고 있었어요."

더번이 인상을 쓴다. "우리는 지금까지 수사 선상에서 수많은 사람들을 제외했어요. 그날 밤 렉싱턴호텔에 묵었던 백스물여섯 명의 투숙객을 포함해서 말이죠. 우리도 마냥 손놓고 있지만은 않았어요."

"죄송해요. 그런 뜻은……"

"물론 우리 수사는 대부분 한 사람에게 집중되어 있죠." 그가 덧붙인다.

"남편이군요." 내가 말한다. "패트릭."

내 말에 그는 아무 반응이 없다. "포글러 씨와 나눈 대화를 세세한 부분까지 아직도 기억하십니까?"

"물론이죠."

"우리는 이 사건을 새로운 시각으로 바라볼 사람을 섭외했어요. 프로파일러죠. 당신이 그 프로파일러를 좀 만나줬으면 합니다."

"그러죠, 그게 도움이 될 거라고 생각하신다면…… 언제요?"

"지금 갈 수 있으면 좋겠군요."

나는 연습실을 힐끔 본다. "수업중인데요."

"이건 중요한 일이에요, 클레어." 그의 목소리가 딱딱해졌다.

"솔직히, 제가 어떻게 도움이 된다는 건지 모르겠네요. 패트릭 포글러하고 몇 분 동안 이야기한 게 다거든요. 그 사람은 저한테 아무 관심이 없었어요."

더번이 고개를 끄덕인다. "어쩌면요. 그런데 그 사람 왜 자리를 떴죠?"

"무슨 뜻이죠?"

"포글러 말이에요. 당신이 유혹하려고 했을 때 그는 그 자리를 벗어나고 싶어하는 것 같았다고 했죠. 나는 그 부분이 자꾸 신경이 쓰여요. 곧장 집으로 갈 작정이었던데다 아내는 뉴욕에 없는 줄 알았을 텐데 왜 그렇게 서둘렀을까요? 정말로 프랑스 시에 관심이 있는 것처럼 시에 대해 기꺼이 이야기를 나누고 싶어하는 상냥하고 젊은 여성과 왜 느닷없이 대화를 끝낸 걸까요?"

"제가 지루했나보죠."

"그것도 한 가지 가능성이죠."

"다른 가능성도 있나요?"

그는 곧장 대답해주지 않는다. 그러고 보니 이 남자와 함께 있으면 정보는 항상 한 방향으로만 흐른다. "어느 쪽이든 나는 당신이 이 프로파일러와 이야기를 해보면 좋겠군요." 그가 테이블 위로 몸을 내민다. "이봐요, 나는 이민국의 친구들에게 당신에 대해 이야기할 생각은 하지도 않았어요. 하지만 아직 너무 늦은 건 아니죠."

"그렇다면 저는 선택권이 별로 없는 것 같네요." 나는 어색한 미소를 지으며 말한다.

"그렇죠." 그가 동의한다. "사실 없어요."

우리는 택시를 탄다. 더번 형사가 유니언시티의 주소를 댄다. 기사가 연료를 아끼려고 에어컨을 끈다. 5월 들어 처음으로 폭염이 찾아온 날이라 우리는 인조가죽 좌석에 앉아 땀을 뻘뻘 흘린다. 내 치마가 말려올라가 맨다리가 드러나자 더번 형사는 두어 번 힐끔거리더니 고개를 돌려 창밖을 내다본다.

17

우리를 태운 택시는 흉하게 생긴 사무실과 텅 빈 주차장들로 가득한 블록에 위치한 아무 특색 없는 흉측한 건물 앞에 선다. 창문은 몇십 년째 닦지 않은 것 같고 페인트가 벗어지고 있다.

안내데스크에 있는 보안요원이 내게 서명을 요구한다. 그곳을 지난 후로 갑갑하고 긴 복도를 지나가는 내내 사람이라고는 한 명도 보이지 않는다. 마침내 더번 형사가 문 하나를 두드린다. 문패에는 '508호실, 법심리학자, 닥터 캐스린 레이섬 ABFP*'라고 적혀 있다.

"들어오세요." 여자 목소리가 대답한다.

안으로 들어가니 어떤 여자가 싸구려 목제 책상에 앉아 노트북으로 작업중이다. 나이는 육십대나 그 이상일 것 같다. 너무 하얗게 세어서 금발로 보일 정도인 머리는 짧게 잘랐고 주변 환경으로 미루어 짐작했던 것보다 더 세련된 옷차림을 하고 있다.

고개를 들어 나를 바라보는 눈동자는 푸른색이고 눈빛이 날카롭다. "클레어 라이트, 맞죠?"

"클레어. 레이섬 박사님." 더번이 우리를 간단하게 소개한다.

---

* American Board of Family Practitioners. 미국가정의료협회.

"캐스린이라고 부르세요. 앉아요. 녹음을 해도 괜찮겠죠, 그러면 좋겠네요."

캐스린이 한쪽 벽면을 향해 고개를 끄덕이자 그제야 그 벽이 새까만 반사유리로 만들어졌다는 것이 눈에 들어온다. 일종의 양방향 거울이다. 그 거울 너머로 촬영 모드인 카메라의 붉은 점이 보인다. 자동적으로 나는 오디션을 보는 것처럼 어깨를 쫙 펴며 바로 앉다가 그게 얼마나 바보스러운지 깨닫는다.

"자 그럼," 레이섬 박사가 말한다. "패트릭 포글러와 만난 일에 대해서 들려주세요."

나는 기억나는 것을 전부 이야기하며, 같이 있는 동안 줄곧 패트릭이 적절하게 행동했다는 점을 강조한다. 오래 걸리지는 않는다. 레이섬 박사는 고개를 기울이고 푸른 눈을 내게 고정한 채 말없이 내 이야기를 듣기만 한다. 내가 이야기를 마치자 그녀가 고개를 끄덕인다. "고마워요, 클레어. 정말 도움이 되었어요."

"이게 다인가요?" 나는 깜짝 놀라며 묻는다.

"네. 이제 가도 좋아요."

"캐스린……" 더번 형사가 기대했던 대답이 아니라는 듯 만류한다.

"그 일에 적임자가 아니에요, 프랭크." 캐스린 레이섬이 확고하게 말한다.

나는 인상을 쓴다. "적임자라니 무슨 이야기죠?"

"클레어, 잠시 자리 좀 피해줄래요?" 더번이 말한다. "복도에서 잠시만 기다려줘요."

내가 밖으로 나가자 그가 문을 닫는다. 두 사람의 목소리가 웅얼

거리며 들리지만 귀를 나무문에 바짝 붙여도 무슨 말을 하는지 알
아들을 수 없다.

바로 옆방은 양방향 거울 너머일 것이다. 나는 누가 그곳에 있
을 경우 화장실을 찾는 중이라고 둘러댈 생각으로 살며시 문을 연
다. 하지만 모니터와 삼각대에 올려놓은 소형 카메라 한 대 외에는
아무것도 없다. 소리가 켜져 있어서 두 사람의 대화가 똑똑하게 들
린다.

더번 형사의 목소리

……클레어의 수업이에요. 정말 잘하더라고요. 클레어는
연기를 할 수 있어요.

캐스린 레이섬의 목소리

그 사람들은 전부 연기를 해요, 프랭크. 그들을 MAW라고
하죠. 모델, 배우, 기타 등등Model, Actress, Whatever. 그렇
다고 저 사람이 이런 일을 할 수 있다는 뜻은 아니에요.

더번 형사의 목소리

페이스대학의 액터스스튜디오 학생이에요. 거기 학생들
은 특별히 선발된다고 하더군요. 그리고 클레어는……
매력적이잖아요.

캐스린 레이섬의 목소리
(비난하듯)

매력적이라고요, 프랭크?

더번 형사의 목소리

그럼요. 이런 임무를 하는 여자 경찰들이 있어요. 제 동료들을 무시하는 건 아니지만, 그 사람들을 보셨나요? 클레어라면 그자의 관심을 끌 가능성이 더 높아질 겁니다.

캐스린 레이섬의 목소리

지난번에는 통하지 않았죠.

더번 형사의 목소리

그자가 클레어한테 그 책을 줬습니다. 박사님도 그러셨잖아요. 그자에게 그건 친밀함의 표시라고요.

캐스린 레이섬이 더번의 주장에 대해 잠시 생각하는 동안 침묵이 흐른다. 이윽고 캐스린이 이야기를 시작하는데, 아주 조금이지만 단호함이 누그러진 듯 들린다.

캐스린 레이섬의 목소리

그렇다고 쳐도 클레어가 민간인이라는 사실은 무시할 수 없어요. 이건 안전에 대한 문제예요.

더번 형사의 목소리

무슨 일이 벌어지면 우리가 바로 덮칠 겁니다. 그리고 클

레어의 가장 큰 장점은 아무 기록이 없다는 거예요. 그자
가 확인해볼 은행계좌도, 사회보장번호도 없어요. 우리가
어떤 인물을 필요로 하더라도 클레어는 다 될 수 있어요.

이만하면 들을 만큼 들었다. 나는 복도로 나가 노크도 하지 않고
레이섬 박사의 사무실로 불쑥 들어간다.

"제가 할게요." 나는 말한다. "그게 뭐든. 하지만 수고비는 지불
하셔야 해요."

꽤나 요란한 등장이었건만, 캐스린 레이섬은 전혀 동요한 기색
을 보이지 않는다. "우리가 지금 무슨 이야기를 하는지 알고 하는
말인가요?"

나는 어깨를 으쓱한다. "약간 들었어요."

"적어도 이야기 정도는 해도 되겠죠." 더번 형사가 차분하게 말
한다.

레이섬 박사는 눈도 깜박이지 않고 나를 찬찬히 뜯어본다. "좋
아요. 스텔라 포글러 살인사건을 수사하는 과정에서 용의자가 떠
올……"

"남편이죠."

"말을 끊지 말아요. 용의자가 떠올랐어요. 고도로 지능적이고,
자제력이 매우 뛰어난 사람이죠. 그 남자는 부추기거나 계략에 끌
어들여서 본색을 드러내게 할 수가 없어요. 다른 작전이 다 실패했
다면 위장수사가 성공할지 모른다는 의견이 나왔죠."

"그러니까 그 남자한테 덫을 놓으려는 거예요?"

"당신이 놓는 종류의 덫은 아니에요." 레이섬 박사가 고압적인

어조로 말한다. "심리학에 기반한, 고도로 정교한 작전이 될 거예요. 용의자는 자신의 인격이 품고 있는 다양한 측면을 드러내도록 유도될 테고, 그러면 그 결과를 스텔라 포글러의 살인범에 대한 내 프로파일 결과와 비교해볼 거예요. 그 두 가지가 일치한다면……
용의자와 살인범이 동일 인물임을 강력하게 시사하겠죠."

"그 작전이 위험할까요?"

"그럼요."

"당신은 도청장치를 할 거예요." 더번이 안심시키듯 말한다. "언제라도 당신을 데리고 나오기 위해 우리 인원이 대기할 거예요."

"내가 그 일을 맡으면 얼마를 받을 수 있죠?"

"미끼가 되는 사람은 시민의 의무를 다한다는 사실에 만족감을 얻겠죠." 레이섬 박사가 싸늘하게 말한다. "사람이 죽었어요, 클레어."

"어느 정도는 지불할 수 있을 거예요." 더번이 덧붙인다.

"나는 그린카드를 원해요." 나는 천천히 말한다. "규정대로 지급되는 급여 전액과 그린카드."

그가 고개를 젓는다. "불가능해요."

"형사님이 그러셨잖아요. 이민국에 친구가 있다고……"

"그린카드는 나올 리 없어요." 레이섬 박사가 말을 끊는다. "왜냐하면 아무 작전도 진행되지 않을 테니까요. 당신이 이 일을 할 기회는 없을 겁니다."

더번 형사와 내가 동시에 박사를 쳐다본다.

"당신이 할 수 있다고 내가 판단하지 않는 한 말이죠." 그녀가 덧붙인다.

18

　내가 몇 가지 서류에 서명을 하자 레이섬 박사는 심리검사를 잔뜩 시킨다. 웩슬러지능검사. 미네소타다면성격검사. 헤어사이코패스검목표. 박사는 내게 양손에 전극을 쥐라고 한 후 스크린에 여러 이미지를 띄운다. 개들, 아기들, 구름들, 그러더니 느닷없이 칼 한 자루, 포르노, 더 많은 구름들.

　하지만 우리는 대부분의 시간을 대화로 보낸다.

　"왜 뉴욕이죠, 클레어?"

　나는 어깨를 으쓱한다. "안 될 건 뭐죠?"

　레이섬 박사가 날카로운 눈빛으로 나를 바라본다. "내가 알기로, 당신은 위탁아동이었죠."

　"네." 나는 도대체 그 사실을 어떻게 아는지 의아해하며 대답한다.

　"그러면 위탁가족과는 잘 지냈나요?"

　"위탁가족들이겠죠. 여러 집을 다녔으니까. 우리가 자기들 집에 너무 자리잡는 걸 좋아하지 않더라고요. 아뇨. 사실 사이가 안 좋았어요."

　박사는 내가 이야기를 계속하도록 기다린다.

　"제가 가장 오래 지냈던 가정을 예로 들어보죠." 마침내 나는 입을 연다. "줄리와 게리의 집이었죠. 줄리는 보건소에서 근무했어요. 게리는 마케팅 관련 종사자였고요. 겉으로 보면 행복한 가족이 었어요…… 적어도 사회복지사가 곁에 있을 때는요. 아마 내가 열한 살 때였던 것 같은데, 나는 줄리와 게리가 서로를 별로 좋아하지 않는다는 사실을 알아차렸어요. 그래도 갈라지는 않았어요. 이혼을 하면 공동으로 하는 부업—위탁부모요—이 날아갈 테니까요. 위탁아동 한 명당 연간 지원금이 만 파운드에 면세 혜택이 있었죠. 그러니 두 사람은 아무 문제가 없는 척하며 버텼어요."

나는 이야기를 중단한다. "계속해요." 레이섬 박사가 조용하게 말한다.

"게리가 나를 보는 눈빛이 달라졌다는 사실을 처음 깨달은 건 일 년 정도 더 지났을 때였어요. 욕실에서 나오다가 그와 마주쳤는데, 우리가 무슨 비밀이라도 공유한 것처럼 실실 웃더라고요. 한번은 제가 다리를 베였는데, 상처가 얼마나 심한지 확인한다면서 양손으로 제 다리를 위아래로 어루만진 기억도 나요. 그후로 가끔 제 등을 쓰다듬기도 했고요…… 처음에는 그런 것도 좋았어요. 그러니까 없는 사람 취급당하는 것보다는 좋잖아요, 안 그래요? 드디어 그의 관심을 끌 만한 뭔가가 나한테 생긴 거예요. 줄리한테는 없는 것 말이죠. 얼마 지나지 않아 그게 뭔지 깨닫게 되었죠.

그 사람은 사실 아무 짓도 하지 않았어요. 어쨌든 심각한 짓은 하지 않았죠. 단지 그와 단둘이 있는 실수를 저질렀을 때 그가 내 신체 부위를 몇 번 움켜쥐었을 뿐이에요. 결국 줄리가 남편을 집에서 쫓아냈고 그는 같이 일하던 여직원과 도망쳤는데, 조금도 놀랍지 않더라고요."

레이섬 박사가 고개를 끄덕인다. "그리고 법률사무소 의뢰로 당신이 하던 바람잡이 일 말이에요."

"그게 뭐요?"

"그 일을 할 때 어떤 기분이죠?" 박사가 이 질문을 하는 순간, 나는 이것이 박사에게 중요한 질문이라고 직감한다.

나는 어깨를 으쓱한다. "집세를 해결해주는 지저분한 일이었죠."

"그게 다였나요, 클레어?"

"이보세요," 나는 박사가 자꾸 파고들자 짜증이 나 이렇게 쏘아붙인다. "그 여자들은 남편이 나 같은 여자의 유혹에 넘어온다면 결혼생활을 유지할 가치가 없다고 생각했어요. 하지만 진실은 말이죠, 그런 상황에서 남자라면 거의 다 유혹에 넘어온다는 거예요. 남자들은 원래 그렇게 생겨먹었으니까요."

"꽤나 냉소적인 관점이군요. 그 여자들은 배우자를 믿고 싶었던 것일 수도 있잖아요."

"그렇다면 남편들을 믿으려고 했어야죠. 관계를 시험해서 박살 내버릴 게 아니라." 나는 고개를 가로젓는다. "남자들은 머리가 아니라 좆으로 생각해요. 받아들이세요."

"모든 남자가요, 클레어?" 레이섬 박사가 조용하게 묻는다. "아니면 당신의 위탁부 같은 남자들만 그런가요?"

나는 박사를 가만히 바라본다. 박사가 이 주제로 무슨 말을 하고 싶어하는지 이제야 알겠다.

나

바람잡이 일을…… 내가 어린 시절의 경험 때문에 한다
는 건가요, 그런 건가요?

나는 눈물이 차오르는 것을 느낀다.

나

내 가족이 깨진 것처럼 다른 사람들의 가정도 깨는 거라
고요? 어렸을 때 아무도 내 곁에 없었기 때문에 그 남자
들을 벌하는 거라는 건가요? 나를 사랑해주는 아버지가
없었기 때문에? 쾌락을 찾는 질척거리는 변태밖에 없었
기 때문에?

눈물 한 방울이 볼을 타고 흘러내린다. 나는 눈물을 닦는다.
캐스린 레이섬이 양손을 들어올리더니 놀랍게도 박수를 친다.
천천히 손을 움직이는 모습이 냉소적이다.

"아주 좋아요, 클레어. 그런 건 다 프로이트의 헛소리죠. 하지만
나는 당신이 내 도전을 받아들이고 응수하는 방식에 깊은 인상을
받았어요. 그 눈물은 좋은 마무리였어요."

박사는 티슈 상자를 내게 건네주며 노트에 뭔가를 기록한다.

"좋아요. 당신의 성생활로 넘어갑시다. 이건 시간이 좀 걸릴 것
같군요."

그리고 마침내 우리는 더번 형사가 기다리는 방으로 돌아간다.
박사를 바라보는 더번의 눈빛은 기대에 차 있다.

"음," 레이섬 박사가 건조한 어조로 말한다. "클레어는 불안정
하고, 충동적이고, 위태롭고, 감정을 잘 터트리고, 거절에 잘 대처

하지 못해요. 어떻게든 숨기려고 안간힘을 쓰지만, 약물중독자가 약을 갈구하듯이 타인의 인정을 갈구하는 면도 있죠. 내가 무슨 말을 하겠어요, 프랭크? 클레어는 배우잖아요. 한편으로는 명민하고, 관찰력이 뛰어나고, 재능이 있고, 대담해요. 내 판단과는 배치되지만, 어쩌면 시도해볼 가치가 있다는 생각도 드는군요."

19

　박사는 나를 같은 건물의 회의실로 데려간다. 이전에 그곳을 사용한 사람들이 두고 간 전선들이 어지럽게 흩어져 있다.

　"십이 년 전 패트릭 포글러는 성매매 여성인 콘스턴스 존스의 실종사건 수사에서 용의 선상에 오른 적이 있어요." 레이섬 박사가 시청각 기기의 스크린에 젊은 흑인 여성의 사진을 띄운다. 그 여자는 도전적인 눈빛으로 카메라를 응시하고 있다. 잘 보니 경찰의 수용기록부 사진이다. "콘스턴스 존스가 포글러의 차와 비슷한 차에 타는 모습이 목격되었어요. 하지만 목격자는 번호판을 못 봤고 법의학 증거도 없었어요. 콘스턴스는 결국 발견되지 않았어요. 패트릭은 자신의 결백을 주장했고 그가 받은 여러 혐의는 보도조차 되지 않았죠."

　박사가 사진을 바꾼다. 이번에도 수용기록부 사진이다.

　"그로부터 사 년 후, 다른 성매매 여성의 시신이 당시 포글러가 강의를 했던 매사추세츠의 한 대학에서 그리 멀지 않은 빈집에서 발견되었어요. 피해자는 목이 잘려 있었죠. 머리와 몸통이 완전히 분리된 채 놓여 있었어요. 이번에도 패트릭과 이 사건을 연결지을 구체적인 물증은 아무것도 나오지 않았고요."

　"하지만 연결점이 없다면……" 내가 말한다.

레이섬 박사가 손가락을 하나 든다. "한 가지만 제외하면요. 너무 미미한 정황증거라 법정에 제시할 수는 없었어요."

박사가 내게 책을 한 권 건넨다. 그 책을 보자마자 패트릭이 내게 준 책이라는 것을 알아보았다. 패트릭 포글러가 번역한 『악의 꽃』. "56페이지." 박사가 말한다. "소리 내서 읽어볼래요?"

나는 의아해하면서도 시킨 대로 한다.

나

알몸의 소녀가 관능적으로 누워 있네,
호기심어린 두 눈을 향해 사지를 벌린 채.
그녀의 은밀한 부위를 아무렇게 드러냈네,
호박색 허벅지 사이로 얼핏 보이는 분홍빛을.

잘린 머리를 에워싼
오직 진홍색 피의 띠만이
그녀가 이제는 완벽해졌음을 드러내네,
죽은 자는 모두 완벽하듯이.

나는 여기까지 읽는다. 박사가 왜 내게 하필 이 시를 읽어보라고 했는지 이제야 알겠다. 잘린 머리를 에워싼…… 딸깍 소리가 들려 고개를 든다. 레이섬 박사가 스크린에 더 많은 이미지를 띄운다. 끔찍하고 끔찍한 이미지들. 어찌나 잔혹한지 더이상 보고 있을 수가 없다. 하지만 미처 외면하기도 전에 유독 한 장면이 내 뇌리에 박힌다. 빼곡하게 피워놓은 교회 촛불들 사이에 여자의 잘린 머리가 놓여 있다. 그 여자의 귀에는 여전히 커다란 귀고리가 달려 있다. 두 눈은 살짝 감겨 있다. 그 덕분에 녹색 아이섀도가 보인다. 얼굴은 무표정하지만 어딘지 체념한 기색이 느껴진다.

"계속해요." 레이섬 박사가 차분하게 말한다.

내키지 않지만 나는 책을 들고 계속 읽는다.

나

말해줘요, 차가운 미녀여, 당신의 죽음의 친구는—
그의 욕망을 당신이 살아서는 만족시킬 수 없어요—
당신의 생명력이 빠져나간 관능적인 시신으로
그의 괴물 같은 욕정을 채웠나요?

이제 그 남자는 어디를 가든
숨을 수도 도망칠 수도 없어요.
왜냐하면 그는 죽음의 달콤한 과실을 맛보았기에
모든 영원을 사랑하게 되었으므로.

나는 입안이 바짝 말라 읽기를 멈춘다. "하지만 이걸로는 범인이 그 사람이라는 걸 입증하지 못해요, 그렇지 않나요? 이걸로는 패트릭이 범인이라는 증거가 안 돼요."

"맞아요." 레이섬 박사가 선선히 인정한다. "아무것도 입증하지 못해요."

"그러면 스텔라는요? 스텔라도…… 그 죽음도 이런 식이었나요?"

"지금부터 그 이야기를 할 거예요. 스텔라가 죽기 직전 패트릭은 바에서 누군가를, 젊은 여자를 만났어요. 그 여자가 패트릭의 책을 집어들었을 때 그가 읽다가 엎어뒀던 페이지가 펼쳐졌어요. 기억해요?"

나는 고개를 끄덕인다.

"지금 어느 페이지인지 찾을 수 있어요?"

나는 시킨 대로 한다. 패트릭 포글러가 그날 저녁 그렇게 집중해 읽고 있었던 시는 「살인자의 포도주」라는 시였다.

아내가 죽었다. 나는 자유다.

이제 나는 내 심장의 욕망을 들어줄 수 있다.

"패트릭의 과거를 살펴보면," 레이섬 박사가 말한다. "그가 어디에 살았건 그곳에서 어린 성매매 여성들이 사라졌다는 사실을 알게 돼요. 많지는 않아요. 일 년에 한두 명이죠. 신문의 헤드라인을 장식하기에는 부족해요. 약에 찌든 창녀 몇 명이 어찌되건 누가 신경쓰겠어요, 안 그런가요? 하지만 어떤 패턴을 도출하기에는 충분하죠. 시신은 거의 발견되지 않았어요. 하지만 발견된 경우에는 『악의 꽃』에 나오는 여러 시들을 반영하듯 시신이 훼손되어 있었어요." 박사는 사진을 더 띄운다. 끔찍하고 꿈에 나올까 무서운 사진들. "섀니스 윌리엄스. 이 피해자는 심장을 일곱 번이나 찔렸어요. 「마돈나에게」라는 시와 일치하죠. 그 시에서 보들레르는 이렇게 말해요. '나는 일곱 자루의 칼을 챙길 것이다. 치명적인 죄악 하나마다 한 자루씩. 그리고 그 칼들을 당신의 헐떡이며 흐느끼는 심장에 꽂아넣으리.' 제이다 플로이드. 이 피해자는 유방이 절개되어 있었어요. 그건 보들레르가 이렇게 묘사한 시와 일치해요. '어떤 남자들은 오렌지에서 즙을 빨아먹듯 모든 은총을 남김없이 빨아들이며 거식증인 창녀들의 모두 빨려버린 젖을 깨물고 키스하기를 좋아한다……' 됐다 싶으면 말해줘요."

"충분히 들었어요."

하지만 레이섬 박사는 거기서 멈추지 않는다. 다른 사진, 또다른 사진. "재스민 딕슨의 경우 「시체」라는 시를 연상시키듯 배가 갈라져 있었죠. 이마니 앤더슨은 머리털이 잔인하게 밀려 있었는데, 보들레르가 자신의 정부의 머리채를 '불타는 아프리카의 검은 바다'에 비유한 시와 똑같았어요. 프레셔스 콜먼은 비장이 관통되어 있었어요. 애니 워싱턴도 마찬가지예요. 보들레르는 '스플린Spleen'*이라는 제목으로 시를 여러 편 썼어요. 그리고 이 사람들이 우리가 찾아낸 피해자라는 사실을 명심해요." 박사가 리모컨을 딸깍하고 조작하자 다행스럽게도 스크린이 점점 어두워진다. "그러더니 스텔라 포글러와 결혼한 사 년 전부터 살인이 뚝 멎었어요."

"그건 왜 그런 거죠?" 나는 방금 전에 본 것들을 머릿속에서 지우기 위해 질문을 던진다.

"패트릭이 좋은 사람이 되고 싶었을 수도 있죠. 어쩌면 사랑에 빠졌을지도 모르고요. 더 능숙하게 시신을 숨기게 되었는지도 몰라요. 어느 쪽이건 포글러의 인생에서 일어난 큰 사건과 살인의 부

---

* 프랑스어로는 '우울' '권태'를 의미하지만 영어로는 신체 기관 중 하나인 '비장'을 의미하기도 한다.

재가 시기적으로 일치하는 건 이 연속살인과 그를 연결하는 또다른 미미한 단서예요." 박사가 열정적으로 눈을 반짝이며 몸을 앞으로 내민다. "이 작전은 단지 스텔라 포글러의 살인범을 잡기 위한 게 아니에요, 클레어. 이건 소시오패스를 검거하기 위한 작전이에요. 그래서 내가 위험하다고 말하는 거고요."

"정확히 내가 뭘 하면 되죠?"

"나도 몰라요, 정확히는. 다만 당신에게 어떤 인물이 되어야 하는지는 말해줄 수 있어요."

"즉흥연기." 내 심장이 빠르게 뛰기 시작한다.

"그래요. 하지만 이 연극에서는 막이 내린 후에도 시체들이 벌떡 일어나 인사를 하지 않죠. 제발 명심해요, 클레어. 당신은 지금까지 함께 공연한 어떤 감독이나 연기 코치들보다 더 굳게 나를 믿어야 해요. 솔직히 나는 여전히 이 작전을 진행해야 할지 심각하게 고민돼요."

"그런데 이 모든 게 다 우연의 일치라면요? 패트릭이 결백할 수도 있잖아요." 나는 여전히 레이섬 박사의 끔찍한 사진들과 그날 그 바에서 만난 재미있고 지적인 연구자를 연결짓는 데 거부감이 든다.

"맞아요. 사실 우리는 계속 그가 결백하다는 가정하에 이 작전을 진행해야 해요. 그래야만 객관성을 유지할 수 있어요." 박사가 나를 지그시 바라본다. "하지만 이건 꼭 말해야겠어요. 나는 육 년 이상을 이 살인사건들을 연구했어요. 스텔라가 살해되기 훨씬 전부터 말이죠. 그리고 연구하는 동안 거의 내내 패트릭 포글러가 가장 유력한 용의자라고 확신했어요."

20

두려움과 의혹으로 불면의 밤을 보낸 후 나는 레이섬 박사의 사무실을 다시 찾아간다. 그리고 그녀의 책상에 앉아 더 많은 서류들의 양식을 채워나간다. 박사는 옆에 서서 그런 나를 지켜본다.

동의서들. 그런 것들이 수십 장이다.

신체상해보상포기각서. 감시허가서. 비밀유지계약서. 사생활포기각서. 그리고 각종 양식에 관한 양식들. 내가 그런 양식들에 서명을 할 때 무슨 일에 대해 서명하는지 잘 이해하고 있었다는 내용의 양식들. 잠입수사가 내 인생과 경력, 정신 건강을 박살낼 수 있음을 거의 확실하게 안 상태에서 자유의지로 동의했다는 내용의 양식들.

나는 서류를 제대로 읽지도 않은 채 페이지마다 이니셜을 쓰고 지정된 자리에 날짜를 쓰며 재빨리 서명을 한다.

"신병교육소에 온 것을 환영한다, 훈련병. 이제 네 엉덩이는 내 것이다." 레이섬 박사가 으르렁거리듯 말한다.

평생 이렇게 형편없는 덴절 워싱턴 성대모사는 처음이다. 나는 억지 미소조차 나오지 않는다.

훈련은 건물의 깊숙한 안쪽에 있는 다른 회의실에서 계속된다.

"함께 괴물들을 살펴봅시다." 레이섬 박사가 차분하게 말한다. 그녀가 리모컨의 버튼을 딸깍 누르자 조명이 어둑해진다.

그녀가 이야기를 하면서 앞뒤로 서성거리는 바람에 스크린에 뜬 얼굴이 잘 보이지 않는다.

"이 사람은 페터 퀴르텐이에요. 뒤셀도르프의 야수라고 알려져 있죠. 그의 아내는 경찰 심리학자에게 부부의 성생활이 더할 나위 없이 평범했다고 증언했어요. 반면 퀴르텐은 관계를 가질 때마다 매번 아내의 목을 조르는 환상을 품었다고 심리학자에게 말했어요. 아내는 남편이 무슨 생각을 하는지 꿈에도 몰랐던 거죠. 다음 슬라이드들은 퀴르텐의 희생자들 일부로, 그가 방치해둔 모습 그대로예요."

참고 볼 만하다 싶어지니 또다른 얼굴이 나타난다.

"키시 벨라는 희생자들을 빈 가스통에 저장했어요…… 한스 판 촌, 수많은 연쇄살인범처럼 그도 겉으로는 매력적이고 잘생기고 카리스마가 대단한 사람이었어요. 여러 희생자 중에 그의 여자친구도 있었는데, 그녀를 살해한 후에 시신을 강간했어요. 그의 여자친구도 남자친구의 머릿속에서 벌어지는 일에 대해 조금도 몰랐죠."

슬라이드가 계속 이어진다. 역겨운 악의 점호.

"당신에게 고작 겁이나 주자고 이런 이야기를 하는 게 아니에요, 클레어." 레이섬 박사가 온화하게 말한다. "이런 사람들을 연구한 결과, 우리는 소시오패스의 심리가 작동하는 방식에 대해 많은 사실을 알 수 있게 되었어요. 가령, 우리는 살인자가 살인 현장을 처리하는 방식을 보고 그의 성격, 지능, 관계, 심지어 그자가 모는 차종까지 추론할 수 있어요." 그녀가 두툼한 문서철을 들어올린다. "이 파일에는 그 성매매 여성들을 살해한 남자에 대해 우리가 아는 사실이 전부 들어 있어요. 경고하지만, 읽기 쉬운 자료가 아니에요. 하지만 이 자료를 철저하게 공부해야 해요. 당신의 목숨이 여기에 달려 있어요."

"이게 사람들이 말하는 심리 프로파일이라는 건가요?" 나는 그 파일을 받으며 묻는다.

"그래요, 이건 일부지만. 그리고 더 많은 사진과 사건 기록들, 참고용 교재의 발췌문들이 있죠…… 우리 일은 폭탄해체반과 비슷해요. 당신이 전선을 뽑아야 한다면, 어느 선이 폭발물에 연결되어 있는지 누구보다 잘 알아야 해요."

"그 사람이 정말 유죄라면요."

박사가 나를 빤히 바라본다. "스텔라 포글러가 어떻게 살해되었는지 아직 못 들었죠, 그렇죠?"

나는 고개를 가로젓는다. "하지만 스텔라를 발견한 메이드가 잔인했다고 한 말은 기억해요."

"경찰은 언론에 세부사항을 전부 공개하지 않았어요. 허위 자백을 방지하기 위해서요." 레이섬 박사가 잠시 이야기를 멈춘다. "그리고 솔직히 경찰은 불안을 조장하고 싶지 않기도 했고요."

박사가 『악의 꽃』을 찾아서 내게 건넨다. "82페이지."

그 페이지에 실린 시의 제목은 '아주 유쾌한 이에게'다.

"괜찮다면 낭송해봐요. 마지막 세 연만."

그래야 할 필요가 전혀 없지만 나는 시의 리듬을 제대로 살려서 읽으려 한다. 하지만 읽고 있는 부분의 의미를 서서히 깨닫기 시작하자 도저히 침착하게 읽을 수 없다. 마지막 행에 다다를 즈음, 내 목소리는 메마르게 죽어 있다.

나

내가 얼마나 좋아하는지, 어느 고요한 밤,
쾌락의 시간이 다가올 즈음
보물 같은 당신의 살로
도둑처럼 슬금슬금 기어가기를.

당신의 환희에 찬 팔다리를 패고 채찍질하고
순종적인 가슴에 멍을 만들기를,
빠르고 급작스럽게 당신의 옆구리를 갈라
입을 쩌억 벌린 상처를 만들기를.

그리고―황홀한 달콤함이여!―
그렇게 밝게 반짝이는
새로운 입술을 통해
나의 독을 불어넣으리, 오 나의 누이여!

"스텔라는 스탠드에 강타당해 살해되었어요." 레이섬 박사가 건조하게 말한다. 그리고 사진 몇 장을 더 띄운다. 잘 보니 스텔라의 호텔방이다. 침대에 시신이 누워 있다. 맨다리 여기저기에 멍이 꽃처럼 피어 있다. 그러더니 느닷없이 사진 하나가 확대되면서, 시트를 적신 시커먼 피에 후광처럼 에워싸인 스텔라의 얼굴이 보인다.

나는 반사적으로 몸을 움츠린다.

"바닥에 떨어진 물건 잔해들은 몸싸움이 벌어졌다는 가정을 뒷받침해주고 있죠." 레이섬 박사가 설명을 이어나간다. "이 사실은 사라진 돈과 맞물려 NYPD가 돈을 훔치려다 일이 틀어졌다고 판단하기에 충분했어요. 처음에는 말이죠. 그런데 처음부터 강도설과 잘 들어맞지 않는 부분이 몇 가지 있었어요. 우선 시신이 시트에 덮여 있었죠. 사람을 막 죽인 도둑들은 그런 짓을 하지 않아요. 최대한 빨리 도주하느라 정신이 없을 테니까요."

"어떤 사람들이 그런 짓을 하는데요? 그리고 왜요?" 내가 말한다.

레이섬 박사가 어깨를 으쓱한다. "숭배의 표현일 수도 있어요. 존중일 수도 있고요. 마지막 인사. 아니면 스텔라의 생기 없는 눈이 비난하듯 바라보는 게 싫었던 것일 수도 있죠." 박사가 리모컨을 조작하자 클로즈업된 스텔라의 다리가 화면에 나온다. 길이가 몇 인치나 되는 피투성이 자상이 몇 개나 있다. "좀더 구체적으로 말하면, 스텔라의 오른쪽 허벅지에 깊게 베인 상처가 하나 있었는데, 깨진 와인잔으로 사후에 낸 상처로 보여요. 그 시에 묘사된 상처와 일치하지만, 당시 경찰들은 그것까지는 몰랐어요."

박사가 다시 리모컨을 딸깍한다. "강도건 아니건 그 상처는 샘플 채취를 지시할 정도로 특이했어요. 경찰이 그렇게 조치한 것이 천만다행이었어요. 덕분에 지금까지 가장 중요한 증거를 입수할 수 있었거든요. 분석 결과 상처의 안쪽에 논옥시놀-9의 흔적이 남아 있었어요. 일반적으로 콘돔에 쓰이는 윤활제 성분이죠." 박사가 잠시 말을 끊는다. "당신이 패트릭을 만났던 바의 남자화장실에는 콘돔자판기가 있었어요. 당신이 우리에게 증언했고 당신이 찍은 영상으로도 확인했듯이, 당신이 그를 유혹하기 직전에 패트릭은 바텐더에게 잔돈을 바꿔달라고 했고요."

레이섬 박사의 말이 내게 가차없이 쏟아져내린다. 섬뜩하고 무시무시하고 역겹다. 나는 손에 든 책을 바라본다. 시. 감상적인 인사용 카드에 쓰인 시처럼 무해하게 나열된 독기를 품은 단어들. 그리고 슬라이드 사진들. 레이섬 박사의 설명이 암시하는 무시무시한 진실. 스텔라를 죽인 자가 그 시신에 자행한 끔찍한 신성모독.

그 사람이 아니야. 그럴 리 없어. 그런 사람이 아니었어. 내 머릿속의 목소리가 끈질기게 말한다. 나는 그 사람이 좋았어. 빌어먹을 그는 좋은 사람이었다고.

배우들은 자신의 본능을 믿도록 훈련받는다. 본능이 우리가 가진 전부일 때가 있다. 하지만 이제야 나는 레이섬 박사가 진행한 속성 강의의 요점이 뭔지 깨닫는다. 수많은 연쇄살인범처럼 그도 겉으로는 매력적이었다…… 그런 사람과 함께 있으면 본능이 틀릴 수 있다. 박사는 이렇게 계속 내게 상기시켜준 것이다.

"하지만…… 왜죠?" 나는 간신히 되묻는다. "다른 피해자들과 달리 스텔라는 성매매 여성이 아니었어요. 그런데 왜 죽이겠어요?"

"우리도 몰라요. 스텔라가 다른 여자들에 대해 알아냈는지도 모르죠. 스텔라가 헤어지려 한다는 걸 패트릭이 알아차렸는데 그는 헤어질 마음이 없었던 걸지도 모르고요. 아니면 단순히 패트릭의 자제력이 바닥나버렸기 때문일 수도 있어요."

나는 스텔라가 내게 해준 말을 다시 떠올린다.

스텔라

나는 그 사람에 대해 뭔가 빌미를 잡을 수 있을 줄 알았
어요. 나를 더이상 뒤쫓지 못하게 할 뭔가를……

　스텔라가 남편을 살인자라고 의심했다면 그렇게 겁에 질렸던 것
도 당연했다. 스텔라는 남편이 내게도 폭력적으로 굴기를 기대한
게 아닐까? 내가 몰래 소지한 카메라에 그 장면이 찍히기를 바랐던
걸까? 나는 남편의 외도 여부를 확인하는 의뢰라고 단순하게 생각
했지만, 그날 밤 스텔라 포글러는 더 어둡고 필사적인 게임을 하고
있었던 건 아닐까?
　"스텔라의 죽음은 패턴에서 벗어나 있다는 점 때문에 유난히 흥
미로워요." 레이섬 박사가 계속 말한다. "다른 살인에는 주도면밀
한 계획성이 보이지만, 이 살인에는 서두른 기색이 역력해요. 심지
어 즉흥적으로까지 보이죠. 이것은 과도한 자신감을 보여주는 것
일 수도 있어요. 아니면 어떤 식으로든 압박감을 느끼는 징후일 수
도 있고요." 레이섬 박사가 리모컨을 조작하자 스크린에서 이미지
들이 사라진다. "어느 쪽이건 좋은 소식이에요. 그가 실수를 하기
시작했다는 뜻이니까요."

21

패트릭 포글러가 테라스 스위트룸의 문을 두드린다.

"누구세요?" 스텔라 포글러가 조심스럽게 묻는다.

"룸서비스입니다."

"아무것도 안 시켰는데요."

아무 대답이 없다. 초조해진 스텔라가 다가가 문을 연다. "무슨 착오가……"

하지만 패트릭이 이미 문을 밀고 들어왔다. "안녕, 여보. 기다리는 사람이라도 있어?"

"패트릭, 아니야. 이건 당신이 생각하는……"

포글러가 가방을 바닥으로 던진다. 쿵 소리가 불길하게 들린다. 그가 레이섬 박사를 돌아본다. "이제 스텔라를 치면 됩니까?"

"아마도요. 당신은 지금 상황을 장악하고 싶을 테니까요."

프랭크 더번이 고개를 끄덕인다. 다시 포글러로 돌아간 그가 가방의 내용물을 바닥에 비운다. 똬리 튼 뱀처럼 뒤엉킨 쇠사슬, 수갑, 재갈로 쓸 천뭉치가 쏟아져나온다.

"비명을 지를 거야." 내가 화를 낸다.

"꼭 그렇지는 않아요. 사람들은 이런 상황에 처하면 저항을 할 거라고 생각하지만 실제로 피해자들은 자신에게 벌어진 일이 믿기지 않아서 갈팡질팡하느라 굳어 있는 경우가 흔해요. 게다가 패트릭이 당신을 때렸다면 당신은 엄청난 충격을 받은 상태일 거예요. 그는 그 틈을 이용해서 상황을 장악할 거고요."

프랭크가 내 얼굴을 강타하는 시늉을 한 후 나를 휙 돌려서 손목에 수갑을 채우는 동작을 한다. 내 팔을 움켜쥔 그의 손이 묵직해서 좀처럼 뿌리칠 수가 없다. 나는 그의 남성적 힘을 느끼고 비명을 지른다.

"미안해요." 그가 힘을 빼며 얼른 사과한다.

"수갑은 필요 없어요." 레이섬 박사가 말한다. "수갑을 채웠다면 부검에서 밝혀졌을 거예요. 이 장면을 다시 해봅시다. 이번에는 수갑 없이 가요."

근처 식당에서 우리는 그날의 추천 요리를 앞에 두고 쾌락살인에 대해 토론한다.

"이 점은 확실히 짚고 넘어갈게요, 클레어. 우리가 쫓는 살인자는 현대적 의미의 사도마조히스트에 해당되지 않아요. 하지만 그는 BDSM*이 취향인 사람들 사이에 숨기로 한 것 같아요. 왜냐하면 그들과 어느 정도 이해관계가 일치하거든요. 그들이 성적 쾌락으로 가는 지름길로 결박을 사용할 때, 그는 자신이 관심이 있는 것, 그러니까 굴욕감, 비하, 통제 등을 손에 넣는 지름길로 결박을 이용해요. 타인의 삶과 죽음을 마음대로 할 수 있는 힘이죠."

---

* 지배와 복종, 롤플레잉, 감금 등 가학적이면서 피학적인 다양한 성적 활동.

웨이터가 다가와 물을 더 따라준다. 그가 나를 보며 미소를 짓는다. 레이섬 박사는 알아차리지 못한 듯 이야기를 멈추지 않는다.

"사실 BDSM은 매우 흥미로워요. 이것이 왜 갑자기 주류가 된 걸까요? 매질에 대한 페티시는 어린 시절 체벌의 결과로 생각되어 왔어요. 르 비스 앙글레*라고요. 하지만 그렇게 생각하면 앞뒤가 맞지 않아요. 구타가 일상적인 어린 시절을 보내지도 않은 스폭** 세대가 성인이 되어 결박과 지배를 이용한 실험을 원하게 된 거니까요."

웨이터는 넋이 나가 자리를 뜨지 못한다.

"한 가지 가능성으로, 이러한 일탈을 해방주의의 이면으로 볼 수 있어요. 사람들이 사회적 규범을 희생해가며 자신의 행복을 추구할 권리가 있다고 생각하게 되면, 왜 자신의 가장 어둡고 가장 포식자적인 본능을 탐닉해선 안 되는지 의문을 품는 사람들이 주변부부터 소수로 생겨나 점점 세를 확장하게 되는 거죠. 우리가 쫓는 살인자는 어쩌면 자신을 일종의 낭만적인 안티히어로로 여길지도 몰라요. 누군가가 중단시켜야 하는 병들고 뒤틀린 개인이 아니라요."

---

* le vice anglais. '영국의 악'이라는 뜻으로, 가학피학성이 영국인의 특징이라는 뜻에서 가학피학성이라고도 해석된다. 여기서는 학교에서 체벌이 만연했던 빅토리아시대 영국의 악습을 암시하기도 한다.
** 벤저민 매클레인 스폭(1903~1998). 미국의 소아과의사이자 세계적인 베스트셀러인 『아이와 육아 상식(The Common Sense Book of Baby and Child Care)』을 쓴 작가로, 엄격한 훈육보다 부모의 이해와 유연성을 강조했다.

오후 훈련에서 레이섬 박사와 프랭크 더번, 나는 각자의 화이트보드 앞에 서 있다.

"좋아요." 레이섬 박사가 말한다. "내가 살인범이에요. 프랭크, 당신은 포글러를 맡아요." 박사가 마커펜을 던지자 프랭크가 받아 자신의 화이트보드에 '포글러'라고 쓴다. 물론 박사도 자신의 화이트보드에 '살인범'이라고 쓴다.

"나는 뭘 하죠?" 내가 묻는다.

"아직은 아무것도 하지 말아요. 그러다가 우리가 같은 단어를 쓰면, 다시 말해서 겹치는 부분이 나오면, 그때 당신의 화이트보드에도 그 단어를 써요."

"먼저," 프랭크가 시작한다. "그자는 영리해요." 프랭크는 자신의 보드에 '높은 IQ'라고 쓴다.

"살인범도 마찬가지예요." 박사가 말한다. "클레어, 처음으로 나온 공통점이에요."

"그리고 퇴폐적인 쓰레기에 관심이 있죠."

레이섬 박사가 고개를 끄덕인다. "살인범도 그래요."

나는 고분고분 '높은 IQ'와 '보들레르'라고 화이트보드에 쓴다. 어느새 내 화이트보드에 단어들이 빼곡하게 적히자 레이섬 박사가 다가와 가장 중요한 단어에 동그라미를 친다.

"그러므로 이것이 바로 당신이 연기할 캐릭터의 핵심이에요." 박사가 설명한다. "그가 끌릴 약점들. '순진함'은 그의 통제 욕구를 끌어낼 거예요. '상처받은 모습'은 그의 포식자 본능에 호소하겠죠. '비밀스러움'은 그의 호기심을 자극할 테고요……" 박사의 펜이 반질반질한 플라스틱 표면을 끽끽거리며 미끄러진다.

"패트릭이 그렇게 통제광이라면 굳이 위험을 감수하면서까지 클레어와 관계를 맺으려 할까요?" 프랭크가 이의를 제기한다.

"외로우니까요. 그는 자신과 다른 남자들을 가르는 경계를 자신이 넘었다는 사실을 매우 강렬하게 의식하게 될 거예요. 내 생각이 옳다면, 그자는 자신의 취향을 공유할 수 있을 만한 사람과 관계를 맺을 기회를 환영할걸요."

"놀이 상대로요? 아니면 잠재적인 희생물로요?"

"그자가 그 둘이 다르다고 생각할지 잘 모르겠네요." 레이섬 박사가 말한다.

"그는 그 둘을 다르게 생각할 거예요." 나는 느릿하게 말한다.

두 사람이 나를 바라본다.

"그날 밤 바에서 패트릭이 보들레르가 여자를 두 유형으로 나누었다고 말했어요. 백의 비너스와 흑의 비너스로요." 나는 설명한다. "보들레르는 분명 자신이 흑의 비너스에게 한 짓을 백의 비너스에게 들려주고 싶어했어요. 마치 백의 비너스에게 허락을 구하는 것처럼요. 우리의 살인범이 표적으로 삼는 사람은 대개 창녀라고 하셨잖아요. 어쩌면 그 사람은 이 모든 일을 함께 나누고 싶은 누군가를 찾는지도 몰라요. 그가 다른 여자들에게 한 끔찍한 일들 말이에요. 그가 솔직해질 수 있는 사람."

레이섬 박사가 들고 있던 마커펜으로 나를 가리킨다.

"그 발상 좋은데요." 박사가 말한다. "아주 좋아요, 클레어."

박사는 내 화이트보드에 거창하게 '소울메이트'라고 쓴다.

22

네크로폴리스닷컴Necropolis.com에 오신 것을 환영합니다.

이곳은 권력 교환과 지배와 같은 성적 판타지를 품은 사람들을 대상으로 하는 회원제 성인사이트입니다. 이곳에는 대다수의 사람들에게 불쾌함을 유발하는 자료가 있습니다. 우리가 이런 사람인 것은 미안하지 않지만 이런 콘텐츠가 취향이 아닌 분은 그냥 나가시기를 권고합니다.

나는 회원 가입을 하고 승인되기를 기다린다. 몇 분 후 핑 소리가 들린다. 가입 신청이 승인되었다.

오늘 나는 레이섬 박사에게 쪽지 하나를 받았다. "오늘의 과제는 이 사이트예요. 이곳을 방문하는 사람들에 대해서 최대한 알아내세요. 그들에게 말을 걸어봐요. 클레어. 왜 그 사람들이 그런 걸하는지 알아낼 수 있을지 확인해봐요."

"그 사람들이 나를 상대해주지 않을 텐데요?"

"당연히 그럴 테죠. 그러니까 당신이 거기 가입하게 된 배경을 미리 생각해둬야 해요." 레이섬 박사가 시계를 힐끔 본다. "이따가 다시 들러서 어떻게 하고 있는지 살펴볼게요."

나는 로그인 화면에 패스워드를 입력하고 사이트로 들어간다.

다양한 섹션으로 나뉘어 있다. '사진' '판타지' '게시판'. 그때 대화창이 뜬다.

> 신입회원이니 프로필을 만들어보면 어떨까요? 다른 신입회원들의 프로필을 읽어보거나 먼저 게시판으로 가서 인사를 해보세요.

뭐라고 쓰지? 레이섬 박사가 도와주면 좋겠는데. 하지만 다시 생각해보니 박사가 내게 이 일을 일임한 데에는 분명 이유가 있을 것 같다. 우리가 함께 만들고 있는 캐릭터가 되기 위한 첫걸음마를 떼게 하려는 것이다.

> >> 안녕하세요. 나는 클레어라고 해요. 스물다섯 살에 영국인이고 뉴욕에 살아요.

나는 심호흡을 한다.

> >> 내 성적 판타지를 실제로 탐험할 용기가 있기나 한지 잘 모르겠어요. 하지만 다른 회원분들과 경험이나 꿈, 생각을 정말 나누고 싶어요.

순식간에 세 개의 글이 달린다.

> >> 안녕하세요, 클레어. 사진 좋아해요?

나는 다운로드한 사진을 보며 인상을 찌푸린다. 역겹다. 하지만 솔직히 조작된 사진이라는 게 너무 빤히 보여서 충격은 만화를 보는 수준과 다르지 않다.

>> 별로요.

두번째 글은 좀더 구체적이다. 글쓴이—자칭 '야수'—는 내 목을 조르고 싶다고 한다. 내가 자비를 간청하는 소리를 듣고 싶다고 한다. 내가 좀더 해달라고 간청하면 좋겠단다. 나는 답을 단다.

>> 목이 졸려 죽어가는 사람치고 말이 많은 것 같은데요.

나는 키보드를 두드린다. 세번째 글이 달린다.

>> 신입회원을 괴롭히지 마, 멍청이들아. 클레어, 어떻게 이 사이트에 오게 되었는지나 말해봐요.

한 시간 후 어느새 새 친구들이 생겼다. 세번째 글을 단 빅터와 캐리, 꼬맹이, 베토벤, 후작이다.

>> BDSM은 우아함이 전부예요. 피지배자를 거세한 수소처럼 꽁꽁 묶어놓고 배를 걷어차는 행위 어디에서 만족감을 느낄 수 있겠어요. 실력이 뛰어난 지배자는 미세한 동작으로도 강렬한 고통을 만들어낼 수 있는 체위나 행위를 선택하는 과정에서 쾌락의 반을 느끼죠.

이 답글은 베토벤이다. 캐리가 덧붙인다.

>> 절대적으로 그래요. 내가 가장 좋아하는 장난감 중 하나는 단순한 널빤지인데, 그걸 길게 세워서 다리 사이에 끼우고 편하게 서 있을 수 있는 높이보다 2인치가량 더 들어올리는 거예요. 내 바텀이 그 널빤지를 다리 사이에 세우고 서 있으려면 발가락 끝으로 버텨야 할걸요.

내가 키보드를 두드린다.

>> '내 바텀*'이라고요? 죄송해요. 무슨 말인지 모르겠어요.

빅터가 대답해준다.

>> 캐리는 해부학적인 인체 부위를 말하는 게 아니에요, 클레어. 피지 배자 파트너를 말하는 거죠.

이곳이 연기의 세계만큼 은어로 뒤덮인 세계라는 사실을 나는 깨달아가는 중이다. 알파벳 머리글자만으로도 머리가 빙빙 돌 지경이다. CP, CBT, YMMV. 비록 YMMV가 '사람마다 결과가 다르다'는 뜻이라는 걸 알아봐야 실제로 의문을 푸는 데 별로 도움이 되지 않았지만 어떻게든 용기를 끌어모아 무슨 뜻인지 질문을 했다.

목 꺾기, 와텐버그 휠, 톱 스페이스, 포니 플레이에 대한 대화에

---

* '엉덩이'라는 뜻이 있다.

이르러서는 정신이 하나도 없다.

　캐리가 말한다.

　>> 아무것도 모르는 것을 보니 군침이 도네요, 클레어. 정말로 오프에
　서 만나고 싶지 않아요?

빅터가 끼어든다.

　>> 클레어 좀 가만히 둬, 캐리. 오늘 저녁 클레어는 순전히 호기심 많
　은 관찰자로서 우리와 이야기하는 거야.

나는 빅터가 꽤 마음에 든다. 그는 이 낯설고 새로운 지하세계에
서 나를 인도하는 길잡이로 자처하는 것 같다.

　>> 말하자면 '한번 써보고 구입하겠다'는 건가요?

이렇게 조롱하는 이는 캐리다. 나는 답을 단다.

　>> 그 이상이죠. 돌다리도 두드려보고 건너라. 그리고 솔직히 이런 쪽
　에 완전 백지는 아니에요. 예전에 사랑했던 사람이 이쪽에 심취해 있
　었거든요. 하지만 그때 저는 많이 어렸어요. 너무 어렸던 것 같아요.

이렇게 답을 다는 순간, 내가 좋은 선택을 했다는 걸 알겠다. 조
만간 패트릭이 만나게 될 '클레어'에게는 이런 과거가 있을 것이다.

>> 그 사람은 어디 갔어요, 클레어?

>> 불행히도 그 사람은 제게 많은 걸 알려주기도 전에 죽었어요.

비극적인 과거. 그 과거로 인해 나는 이 세계에 끌리면서도 어느 정도는 반감을 느끼게 된 것이다.

레이섬 박사가 옳았다. 서서히, 이런 활동이 내가 점점 더 집중해야만 하는 인물로 나를 만들어준다. 화이트보드에 줄줄이 적힌 특성들의 목록이 아니라 살아 숨쉬는 진짜 인간이 되어가는 것이다.

로그아웃을 하고 보니 어느새 자정이 넘었다. 눈이 침침하고 타이핑을 하느라 손목이 시큰거린다.

문이 열려 있는 레이섬 박사의 사무실 앞을 지나가는데 그녀가 내 이름을 부르는 소리가 들린다. 서류에 함락된 듯한 책상 앞에 박사가 앉아 있다.

"늦게까지 일하네요, 클레어."

"박사님도요."

"당신에게 줄 것이 있어요." 박사가 봉투 하나를 꺼내든다. "우리는 잔업수당은 주지 않아요. 하지만 급료는 지불하죠. 당신의 첫 주급이에요."

"혹시 수표인가요? 제가 아직 미국 은행계좌가⋯⋯"

"알아요. 걱정 말아요, 현금이니까."

나는 봉투를 받으면서 컴퓨터의 모니터를 힐끔 본다. 박사가 작업

중이던 문서의 창을 얼른 최소화하지만 나는 벌써 제목을 보았다.

클레어 라이트. 심리 프로파일.

23

당신은 누구죠?

내 이름은 클레어 라이트예요.

어디 출신이죠?

내 고향은 보이시* 근처 페리스프링스예요. 아버지는 내가 열 살 때 네 사람의 목숨을 빼앗은 자동차 사고로 돌아가셨어요. 아버지가 운전자였죠. 그후로 엄마는 재혼하지 않았고요. 나는 늘 나이 많은 남자한테 끌렸던 것 같아요. 나한테 이 세상을 가르쳐줄 수 있는 흥미로운 권위자 말이에요.

계속해봐요.

고등학교 시절은 평범했어요. 남자친구가 있었고 열다섯 살에 처음 섹스를 했어요…… 그후로 섹스는 쉽게 했어요. 꽤 거칠어 보이는 애들하고

---

* 미국 아이다호주의 주도.

어울렸죠. 하지만 그애들은 보이는 것만큼 거칠지 않았어요. 그러다 대학에 가서 교수님 한 분과 연애를 했어요. 그분은 유부남이었죠.

그 사람 이름이 뭐였죠?

페어뱅크.

연인을 이름으로 부르지는 않았나봐요?

죄송해요. 엘리엇. 엘리엇 페어뱅크. 그 시절에 나는 내가 가진 더 어두운 측면을 알게 되었어요. 이전에 가본 적 없는 훨씬 더 먼 곳까지 떠밀려 가고 싶은 마음 말이에요. 우리는 좋아하는 마음만큼 많은 시간을 함께 보낼 수 없었어요. 그래서 그는 나한테 글을 써주곤 했죠…… 성적 판타지를요. 그 글들은 대개 메일로 오거나 우편함에 들어 있곤 했어요.

좋아요, 클레어. 그 사람에게 무슨 일이 일어났죠?

그 사람 아내가 컴퓨터에서 메일 한 통을 찾아냈어요. 그걸 가지고 곧장 학장을 찾아갔죠.

그때 어떤 느낌이었죠?

좋아 죽을 것 같았어요. 그가 해고를 당하고 아내를 떠나면 아무것도 우리의 결합을 막지 못할 거라 생각했거든요. 하지만 그는 그 상황을 감당하지 못했어요. 우리 사이가 다 알려진 거 말이에요. 그 사람은…… 자살했어요. 하지만 그전에 나한테 마지막 메일을 보냈죠.

무슨 내용이었어요?

자신과 함께하자고 했어요. 그걸 같이 하자고요. 동반자살.

하지만 하지 않았군요.

끌리긴 했어요. 하지만 그 사람이 느꼈던 수치심이 별로 와닿지 않았어요. 나는 우리 둘 중에 그 사람이 강한 쪽이라고, 내가 그 촌구석을 벗어나도록 도와줄 사람이라고 생각했어요…… 그런데 그가 길에서 벗어나도록 만든 사람이 나였던 거예요. 그 반대가 아니라.

그래서요?

나는 여행을 떠났어요. 나중에 깨달았지만, 그건 걷잡을 수 없는 상황을 피해 도망친 것에 불과했어요.

도망을 친 건가요? 아니면 뭔가를 모색중이었나요?

둘 다였죠. 아니, 모색중이었던 쪽에 더 가까울 거예요.

그러면 당신은 무엇을 모색하는 중이었죠?

모르겠어요. 하지만 지금도 궁금해요…… 어쩌면 길잡이가 필요한지도
모르겠네요.

그런 말은 하지 말아요. 그건 너무 노골적이에요. 그 남자는 자신에게
쓸모 있을 잠재력이 당신에게 있는지 찾으려 할 거예요. 자, 한번 더
해보죠. 당신은 누구죠?

24

"오늘," 캐스린 레이섬이 말한다. "우리는 한 장면을 분석할 거예요. 다시 말해서 범죄 장면이죠." 그녀는 스크린에 좀더 많은 이미지를 띄운다. "지금부터 살인사건 가운데 한 건을 소상하게 보여줄 거예요."

"왜죠?" 내가 묻는다.

"왜냐고요?" 박사가 놀라서 되묻는다. "그래야 이 남자가 무슨 짓을 할 수 있는지 당신이 명확하게 이해할 수 있으니까요."

"나는 알고 싶지 않아요."

"이런 걸 배경 브리핑이라고 해요, 클레어. 요원에게 임무를 수행할 도구를 준다고……"

내 입에서 한숨이 나온다. "저도 제 임무가 뭔지 알아요. 그리고 그건 연기라고 하죠. 제 전문 분야고요. 이제 저를 잠입요원이라고 생각하지 마시고 캐릭터로 생각해주세요. 이해가 안 되세요? 머릿속으로 이 남자가 불쌍한 여자의 심장이나 다른 곳을 칼로 찔렀을지도 모른다고 계속 생각하고 있으면 그와 데이트를 하는 데 도움이 될 거라고 생각하세요? 제 캐릭터는 지금 멋진 남자와 데이트를 한다고 믿어야 해요. 매력적이고 좋은 관계를 맺을 수 있을 것 같은 사람한테 홀딱 반했다고 말이에요."

레이섬 박사가 생각에 잠긴다. "패트릭을 매력적이라고 생각해요, 클레어?"

"네," 나는 잠시 말을 끊었다가 덧붙인다. "그래요."

"음, 그렇군요. 그리 대단한 연기력은 필요하지 않겠네요." 레이섬 박사는 자신의 끔찍한 사진들로 돌아간다. "이 첫번째 이미지는……"

"저는 회색 지대를 봐야 해요."

박사가 의아해하는 표정으로 나를 돌아본다.

"이건 헨리―전에 같이 일했던 전직 경찰요―가 쓰던 표현이에요." 내가 설명한다. "헨리는 이렇게 말했어요. 위장수사를 할 때는 내가 잠입한 곳의 사람들이 믿는 대로 믿어야 한다고요. 안 그러면 그 사람들이 알아차릴 수 있대요."

"이 작전을 진행하는 사람은 전직 경찰인 헨리가 아니라 나예요. 그리고 나는 당신이 긴장하기를 원해요. 긴장해야 안전하니까요."

"그러면 일이 진행되지 않을 거예요." 나는 잠시 망설이다가 얼른 말한다. "생각해보세요. 박사님은 줄곧 이 건에 대해서 객관적이라고 하시지만 이미 패트릭이 범인이라고 확신하고 계시잖아요. 어떻게 그런 태도가 윤리적이죠? 박사님은 리허설 첫날에 이러저러한 인물이 진짜 악당이라거나 연극은 처음부터 끝까지 전체주의라고 선언하는 연출 같아요. 이런 진행은 나빠요. 모든 걸 깊이 없는 일차원으로 만들어버리니까요. 저는 그런 식으로는 일 못해요. 저는 제 캐릭터를 믿어야 해요. 그러기 위해서는 그 사람을 있는 그대로 믿어야 하죠. 그리고 그런 것이 가끔 박사님한테 입을 다물라고 하는 거라면…… 음, 어쩔 수 없죠."

나는 말을 멈춘다. 할말을 다 했기 때문이기도 하지만, 내가 소소하게 감정을 폭발시키는 내내 박사가 실은 내 말을 듣지 않는 것 같은 묘한 기분이 들었기 때문이다. 박사는 나를 연구하는 중이었다. 십 점 만점에 몇 점을 줄지 나를 지켜보는 캐스팅 디렉터처럼.

"좋아요." 박사가 고개를 끄덕인다. "이 문제는 당신의 방식을 따르기로 합시다. 회색 지대를 봐요, 클레어. 그게 도움이 된다고 생각하면요. 더이상 살인사건에 대해서 살펴보지 않겠어요." 그녀의 목소리가 단호해진다. "하지만 나머지 측면에서는 내가 책임자예요. 됐죠?"

박사가 리모컨을 조작하자 스크린이 검게 바뀐다.

"고맙습니다." 나는 살짝 놀라며 말한다.

문득 전직 경찰 헨리가 입버릇처럼 하던 말이 떠올라 머릿속을 맴돈다. 어떤 사람들은 그 회색 지대에 장악되고 말아. 그리고 그것을 놓아버릴 수 없게 되는 거야.

25

나는 다른 것들과 함께 보들레르에 대해서도 공부하는 중이다.

백의 비너스와 흑의 비너스는 이제 이름도 있다. 아폴로니 사바티에와 잔 뒤발이다. 한쪽은 새하얀 피부에 우아했으며, 어찌나 당당했는지 추종자들은 그녀를 '대통령'이라고 불렀다. 다른 쪽은 너무도 가난한 시인까지 먹여 살리기 위해 몸을 팔아야 했던 크레올 혼혈인 무희였다. 아폴로니의 살롱은 19세기 파리 지성의 중심이었다. 그녀의 추종자들 중에는 발자크와 플로베르, 빅토르 위고 등이 있었다. 하지만 매년 보들레르가 돌아간 사람은 잔이었다. 보들레르는 잔에게 매독을 옮겼다. 잔은 보들레르를 아편중독자로 만들었다. 영혼이 망가진 두 인물은 가난과 집착이라는 멍에를 함께 짊어졌다.

"보들레르는 익명으로 오랫동안 아폴로니 사바티에에게 시를 보냈어요." 레이섬 박사가 말한다. "『악의 꽃』이 마침내 보들레르의 이름으로 출간되자 아폴로니는 그 익명의 시인이 누구인지 알게 되었죠. 하지만 이 이야기는 뜻밖의 전개를 맞아요. 당국이 시집을 압수한 거죠. 보들레르가 아폴로니에 대해 쓴 시 여섯 편을 포함해서 전부 열세 편이 검열을 당했고 보들레르는 외설죄로 재판을 받게 되었어요. 보들레르는 아폴로니를 찾아가 그녀의 인맥을 동원해 도와달라고 했죠. 그녀가 정말 도와줬다면 그 노력은 실패한 게 분명해요. 금지된 시의 대부분이 계속 금지되었으니까요. 하지만 재판이 끝난 후 보들레르는 마침내 백의 비너스와 잠자리를 하게 되죠. 그날 밤 정확히 무슨 일이 있었는지는 아무도 몰라요. 유일한 단서는 며칠 후 보들레르가 아폴로니에게 보낸 거절의 편지인데, 정열에 유혹될 때 자신이 느낄 혐오감을 너무 잘 알기 때문에 그 정열에 공포를 느꼈다는 내용이었어요."

"패트릭도 같을 거라고 생각하세요? 그 사람도 섹스가 자신의 본모습을 드러낼까봐 섹스를 경계할 거라고요?"

"나는 그렇게 확신해요. 당신은 그 사람의 내면에서 감지한 어둠 때문에 도망치지 않을 거라는 점을 보여줘야 해요. 오히려 그 어두운 면에 끌렸다고 믿게 해야죠. 공포에는 공포로, 그와 어울리는 사람이라는 점을 보여줘야 해요."

"어떻게 그렇게 하죠?"

박사는 잠시 머뭇거리더니 우리 사이에 놓여 있는 책을 가리킨다.

"시. 패트릭은 수백 년을 뛰어넘어 그에게 말을 거는, 그 시들 안에 있는 뭔가에 분명히 반응을 했어요. 그러니 그 시들이 당신에게도 말을 걸 거예요. 그 시들이 당신을 안으로 들여보내줄 거예요, 클레어."

박사는 영국에서 보내준 나의 의료 기록을 가지고 있다.

"특별히 독하게 하지는 않았네요." 박사는 팩스로 도착한 기록을 훑어보며 오만하게 말한다. "왼팔 주관절와를 가로로 세 번 얕게 그었군요. 요란했겠어요. 어쨌거나 출혈이 몇 시간 지속되었겠군요. 호르몬이 넘치는 혼란스러운 십대가 도움을 요청하는 고전적인 방법이죠."

"그때는 그 이상으로 절박했어요."

"그랬을 거예요." 박사가 날카로운 눈빛으로 나를 올려다보며 말한다. "그걸 이용해요, 클레어. 물론 자해를 하라는 말이 아니라 그런 지경으로 몰고 간 그 강렬한 감정을 이용하라는 거예요. 그 예쁘장한 얼굴 뒤에 감춰진 불안정함을 그자라면 감지할 거예요. 어둠. 그 자신과 마찬가지로, 당신이 아웃사이더라는 사실을 그자가 알아차려야 해요."

최근 거의 아침마다 나를 데리러 오는 프랭크가 이번에도 아파트 앞에 와 있다. 그를 맞으러 내려가니 로비에서 그가 내 앞을 막아선다.

"가서 짐을 싸요, 클레어. 오늘 이후로 여기 돌아올 일은 없을 테니까."

"그러면 나는 어디로 가요?"

"캐스린은 당신이 지어낸 배경과 더 잘 어울리는 곳으로 거처를 옮기기를 원해요. 인테리어업자를 고용해서 미리 집을 꾸며놓았어요."

"인테리어업자요? 내가 신분 상승을 하려나보네."

내가 긴급 보급을 위해 제스의 옷장을 급습하는 통에 제스가 일어난다. 프랭크가 이 일을 절대적으로 비밀에 부쳐야 한다고 신신

당부를 했기에 제스는 내가 경찰을 위해 뭔가를 하는 중이라는 것밖에 모른다. 나는 캐스린에게 받은 돈을 제스에게 주면서 내게 연락도 하지 말고, 길거리에서 봐도 아는 척하지 말라고 이미 일러두었다.

"조심해." 제스가 걱정스럽게 말한다. "그 사람들한테 겁먹지 말고."

"그럴게." 제스의 속옷 칸을 뒤지는데 레이스와 면 사이로 빛을 발하는 총이 눈에 들어온다. 순간 그 총을 가져가도 좋을지 묻고 싶어진다.

하지만 그럴 수 없다. 어쨌거나 프랭크와 그의 팀이 나를 지켜줄 테니까. 그들이 도청 내용을 들으며 계속 내 근처를 맴돌 것이다.

"행운을 빌어." 제스가 침대에서 풀쩍 뛰어나와 나를 꼭 안으며 말한다. 나도 제스를 꼭 안는데 문득 이대로 머물고 싶어진다.

프랭크가 내 가방을 차로 옮겨주겠다고 고집을 피운다. 우리는 북쪽의 이스트할렘으로 간다. 그곳은 나 같은 사람도 살 수 있을 정도로 집세가 싸기도 하지만 패트릭의 직장인 컬럼비아대학과 아주 가깝기도 하다.

우리는 허물어져가는 1960년대 개발지 앞에 차를 세운다. 프랭크의 말로는 최근에 이 지역도 조금씩 젠트리피케이션이 진행중이라고 한다.

이 동네는 거기 포함되지 않지만.

안으로 들어가니 내가 살 집은 가관이다. 촛대 대신 동물의 머리

뼈로 받친 검은색 양초들이 벽에 늘어서 있고 찢어진 헤비메탈 포스터가 붙어 있다. 한쪽 구석에는 낡아빠진 베이스기타 한 대가 세워져 있다. 퀴퀴한 대마초 냄새가 코를 찌른다.

"세상에." 내가 주위를 둘러보며 말한다. "여기서 살라고요?"

"이렇게 형편없는 곳으로 꾸미는 데 돈깨나 썼어요." 프랭크가 상냥하게 말한다. 그가 양초를 올려놓은 동물 머리뼈 하나를 들어 올린다. "그 업자가 좀 과했는지도 모르겠군."

그때 구석에 놓인 유리 상자가 눈에 들어온다. 은회색의 뭔가가 유리벽을 따라 미끄러진다. "저거 뱀이에요?"

프랭크가 고개를 끄덕인다. "그래요. 당신 같은 사람이 키울 것 같은 동물이죠."

나는 가방으로 손을 뻗으며 한숨을 쉰다.

"그리고 미리 말해두는데, 클레어, 이 집은 구석구석 감시카메라가 설치되어 있어요. 우리는 필요할 때만 시스템을 켤 거예요. 하지만 가끔은 테스트를 할 거예요. 욕실은 사생활이 보장됩니다. 그 외의 장소는 감시카메라가 언제라도 켜져 있을 수 있다는 걸 명심해요."

"형사님은 어디에 계실 거죠?"

"바로 아랫집."

"집에 안 들어가시면 더번 부인이 신경쓰지 않을까요?"

"더번 부인은 없어요." 그가 퉁명스럽게 대꾸한다. "사실 있기는 하지만 지금은 요란한 웨딩 케이크를 만드는 남자와 살고 있죠."

"유감이네요, 프랭크. 혹시……"

"이게 당신이 착용할 도청장치예요." 그가 커다란 구멍이 난 펜

던트가 달린 못생긴 목걸이 하나를 건네며 설명을 계속한다. "이 아파트를 나서면 항상 이 목걸이를 걸고 있어요. 그건 추적장치이기도 하기 때문에 당신의 위치를 확인할 수 있어요."

"이것 좀 도와주세요." 그가 내게 목걸이를 채워줄 수 있도록 몸을 돌리며 나는 고분고분하게 말한다.

그가 작은 고리를 걸려고 쩔쩔매는 동안 그의 숨소리가 들린다. 거구의 남자의 폐에서 숨을 뿜어내는 소리가. 다 채우자 그가 한 걸음 물러난다. "그리고 경호암호를 하나 정해야 해요. 평소에 입에 올릴 일이 없는 단어로 정해요."

"콘스탄티노플……은 어때요?"

"왜 하필 그거죠?"

나는 어깨를 으쓱한다. "어릴 때 어디로든 도망치고 싶으면 그곳을 떠올렸어요. 어린 마음에 이국적으로 들렸거든요."

그가 고개를 끄덕인다. "콘스탄티노플이라…… 좋아요. 확실한 상황이 아니면 절대 쓰지 말아요. 당신이 그 단어를 말하는 순간 우리가 진입해서 그를 제압할 겁니다. 그렇게 되면 돌이킬 수가 없어요."

가슴에 닿는 목걸이가 묵직하다. 문득 겁이 난다. 나는 일개 배우야. 그저 무대에 서서 사람들의 박수를 받고 싶었는데. 어쩌다 이런 일에 휘말리고 만 걸까?

하지만 다음 순간 이 일의 끝에 나를 기다리고 있는 그린카드가 떠오른다. 이건 일일 뿐이야. 네가 늘 하던 일에 다른 규칙이 적용되는 거지. 하지만 쓰이는 기술도 동일하고 과정도 동일해.

"마음 편히 가지려고 해봐요." 프랭크가 내 마음을 읽은 듯 차분하게 말한다. "그리고 나쁜 일은 되도록 생각하지 말아요. 우리가 늘 곁에 있다는 사실을 기억해요. 우리의 최우선 순위는 당신의 안전이에요."

　그리고 최후의 마무리.

　"이게 도움이 될까요?" 미용사의 가위가 내 눈앞에서 번득이자 프랭크가 이렇게 묻는다. "그자의 아내와 더 닮아 보이게 꾸미는 게?"

　"나도 몰라요, 프랭크." 캐스린이 말한다. "누가 알겠어요. 아무도 이런 작전을 해본 사람이 없는데."

　"이게 패트릭의 마음에 들지 말지는 중요하지 않아요." 내 머리칼이 뭉텅뭉텅 떨어지자 내가 말한다. "이게 우리 일이에요, 프랭크. 이게 우리가 준비하는 방식이죠."

　나는 거울 속의 여자를 물끄러미 바라본다. 뱃속에서부터 온몸으로 흥분이 퍼지기 시작한다. 이제부터 시작될 연기에 대한 공포와 환희가 뒤섞인 흥분이.

　내일. 나는 내일 패트릭에게 접근할 것이다. 캐스린은 내가 준비를 마쳤다고 판단했다.

　자, 쇼타임.

26

실내: 아파트 주방—밤

자정이 넘었다. 나는 주방 조리대에 앉아 술을 홀짝이는 중이다. 병은 이미 반이 넘게 비었다. 나는 헐렁한 상의를 입고 맨다리를 드러내고 있다.

훨씬 짧아진 머리를 손가락으로 훑어본다. 다른 사람이 된 것처럼 색다른 느낌이다. 하지만 술이 들어갔기 때문일지도 모른다.

나는 살짝 비틀거리며 작은 카메라 하나로 다가가 그 앞에 무릎을 꿇고 앉는다.

나
형사님의 조언 따위는 무시했었는데, 프랭크. 그 조언이
자꾸 생각나기 시작하네요. 슬슬 겁이 나요.

실내: 아래층 아파트—계속

프랭크가 모니터로 나를 보고 있다. 그가 보고 있다는 것을 나는 안다.

나

하지만 나는 마법의 단어만 말하면 되죠. 그러면 형사님
이 달려올 테니까. 그렇죠? 프랭크 형사 구조대.

나는 일어선다. 이제 내 얼굴이 화면 밖으로 나간다. 프레임에는
맨다리만 잡힌다.

나

거기 있는 거 알아요, 프랭크. 나를 보고 있겠죠. 필요할
때만 어쩌고 한 이야기는 고마워요. 하지만…… 나는 남
자들이 어떤지 잘 알아요, 기억하죠?

내 상의가 바닥으로 툭 떨어진다.

나

나는 이제 자러 가요, 프랭크. 원하면 나를 지켜볼 수도
있겠죠. 빛나는 갑옷을 입은 나의 기사님. 솔직히 그러면
좋겠어요.

나는 카메라에 등을 돌린 채 멀어진다. 아래층에서 프랭크가 천
천히 숨을 내쉰다.

27

실내: 컬럼비아대학 강의실―낮

패트릭 포글러

현대의 기준으로 보들레르의 태도를, 특히 여성을 향한 태도를 재단하려 한다면 그를 이해할 수 없을 겁니다. "무아, 주 디: 라 볼립테 위니크 에 쉬프렘 드 라무르 지 당 라 세르티튀드 드 페르 르 말―내게 섹스가 주는 그 독특한 최상의 쾌락은 악을 행할 수 있는 가능성에 있다." 보들레르에게 여자란 단순히 개개의 인간이 아니었어요. 그들의 젠더를 이상적으로 대표하는 존재였죠. 다시 말해, 한편으로는 살로 만들어진 완벽함의 상징이면서, 또다른 한편으로는 순간의 환상 그 이상의 무엇으로 증명될 완벽함이 이 타락한 세상에서는 불가능하다는 사실을 상징하죠.

우리는 패트릭에게 접근할 온갖 방법을 검토했다. 하지만 결국 캐스린은 단순하게 가기로 결정을 내렸다. 그의 주중 강의들. NYPD에는 가짜 신분을 만들어내는 작업만 하는 부서가 있다. 그들이 내게 준 신분증에는 내 사진이 붙어 있고 내 이름이 적혀 있으며 나는 컬럼비아대학의 재학생이다.

나는 강의실 뒤쪽에 앉아 필기는 하지 않고 온몸을 앞으로 쑥 내밀고 있다. 홀린 것처럼.

패트릭

이런 충돌은 보들레르의 시에서만이 아니라 삶에서도 명백히 드러납니다. 그가 백의 비너스에게 보낸 그 유명한 거절의 편지를 여러분도 기억할 겁니다. 그 편지에서……

그가 강의를 시작하고 이십 분 만에 처음으로 자신의 노트를 본다.

패트릭

"내 사랑, 며칠 전 당신은 여신이었소. 너무나 고귀하고, 도저히 침범할 수 없는 존재였지. 그런데 지금 당신은 일개 여자요…… 나는 정열이 두렵소. 왜냐하면 정열에 유혹될 때 내가 느낄 혐오감을 너무 잘 알기 때문이지."

그에게 매혹된 사람이 나뿐이 아니라는 것을 깨닫는다. 그 강의실의 모든 학생이 홀려 있다.

패트릭

보들레르에게 섹스는 육체적인 욕구가 아니에요. 형이상학적인 갈망이죠. 마음 없는 유산소운동이 아니라, 우주

의 끔찍하고 어두운 미스터리들과의 접속이에요. 아무리
한순간으로 끝난다 해도 말이죠. 다른 신비주의자들처럼
그도 물론 실망하겠죠. 성취―영웅적 행위―는 시도에
있으니까요. 질문 있는 사람?

앞쪽에 앉은 여학생이 손을 들자 패트릭이 그 학생에게 고갯짓
을 한다.

패트릭

메건.

메건

교수님은 보들레르가 여자들을 성적 대상으로, 조종하고
경멸할 대상으로 대한다고 하시잖아요. 그런 사람을 강
의 내용에 집어넣으신 것으로 그 시인에게 여성 혐오를
옹호할 연단을 마련해주신 셈 아닌가요?

패트릭은 메건의 질문의 요점을 친절하고 체계적으로 정리한다.
우선 우리는 자신이 인정하는 것만이 아니라 동의하지 않는 것도
공부해야 한다. 한 인간으로서는 그런 흠이 있지만 보들레르는 예
술에 새로운 차원을 연 혁신자였다. T.S. 엘리엇은 자신에게 가장
큰 영향을 준 사람들 중 하나로 보들레르를 들었으며 『악의 꽃』을
조각조각 『황무지』에 집어넣기도 했다.

패트릭

『악의 꽃』이 없었다면 데카당스는 없었을 테고, 데카당스 없이는 모더니즘도 없고, 모더니즘 없이는 우리도 없어요. 우리는 보들레르를 그의 도덕관 때문이 아니라 그의 천재성 때문에 공부하는 거죠. 또 질문 있는 사람?

없다. 학생들은 농담을 주고받으며 노트북을 덮고 재잘거린다. 패트릭은 강의록을 주섬주섬 정리한다.
우물쭈물하며 학생 한 명이 그에게 다가간다.

나

포글러 교수님?

나는 지난번 우리가 만났을 때처럼 중서부 억양을 쓰고 있다. 기억을 떠올리기를 기대하면서.
나를 알아봤는지 모르겠지만 겉으로 드러내지는 않는다. 그의 얼굴에는 직업적인 정중함으로밖에 읽히지 않는 표정뿐이다. 하지만 다시 보니 그의 옅은 녹색 눈동자에 즐거운 기색이 깃들어 있어 깜짝 놀란다.

패트릭

네?

나

그냥 이 말씀을 드리고 싶었어요. 정말 감사합니다.

나는 그가 주었던 『악의 꽃』을 보여준다.

나

기억이 안 나시겠지만 이 책을 교수님이 빌려주셨어요.
책을 읽어봤는데…… 관심이 생겼어요. 그래서 교수님
강의를 듣기로 했어요.

패트릭

보들레르에게 관심이 생겼다고요?

그의 입에서 나온 시인의 이름에는 들릴락 말락 억양이 묻어 있
다. 보들레어.

나

부분적으로는요…… 우리가 나눈 대화에도 관심이 생겼
고요. 교수님이 하신 말씀에요.

"단도직입적으로 나가요." 캐스린은 내게 말했다. "그 사람은 그 점을
높이 살 거예요. 그 사람은 평범한 여자를 찾는 게 아니에요. 당신은 돋
보여야 해요."

패트릭

공교롭게도 기억하고 있어요. 하지만 우리가 무슨 이야기를 나눴는지 다 기억나는 건 아니에요. 그때 내가 정신이 약간 산만했거든요.

"그러니까 우리는 스텔라의 죽음을 솔직하게 거론해야 해요. 당신은 그 소식을 뉴스에서 봤어요. 당신과는 상관없는 일이죠. 어쩌면 당신은 그 사건 때문에 살짝 흥분해 있을지도 몰라요."

나

알아요. 신문에 다 나왔거든요. 그리고 TV에서 교수님을 봤어요.

패트릭

유명인사가 다 됐군요.

나

그때 교수님이 제게 하신 말씀을 줄곧 생각해봤어요. 보들레르가 그 시들을 백의 비너스에게 보냈다는 이야기요. 보들레르는 그 편지들 때문에 비너스가 충격을 받을 거라고 생각했을까요? 아니면 자신이 보여준 친밀함을 비너스가 어느 정도는 반길 거라고 생각했을까요. 조금씩 조금씩 그의 가장 어두운 판타지로 안내되는 것을 말이에요.

"그 남자는 동정하거나 애도하는 얼간이들이 지겹고 짜증날 거예요. 그가 스텔라를 죽였다면 지금쯤 또다른 모험을 하고 싶겠죠. 다시 찾은 자유를 축하할 만한 모험을요."

패트릭

"백의 비너스가 무엇을 이해했을까." 사실 그건 논문 주제로 아주 흥미로울 거예요. 하지만 남자가 쓸 수는 없는 주제겠죠.

나

제가 쓸까봐요.

패트릭

못 쓸 것도 없죠. 어쨌든 이렇게 이야기해서 반가웠어요.

속으로 나는 떨고 있다. 작전의 성패가 다음 몇 초에 달려 있다. 지난번 시도에서는 퇴짜를 맞았던 것과 같은 제안에.

그러나 그때는 그에게 아내가 있었다. 그리고 나도 그때와는 다르다.

나

이 이야기를 좀더 할 수 있을까요? 커피 한잔하면서요.

그가 망설이며 출입구를 바라본다. 그러더니……

패트릭

좋아요. 하지만 여기서 말고요. 이 건물은 메종프랑세즈
가 되기 전에 부유한 정신병자들을 위한 정신병원이었어
요. 가끔 지금도 그런 것 같아요. 캠퍼스 밖으로 갑시다.

실내: 근처 감시차량—낮

프랭크와 캐스린이 헤드폰으로 듣고 있다.

프랭크

잘될 것 같아요. 진짜 잘될 것 같은데요.

캐스린 레이섬

일단 지켜봅시다.

실내: 뉴욕의 지하 바—낮

아직 주위가 환하고 따스한 저녁이지만 패트릭은 나를 앰스터댐
애비뉴에 있는 침침한 지하 바로 데려간다. 유리병에 넣어놓은 촛
불들이 테이블 위에서 일렁인다. 우리는 이곳의 유일한 손님이다.
나와 함께 있는 모습을 다른 사람에게 보이고 싶지 않은 걸까? 훗
날 아무도 나와 자신의 접점을 확인하지 못하도록 자신의 자취를
남기지 않는 걸까?
머릿속에서 이런 생각을 밀어낸다. 나는 지금 내 캐릭터다. 캐스

린의 지독한 프레젠테이션을 들으며 겁에 질린 채 앉아 있던 연기자 지망생이 아니라 또다른, 더 자신만만하고 더 충동적인 클레어다.

우리는 조용한 구석에 앉아 이야기를 나눈다.

나

……한계를 밀어내고, 평범한 부르주아의 일상적인 위선과 자기만족을 넘어서려는 욕망. 확실히 사람들은 그가 쓴 글에 충격을 받은 척했어요. 하지만 솔직히 그 사람들은 두려웠을 거예요. 자신들의 진부함에 겁을 먹었을 테니까요.

"순진함은 그의 통제 욕구를 끌어낼 거예요. 상처받은 모습은 그의 포식자 본능에 호소하겠죠……" 하지만 그 외에 다른 것도 있다. 온전히 나만의 것. 격정적이면서도 지적인 정열. 나는 당신의 몸이 아니라 당신의 두뇌와 사랑에 빠졌어요. 당신의 두뇌요? 안 될 게 뭐죠, 같은 생각에 마치 십대처럼 흥분하는 것.

패트릭

수많은 사람들이 그런 식으로 말하죠. 사실 그게 진심도 아니면서.

나

저는 그 수많은 사람들이 아니에요.

실내: 근처 감시차량—계속

캐스린이 고개를 끄덕인다. 나쁘지 않다.

실내: 지하 바—그후

패트릭

……사람들은 보들레르가 데카당스에 대해 썼다고 생각
해요. 사실 그 사람은 신뢰에 대해서 썼어요.

나

어떻게요?

패트릭

머릿속에 최악의 것들을 담은 채로 다른 사람을 신뢰하
는 것. 어둠 속에서 도약하는 것만큼 무서운 건 없잖아
요.

나

저는 무서운 게 좋아요.

당돌한 아이를 볼 때처럼 패트릭이 미소를 짓는다. 나는 기죽지
않고 그의 시선을 응시한다. 그리고 뭔가가……

패트릭

그럼 한번 알아볼까요. 손을 줘봐요.

"우리가 예측하고 심지어 대책을 마련해둘 수 있는 상황도 있어요. 하지만 대개의 상황에서는 당신과 그 남자뿐일 테고, 그가 어떤 게임을 선택하건 따라야 할 거예요."

패트릭이 내 손을 잡더니 곧장 초가 들어 있는 유리병으로 가져간다. 이제 내 손바닥은 촛불 바로 위에 있다.

패트릭

내 학생 중 한 명이 내게 이 게임을 보여줬어요. 무슨 일
이 있어도 절대 손을 빼면 안 돼요.

나

촛불에 손을 델 텐데요.

이미 불꽃이 내 살갗을 갉아대는 것 같다.

패트릭

괜찮아요. 불꽃은 피부에 화상을 입히기도 전에 산소 부
족으로 꺼질 거예요. 장담해요.

그가 내 손에 자신의 손을 올린 후 살짝 힘을 준다. 손을 빼지 못하게 막기 위해서가 아니라, 모든 본능과 신경의 말단이 손을 빼라

고 비명을 지르는데도 그 상태 그대로 있으려고 하는 내 손의 떨림을 느끼기 위해서.

패트릭

누군가를 신뢰하는 게 쉽지는 않죠, 그렇죠?

나는 전에도 신뢰 게임을 수없이 많이 했다. 그런 게임은 연기자들의 주요한 워밍업이다. 하지만 이런 것은 없었다. 나는 불꽃을 빤히 바라본다. 불꽃의 기다랗고 들쭉날쭉한 손톱을, 내 손을 할퀴는 발톱을. 단순한 불편함에서 비롯된 고통이 어느새 머리를 뒤로 젖히고 비명을 지르고 싶어질 정도로 강렬해진다. 바늘 묶음이 내 살갗을 깊이 파고들고 고통은 점점 커져간다. 내 눈에 눈물이 고인다. 고기를 구울 때 표면이 갈라지듯 살이 물컹물컹해지고 부풀어오르는 것 같다.

느닷없이 불꽃이 펄럭인다. 다음 순간 불이 꺼진다.

패트릭

(놀라며)

나를 신뢰해줬군요. 고마워요.

나는 손을 빼낸다. 손바닥에는 키스 자국처럼 빨간 원 같은 게 생겼다. 하지만 물집은 없다.

나는 손바닥을 입으로 가져가 쓰라림을 빨아들인다. 그 순간 통증은 내 머릿속에만 있었다는 사실을 깨닫는다.

나

저는 교수님을 잘 알지도 못해요.

패트릭

그래서 이 게임이 재미있는 게 아닐까요? 어디 살아요?

나

이스트할렘이요.

패트릭

거기로 갈까요?

나

왜요?

패트릭

당연히 섹스죠. 뭐 때문에 이러고 있는 거라고 생각했어
요?

나

교수님이 괜찮으시다면.

실내: 근처 감시차량―계속

프랭크가 깜짝 놀라 캐스린을 본다.

프랭크

이런 건 우리 계획에 없었는데요. 육체관계로 이어지면 어떻게 하죠?

캐스린 레이섬

(차분하게)

이미 그렇게 되었어요.

프랭크

젠장!

그가 리모컨을 만지작거린다.

실내: 지하 바―계속

나

우리는…… 아까 교수님이 뭐라고 하셨죠? 마음 없는 유산소 섹스를 하고 나서 만났던 일조차 싹 다 잊어버리거나 아니면……

패트릭

아니면?

나

계속 이야기를 하거나.

패트릭이 미소를 짓는다.

패트릭

좋아요. 그럼 이야기를 계속하죠.

실내: 근처 감시차량─계속

프랭크가 안도의 한숨을 쉰다. 캐스린은 그저 어깨를 으쓱하고는 다시 자신의 노트패드에 집중한다.

실내: 지하 바─그후

패트릭이 와인 두 잔을 더 가져온다.

패트릭

당신은 언제나 교수를 유혹하나요?

나

아뇨. 음, 한 번뿐이었어요. 하지만 끝이 형편없었죠.

패트릭

오호.

나

그 관계는 처음부터 끝까지 극단적이었거든요.

패트릭

극단적이라니 구체적으로 말해줘요.

나

알잖아요. 일반적인 것들.

패트릭

나는 정말 모르겠어요…… 말해봐요.

나

변태적이라는 단어를 쓸 때 사람들이 뜻하는 일반적인 것
들 말이에요.

패트릭

당신이? 변태적이라고?

나

그러면 안 되나요?

패트릭

그런 타입으로 보이지 않는데.

나

그런 타입이 아닐지도 몰라요.

패트릭

점점 흥미가 동하는군요.

"그 사람은 당신 같은 사람을 주시할 거예요. 열의를 못 이겨 위험을 감수할지도 몰라요. 사실 그에게 위험은 스릴의 일부일 수도 있어요. 이 점을 제대로 이해해야 해요, 클레어. 어떤 면에서 그자는 연기자예요. 모든 쾌락살인범은 연기자죠. 그래서 범행을 위해 정교한 의식을 꾸며내거나, 발견할 사람들에게 보여주기 위해 시신을 특이한 자세로 만들어두는 거예요. 그들이 정말로 갈망하는 건 관객이거든요."

실내: 지하 바―그후

나

……그 사람은 정말로 나한테 상처를 주고 싶었던 게 아닐 거예요. 단지 내가 얼마나 준비가 되었는지 알고 싶……

패트릭

그를 신뢰하는지?

나

계속 그 표현을 쓰시네요?

패트릭

클레어, 어떤 사람들은 내가 아내를 살해했다고 생각해
요. 나와 가까워지는 사람은 누구든 그 사건의 그림자 속
에서 살아야 할 거예요. 그러니까 맞아요, 내게는 신뢰가
가장 중요해요.

나

정말 아내분을 죽였나요?

실내: 근처 감시차량―계속

프랭크가 더 잘 들으려고 몸을 숙인다. 캐스린은 고개도 들지 않
는다. 이렇게 쉬울 리 없다는 걸 아니까.

실내: 지하 바―계속

패트릭

설마 그럴 리가.

나

그분을 사랑했나요?

패트릭

아주 많이. 하지만 불행하게도 아내가 인정하는 방식의
사랑은 아니었죠. 시간이 흐르면서 내가 아내를 무조건
적으로 사랑한다는 사실이 문제가 되었어요. 흠모를 받
는 게 쉽지만은 않거든요.

나

그분은 교수님의 백의 비너스였군요.

패트릭

그랬던 것 같아요.

그가 말을 더 할 것 같다. 잠시 후.

패트릭

오늘밤은 이쯤에서 헤어지는 게 좋겠어요.

실외: 뉴욕. 앰스터댐 애비뉴—어스름한 저녁

패트릭

고마워요. 오늘 저녁 무척 즐거웠어요.

나

즐거울 줄 몰랐다는 투로 들리는데요.

패트릭

함께 보내는 시간이 즐거울 거라고 기대할 만한 사람이
아주 드물거든요. 실제로 내게는 그런 사람이 더 드물죠.

그가 멀어지자 내가 그를 소리쳐 부른다.

나

다시 만날 수 있죠, 그렇죠?

패트릭

아직 그 책을 가지고 있잖아요, 그렇죠? 잘 자요, 클레어.

28

아파트로 돌아와보니 캐스린이 득의만만해 있다.

"시작이 아주 좋았어요. 그자가 당신에게 문을 열었어요. 지금은 살짝 틈을 낸 것에 불과하지만 솔직히 내가 기대했던 것 이상이에요." 박사가 긴장감에 고양된 채 실내를 서성인다. 오늘 저녁 작전에 대해 캐스린은 내가 생각했던 것보다 더 긴장했던 것이 분명했다.

한편 나는 기진맥진한 채 의자에 그대로 주저앉는다. 패트릭과 함께 있는 동안 어찌나 집중을 했던지 두려움을 느낄 새도 없었는데, 아드레날린이 사라지기 시작하자 이제야 비로소 피로가 몰려온다. 정신적 테니스를 연속으로 몇 경기나 치르고 난 느낌이라고 할까.

그런데 그게 다가 아니다. 호텔 바에서 추파를 주고받은 남자들 가운데 패트릭 포글러만큼 도전의식을 불러일으키는 상대는 없었다는 걸 깨닫고 말았다.

프랭크가 다가와 쪼그리고 앉더니 내 손을 살펴본다.

"내일이면 괜찮을 거예요. 자국 정도는 남겠지만. 맙소사." 그는 내 손가락을 살며시 쥐며 일어선다. "잘했어요." 그가 나직이 말한다.

"그자에게 연락이 오면 답하지 말아요." 캐스린이 말한다. "그를 어떻게 요리할지 우리는 매우 치밀하게 생각해둬야 해요. 그가 계속 고민을 하게 한동안은 조용히……"

"심리전을 하라고요, 진심이세요?" 내가 말한다. "그게 정말 좋은 생각일까요?"

캐스린은 내가 이곳에 있다는 사실이 막 떠오른 사람처럼 멍한 표정으로 나를 바라본다. "잘될 거예요, 클레어. 당신은 자랑스러워해야 해요."

"자랑스러워해야 한다고요?"

"그래요. 안 그럴 이유가 뭐죠?"

나는 어깨를 으쓱한다. "최근에 아내와 사별한 젊은 교수가 자신에게 홀딱 빠졌다고 광고를 하는 학생과 농담반 진담반으로 어떻게 한번 해보려고 했어요. 그게 범죄라면 교직에 있는 남자는 한 명도 빠짐없이 감옥에 있어야 할 거예요. 나는 아직 아무 성과도 못 올렸어요."

"오늘 저녁에 그 사람이 한 말이나 행동은 살인범에 대한 내 프로파일과 전부 일치해요." 캐스린이 날카롭게 말한다. "프랭크, 클레어에게 영상을 보여줘요."

프랭크가 리모컨으로 TV를 켜더니 여러 기능들을 훑는다. 흐릿한 화면이 나타난다. 지하 바의 어둠 속에 앉아 있는 패트릭과 나.

"계단통에서 당신들 쪽으로 향해 있는 보안카메라의 녹화 영상을 용케 손에 넣었어요." 프랭크가 설명한다. "십구시 오분 당신이 화장실에 갔어요. 직후에 포글러가 뭘 하는지 봐요."

영상을 바라보자 내가 막 화면에서 사라진다. 패트릭은 처음에는 가만히 앉아 있더니 잠시 후 테이블 위 내 가방으로 손을 뻗어 소지품을 하나씩 꺼내 살펴본다. 내 신분증을 보고 손끝으로 가방의 안감을 훑기까지 한다. 마침내 아무런 표정 변화 없이 소지품을 가방에 넣는다. 향수를 집어넣을 때는 잠시 손을 멈추고 노즐에 코를 대고 향을 맡는다.

"제가 기자가 아닌지 확인해보고 싶었을 수도 있잖아요." 내가 말한다. "스텔라가 죽은 후에 기삿거리를 얻으려고 접근하는 여자들이 꽤 많았다고 했거든요."

"그럴지도 모르죠." 캐스린이 말한다. "어느 쪽이든 우리가 치밀하게 준비를 해서 다행이에요." 내 학생증에는 컬럼비아대학의 왕관 로고가 워터마크로 찍혀 있고 진짜 카드 번호가 적혀 있다.

"지금 그 사람은 홀로 떨어진 영양이 추격할 가치가 있는지 마음을 정하기 전에 그 주변을 맴도는 포식자와 같아요." 캐스린이 덧붙인다. "경계심을 늦추지 말아요, 클레어. 단 일 초도."

29

그리고…… 아무 일도 일어나지 않았다.

두 주째 우리는 기다리는 중이다. 그 두 주 동안 패트릭 포글러에게서는 아무 소식도 없다.

"함정이라는 걸 알아차린 거예요." 프랭크가 걱정을 털어놓는다.

"알아차리지 못했어요." 내가 말한다. "그랬다면 내가 알았겠죠."

"그런데 왜 아직까지 연락이 없죠?"

"아직도 생각중인가보죠. 아니면 나한테 그렇게 끌리지 않았거나요."

프랭크가 캐스린을 바라본다. "계획을 바꿔야 하나요? 클레어가 그자에게 다시 접근해야 합니까?"

박사가 고개를 가로젓는다. "우리는 기다릴 거예요. 무슨 일이 벌어지는지 기다려봅시다."

"내가 그 사람 수업을 다시 들으러 가도 되잖아요." 내가 주장한다. "어쨌든 나는 보들레르한테 푹 빠졌다는 설정이니까."

"절대로 안 돼요. 당신은 지금 비싸게 구는 중이에요, 잊었나요? 우리가 정한 대로 밀고 나가요."

캐스린은 내게 연기수업에 계속 나가라고 한다. 그러는 편이 딴생각이 나지 않을 거라면서.

학기가 바뀌자 폴은 우리에게 가면 연습을 소개한다. 준비된 가면들은 일본 가면으로, 이목구비가 다소 무자비해 보이게 그려진 탓에 우스꽝스러움과는 거리가 멀다. 내 가면은 '와이프Waif'다. 미소를 짓고 있는 길 잃은 순진한 어린아이로, 표정이 변하지 않는데도 어쩐지 열렬함과 교태가 번갈아 느껴지는 것 같다.

폴은 우리 배우들이 아니라 그 가면들이 진짜 사람인 것처럼 그들에 대해 이야기한다. 학생 한 명이 남자 노인의 가면을 쓴 채 다른 학생의 뒤로 가 지팡이로 쿡 찌른다. 그러자 폴이 말한다. "저 영감은 늘 저런다니까, 늙은 악당."

한 장면을 함께 연기하는 대신—가면에 눈구멍이 뚫려 있지 않아 우리는 계속 서로에게 부딪친다—폴은 자신을 마주보도록 우리를 한 줄로 세운다. 이야기는 주인공인 지주가 소작료를 내지 못하는 집의 부녀자를 논에서 겁탈하는 내용이다. '부자'는 상상의 문을 두드린다. 상상의 선을 따라 조금 떨어진 곳에서 '와이프'가 문을 연다. '부자'가 나를 공격하는 대목에서, 그는 마임으로 공격성을 표현하고 '와이프'인 나는 6피트가량 떨어진 곳에 서서 공포에 휩싸인다. 하지만 우리 중 누구도 서로의 연기를 볼 수 없다.

문득 가면 속에서 내가 울고 있다. 이유를 모르겠다. 코피처럼 영문도 모르게 순식간에 눈물이 터져나왔으니까. 눈물을 흘릴지 말지 늘 내 의지로 조절했던 나로서는 눈물에 대한 통제력을 상실했다는 사실이 울음만큼 신경이 쓰인다.

그 장면이 끝나자 나는 털썩 주저앉아 헐떡이며 가면을 벗는다.

폴이 다가와 내 앞에 쪼그리고 앉으며 눈높이를 맞춘다. "괜찮아, 클레어?"

내 입에서 무슨 말이 튀어나올지 몰라 고개만 끄덕인다.

"가끔 그럴 때가 있어." 폴이 조용하게 말한다. "가끔 가면을 너무 오래 쓰고 있어서 정신을 차려보니 어느새 가면이 네 피부에 들러붙어버린 거지."

그렇게 말하는 폴의 태도가 너무 진지해서 진짜 가면, 진짜 무대는 이 연습실에서 아주 멀리 떨어진 곳 어딘가에 있다는 말을 차마 하지 못하고 나는 다시 고개만 끄덕인다.

목요일, 나는 더이상 기다리기만 할 수 없다고 판단을 내린다.

지하철을 타고 도심을 벗어나 116번가역으로 간다. 나는 뉴욕에서도 이곳을 정말 좋아한다. 타임스스퀘어의 어수선함과 요란함에서 멀리 떨어진 세상. 이곳의 녹지와 고전적인 건물들을 보고 있으면 영국이 떠오른다. 〈고스트 버스터즈〉부터 〈스틸 앨리스〉까지 열 편이 넘는 위대한 영화들은 말할 것도 없고.

나는 다른 학생들과 함께 로우메모리얼도서관의 계단을 올라간 후 오른쪽으로 틀어 뷰얼홀로 향한다. 안으로 들어가자마자 곧장 게시판을 훑는다. 패트릭 J. 포글러 교수: 사드에서 보들레르까지 데카당스의 미학 강의가 정오에 있다. 그리고 그 옆에 누군가 메모를 써놓았다. 오늘 이 강의는 앤 러메인 교수님이 대신합니다.

"실례합니다." 나는 교직원처럼 보이는 여자에게 묻는다. "포글러 교수님은 오늘 왜 강의를 못 하시는지 아시나요?"

"물론이죠. 교수님은 유럽에서 열린 학회에 가셨어요." 그 여자가 알려준다.

"오, 고맙습니다."

패트릭은 부재중이었던 것이다. 별일 아니었다.

그런데 어째서 더번 형사와 레이섬 박사는 이 사실을 몰랐을까?

"실수예요." 캐스린이 일축하듯 말한다. "그 사람의 행방을 조만간 알아냈을 거예요. 그런데 클레어, 왜 강의를 들으러 가지 말라고 한 명백한 내 지시를 따르지 않았죠? 그게 더 심각한 문제 아닌가요?"

"이 상황에서 누군가는 주도적으로 나서는 게 좋잖아요." 내가 지적한다.

"우리가 당신을 신뢰할 수 있어야……"

"신기하네요. 박사님이 그 사람과 똑같은 말을 하다니." 내가 말을 자른다. "박사님의 소시오패스와 말이에요. 그리고 신뢰는 양방향으로 작동해야죠. 저도 박사님이 이 작전을 망치지 않을 거라고 믿어도 될지 알아야 해요."

캐스린이 내 어조에 눈살을 찌푸린다.

"클레어 말에도 일리가 있어요." 프랭크가 말한다. "결국에는 패트릭과 관계를 형성할 때 클레어 스스로 판단하도록 요구하고 있잖아요."

"누군가는 여기서 책임자가 되어야 해요." 캐스린이 쌀쌀맞게 말한다. "그리고 그 책임자는 절대 클레어가 아니고요. 클레어는 이 작전이 얼마나 위험할 수 있는지 잊은 것 같군요."

　아니면 내가 당신보다 덜 집착하는 거겠지. 통제광 짓 좀 그만해.

　어느새 내 마음속에는 이런 의문이 고개를 쳐들기 시작한다. 캐스린이 패트릭 포글러의 일정처럼 간단한 것에서조차 실수를 한다면 또다른 실수도 할 수 있지 않을까?

30

패트릭의 부재는 오히려 기회다. 이것이 캐스린이 내린 결론이다.

"당신과 떨어져 있는 동안, 그가 어떤 판타지를 품고 있는지 드러내도록 유도할 수 있어요."

"그 사람이 왜 그러겠어요?"

"첫째, 그자가 우리가 찾는 살인자가 맞는다면, 판타지는 그에게 그 무엇보다 중요할 거예요. 그 판타지들이 살인과 살인 사이의 공백을 버티게 해줄 테니까요. 둘째, 그자는 당신의 심중을 떠보는 과정을 즐길 거예요. 당신과 게임을 하고, 당신을 놀리고, 무엇을 언제 드러낼지 결정하는 과정 말이에요. 당신들이 점점 친밀한 사이가 되면, 그가 밝히는 판타지의 세부 내용이, 내 짐작이 맞는다면, 실제 살인사건의 세부 내용과 점점 비슷해질 거예요. 말하자면 보들레르 시들의 형상화죠. 우리는 그 사람에게 메일을 보낼 거예요. 더 정확히는 당신이 보내는 거죠. 너무 열을 내면 안 돼요, 명심해요."

보낸 사람: strangegirl667@gmail.com
받는 사람: Patrick.Fogler@columbia.edu
지난 만남

안녕, 패트릭.

어제 강의 시간에 당신이 보고 싶었다는 말을 하고 싶어서 메일을 보내요. 러메인 교수님도 훌륭하셨지만 당신을 대신할 수 없으니까요…… 게다가 그분은 강의가 끝나고 제게 술을 사주지도 않았죠.

그날 저녁 제 이야기를 너무 늘어놓았다면 죄송해요. 당신의 신뢰 게임 때문에 아드레날린이 너무 솟구쳤나봐요. 그러니까, 당신을 만나서 좋았어요. 언젠가 또 마주칠 날이 있겠죠.

안녕히.

클레어

"그자는 답장 안 할 거예요." 프랭크가 지레 말한다.

"그자가 범인이라면 답장할 거예요." 캐스린이 차분하게 말한다. "그자가 범인이라면 상어가 피냄새에 끌리듯 클레어의 취약한 부분에 끌릴 거예요."

보낸 사람: Patrick.Fogler@columbia.edu
받는 사람: strangegirl667@gmail.com
Re: 지난 만남

클레어,

이렇게 연락해줘서 고마워요. 돌아가면 다시 만날 수 있을 거예요.

패트릭 포글러

보낸 사람: strangegirl667@gmail.com

받는 사람: Patrick.Fogler@columbia.edu

Re: 지난 만남

정말요?

솔직히 말해서 당신이 내게 그다지 관심이 없는 것 같다는 인상을 받았거든요.

클레어 x*

보낸 사람: Patrick.Fogler@columbia.edu

받는 사람: strangegirl667@gmail.com

Re: 지난 만남

어쩌다 그런 생각을 하게 됐는지 모르겠군요. 더 일찍 연락을 할까 했지만, 어차피 내가 자리를 비울 거라 별 의미가 없을 것 같더군요.

보낸 사람: strangegirl667@gmail.com

받는 사람: Patrick.Fogler@columbia.edu

Re: 지난 만남

그런 면은 의외로 고루하시네요…… 보들레르라면 어떻게 했을까요?

---

* 키스를 뜻함. 문자나 편지 말미에 친근함의 표시로 붙이는 것.

저는 그의 비너스가 되어서 그의 특별한 시를 모두 받는 상상을 즐겨요. 그가 머릿속에서 떠올린 것들을 본 비너스가 흥분했을 거라는 사실을 보들레르는 알았을지 궁금해요.

상상이라고 했지만…… 솔직히 예전에 비슷한 상황을 겪은 적이 있어요. 그래서 누군가에게 진심으로 받아들여진다는 게 어떤 건지 알아요. 근사한 느낌이죠.

그 남자가 저를 위해 쓴 그 글을 포르노라고 생각하는 사람들도 있을 거예요. 하지만 제게는 그 글이 그 어떤 시보다 아름답고 솔직하게 느껴졌어요.

x

답장이 오지 않은 채 사흘이나 지루하게 흘러간다. 그러다 느닷없이.

보낸 사람: Patrick.Fogler@columbia.edu
받는 사람: strangegirl667@gmail.com
Re: 지난 만남

그렇다면 내가 없는 동안 여기 첨부한 문서가 당신을 즐겁게 해줄 거예요.
<클레어를 위해.doc>

31

"여기 다 있어요." 포글러의 판타지를 세 번이나 읽는 동안 평소 무표정하던 프랭크의 얼굴에 흥분이 인다. "제기랄, 여기 다 있다고요."

레이섬 박사는 아무 말도 하지 않는다. 오로지 그녀의 펜이 입술을 두드리는 소리밖에 들리지 않는다.

"박사님이 예상하신 대로잖아요, 아닌가요?" 내가 그녀에게 말한다. "박사님이 말씀하신 대로 그가 다 썼잖아요. 폭력, 고통, 통제……"

프랭크가 소리 내어 읽는다. "당신의 흥분이 빚어낸 사향냄새가 희귀한 꽃송이의 향기처럼, 오로지 시들고 부패할 때만 천상의 향기를 내뿜는 난초의 병적인 향기처럼 방안을 가득 채운다…… 이게 무슨 개같은 소립니까, 캐스린."

톡톡 소리가 멎는다.

"서점의 성인소설 코너에 가서 아무 책이나 골라 베껴썼는지도 모르죠." 캐스린이 마지못해 말한다. "이 글에는 일탈이 미미하게나마 드러나 있어요. 그건 확실해요. 하지만 내 가슴에 손을 얹고 살인범만이 쓸 수 있는 글이라는 말은 못하겠네요."

"하지만 몸을 사리지도 않았잖아요."

캐스린이 고개를 끄덕인다. "그래요."

"그럼 이제 뭘 해야 하죠?"

레이섬 박사가 나를 본다. "그자는 잠시 상황을 가늠하고 있어요. 그러니 그가 생각하는 것보다 당신이 이 유희에 더 푹 빠져 있다는 걸 보여줘야 해요. 답장을 써요. 비슷하지만 더 강도가 센 글을 써서 그에게 보내요."

"그런 글을 저보고 쓰라고요? 어떻게 그런……?"

"그런 웹사이트를 들락거리라고 한 이유가 뭐라고 생각해요? 그것들이 당신의 목소리가 되어야 해요."

어쩔 수 없이 나는 노트북 앞에 앉아 지금까지 했던 일 가운데 이것보다 더 어려웠던 일을 스스로에게 상기시킨다. 그러자 예전에 뉴욕의 거리로 나가 기린 털로 만든 스웨터를 통근자들에게 팔려고 했던 일이 떠오른다.

보낸 사람: strangegirl667@gmail.com

받는 사람: Patrick.Fogler@columbia.edu

Re: 지난 만남

패트릭에게

당신의 판타지를 보내줘서 고마워요. 재미있게 읽었어요. 하지만 당신이 묘사한 내용은 너무 시시했어요. 제가 좋아하는 것들은 어찌나 극단적인지 가끔 저조차 겁이 날 때가 있거든요. 맙소사, 어쩌자고 생판 남인 당신에게 이런 이야기를 하고 있는 걸까요? 때때로 내가 흥분을 느끼는 것들을 볼 때면—나를 나약하고 불안정한 존재로 만드는 것들요—내게 무슨 문제가 있는 게 아닌가 싶기도 해요.

당신에게 이런 이야기를 하는 건 당신이라면 이해해줄 것 같아서예요…… 지금 뭘 좀 쓰고 있는데 당신이 그 글을 오해할까봐 긴장이 돼요. 그 글이 우리 관계를 끝내버릴지 모르니 미리 작별인사를 하는 게 좋을 것 같아요.

저도 뭔가를 써봤어요. 마음에 들면 꼭 알려줘요.

클레어 xx

<패트릭을 위해.doc>

보낸 사람: Patrick.Fogler@columbia.edu
받는 사람: strangegirl667@gmail.com
Re: 지난 만남

당신은 알면 알수록 더 대단한 사람이군요, 클레어.

당신이 쓴 글 아주 재미있게 읽었어요. 돌아가서 당신을 만날 날이 기다려지네요. 일단 지금은 첨부한 파일이 당신 취향에 맞는지 읽어봐요.

<클레어를 위해2.doc>

두번째 판타지에서 패트릭은 내 눈을 가리고 벨트로 나를 때린다. 고작 몇 시간 후 도착한 그의 세번째 판타지에는, 주위에 양초가 늘어서 있고 갓 세탁한 시트가 깔린 침대 위에 마치 제단에 놓인

시체처럼 누워 있는 내 모습이 묘사되어 있다. "나는 양초 두 개를 한 손에 하나씩 든다. 양초는 교회에서 쓰는 것처럼 굵고 무겁다. 창처럼 뾰족하고 몹시 뜨거운 불꽃은 검은색 연기를 피워올리고, 심지는 매끈하게 녹아내린 밀랍 원반 한가운데에 솟아 있다. 나는 첫번째 양초를 당신의 몸 위에 들고 손을 기울인다. 당신은 움찔하지만 울부짖지 않는다. 촛농이 당신의 피부 위에서 식으면서 우유처럼 하얗게 굳어 흉터처럼 보인다."

네번째 판타지에서 그는 냉혹하고 신비로운 낯선 남자가 되어 호텔방에 있는 나를 놀라게 하는 순간을 묘사한다. 그는 나를 침대에 묶은 후 내 목을 조른다.

"이건 좋은데요." 레이섬 박사가 내 어깨 너머로 패트릭의 마지막 판타지를 읽으며 말한다. "여기서 주목할 만한 걸 많이 얻을 수 있겠어요."

"구체적으로 어떤 거요?" 프랭크가 인상을 쓴다.

"양초들, 통제…… 호텔방으로 설정한 무대. 그건 스텔라의 살인사건과 상당 부분 겹치잖아요."

"하지만 살인자만 아는 내용이 전혀 없어요." 프랭크가 반박한다. "사실 칼도 없죠. 그리고 변호사라면 그자가 이 글을 쓴 곳이 호텔방이기 때문에 글의 무대를 호텔방으로 고른 거라고 주장할 겁니다."

"그자에게 시간을 줍시다, 프랭크. 이 글을 바탕으로 볼 때, 패트릭 포글러에게는 아주 소수의 사람과 공유 가능한 성적 편향이 있다고 단언할 수 있어요. 그물을 조금씩 잡아당기기로 해요. 그러면 필요할 때 아주 단단하게 옭아맬 수 있어요."

보낸 사람: strangegirl667@gmail.com
받는 사람: Patrick.Fogler@columbia.edu
Re: 지난 만남

정말 좋아요, 패트릭. 하지만 궁금해요. 당신은 어디까지 더 갈 수 있죠?

다시 만나는 건, 음, 좀더 두고 보면 좋겠어요. 나는 예전에 실망했던 적이 너무 많아요. 그리고 딱 한 번…… 이미 말했다시피 딱 한 번 실망하지 않은 적이 있지만 그때는 끝이 너무 끔찍했죠.

계속 글을 보내줘요, 패트릭. 제발요.

클레어 x

"오늘," 캐스린이 말문을 연다. "우리는 듣는 방법을 배워볼 거예요."

"뭐라고요?"

"말했잖아요, 오늘……" 캐스린이 말을 멈춘다. "아. 하하. 재미있네요."

패트릭이 유럽으로 간 지 열흘이 지났다. 그의 마지막 메일이 도착한 지 닷새째이기도 하다. 우리는 그가 맨해튼으로 돌아왔다는 사실을 안다. 하지만 그에게 계속 글을 보내달라고 한 후로 아무런 소식이 없다. 캐스린은 나를 계속 바쁘게 만들려고 하지만, 나만큼이나 그녀도 마음이 딴 데 가 있다는 느낌이 든다. 우리 모두는 당분간 시간만 죽이며 패트릭이 다시 연락하기만을 기다리는 실정이다.

"이제부터 당신에게 보여줄 게 있어요." 캐스린이 계속 말한다. "기초적인 신경언어학적 기술이죠."

캐스린이 그래프 하나를 보여준다. 그 그래프에는 '틀림'과 '맞음'의 기둥이 하나씩 있다.

"첫번째, 판단. 아무런 판단을 하지 않으려고 해봐요. 그건 역겨워라고 하거나 그거 참 멋져라고 하는 건, 알았어나 계속해봐 같은 중립적인 반응보다 쓸모가 없어요. 그리고 심문을 할 때 가장 효과적인 전략은 침묵이라는 걸 명심해요." 그녀가 말을 끊는다. "집중하지 않는군요. 클레어. 무슨 문제라도 있나요?"

내 입에서 신음소리가 새어나온다. "그런 연습은 제가 듣는 연기수업에서 첫 주에 끝냈어요. 차이가 있다면 우리는 그걸 '막기와 수용하기'라고 부르죠."

캐스린이 나를 보며 인상을 쓴다. "클레어, 나는 지난 칠 년간 이런 훈련을 했어요. 며칠만으로는……"

"며칠만으로는." 내가 캐스린의 말을 따라 하는데, 어찌나 똑같은지 그녀가 볼을 붉힐 정도다.

"그 말을 들으니 생각났는데," 캐스린이 얼음장 같은 목소리로 말한다. "생리를 언제 하는지 꼭 말해줘요. 당신이 덜 감정적일 때로 작전을 잡아야 하니까."

와우. 캐스린의 기준으로 봐도 이건 정말 못됐다. 의학적인 기준에서는 더 말할 것도 없고. 나는 어처구니없다는 표정으로 캐스린을 빤히 바라본다.

"좋아요." 캐스린이 양손을 들어올리며 말한다. "패트릭에게 메일을 보내요. 만나달라고 해요. 이대로는 아무것도 안 되겠어요."

33

저 여자는 일행이 아직 안 왔나보군.

여기, 조용한 웨스트빌리지 바에 걸터앉아 저녁 내내 버진메리 한 잔으로 버티고 있는 내 모습을 본다면 당신은 분명 그렇게 생각할 것이다. 데이트 상대를 기다리는 평범한 여대생이라고. 어쩌면 이곳의 다른 여자 손님들에 비해 옷차림이 살짝 더 여성스러울지 모르겠다.

"안녕, 클레어."

그가 어둠 속에서 슬며시 다가오는 바람에 나는 화들짝 놀란다. 그래도 움찔하지 않으려고 본능을 애써 억누른다. 그가 몸을 숙여 내 볼에 입을 맞춘다. 아주 잠깐이었지만 연한 녹색 눈동자가 내 눈동자를 스치고 지나가는 순간 패트릭이 모든 것을 꿰뚫어보고 있다는, 모든 것을 다 안다는 확신이 든다. 내 피부에 부착된 도청장치와 내 심장의 배신을 감지할 수 있다고 말이다.

"뭐 마시고 있어요?" 그가 스스럼없이 내 옆자리에 앉으며 묻는다. 그리고 바텐더에게 손짓을 한다.

"실은 여기 계속 있지 않을 거예요. 다른 데로 가려고요. 다른 바로."

그가 얼굴을 찌푸린다. "그러면 왜 거기로 약속을 잡지 않았죠?"

"보통은 누굴 만날 약속을 잡을 만한 곳이 아니니까요. 자, 갈까요?"

나는 그곳에 거의 도착할 때까지 더이상 아무 설명도 하지 않는다. 캐스린의 설명에 따르면, 마인셰프트와 볼트 같은 바들이 뉴욕시를 성적 탐험의 대명사로 만들었던 시절부터 지금까지 명맥을 이어온 곳들 중 하나다.

마침내 내가 멈춘다. "다 왔어요."

그곳에는 간판 대신 버저뿐이다. 계단 몇 개를 내려가자 직원 한 명과 독서대와 커튼이 쳐진 문이 하나씩 있을 뿐, 그 외에는 아무것도 없는 작은 로비가 나온다. 직원이 피어싱을 한 코를 쳐들고 무시하듯 나를 쳐다본다. 두번째 월급을 쏟아부어 산 새 프라다 재킷을 입고 있기 때문에 그런 태도가 살짝 짜증이 난다.

회원가입서를 다 작성하고 이용 규정 사본에 서명을 한 후 안으로 들어가니 왜 직원이 내 옷에 심드렁했는지 알겠다. 이곳에서는 프라다가 대수가 아니다.

사실 직물로 만든 것은 뭐든 그리 대수가 아니다. 이곳에서 선호하는 재료는 가죽과 합성가죽, 고무, 식품 포장용 랩이다. 아, 그리고 피부도. 이들은 피부를 많이 좋아한다. 피어싱이 잔뜩 달렸거나, 글이 쓰여 있거나, 문신을 했다면 더욱 사랑받는다.

저런 꼴을 하고 다들 집에는 어떻게 가는 거야? 편협하지만 그곳에 들어서자마자 이런 생각이 머리를 스친다.

남자 한 명이 우리를 지나쳐 간다. 몸에 걸친 옷은 가죽바지뿐이고 사슬을 들고 있다. 그 사슬은 숨이 막힐 정도로 예쁜 여자의 젖꼭지에 달린 링으로 이어져 있다. 그녀의 가슴에는 마커펜으로 '노예'라는 단어가 적혀 있다.

주위를 둘러보자 가죽 가면과 하네스, 묘하게 생긴 골프공 재갈이 눈에 들어온다. 어떤 남자는 복면을 하고 있는데, 얼굴을 전부 가린 채 튜브로 숨을 쉬고 있다. 사람들 사이로 쿵쿵 진동하는 음악이 어찌나 깊고 낮은지 명치에서도 그 울림이 느껴질 정도다.

바닥보다 높은 연단에서는 틀에 묶인 여자 한 명을 남자 두 명이 노로 번갈아 때리고 있다. 그 광경을 몇 명이 모여서 지켜본다. 틀 뒤의 벽에는 소목장이의 작업실처럼 각종 기구들이 못에 깔끔하게 걸려 있다. 감아놓은 밧줄과 가죽 속박벨트, 수갑과 걸쇠, 끈이 아홉 개 달린 정교한 채찍과 찰리 채플린 지팡이 같은 것들이다.

패트릭과 나는 그 모습을 잠시 지켜본다. 미리 정해놓은 신호에 따라 마침내 남자들이 매질을 멈춘다. 둘 중 한 명이 그 여자에게 노에 입맞추게 하는 동안 다른 한 명이 끈을 풀어준다. 사람들이 뿔뿔이 흩어지고 일부는 컴컴한 곁방들로 들어간다.

"이제 뭘 하고 싶어요?" 나는 패트릭에게 묻는다. 음악소리 때문에 고함을 쳐야 한다.

"술을 마실 수 있는 곳을 찾아보죠." 그가 말한다. "버건디가 맛있는 곳이면 더 좋겠네요. 이왕이면 말소리가 잘 들리는 곳을 찾아 봐요."

"그래서 무슨 생각이 들었어요? 솔직히?"

"솔직히?" 패트릭이 와인잔 테두리 위로 나를 가만히 살펴본다. "처음에는 내가 그런 곳에 있다는 사실에 살짝 놀랐다고 해야겠죠.

그다음에는 호기심이 동했고요. 끝에 가서는 웃음을 참을 수가 없었어요."

"웃음이 나왔다고요?" 내가 어리둥절해 되묻는다.

그가 미소를 지으며 어깨를 으쓱한다. "다들 너무 진지하잖아요! 동시에 터무니없기도 하고. 허락이니 암호니 하는 규정들도 우스꽝스럽기 짝이 없어요. 사실은 말이죠, 그런 건 위험하다고 해봤자 디즈니월드 놀이기구 수준이에요."

"오호."

"하지만 당신이 얼마나 솔직하게 당신의 욕망을 보여줬는지는 잘 알아요, 클레어." 그가 덧붙인다. "복종과 통제 게임이 내 취향은 아니지만 사람들이 어째서 그런 걸 좋아하는지는 알 것 같아요."

"그게 무슨 말이에요. 당신 취향이 아니라니?" 내가 묻는다. "당신이 쓴 그 판타지들은……"

그가 고개를 가로젓는다. "나는 다른 사람들이 쓴 글을 옮기는 번역가이자 필사자일 뿐이죠. 그런 일에 대해서라면 보들레르의 문체든 프루스트의 문체든 드러그스토어에서 파는 포르노의 문체든 다 흉내낼 수 있어요. 어떤 문체든 내게는 다 똑같죠. 사실 그런 일을 하면서 느끼는 즐거움의 절반은 새로운 정체성을 만들어내는 과정에 있어요. 다른 사람의 마음속으로 들어가는 거 말이에요. 그 정체성이 진짜 나라는 말은 아니에요."

"그렇다며 당신은……" 내가 눈살을 찌푸린다. "당신은 SM을 즐기지 않는군요."

"내 파트너에게 즐거움을 줄 수 있는 딱 그 선까지만요. 특별히 관심이 있는 건 아니에요."

"그럼 애초에 왜 그런 글을 쓰겠다고 했죠?"

그가 미소를 짓는다. "당신이 부탁했으니까. 당신이 진심으로 좋아할 만한 선물을 몹시 하고 싶기도 했고. 게다가 사람들이 그런 행동을 하는 이유도 궁금해요. 아마 내가 고아라서 그런가봐요."

나는 그를 빤히 바라본다. "당신 고아예요?"

"그래요." 그가 내 반응에 놀란 표정을 짓는다. "그래도 나는 운이 좋았어요. 나를 맡아준 가족과 원만하게 잘 지냈거든요. 그건 왜?"

"나는……" 그 사실에 내 머리가 고장이라도 난 것 같다. 그래도 한부모 가정 출신에 외동이라는 설정은 잊지 않는다. 그러므로 패트릭에게 나도 위탁가정 출신이라는 말은 할 수 없다.

"나는 열 살 때 아빠가 돌아가셨어요." 나는 웅얼거린다. "엄마와는 소원하고요. 물론 똑같은 상황이 아니라는 건 나도 알아요."

그가 고개를 끄덕인다. "아마도요. 그렇지만 나는 당신에게서 뭔가 느꼈어요…… 강인하면서도 언뜻언뜻 나약함이 드러난다고 할까요. 거리를 두는 태도…… 어떻게 설명을 하면 좋을까. 만약 당신도 자기 안에 있는 그 느낌이 뭔지 안다면 타인에게서도 감지할 수 있을 거예요. 조건 없이 사랑을 하고 사랑을 받고 싶어하지만 막상 그런 사랑을 찾으면 좀처럼 받아들이지 못하는 사람들. 가족을 대체할 만한 관계를 찾아 소속감을 느끼려 하는 아웃사이더들…… 어떨 때는 그걸 클럽이나 모임에서 찾았다고 생각하죠. 어쩌면 그래서 당신이 페티시클럽에 끌리는 건지도 몰라요, 클레어. 어쩌면 당신은 속하고 싶은 또다른 이방인들을 찾고 있는 건지도 모르죠."

"어쩌면요." 나는 이렇게 대답하며 머릿속으로는 그가 금방 한 말을 다시 떠올린다. 페티시클럽을 연기자들로 대체하면서.

당신 말이 맞아요, 패트릭.

"고아가 되면 익숙해지는 감정이 있어요." 패트릭이 덧붙인다. "한밤에 큰 바다로 나가서 수영을 하는 것과 비슷한 느낌이죠. 수영을 하다가 문득 발밑에 뭐가 있을지 궁금해지는 거예요. 그리고 그 순간 계속 움직이지 않으면 물에 빠진다는 사실이 퍼뜩 떠오르죠…… 왜냐하면 당신을 붙들어주는 게 아무것도 없으니까. 암흑과 깊은 물밖에 없으니까. 당신은 혼자, 철저하게 혼자예요. 주위에 누가 있어도 당신에게는 오직 당신밖에 없어요."

알아요. 패트릭, 나도 알아요.

우리는 몇 시간은 될 만한 시간 동안 계속 이야기를 나눈다. 이 상황이 나는 몹시 신선하다. 대개 내가 남자들과 이야기를 나눈다면 그들이 내게 반했거나 그 반대의 경우다. 어느 쪽이건 대화는 기껏해야 삼십 분이면 끝난다. 이렇게 다양한 주제―시, 뉴욕, 그의 유럽 여행―에 대해 이야기를 나누는 것 자체가 내게는 새로운 경험이다.

프로답게 그에게 거리를 두려고 아무리 애를 써도 나는 그가 좋다. 그는 똑똑하고, 책도 많이 읽었고, 문학과 예술에 대해 나보다 훨씬 더 잘 알면서도 가르치려 들지 않는다. 순수하게 내 의견이 궁금한 것 같다.

캐스린이 미끼로 고안한 말들. 그러니까 그가 냉큼 입질을 할 것 같은 나의 어두운 배경을 우리 대화에 양념처럼 슬쩍 뿌려야 한다는 걸 떠올리려면 꽤나 의지력이 필요하다.

　물론 그 미끼들은 효과가 없다. 그는 어떤 미끼에도 반응하지 않고 나도 그런 시도는 일찌감치 관둔다.

　바를 나서는데, 그가 택시를 같이 타고 가서 내 아파트 앞에 내려주겠다고 고집을 피운다. 이스트할렘은 위험한 동네니까. 그는 이렇게 말한다.

　그가 문 앞까지 나를 데려다주더니 처음으로 나를 끌어당겨 입을 맞춘다. 그가 그러리라는 것쯤은 이미 알았다. 물론 나도 그의 키스에 호응한다.

　무대 위에서 하는 입맞춤과 다를 바 없다고 스스로에게 되된다. 이전에도 백 번은 했던 입맞춤과 다를 바 없다고. 아무 의미도 없다고. 나의 캐릭터는 그의 품안의 느낌과 탄탄한 가슴근육, 지그시 눌러오는 입술의 감촉을 만끽하는 거라고. 마침내 겹겹이 두른 이 남자의 자제력을 뚫고 들어가보니 내가 그를 좋아하듯이 그도 나를 좋아한다는 사실을 알게 된 것을 즐기는 거라고 되새긴다. 그러니까 나의 캐릭터가 말이다.

　내가 아니라.

34

"이제부터 좀더 교묘하게 움직여야 할 거예요." 캐스린이 말한다.

내가 집에 들어오고 몇 분 후에 두 사람도 도착했다. 그러나 이번에는 두 사람에게서 들뜬 분위기가 느껴지지 않는다.

"그자는 극도로 조심할 게 분명해요." 캐스린이 덧붙인다. "은밀함이 생활방식이 되어 있을 테니까요."

"얼마 전에는 그가 외로움 때문에 위험을 감수할 거라고 하셨잖아요." 내가 반박한다.

"이건 정밀한 과학이 아니에요, 클레어."

"어차피 그렇게 과학적으로 보이지도 않아요." 내가 투덜거린다.

"우리는 먼저 가설을 세우고 그걸 검증해요." 캐스린이 사무적으로 대답한다. "그 가설이 쓸모없으면 새로운 가설을 계속 모색해가는 거예요."

"하지만 그자는 여전히 꼬리를 드러내지 않았어요." 처음으로 프랭크의 목소리에서 초조함이 느껴진다.

"나는 줄곧 그 사람이 BDSM 커뮤니티에 숨을 수 있다고 말했지만 그곳의 일원인 것 같지 않았어요. 어떤 의미로는 최근의 전개로 이런 가설이 증명되었다고……"

"판사한테 가서 용의자가 평범한 사람이 아니라는 근거로 영장을 발부해달라고 할 수는 없습니다." 프랭크가 딱 부러지게 말한다. "우리는 아무것도 못 건졌어요."

"그래요." 캐스린이 인정한다. "지금까지는 아무 소득도 없죠."

그건 애초에 건질 게 없기 때문이 아닐까.

느닷없이 찾아온 깨달음이 내 머리를 번개처럼 내리친다.

패트릭은 결백해.

나는 이 생각을 입 밖에 내지 않는다. 나는 그런 판단을 내릴 입장이 아니라고 캐스린이 못박을 게 뻔하기 때문이다. 게다가 이 사실을 나만 알고 있는 동안은 나만의 이 비밀이 담요처럼 나를 포근하게 안아줄 것이기 때문이기도 하다.

내가 패트릭을 꼭 안고 싶듯이.

캐스린과 프랭크에게 패트릭이 두 사람이 찾는 사람이 아니라는 사실을 알아차리게 하려면 뭘 어떻게 해야 할까. 마침내 그 사실을 알아차리는 순간 두 사람은 어떤 행동을 취할까. 그저 그의 인생에서 사라지고 내게도 같은 것을 요구할까?

문득 내가 그날이 오지 않기를 바란다는 사실을 깨닫는다. 어쨌든 아직은 안 된다.

혹시 이 연극이 끝나지 않을 수도 있을까? 언젠가 기회가 생기면 나와 패트릭이…… 감히 이 생각을 말로 옮기지 못하겠다.

그와 내가 함께 뭔가를 할 수 있을까?

그런 일은 거의 불가능해 보인다. 하지만 이 미친 상황에서는 그 무엇도 평범한 논리를 따르지 않는다.

프랭크와 캐스린은 계속 티격태격하며 아파트를 떠난다. 한편 나는 도무지 긴장이 풀리지 않는다. 이 아파트에 있으니 폐소공포증이 생길 것 같다. 집안 곳곳의 먼지와 쓰레기를 둘러보니 이곳이 얼마나 조잡하고 일차원적인지 알 것 같다. 실력이 형편없는 학생이 연출한 세트 같고, 관객을 향해 고래고래 소리만 지르는 과장된 일인극 같다.

이건 내가 아니야. 그리고 이건 패트릭도 아니고.

야행성일 것 같은 뱀이 제 집인 유리 상자의 벽에 복잡한 매듭 무늬를 그리며 몸을 비틀어대고 있다. 나는 저 녀석이 수컷인지 암컷인지조차 모른다. 하지만 얼마 전부터 나도 모르게 캐스린이라고 부르고 있다.

잠시 바람을 쐬어야겠다.

어쨌든 멋지게 차려입고 있다는 사실을 깨달은 나는 클럽으로 간다. 댄스플로어 위에서 육체적 해방을 만끽하고 음악에 사로잡힌 내 몸을 느끼고 싶어서다. 비상구 옆에 자리잡은 판매상이 평일 저녁이라 한 알 값에 두 알을 판다.

새벽 세시, 몸은 지쳤지만 머릿속은 여전히 시끄럽다. 문득 천장에 오토바이가 매달려 있는 할리 바가 떠오른다. 근무중에는 청바지 뒷주머니에 행주를 끼우고 있고 새벽 세시에 퇴근하는 호주 출신의 브라이언도.

도착해보니 예상대로 그는 막 마무리를 하는 중이다. 나를 집으로 초대하기 위해 공을 들일 필요도 없다.

하지만 어째서인지 오늘밤은 '낯선 남자와의 섹스'가 평소 같은 마법을 발휘하지 않는다. 아슬아슬하고 대담한 기분이 들기는커녕 오늘밤은 이런 행위가 무의미하게 느껴진다.

브라이언이 아무리 아름답다는 둥, 대단하다는 둥, 무섭다는 둥, 환상적이라는 둥 찬사를 늘어놓아도 내가 정말로 그런 말을 듣고 싶은 사람은 그곳에 없기 때문이다.

35

나는 이튿날 정오가 되어서야 아파트로 돌아간다. 눈은 모래라도 들어간 것처럼 뻑뻑하고 입안은 꽃꽂이용 스펀지처럼 깔깔하다. 문을 열고 집으로 들어서는데 순간 내가 뭘 보고 있는지 알 수가 없어 우뚝 멈춰 선다.

하룻밤 사이에 집이 완전히 바뀌어 있다. 벽지는 우아한 크림색이 되었다. 동물의 두개골과 재활용품가게에서 산 소품들은 흔적도 없다. 그 자리에는 스웨덴 가구와 웨스트엘름 소파가 놓여 있고 화사한 터키 융단이 깔려 있다. 기타와 앰프도 사라졌다. 그 대신 고가의 소노스 스피커에서 클래식 음악이 잔잔하게 흘러나온다. 벽에는 록밴드의 포스터들 대신 표백한 나무틀에 끼운 복제화들이 줄지어 걸려 있다. 유리 테이블에는 조지아 오키프와 툴루즈 로트레크에 관한 책들이 쌓여 있다.

그리고 마법사가 마술지팡이를 휘두른 것처럼 뱀은 얼룩고양이로 변해 소파에서 나른하게 나를 바라보고 있다.

"그 고양이는 오거스타라고 해요." 캐스린이 다른 방에서 나와 고양이의 귀를 쓰다듬고 있는 나를 보더니 말한다.

"본명이에요?"

"뭐라고요? 고양이도 잠입수사용 가명이 있어야 한다고 생각하는 거예요? 어쨌든 그 고양이 이름은 오거스타예요. 어디 갔었어요?"

"한숨 돌릴 시간이 필요했어요." 나는 새로운 인테리어를 가리키며 묻는다. "무슨 바람이 불어서 이렇게 바꾸신 거예요?"

캐스린이 입을 꼭 다문 채 나를 바라본다. 순간 그녀가 내게 소리를 지르려나 싶지만 그저 이렇게 말한다. "앞으로는 그 목걸이를 꼭 하고 다녀요, 알겠죠? 당신에게 별일이 없는지 우리가 알아야 해요."

"어젯밤은 도청기를 켜기 적절하지 않았어요, 믿어주세요. 더번 형사님이 심장마비로 쓰러지는 걸 원하지 않으신다면요."

캐스린은 내 말을 못 들은 척한다. "당신의 질문에 대답을 하자면, 당신이 한 말을 곰곰이 생각해봤어요. 백의 비너스와 흑의 비너스요. 당신은 백의 비너스에 더 가까워질 필요가 있어요. 신성모독에 대한 판타지를 꿈꿀 수 있는 순수하고 우아한 미인."

"와우. 그건 엄청난 캐릭터 전환인데요. 그 문제에 대해서 철저하게 생각을 해……"

"음, 너무 오래 생각하지는 말아요. 패트릭이 부스극장의 오늘밤 표를 두 장 구입했어요."

"〈헤다 가블러〉* 표를요?" 나는 깜짝 놀라 되묻는다. 내가 보고 싶어서 죽을 뻔한 연극이다. 표를 구하기가 하늘의 별 따기다.

캐스린이 고개를 끄덕인다. "그자가 일곱시에 데리러 올 거예요. 자동응답기에 녹음되어 있어요. 그때까지 좀 쉬어요. 솔직히 지금 몰골이 엉망이에요, 클레어."

---

* 헨리크 입센의 희곡.

36

그는 내 아파트가 마음에 든다고 한다. 상상했던 모습 그대로라고 한다. 가식을 부리지 않되 흠잡을 데 없는 취향이라며.

나는 인테리어를 바꾼 지 얼마 되지 않아 아직도 페인트 냄새가 희미하게 난다고 변명을 늘어놓는다.

택시를 타고 극장에 도착한 후 '매진' 표지판과 환불 입장권을 사기 위한 줄을 지나친다. 문득 패트릭이 이 표를 무슨 수로 구했는지 궁금해진다. 물론 그는 돈이 많다. 스텔라는 대대로 부유한 집안 출신이었다. 스텔라가 죽었을 때 두 사람은 이혼하지 않은 상태였으니 전 재산을 패트릭이 물려받았다.

처음에 경찰이 그를 의심했던 이유 가운데 하나가 그 재산이었다고 프랭크가 말해주었다. 하지만 잘 생각해보면 말이 되지 않는다. 패트릭의 아내가 부자인 것이 그의 잘못은 아니지 않은가. 게다가 캐스린이 패트릭에 대해 의심하는 부분도 돈과는 전혀 관계가 없다.

패트릭에 대한 캐스린의 집착이 또다시 떠오른다. 이것이 연극이라면 패트릭을 무너뜨리는 것은 캐스린의 '관통선'일 것이다. 관통선이란 스타니슬랍스키 연극론에서 사용하는 용어로, 등장인물을 압도하는 내적 욕구를 일컫는다. 이 욕구로 인해 등장인물은 비극적인 실수를 저지르게 된다.

이것이 연극이라면 캐스린이 너무 늦기 전에 자신의 실수를 깨닫기를 바랄 수밖에.

프로답게 하자. 나는 다짐하듯 되뇐다. 이건 연기일 뿐이야. 그냥 배역이라고.

하지만 이런 생각을 하는 순간 이제 더는 그렇지 않다는 사실만 통감할 뿐이다. 설령 처음에는 그랬다고 하더라도 말이다.

패트릭은 연극을 사랑한다. 좌석에 앉기도 전부터 얼마나 사랑하는지 또렷하게 드러난다. 패트릭은 주변의 상황과 다른 관객들, 기대감에 들뜬 분위기를 들이마시며 생기를 얻는 듯하다.

패트릭은 자신이 줄곧 어떤 환상에, 다시 말해 하나가 다른 하나를 대표할 수 있다는 생각에 끌렸다고 말한다.

"내 꿈은 언젠가 보들레르와 두 명의 비너스에 대한 극본을 집필하는 거예요." 연극의 막이 오르기를 기다리는 동안 그가 내게 말해준다. "극장에 올리기 안성맞춤일 거예요. 물론 이런 극장은 아니고, 실험적이고 도발적인 소재를 감당할 수 있는 곳이어야 하겠죠."

"어떤 식으로 쓸 건데요?"

그가 잠시 생각에 잠긴다. "보들레르의 재판을 중심으로 구성할 작정이에요. 『악의 꽃』이 외설적이라는 이유로 금서 처분을 받았던 시기 말이에요. 내가 원래 잘 만든 법정드라마를 좋아해요."

"나도 그래요."

"정말요?" 그가 나를 곁눈으로 본다. "가장 뛰어난 법정영화는?"

"쉽네요. 〈12인의 성난 사람들〉은 아니에요. 비록 시드니 루멧이 감독을 했지만요. 그보다는……"

"〈심판〉이죠." 그가 동의한다는 듯 내 말을 대신 맺는다. "데이비드 매멧 각본."

나는 고개를 끄덕인다. "하지만 내가 정말 좋아하는 장르는 누아르예요. 특히 뉴욕 누아르. 진 티어니가 주인공으로 나오는 〈로라〉라는 영화가 있……"

"그 영화라면 백 번도 더 봤을 거예요. 기억해요? 그 영화에서……"

객석의 조명이 어두워지기를 기다리며 좋아하는 영화와 연극 이야기를 나누고 있으니 이 저녁이 내 평생 최고의 데이트 가운데 하나가 되리라는 생각이 든다. 물론 도청기와 우리의 대화를 듣고 있는 사람들을 떠올리지 않는 한 말이다.

그리고 나는 떠올리지 않는다. 적어도 내 캐릭터는 그렇다. 내 캐릭터는 자신의 인생을 살고 있다.

연극의 전반부는 기대했던 것보다 훨씬 더 좋았다. 일상이 지루하다는 이유만으로 온갖 미친 짓을 해대더니 걷잡을 수 없을 때까지 수렁으로 점점 더 깊이 빠져드는 여자인 헤다에게 나는 공감을 느낀다. 배우들의 연기도 훌륭해서 막간 휴식시간에는 쓸데없는 말로 그 감흥을 깨고 싶지 않은 기분이 든다. 후반부가 시작될 때까지 입센의 세계라는 공기방울 안에 가만히 머무르고만 싶다.

내 기분을 알아차렸는지 패트릭이 조용히 말한다. "마실 걸 사올게요. 잡담이나 하고 있을 필요는 없겠죠."

그가 돌아오기를 기다리는데 내 뒤에서 독설이 들린다. "당연히 저런 과잉 연기를 관객은 좋아하지. 사람들이 뭘 알겠니, 애들아. 오, 이게 누구야, 클레어."

나는 피해보려 하지만 너무 늦었다. 배우인 라울 어쩌고 하는 자식이다. 제스의 친구의 친구.

"달링, 이 연극 끔찍하지 않았니?" 그는 이렇게 말하며 내가 입을 맞추도록 볼을 내민다.

"나는 재미있게 봤어." 내가 들릴락 말락 한 소리로 대꾸한다. 그때 패트릭이 와인이 담긴 플라스틱 잔 두 개를 들고 돌아온다. 그는 잔을 내려놓더니 라울과 그의 친구들을 의아한 표정으로 바라보며 소개를 기다린다.

"그래? 하기야 너는 한동안 제대로 된 일을 못 했으니 감이 떨어졌을 거야." 라울이 비웃는다.

"이 친구는 라울이에요." 나는 내키지 않는 듯 패트릭에게 말한다. "최근에 뮤지컬에서 노래하는 쥐 역할을 했죠."

"노래하는 다람쥐였어." 라울이 말한다. 그의 눈매가 가늘어진다. "그런데, 클레어, 그 독특한 억양은 뭐야? 일감이 떨어질까봐 여기 사람이 되기로 작정한 거야?"

"후반부가 더 재미있다고 하던데." 나는 라울의 관심을 다른 곳으로 돌리려고 불쑥 말한다.

하지만 라울은 일단 시작했으니 절대 관두지 않을 것이다. "억양 이야기가 나왔으니 말인데, 일전에 할리 바의 그 자식 기분좋아

보이던데. 축하할 일이 있나봐? 와우, 클레어랑 어젯밤 끝내줬어. 우리가 조금만 더 심하게 했으면 내 거시기가 홀랑 벗겨졌을 거야.”

라울이 브라이언의 호주식 발음을 완벽하게 흉내낸다. 그의 친구들이 아첨하듯 따라 웃는다. 패트릭도 싱긋 웃는다.

패트릭이 한 걸음 앞으로 다가서더니 라울의 농담을 직접 들은 일을 축하라도 하듯 그의 어깨를 움켜쥔다. 그러더니 갑자기 머리로 라울의 코를 들이박는다. 라울이 꼭두각시처럼 허물어지며 바닥으로 쓰러진다. 우리 뒤에 있던 여자가 깜짝 놀라 숨을 헉 들이쉰다.

라울은 무릎을 꿇은 채 카펫을 두 손으로 짚고 있다. 그의 코에서 피와 콧물이 뚝뚝 떨어진다.

“후반부도 마저 보고 싶어요?” 패트릭이 내게 차분하게 말한다. “아니면 그냥 나갈까요?”

37

"불쾌한 친구군." 밖으로 나오자 그가 한마디한다. 가벼운 여름 보슬비가 내리지만 패트릭은 알아차리지 못한 듯하다.

"배우들이 가끔 저렇게 못되게 굴 때가 있어요." 나는 몸을 떨며 맞장구를 친다.

우리는 서쪽으로 걷기 시작한다. "그런데 그 사람이 한 말은 무슨 뜻이에요?" 패트릭이 택시를 찾아 두리번거리며 묻는다.

"무슨 말요?"

"당신이 일을 못 했다고 한 말."

"아," 나는 어깨를 으쓱한다. "배우가 되어보겠다고 까불었던 적이 있어요. 라울하고 그의 친구들 덕분에 그게 얼마나 어리석은 야망인지 얼른 깨달았죠."

"나는 아주 좋은 생각 같은데. 당신은 인생에 방향을 잡아야 할 필요가 있어요. 그리고 당신이라면 연기에 재능이 있을 거예요. 우리 대학에서 연극 프로그램을 알아봐요. 거기서 개인수업도 진행하고 있으니까." 마침 택시가 나타나 패트릭이 손짓으로 차를 세운다. "이스트할렘으로 갑시다." 그는 내가 택시에 타도록 문을 잡아주며 기사에게 말한다.

"개인교습을 받을 여유는 없어요." 우리가 탄 택시가 차량 행렬

속으로 다시 섞여들자 나는 말한다.

"내가 빌려줄게요."

"패트릭, 말도 안 되는 소리 말아요."

"왜 말이 안 된다는 거예요? 그 정도 여유는 있어요. 그리고 내가 희곡을 쓰면 당신이 출연하면 되잖아요."

"당신은 나에 대해서 아무것도 모르잖아요." 나는 점점 부아가 치밀어오른다. "당신은 우리에 대해서 아무것도 몰라요. 내가 그 돈을 들고 증발해버릴 수도 있어요. 내가 사기꾼일 수도 있다고요. 그런 일 있잖아요."

"당신이 사기꾼?" 그가 우습다는 듯 되묻는다. "나는 당신에 대해서 알아야 할 사실은 다 안다고 생각해요, 클레어. 신뢰, 기억해요?"

"연기수업에 대해서는 알아볼게요." 나는 투덜거린다. "하지만 돈은 받을 수 없어요."

우리는 도시 외곽에 도착할 때까지 말없이 달린다.

"라울이 말한 호주 남자는……" 내가 말문을 연다.

"굳이 해명할 필요 없어요, 클레어. 당신이 나와 있고 싶은 마음을 굳힐 때까지 누구와 자건 당신 마음이에요."

"패트릭, 어떻게 된 일인지 말하고 싶어요."

나는 말하고 싶다, 정말로 그러고 싶다. 도저히 거부할 수 없는 충동이 몰려와 그에게 모든 것을 털어놓고 싶어진다.

어리석은 함정수사의 목표물이 되었다는 사실을 알게 되면 그는 심한 배신감을 느낄 것이다. 그는 나를 증오할 것이다. 그리고 나는 어떻게 해서든 그에게 미움을 받는 일만은 피하고 싶다.

그런 일이 일어나지 않도록 막아줄 말을 하려고 입을 연다. 모종의 암시나 경고나 약속 같은 것을.

하지만 문득 프랭크와 캐스린이 떠오른다. 나에 대한 신뢰를 바탕으로 지금 아무 표시도 없는 승합차를 타고 우리의 이야기를 들으며 뒤따르고 있을 두 사람.

내키지 않지만 나는 다시 대본으로 돌아간다.

"가까웠던 사람을 잃었다고 이야기한 적이 있었죠."

"그래요. 당신의 스승. 페어뱅크."

"그 사람이 어떻게 죽었는지에 대해서는 아직 말하지 않았을 거예요."

그가 고개를 끄덕인다. "당신이 그 이야기를 꺼낼 준비가 될 때까지 기다렸어요."

"그 사람은 내 은사이기도 했지만 유부남이었어요." 나는 비에 젖어 흐릿하게 지나가는 창밖 풍경을 물끄러미 바라본다. "우리 사이가 들통나면서 그 사람은 해고됐어요. 아내는 그를 떠났죠. 물론 강단에서 다른 일자리를 구할 가망도 없어졌고요. 그 사람은 결국……" 나는 깊이 숨을 들이쉰다. "동반자살을 하려고 했어요. 하지만 나는 약속을 지킬 용기가 없었어요. 그후로도 아직 용기를 못 내고 있죠."

눈물이 두 볼을 타고 흘러내린다. 완전히 가짜 눈물은 아니다. 내가 한 거짓말에 대한 수치심의 눈물이다. 이 터무니없는 이야기의 비열함에 대한 눈물이기도 하다.

기사가 몸을 숙이며 느닷없이 브레이크를 밟더니 급히 차선을 바꾼다. 내가 좌석에서 미끄러지지 않도록 패트릭이 한 팔로 내 어깨를 감싸안는다. 포근하다.

나는 이 남자를 사랑할 수도 있었어. 이런 생각이 불쑥 든다. 그런데 사랑은커녕 거짓말을 하고 있다니.

"그래서 대학을 관두고 뉴욕으로 온 거예요." 나는 계속 말한다. "그후로는 높은 다이빙대의 끄트머리에 서 있는 기분이에요. 뛰어내리자니 너무 무섭고, 돌아가자니 너무 부끄러워요."

패트릭, 당신을 사랑할 수도 있었는데.

"개자식." 패트릭이 나직이 말한다. "비열하고 비겁하고 자기밖에 모르는 개자식. 당신을 유혹한 죄, 그것만으로도 충분히 나빠요. 시시해빠진 성적 판타지에 당신을 끌어들인 것, 당신이 그걸 아무리 즐겼다 해도 그 생각을 하면 나는 피가 끓는 것 같아요. 하지만 그가 당신에게도 죄의식의 짐을 지운 것, 그건 치졸하다는 말밖에 나오지 않는군요."

나는 놀란 표정으로 그를 바라본다. "그래요?"

"어떻게 그런 짓을 할 수 있죠? 그 자식이 아직 살아 있다면 내 손으로 직접 끝장내버렸을 거예요."

그가 미소를 지으며 내 볼을 어루만진다. 하지만 라울이 카펫으로 허물어지던 모습을 떠올리자 그의 말이 그냥 해본 소리로는 절대 들리지 않는다.

아파트에 도착하자 패트릭도 택시에서 내린다. 그가 그대로 택시를 보내버릴지도 모른다는 생각에 심장이 입 밖으로 튀어나올 것처럼 흥분된다. 하지만 다음 순간 그가 몸을 기울이고 기사에게 말한다. "잠깐만요."

"그럼 오늘밤 불청객이 될 생각은 없는 거네요?" 나를 문 앞까지 데려다주는 그에게 내가 쑥스럽게 말한다.

그가 나를 잠시 바라본다. 비에 젖은 그의 머리가 반짝거린다. "보들레르와 백의 비너스의 관계가 어떻게 끝났는지 내가 말했던가요?"

나는 고개를 가로젓는다. "두 사람이 잔 건 알아요. 하지만 잘되지 않았죠."

패트릭이 고개를 끄덕인다. "보들레르는 백의 비너스에게, 그녀를 여자가 아니라 여신으로 기억하고 싶다고 했어요."

웃음이 터져나온다. "말해두는데 나는 절대 여신이 아니에요. 어쩌면 그 반대에 가까울걸요."

"내 말은, 어느 관계건 섹스가 시험대가 될 수 있다는 거예요. 보들레르의 친구인 플로베르가 말했듯이, 우리는 각자의 우상을 만질 때 금박이 손에 묻지 않도록 조심해야 하죠." 그가 손을 뻗어 흘러내린 내 머리칼 한 가닥을 귀 뒤로 넘겨준다. "내가 먼저 초대해달라고 하지 않는 건, 원하지 않아서가 아니에요, 클레어. 초대를 받을 때까지 기다리겠다는 거죠." 그가 잠시 입을 다문다. 내가 아무 말도 하지 않자, 그가 미소를 짓는다. "지금 당장은 이 정도로 만족하려고 해요." 그가 몸을 숙여 내게 입을 맞춘다.

우리가 영화 속 등장인물이라면 이 장면이 클라이맥스일 것이다. 카메라가 멈추고 우리로부터 멀어지며 크레디트가 올라가기 시작하는 순간. 뉴욕의 밤을 배경으로 포옹하고 있는 연인. 빗물에 모든 것이 반짝이고 새것 같고 영화 같다. 도시의 불빛과 대기중인 노란 택시, 그 택시의 라디오에서 흘러나오는 감상적인 음악. 남자에게 몸을 밀착한 채 그의 키스를 그 어느 때보다 더 깊이 받아들이는 여자. 당신을 원해요.

38

"들어보세요. 제가 헨리의 일을 받아서 할 때는 어떤 남자를 만나도 단 오 분이면 원하는 행동이나 말을 끌어낼 수 있었어요." 나는 주장한다. "그런데 패트릭의 입에서는 아직도 그를 범인으로 확정지을 그 한마디가 나오지 않았어요."

"클레어의 지적이 옳아요." 프랭크가 차분하게 말한다.

다음날 아침, 우리는 앞으로의 수를 의논중이다. 프랭크는 피곤해 보인다. 감시 작업의 중압감으로 그도 많이 힘든 것이다. 오직 캐스린만이 평소처럼 왕성한 에너지로 꽉 차 있다. 사냥감을 공격하고 싶어 안달이 난 테리어처럼.

그녀가 어깨를 으쓱한다. "나는 일이 빨리 진행될 거라고 한 적 없어요. 수월할 거라고 한 적도 없고요."

"하지만 뭔가 소득이 있을 거라고 하셨잖아요." 내가 지적한다. "그리고 소득이 없으면 작전을 중단할 거라고 하셨고요."

"고작 몇 번 만나본 후에 그러겠다는 뜻이 아니었어요. 지금 작전을 중단하면, 인내심을 조금만 더 발휘했다면 성공했을지 어떨지 절대 알 수 없을 거예요." 캐스린의 시선이 프랭크를 향한다. "나는 지난 칠 년간 이 살인사건들을 연구했어요, 프랭크. 적어도 여덟 명의 여자가 목숨을 잃었죠. 나는 여배우가 겁을 먹었다는 이유만으로 이대로 손 털고 나가지 않을 거예요." 캐스린은 여배우라는 말을 하며 경멸을 감추지 않는다.

"겁을 먹은 게 아니에요." 내가 받아친다. "그냥 모르겠다는 거예요. 우리가 더이상 뭘 증명해야 하는지. 아니면 이 일에서 뭔가를 건질 수 있을지."

"다른 방법을 생각해볼게요."

"내가 그 사람과 잠을 자야만 해요, 그렇죠?" 내가 말한다.

두 사람이 동시에 반응을 보인다.

프랭크 더번	캐스린 레이섬
말도 안 돼요!	절대 안 돼요.

나

그게 그 사람이 나한테 준 단서예요. 보들레르가 백의 비너스와 밤을 보냈다는 이야기를 했을 때 말이에요. 그는 섹스가 시험대와 같다고 했어요. 나는 그가 진심을 말했고, 그와 자야만 진짜 패트릭 포글러를 보게 될 거라고 생각해요.

캐스린

나는 그 말을 그렇게 이해하지 않았어요.

프랭크

그건 선을 넘는 행위예요. 심리적 함정수사에서 미인계

로 말이죠.

나

하지만 그러면 우리는 진실을 알 수 있어요. 그가 살인자
인지 아니면…… 아니면 그저 죽은 아내를 애도하는 좋
은 남자인지.

캐스린이 나를 빤히 바라본다.

캐스린

세상에. 당신은 그자가 결백하다고 생각하는군요, 그렇
죠? 당신은 그가 하는 말을 모두 진심으로 믿고 있어요!
클레어, 당신의 핸들러로서……

나

나의 핸들러라고요? 나는 빌어먹을 개가 아니에요.*

캐스린

당신의 핸들러로서 나는 당신이 스스로 하는 대사를 믿기
시작했다고 생각되는 순간 작전을 중단할 거예요. 그리
고 그 사람과 자겠다는 생각은 잊어요.

---

* 핸들러(handler)에는 '조언자'와 '조련사'라는 뜻이 있다.

잠시 우리는 서로를 노려보며 상대가 먼저 눈을 깜박이기를 기다린다. 그리고 곧.

나

좆까요.

나는 침실로 들어가며 문을 쾅 닫는다. 등뒤로 프랭크의 말소리가 들린다.

프랭크

주인공들은 원래 성질이 좀 있죠. 내가 이야기를 해볼게요.

캐스린

클레어가 그 작은 손가락으로 당신을 칭칭 감아버렸죠, 아닌가요?

실내: 아파트 침실—계속

나는 닫힌 방문으로 두 사람의 대화를 엿듣는다.

프랭크의 목소리

그게 무슨 뜻입니까?

캐스린의 목소리

이봐요, 프랭크. 클레어는 당신 같은 남자를 어떻게 조종
해야 하는지 훤히 꿰고 있어요. 평생 그런 일을 했다고요.

나는 거울로 가 내 모습을 가만히 바라본다. 거울 속 내 캐릭터
가 눈도 깜박이지 않고 나를 바라본다. 그 캐릭터가 도청용 목걸
이를 만진다. 나는 내 캐릭터가 과장된 몸짓으로 그 목걸이를 잡아
떼는 모습을 상상한다. 몸을 돌려 그 목걸이를 벽에 던지면 그대로
산산조각이 날 것이다. 그리고 우리가 줄곧 패트릭을 오해했다고
소리를 지르겠지. 프랭크가 결백한 만큼 패트릭 또한 살인범이 아
니라고. 연극의 한 장면으로서 그 순간은 아름다울 것이다. 그리고
아주 만족스러울 것이다. 아주 올바른 행동이기도 하고. 하지만 나
는 그러지 않는다.

39

그날 밤 나는 생각에 잠긴 채 뉴욕의 밤거리를 걷는다.

〈소란〉에 출연할 때 찍었던 섹스신이 떠오른다. 감독은 우리를 설득해 그 장면을 찍게 했다. 옷을 입은 채 리허설을 진행했는데, 우리가 불편해하지 않도록 스태프의 수를 최소한으로 줄였다. 그 무렵 이미 로런스와 내가 함께 밤을 보내는 사이였다는 게 아이러니했다.

나는 일종의 도전으로 영화에서 그 장면이 사실처럼 보이도록 찍고 싶었지만 로런스의 생각은 달랐다. 그럼에도 촬영이 끝난 후, 스크린에 드러난 우리의 놀라운 케미스트리에 대한 소문이 돌기 시작했다. 그때부터 로런스는 신경질적으로 굴었다. 사실, 이제야 드는 생각이지만, 그 직후 그의 아내가 아이들을 데리고 촬영장에 나타난 건 우연이 아니었을 것이다. 어쩌면 그건 우리의 관계에서 발을 빼기 위한 그의 비겁한 꼼수였을지 모른다. 그는 늘 외국에서만 즐기며 조심했었다. 그런데 그들과 달리 그가 영국에서 고른 십대 여자애는 그에게 푹 빠져 질척거린 것이다.

사실 나는 카메라 앞에서 옷을 벗어도 상관없었다. 오히려 벗고 싶었다. 하반신마비 환자 역할을 하기 위해 휠체어에서 살았던 대니얼 데이루이스에 비하면 아무것도 아니었다. 알몸 연기는 내가 그만큼 헌신하고 있다는 증거였으며 내가 가진 모든 것을 그 역에 쏟아부었다는 증거였다.

마찬가지 이유로 나는 지금 패트릭과 자야 한다는 내 의견에 대한 캐스린의 반대도 받아들이지 않을 것이다. 캐스린은 처음부터 내가 그 남자에게 끌린다는 사실을 알았을뿐더러 자신의 작전을 위해 그 사실을 가차없이 이용했다. 그녀는 자신의 방식대로 작전을 진행할 자격도 없고 성적으로 얽혀서는 안 된다고 불평할 자격도 없다.

내가 망설이는 이유는 캐스린의 반대 따위가 아니다. 지금 패트릭과 관계를 가지면 그를 향한 감정이 더 깊어지기만 할 것 같은 무서운 예감 때문이다. 나로 인해, 박사가 쳐놓은 거미줄로 그가 점점 더 깊이 빠져들 것 같은 예감 때문이기도 하다.

게다가 우리가 처음 함께 보내는 밤을 프랭크와 캐스린, 수십 개의 소형 카메라와 공유해서는 절대 안 될 것 같기 때문이기도 하다.

내 머릿속에서는 수많은 목소리가 떠들고 있고 그들은 모두 내게 맞서고 있다.

캐스린 레이섬

이건 일이에요. 클레어. 당신은 지금 대본과 현실의 차이를 판단할 분별력을 상실했어요. 그래서 당신에게 어떻게 할지 알려줄 내가 필요한 거예요.

마시

자기는 지난번에도 프로답게 굴지 않았어. 그 일로 경력이 끝장났고. 그런데 여기까지 와서 똑같은 멍청한 실수를 반복할 작정이야? 같이 공연하는 연기자를 사랑하다니. 자기 대리인 일을 하는 것도 이제 질렸어.

프랭크 더번

캐스린이 한 말을 기억해요, 클레어? 이건 폭탄해체와 같아요. 엉뚱한 선을 건드리면, 펑!

하지만 아무리 폭탄해체반이라 해도 수상한 꾸러미를 발견할 때마다 어떤 선을 자를지 설왕설래를 벌이지는 않을 것이다. 가끔은 무작정 뛰어들어 모든 것을 날려버리기도 할 것이다. 가장 직접적인 방식이 최선의 해결책일 때가 드물지 않다.

하지만 한 가지만큼은 캐스린의 말이 절대적으로 옳다. 나는 너무 깊이, 그리고 전혀 예상 못한 방식으로 내 역에 푹 빠지고 말았다. 돌이켜보면 내 충성심이 언제 이렇게 희미해졌는지 기억도 나지 않는다.

하지만 이제 와 이 작전에서 빠진다면 나는 패트릭을 잃을 것이다. 그렇게 되는 것만큼은 절대 원하지 않는다.

40

실내: 지하 바―밤

패트릭과 나는 처음 데이트를 한 저녁에 왔던, 촛불로 밝힌 바에
다시 와 있다. 우리는 와인을 두 병째 비우는 중이다.

나

스텔라도요?

패트릭

나는 아내를 사랑했어요. 겨우 사 년뿐인 결혼생활이었
지만. 하지만 지금은…… 아내가 죽었다는 사실이 슬프
지 않아요. 이런 말을 하다니 심하죠? 하지만 그게 사실
인걸. 아내가 죽지 않았다면 당신과 이렇게 함께 있을 수
없을 테니까.

나

누가 스텔라를 죽였는지 궁금하지 않아요?

패트릭

늘 궁금해요. 하지만 무능한 경찰을 보고 있으면 과연 그
해답을 알게 될 날이 올지 의문이 들어요.

그가 꾸러미—납작하고 네모난 상자—하나를 꺼내 테이블 위
에 올린다.

패트릭

열어봐요.

그의 말대로 상자를 연다. 안에는 목걸이가 들어 있다. 섬세하게
세공한 아름다운 실버 토크 목걸이*다.

나

아름다워요.

문득 한 가지 생각이 떠오른다.

나

혹시 스텔라 건가요?

---

* 금속으로 만든 고리 모양의 목걸이로 기원전 8세기에서 기원후 3세기의 유럽 철
기문명에서 주로 발견된다. 당시 이 목걸이는 한번 착용하면 벗을 수 없는 반영구
장신구였다.

패트릭

아내가 걸던 거 맞아요. 하지만 이제 당신 거예요. 한번
해봐요.

나

하지만…… 세상에, 이거 엄청 비싸 보여요.

패트릭

그래서 당신이 가졌으면 하는 거예요. 항상 걸고 다니는
그 목걸이를 벗고 싶지 않아서 그래요?

나

이거요?

나는 프랭크가 준 흉물스러운 도금 목걸이를 만지작거린다.

나

솔직히 이런 물건 다시 못 본다고 해도 상관없어요.

하지만 막상 그 목걸이를 벗으려니 망설여진다. 이 도청기를 벗
으면 두 사람이 더이상 우리의 대화를 들을 수 없는 걸까? 혹시 가
방에 넣어둬도 우리의 대화가 들릴 만큼 이 장치는 민감할까?
  패트릭은 내 망설임에 다른 이유가 있다고 오해한다.

패트릭

당신이 그 목걸이를 걸어주면 좋겠어요. 클레어.

나는 마침내 마음을 정한다.

나

이것 좀 도와줄래요?

그가 내 목걸이를 벗기도록 머리를 숙인다. 그가 목걸이를 바꿔 걸어주는 동안 나는 또다른 결정을 내린다.

나

당신 아파트로 가도 돼요? 오늘밤 말이에요.

패트릭

왜? 당신 아파트가 바로 이 근처인데.

실내: 감시차량—밤

내 가방에 들어 있는 도청기를 통해 어떻게든 소리를 포착하기 위해 프랭크가 인상을 구기며 볼륨을 높인다.

내 목소리(희미하게)

내 아파트에서는 어딘지 불편해요.

2부 253

프랭크 더번

(소리를 죽인 채)

빌어먹을!

감시차량 안의 광경이 훤히 그려진다. 막상 저지르고 보니 정말 눈곱만큼도 신경이 안 쓰인다.

실내: 패트릭의 아파트―밤

패트릭은 모닝사이드하이츠에 위치한 아름답고 현대적인 아파트에 산다. 대성당이 굽어보이는 그의 집은 터키산 러그가 깔려 있고 수많은 책과 유럽의 예술품으로 채워져 있다. 그가 마실 것을 만드는 동안 나는 어슬렁거리며 집안 곳곳을 구경한다.

이 결정에 대해 캐스린과 프랭크에게 좀더 설명을 했어야 한다는 것을 나도 안다. 하지만 그러고 싶지 않다. 내가 지금 당장 하고 싶은 것은 저지르기, 살펴보기 전에 먼저 도약하기다.

생각하지 마. 행동해.

패트릭이 몸을 돌린다. 그리고 셔츠의 단추를 다 풀어버린 나를 본다. 나는 브래지어마저 풀었다.

패트릭

아직 준비가 되지 않은 줄 알았어요.

나

나도 그런 줄 알았어요.

나는 그에게 한 걸음 다가간다.

나

(속삭이며)

당신이 하고 싶은 대로 해요, 패트릭.

패트릭

(잠시 생각에 잠기며)

그럴 거예요.

그가 내 셔츠 안으로 한 손을 집어넣더니 위로 올라와 내 가슴을 움켜쥐었다가 젖꼭지를 살며시 잡아당긴다. 내 입에서 탄성이 터진다. 그가 내 젖꼭지를 잡아당기며 뒷걸음질로 침실로 들어가자 나는 그를 따라 끌려간다.

실내: 패트릭의 아파트. 침실—계속

패트릭

이게 내가 원하는 거예요, 클레어.

그가 내게 살며시 입을 맞춘다.

실내: 패트릭의 아파트. 침실—잠시 후

우리는 침대에서 사랑을 나눈다. 정열적이고 격렬하게, 그러나
폭력으로 느껴질 만한 행위는 조금도 없이 다정하게.

41

"믿을 수 없을 정도로 어리석었어요. 위험했던 건 말할 것도 없고." 내가 활짝 열려 있는 아파트 현관문에 도착하기도 전부터 캐스린이 불을 뿜듯 화를 낸다.

피곤에 찌든 프랭크는 안색이 납빛이다. 두 사람은 한숨도 자지 않고 밤새 기다린 게 분명하다.

"좋은 아침이에요." 나는 예의바르게 대답한다. "잠은 잘 잤어요, 클레어? 푹 잤어요, 고마워요. 어쨌든 잘됐잖아요, 안 그래요? 두 분이 완전히 오판했다는 또다른 증거가 나온 셈이죠."

"뭐라고요? 소시오패스는 평범한 섹스를 흉내내지 못할 거라고 생각하는 거예요? 이제껏 내가 한 이야기를 귓등으로도 안 들은 거예요?"

"소시오패스라고요? 진심이세요? 어젯밤에 그 사람이 한 말이나 행동 어느 것도……"

"그자가 당신 아랫도리에 입을 박은 채 고백을 할 리가 없잖아요." 캐스린이 쏘아붙인다.

나는 이런 무례는 참아 넘기지 않을 작정이다. "방금 내가 느낀 건 질투심인가요, 레이섬 박사님?"

"숙녀분들," 프랭크가 필사적으로 말린다. "제발요."

캐스린이 심호흡을 한다. "좋아요. 어쨌든 엎질러진 물이에요. 지금부터 문제는, 어떻게 하면 이 상황에서 뭐라도 건져내느냐는 거예요."

"그게 무슨 말씀입니까?" 프랭크가 묻는다.

캐스린이 잠시 생각을 정리한다. "다음에 만나면 그자가 당신을 거칠게 대하도록 설득해야 해요." 박사가 내게 말한다. "당신이 정말 원한다고 말해요. 그렇게 하면 그가 스스로를 얼마나 통제하는지 시험해볼 수 있을 거예요."

"뭐라고요?"

"그러면 그때는 정말 질투가 나겠네요. 솔직히 나라면 당신을 신나게 두들겨팰 것 같으니까요."

"박사님은 대체 언제부터 사람들에 대해 편집증을 갖게 된 거예요?" 나는 언성을 높이며 따져 묻는다. "언제부터 그렇게 사람을 불신하게 된 거냐고요?"

캐스린이 과장스럽게 한숨을 쉰다. "오, 클레어. 철 좀 들어요. 당신은 더이상 위탁부모와 싸우는 사춘기 청소년이 아니에요. 이건 현실이에요."

"그 사람은 살인자가 아니에요." 나는 항변한다. "모르시겠어요? 강박관념에 빠진 사람은 박사님이잖아요. 코앞에서 벌어지는 것밖에 못 보는 사람은 당신이라고요. 명백한 사실을 왜곡해서 사랑해 마지않는 그 터무니없는 이론에 계속 끼워맞추는 사람은 바로 당신이에요. 시를 모방한 살인사건이니 뭐니, 얼마나 말이 안 되고 얼마나 우스운 소리인지 알기나 해요? 성적 일탈이니 하는 헛소리도 그래요. 당신 지금 다른 세기에 살아요? 사람들은 가끔 실험도 하고 그래요. 그러려니 하세요. 패트릭은 이제껏 내가 잔 남자들 가운데 가장 정중하고 사려 깊은 축에 들어요."

"뭐, 내가 당신의 그 폭넓은 경험에 대해서는 모를 수도 있겠네요." 박사가 받아친다. "하지만 나는 지금까지 계속 연쇄살인범들을 연구해왔어요. 그들은 평생 평범한 척하는 법을 갈고닦아요. 그들은 남의 눈을 속이는 일에선 발군이에요. 매일 하는 게 그거니까. 내가 만난 연쇄살인범은 대부분 당신이 목표로 하는 수준을 훌쩍 뛰어넘는 연기자였어요."

"좆까요." 나는 박사에게 덤벼들며 욕설을 내뱉는다.

프랭크는 아무렇지도 않게 한 팔을 들어올리며 나를 막아선다. "그 말은 너무 심하지 않습니까, 캐스린." 그가 투덜거린다.

박사는 그의 말을 무시한 채 어디 다시 한번 덤벼보라는 듯 파란 눈으로 나를 뚫어지게 바라본다.

"이제 샤워할 거예요." 나는 차갑게 말한다. "두 분은 그만 가주세요." 그리고 몸을 돌린 다음 한 번도 뒤돌아보지 않고 곧장 욕실로 걸어간다.

42

하지만 다음번에 패트릭과 다시 만나 서로 옷을 벗길 때 나는 그의 바지에서 벨트를 빼내어 그에게 건넨다.

"원하면 이걸로 때려도 좋아요." 나는 유혹적으로 말한다.

그가 벨트를 받아 양손으로 잡아당기며 얼마나 탄력 있는지 확인한다. "내가 하지 않겠다면? 그것도 받아들여줄 거예요?"

"물론이죠."

"그러면 나는 그쪽을 택하죠." 그가 벨트를 한쪽으로 던진다.

"패트릭……"

"응?"

"내가 이야기했던 것들을 진심으로 좋아하는 건 아니라고 한다면요? 나는 그저…… 모르겠어요. 당신한테 충격이나 뭐 그런 걸 주고 싶었어요."

그가 미소를 짓는다. "음, 지금 솔직하게 말해줘서 고마워요. 내게 충격을 줄 작정이었어요?"

"그런 셈이죠." 나는 우물거린다. "깊은 인상을 남기고 싶었다고 해두죠."

"클레어 라이트, 당신 정말 사랑스러워, 그거 알아요?"

"당신은 운명을 믿나요, 패트릭?"

"어떤 종류의 운명?"

"여기까지 오기 위해 우리 중 누가 무슨 짓을 했건 중요하지 않다. 그저 일어났어야 했던 일이었다. 우리는 지금 여기 함께 있다. 중요한 건 그것뿐이다. 결국 이렇게 될 거였으니까. 이런 의미의 운명 말이에요."

그는 여전히 미소를 지으며 고개를 가로젓는다. "아니, 나는 그런 운명은 믿지 않아요. 우연의 일치일 뿐이죠. 물론 나는 그 우연의 일치에 영원히 감사할 거예요. 우리가 함께 있게 해줬으니까."

얼마 후 우리는 옷가지가 널브러져 있는 바닥에서 서로의 품에 안겨 와인을 마신다.

"클레어…… 당신에게 꼭 해야 하는 말이 있어요." 그가 조심스럽게 입을 연다. "중요한 일이에요…… 요전날 기억해요? 우리가 스텔라에 대해서 이야기를 나눴던 날."

나도 모르게 몸이 굳어버린다. 그러나 다음 순간 온몸의 긴장을 풀며 정신을 집중하는 연습이 효과를 발휘한다.

"기억해요." 나는 최대한 자연스럽게 대답한다.

그가 내 젖꼭지를 탐구하듯이, 마치 주파수를 정확하게 잡기 위해 이리저리 맞춰봐야 하는 라디오라도 되는 듯이 비틀어댄다. "스텔라의 죽음에서 내가 뭔가를 배웠다면 그건 비밀에 대한 공포예요."

오, 세상에.

"비밀이 있어요, 패트릭?"

그에게 한 말이지만 우리에게서 몇 피트 떨어져 있는 가방에 숨겨놓은 도청기를 향해 한 말이기도 하다.

"그래요." 그가 대답한다. "딱 한 가지. 꼭 고백해야 하는 것."

그 말을 하는 패트릭이 어찌나 진지하고 머뭇거리는지 그 태도만으로도 아주 중대하고 중요한 문제라는 걸 알겠다. 심지어 그는 긴장한 것 같다. 절대 긴장할 사람이 아닌 패트릭이 말이다.

캐스린이 결국 옳았던 걸까? 내가 전부 틀린 걸까?

나는 배운 대로 기다린다. 침묵은 최고의 심문자다. 흉곽 속에서 심장이 쿵쿵 뛰고 있다. 패트릭이 손끝을 대면 내 심장이 쿵쿵 뛰는 박동을 느낄 수 있으리라.

그가 말한다. "아무래도 당신을 사랑하게 된 것 같아요."

43

"오늘 우리는 배우의 레퍼토리에서 가장 중요한 도구 두 개를 연습해볼 거야. 그 두 가지는 바로 감각기억과 정서기억이지. 오랜 세월 동안 특히 정서기억은 연기를 하는 사람들 사이에서 신비에 가까운 지위를 얻게 되었지. 그런데 그건 그저 여러분의 과거로 돌아가서, 어떤 감정이나 사건을 떠올리고, 그것을 생생하게 되살려 여러분이 지금 연기하고 있는 역할에 진정성을 부여하는 것을 의미할 뿐이야. 우리가 왜 그런 걸 해야 하는지 예를 하나 보여주지."

폴이 키가 크고 흐느적거리듯 움직이는, 중서부 출신의 리언을 호명한다. 그리고 리언에게 지갑을 잃어버린 연기를 해보라고 한다. 우리는 리언─우리 그룹에서 가장 재능 있는 편은 아니다─이 주머니를 여기저기 뒤지고 걱정스러운 표정을 짓더니 점점 이성을 잃고 결국 머리를 쥐어뜯으려 하는 모습을 지켜본다.

"좋아." 폴이 마침내 말한다. "이제 다른 걸 해보자. 리언, 아까 자네가 재킷을 벗어서 걸어둘 때 내가 지갑을 빼서 여기 어딘가에 숨겨뒀어. 그리고 나는 그 지갑을 돌려줄 생각이 없어. 그러니까 자네가 직접 찾아야 해."

리언이 눈을 껌벅인다. "제 지하철카드가 그 지갑에 있는데요."

"알아." 폴이 말한다. "그리고 현찰은 팔십 달러 정도 있지. 여자친구 사진도 있고. 신용카드도 몇 장 있던데. 얼른 찾기 시작하는 게 좋을 거야."

"젠장." 리언이 말도 안 된다는 듯 욕설을 내뱉는다.

눈에 띄게 짜증이 난 리언이 강의실 가장자리로 밀어낸 책상들 쪽으로 가더니 가방을 하나씩 뒤지며 뒤집어 내용물을 바닥에 다 쏟아버리고 다음 가방으로 넘어간다. 그의 목덜미가 분노로 벌겋게 달아오른다.

지갑이 뻔한 곳에 있을 리 없다는 사실을 깨닫자 리언은 좀더 체계적으로 찾기 시작한다. 때때로 몸을 돌려 폴에게 성난 눈빛을 던진다.

"좋아." 폴이 말한다. "그만하면 충분해." 그가 주머니에 손을 넣고 리언의 지갑을 꺼낸다. "여기 있어."

"제기랄 이게 무슨……" 리언이 투덜거리기 시작한다.

폴은 못 들은 척한다. "방금 한 두 연기 중에 어느 쪽이 더 실제 같았는지는 이야기할 필요도 없겠지." 그가 우리에게 말한다. "그렇다면 왜일까? 첫째, 당연하게도 상상력이 그 상황을 진짜라고 믿을 때에만 그 진실함이 관객에게도 전해지기 때문이겠지. 하지만 그것 말고도 더 있어. 두번째 연기에서는 리언에게 목적이, 그러니까 구체적인 목표가 있다는 걸 모두가 감지했어. 그러자 그 목적에 수반되는 감정도 감지됐지. 리언은 지갑을 못 찾으면 집에 걸어가야 한다는 걸 알았어. 그리고 이 수업의 요점을 보여주기 위해서, 리언이 분통을 터트리도록 내가 조종했다는 것도 여러분은 감지했을 거야."

몇 명이 웃음을 터트린다. "웃기시네." 리언이 쏘아붙인다.

정적 속으로 위험한 기류가 흐른다. 폴이 그를 돌아본다. "지금 뭐라고 했지?"

리언의 얼굴은 지금도 시뻘겋다. "웃기지 말라고. 그 빌어먹을 심리 게임인지 뭔지도 쓰레기야. 그거 전부 당신이 위세 부리는 거잖아. 당신은 유별나게 총애하는 애들이 있고 그 애들만 대단하다고 추켜세우지. 쟤 같은 애만." 그가 손가락으로 나를 가리킨다. "우리 같은 나머지는 차라리 여기 없는 게 낫겠지."

"자네가 조금이라도 노력을 기울인다면 자네에게도 칭찬을 하겠지." 폴이 차분하게 말한다. "하지만 그러지 않잖아. 이 수업은 자네가 듣는 또하나의 수업일 뿐이야, 그렇지? 학위를 받기 위해 따야 할 또하나의 학점일 뿐이지."

"나는 당신보다는 더 성공할 거야, 어쨌든." 리언이 조롱한다. "당신이 그렇게 잘났는데 왜 아직도 무명이지? 다들 그러잖아. 실력이 안 되는 사람들이나 선생이 된다고." 리언이 재킷을 집어든다. "좆까쇼. 나는 관둘 테니까."

그가 나가버리자 폴이 말한다. "좋아. 이런 수업에 죽은 나무는 필요 없어. 조시, 열쇠 뭉치를 찾는 모습을 우리에게 보여주면 어떨까?"

얼마 후 폴은 긴장을 푼 상태에서 과거의 기억 가운데 강렬한 감각이 각인된 상황을 떠올리는 방법을 설명한다.

그는 우리에게 쉬운 것부터 시킨다. 아주 맛있는 음식을 먹은 기억. 그리고 뭔가를 먹고 탈이 났던 기억.

나는 눈을 감고 두 달 전 먹은 아침을 떠올린다. 전날 밤에 외출을 했던데다 하루종일 쫄쫄 굶었기에, 아침을 사 먹을 돈이 없음에도 지글거리는 베이컨 냄새에 이끌려 동네의 어느 식당으로 들어갔다. 나는 칸막이 좌석에 앉아 있는 내 모습을 그린다. 다리에 닿는 가죽이 따스하고, 손에 든 두꺼운 하얀색 머그잔에 담긴 커피에서 김이 피어오르고, 웨이트리스가 프라이팬에서 금방 꺼낸, 노른자를 익히지 않은 달걀과 바삭바삭하게 구운 베이컨이 담긴 접시를 내려놓는다……

내 입에 침이 고인다. 이게 목표라고 폴은 말했다. 우리의 몸이 진짜라고 말해줄 때 그게 진짜 연기다.

그러다가 하루가 끝날 즈음 떨이로 팔던 가리비 몇 개를 사서 냉장고에 넣어두고 잊어버렸던 때가 떠오른다. 결국 다음날 그 가리비를 먹기는 했지만 입에 넣자마자 상했다는 걸 깨달았다. 나도 모르게 구역질이 나온다.

"좋아." 폴이 마침내 말한다. "자, 이제 여기에 감정을 더해보자. 우선 행복감부터 시작할 거야."

당연히 이건 쉽다. 어젯밤을 떠올리기만 하면 되니까. 내 얼굴에 환한 미소가 번진다.

패트릭, 나도 마찬가지예요. 나도 당신에게 같은 감정을 느껴요.

이 감정이야말로 내가 어린 시절부터 찾아 헤맨 것이라는 사실을 이제야 알겠다. 무조건적인 사랑. 절대적으로 받아들여지는 것.

어떠한 미래도 가능할 리 없는 관계에서. 하지만 나는 그 점에 대해서는 생각하지 않을 것이다. 그러지 않을 것이다.

행복에만 집중해.

"잘했어, 클레어." 폴이 나를 지나치며 말한다. "아주 잘했어."

수업이 끝나자 폴이 나를 한쪽으로 불러낸다.

"아까 리언이 한 말," 그가 말문을 연다. "그 말에도 진실이 있어. 자네에게는 정말 재능이 보여, 클레어."

내가 감사하다는 말을 하려는데, 그가 손을 들어 내 말을 막는다.

"하지만 예전에 어떤 학생들에게서 봤던 다른 것도 보여. 그 재능에 기대려는 경향. 정말 재능 있는 배우들은 기술을 버려야 할 때를 알아. 우리가 자신의 감정에 접속해야 한다는 이야기를 하는 이유가 있어. 정말 뛰어난 배우들은 마음 한가운데에 언제나 고요하고 차분한 심지 같은 것을 가지고 있어. 일종의 온전함이랄까. 그런 심지는 텅 비어 있거나 모양을 자꾸 바꾸지 않아. 내가 지금 무슨 말을 하는지 알겠어?"

나는 고개를 끄덕인다.

"정서기억이 도움이 될 거야. 그 기억이," 그가 말을 덧붙인다. "그 기억이 자네의 진짜 감정이 있는 곳으로 자네를 데려가는 걸 허용한다면 말이야. 그곳이 지독히도 어두운 사람들도 있어, 클레어. 그래도 그곳에 가야 해."

그가 연민이나 다름없는 표정으로 나를 가만히 바라본다.

44

"우리는 이 작전을 재정비해야 해요." 캐스린 레이섬이 말한다.

우리 세 사람은 욕지기가 날 정도로 서로를 지긋지긋해하고 있으면서도 너무나 오랜 시간을 같이 있을 수밖에 없는 신세다. 지나치게 장기간 공연중이고 마티네*가 너무 잦은 연극처럼 말이다. 해가 바뀌고 또 바뀌어도 계속해서 팔리는 진부한 살인 미스터리 중 하나. 나는 프랭크를 좋아하게 되었지만 그가 좀더 캐스린과 맞서주면 좋겠다는 아쉬움도 있다. 캐스린의 경우, 나는 도저히 그녀를 이해할 수 없다. 패트릭을 잡아들이고자 하는 그녀의 욕망은 너무나 압도적이고 너무나 강박적이어서 그녀의 다른 면모를 전부 가려버린다.

"우리가 어떤 결과를 원하는지, 그리고 그 결과를 내기 위해 상황을 어떤 식으로 제어하고 조종할지 명확하게 정리할 필요가 있어요." 캐스린이 말한다. "나는 잠자리에서의 대화가 자백으로 이어지기를 반쯤은 기대했지만 그럴 시점은 벌써 지난 것 같아요."

"이제 어떻게 해야 하죠, 캐스린?" 프랭크가 묻는다.

나는 두 사람의 대화에 귀를 닫고 햇빛이 테이블 위의 에비앙

---

* 연극이나 영화의 낮 공연이나 상영.

병을 통과하며 분산되는 모습을 지켜본다. 천장에 생긴 빛의 원이 타원형으로 길어졌다가 숫자 8이 되었다가 다시 통통해져서 원이 된다.

그 사람은 나를 사랑해 그 사람은 나를 사랑해 그 사람은 나를 사랑해 그 사람은 나를 사랑해……

"클레어? 캐스린의 말에 동의해요?"

나는 두 사람에게 관심을 돌린다. "동의하다니 뭘요?"

캐스린이 한숨을 쉰다. "당신도 알다시피, 나는 우리가 지금 제대로 가고 있는지 의구심이 생겼어요. 이왕 이렇게 모였으니 한창 발전중인 두 사람의 강렬한 관계를 최대한 활용할 수 있는 방법을 생각해봐야 해요."

"어떤 식으로요?"

"줄거리를 바꿔야 할 것 같아요. 패트릭이 살인자라면, 그렇게 된 건 그가 여자들에게 배신을 당했다고 느끼기 때문이기도 해요. 그러니 당신이 그를 배신해야 할 것 같아요."

"박사님 말은, 다른 남자랑 있는 모습을 그 사람한테 들키라는 건가요?" 나는 황당하다는 듯 대꾸한다.

"못할 건 뭐죠? 그자가 보이는 것만큼 당신에게 푹 빠졌다면 당연히 화를 낼 거예요. 평범한 남자라면 그 분노를 말로 표현하겠죠. 그가 살인자라면 폭력적으로 변할 거예요."

"맙소사, 캐스린. 그건 너무 위험한 전략이에요." 프랭크가 말한다.

캐스린이 어깨를 으쓱한다. "더 좋은 계획이 있어요?"

"나는 안 할 거예요." 나는 망설임 없이 대답한다.

"당신은 배우예요." 캐스린이 말한다. "당신이 각본을 쓰는 게 아니에요."

"우리가 패트릭에게 그런 짓을 하면," 나는 말문을 열다가 닫는다. 그 사람은 나를 미워할 거예요. 다시는 나를 믿어주지 않을 거예요. 나는 이렇게 말하고 싶다.

하지만 캐스린이 이런 제안을 하는 이유가 바로 그것이다.

마침내 망치지 않고 잘해보고 싶은 남자를 찾았는데. 이제부터 그 관계를 망쳐야 한다.

머릿속에서 폴의 목소리가 들린다. 우리가 자신의 감정에 접속해야 한다는 이야기를 하는 이유가 있어. 정말 뛰어난 배우들은 마음 한가운데에 언제나 고요하고 차분한 심지 같은 것을 가지고 있어. 일종의 온전함이랄까……

나는 만지작거리던 물병을 내려놓고 일어서며 조용히 말한다. "나는 빠질래요."

"뭘 어쩐다고요?" 프랭크가 인상을 쓴다.

"이런 짓은 더이상 못하겠어요."

"오, 못 봐주겠네." 캐스린이 말한다. "클레어, 허세 그만 부리고 앉아요."

"진심이에요. 이제 끝났어요. 죄송해요."

캐스린이 프랭크를 바라본다. "형사님?" 그녀가 그를 부른다. 그 순간 두 사람이 이런 일이 벌어질 경우에 대비해 대책을 세워두었을 것이라는 생각이 퍼뜩 떠오른다. 프랭크가 나를 막기 위해 말이든 행동이든 뭔가를 하기로 말이다.

하지만 그는 그러지 않는다. 그 대신 침울한 어조로 이렇게 말한다. "좋아요, 클레어, 그게 당신 선택이군요."

"클레어에게 말해줘요, 프랭크." 캐스린이 강요한다. "아니면 내가 할 테니까."

"무슨 말을 한다는 거죠?"

"지금 빠지면 당신은 당장 영국행 비행기를 타게 될 거예요."

나는 그녀를 노려본다.

"계약서에 서명했잖아요." 캐스린이 덧붙인다.

"나는 그 계약서를 읽지도 않았어요. 박사님이 그럴 시간도 안 줬잖아요."

캐스린이 어깨를 으쓱한다.

"우리로서는 당신이 중간에 발을 빼는 위험을 감수할 수 없다고 판단했어요." 프랭크가 사과하듯 말한다.

"그 판단은 지금도 마찬가지예요." 캐스린이 덧붙인다. "이 작전은 내가 끝났다고 해야 끝나는 거예요." 그녀가 나를 보는 표정은 실험실 쥐에게 보내는 동정심 그 이상도 그 이하도 아니다. "자, 이제 다시 일 이야기로 돌아갈까요?"

45

"오늘은 말이 없네요, 클레어."

패트릭이 와인 한 병과 잔 두 개를 가지고 침대로 올라온다. "무슨 일 있어요?" 그가 덧붙인다.

"무슨 일은요." 나는 일어나 앉으며 억지로 미소를 짓는다. "조금…… 생각할 게 있어서 그래요. 그게 다예요."

그도 내게 미소를 짓는다. "무슨 생각을 그렇게 하는지 내게 털어놔봐요."

나는 한숨을 쉰다. "그럴 수 있다면 좋겠네요."

이 작전에서 빠지면 어떤 일을 당할지 알게 된 후 캐스린과 프랭크와 주고받은 격렬한 언쟁을 머릿속에서 재생시켜보던 중이었다. 소리치고 사정하고 심지어 눈물까지 흘렸지만 아무 소용이 없었다.

나는 덫에 걸렸다. 꼭두각시이고 좀비일 뿐이다. 그들이 써준 대사를 앵무새처럼 읽고 그들이 짜놓은 동작을 공연할 뿐이다.

어쩌다 여기까지 오게 된 걸까?

패트릭을 옭아맬 증거가 될 만한 것을 손에 넣기 전에는 캐스린이 절대 멈추지 않으리라는 걸 나는 깨달았다. 아무리 미미하고, 아무리 모호한 것일지라도 끝내 그의 말이나 행동을 끌어내서 그것을 이용해 패트릭을 감옥에 처넣을 것이다.

고아라는 배경을 생각하면 사랑하는 여자에게, 그것도 그의 사랑을 무조건적인 사랑으로 되돌려주리라고 믿었던 여자에게 배신당해서 분노한 것뿐이라고 이해해줄 만한데도.

"나는 우리가 머릿속에 최악의 것을 품고 있더라도 서로를 신뢰하게 될 거라고 생각했어요." 패트릭이 상냥하게 말한다. "나를 믿어요, 클레어. 당신이 무슨 말을 한다고 해도 당신을 향한 내 마음은 변하지 않을 테니까."

캐스린이 당신을 위해 어떤 계획을 마련해뒀는지 당신이 알게 될 때까지 그 말은 마음에 담아둬요.

바로 그때 이런 생각이 든다. 내가 이 사람한테 말해버리면?

완전히 미친 생각이지만 동시에 놀라울 정도로 간단한 해결책이라 하마터면 헉 소리를 낼 뻔했다.

내가 캐릭터를 깨버리면 어떨까? 패트릭한테 전부 말해버린다면?

우리가 혹시라도 미래를 함께하게 된다면 언젠가는 그에게 나의 정체를 말해야 한다. 하지만 그가 알게 되는 순간 함정수사도 끝난다. 나는 영국으로 추방될 것이다.

하지만—지금 내 머리는 마구 돌아가고 있다—캐스린과 프랭크 몰래 알려준다면? 내가 패트릭한테 은밀하게 사실을 밝힌다면? 그리고 프랭크와 캐스린이 그에게 관심을 잃을 때까지 함께 그 두 사람을 속이는 것이다.

이 사람을 함정에 빠트리기는커녕 오히려 구해주는 사람이 될 수 있어.

"왜 웃는 거예요, 클레어?" 그가 묻는다.

"잠깐만요." 나는 벌떡 일어서며 말한다. "잠깐만 여기 있어봐요. 당신한테 꼭 해야만 하는 이야기가 있어요. 정말 충격적인 이야기예요. 뭔가 하면……" 나는 지금부터 하려는 일의 심각함을 떠올리며 말을 멈춘다. "뭔가 하면 당신이 완전히 깜짝 놀랄 만한 이야기죠. 얼른 샤워하고 올게요. 그러고 나서 이야기해요."

"기다리기 힘드니까 얼른 와요." 패트릭이 말한다. 그의 목소리에는 재미있어하는 기색이 역력하다.

나는 가운을 집어들고 서둘러 욕실로 간다. 그리고 청바지 주머니에서 목걸이 도청기를 꺼내 패트릭의 세탁물 바구니 안쪽에 숨기고 그 위로 수건을 쌓는다.

미안해요, 캐스린. 하지만 억지로 나를 끌어들이려 하지 말았어야죠.

나는 심호흡을 하면서 정신을 집중하고 마음을 가다듬으며 머릿속으로 앞으로 일어날 일을 재빨리 상상해본다. 어떤 자세로 서서 무슨 말을 할지 고민한다. 그리고 어조도. 진지하게? 흥분조로? 사과조로? 눈물을 흘리는 건 어떨까? 아니, 차분한 어조가 좋겠다. 이제부터 패트릭이 받아들여야 할 일이 많을 테니까. 기회는 한 번뿐이다. 두번째는 없다. 재촬영은 없을 것이다.

아주 잠시이지만 패트릭이 내게 화를 낼 수도 있다는 생각이 머리를 스치고 지나간다. 그가 극장에서 분노를 터트리던 모습이며 피투성이가 된 라울의 얼굴이 떠오른다.

하지만 이번은 다를 것이다. 나를 믿어요, 클레어. 당신이 무슨 말을 한다고 해도 당신을 향한 내 마음은 변하지 않을 테니까. 나는 이 말을 믿어야 한다.

두렵지만, 오금이 저릴 정도이지만, 한편으로는 행복하다. 내 행동이 역효과를 부를 수도 있다. 나도 안다. 하지만 아무리 희박하다 해도 패트릭이 내가 받은 압박감을 이해하고 나를 용서해줄 가능성도 있다. 머리가 아득해질 정도의 기쁨을 위해서라면 그 실낱같은 가능성만으로도 충분하다.

마침내 우리는 이 모든 기만 없이 서로를 사랑할 수 있을 것이다.

나는 샤워기의 물을 틀고 샤워젤로 손을 뻗는다. 물에 젖은 손가락 사이로 샤워젤 용기가 미끄러져 세면대 아래로 굴러들어간다. 나는 용기를 집으려고 고개를 숙인다.

바로 그때 뭔가가 눈에 들어온다. 세면대 뒷면에 매달려 있는, 베르미첼리* 가닥처럼 가느다란 전선 하나.

그것을 만져본다. 끈적거린다. 어디로 이어지는지 보려고 전선 아래로 손톱을 끼운 채 따라가본다. 전선은 수도꼭지들을 돌아 올라가서 작은 구멍을 통과한다. 그 궤적을 따라 올라가보니 거울 뒤로 사라진다.

두 눈으로 직접 보고도 믿기지 않아 잠시 동안 거울 속 내 모습을 멍하니 바라본다.

그런 후 벽에서 거울을 떼어내 뒤집는다. 거울 뒷면 아래쪽의 은도금을 긁어낸 작은 구멍에 전자 칩이 붙어 있다. 초소형 감시카메라.

그것이 무엇인지 내가 아는 이유는 경찰이 내 아파트에 설치한 카메라와 똑같은 종류이기 때문이다.

이게 무슨 뜻일까? 이 상황이 도무지 이해가 되지 않는다. 프랭

---

* 아주 가느다란 이탈리아 면.

크는 위험을 무릅쓰고 패트릭의 집을 도청할 수 없으니 내가 항상 그 목걸이를 걸고 있어야 한다고 말했다. 그 말이 사실이라면 어째서 이런 게 여기 있는 걸까?

나는 허겁지겁 전선을 잡아 뜯으며 반대 방향으로, 다시 말해 바닥으로 선을 따라간다. 모래사장에서 들려올라오는 계류용 밧줄처럼 전선 가닥이 타일 사이의 틈에서 들려올라온다.

전선을 따라가니 선반이 나온다. 그 선들은 다시 배전함으로 들어간다. 커다랗고 시커먼 거미 같은 배전함이 수많은 전선을 다리처럼 뻗은 채 도사리고 있다.

카메라는 하나가 아니다. 수십 개가 온 아파트를 뒤덮고 있다. 그리고 사방으로 전선이 뻗어 있다. 이렇게 많은데 패트릭이 모르고 지나쳤을 리 만무하다.

나는 배전함을 은닉 장소에서 잡아 뜯는다.

나를 믿어요, 클레어. 당신이 무슨 말을 한다고 해도 당신을 향한 내 마음은 변하지 않을 테니까……

"이런 개자식." 나는 소리친다. 내 진짜 억양인 영국 억양으로. 이 상황이 무엇을 뜻하는지 비로소 깨달았으니까. 이 이상 연기를 계속하는 게 무슨 의미가 있겠는가.

패트릭은 이 전선들이 여기 있다는 사실을 안다.

그는 용의자가 아니다.

용의자는 나다.

46

내 머릿속을 지나가는 수많은 되쓰기와 되감기들.

프랭크

이봐, 우리 잠깐 나가서 이야기 좀 할까?

실내: NYPD 본청, 복도―계속

두 형사가 복도에서 목소리를 잔뜩 낮춘 채 이야기중이다.

데이비스 형사

저 여자는 사실대로 말하고 있거나 아카데미 여우주연상
감이거나 둘 중 하나일 겁니다.

프랭크

그렇다면 그건 무슨 의미일까?

데이비스 형사

남편이 범인일까요?

프랭크

아니면 저 아가씨가 정말 연기를 잘할 가능성도 있겠지.

데이비스 형사

클레어 라이트를 좀더 파보죠, 어때요?

아마 두 사람은 그렇게 했을 것이다. 그리고 불행히도.

데이비스 형사

그 여자한테는 일부 알리바이가 있습니다. 하지만 그날
밤 집에 같이 갔다는 남자는 그 여자가 정확히 언제 자기
집에서 나갔는지 너무 취해서 기억이 안 난답니다. 그렇
다면 쉽게 스텔라가 있던 호텔에 다녀올 수도 있었겠죠.

더번 형사의 머릿속에서 그려지던 사건 장면들이 이제 새로운
양상으로 전개된다.

실내: 렉싱턴호텔, 복도―밤

내가 스텔라가 묵고 있는 객실의 문을 두드린다.

나

포글러 부인? 스텔라 씨? 클레어예요…… 제가 패트릭
포글러 씨의 물건을 가지고 있어요.

처음에는 아무 대답이 없다. 잠시 후 스텔라가 한 손에 잔을 들고 문을 연다. 그녀는 술에 취해 비틀거린다.

스텔라

오, 당신이군요. 내 남편을 유혹하는 데 실패한 아가씨. 무슨 일이죠?

나

여기서 할 이야기는 아니라서요.

그리고 이어지는 불운한 우연의 일치들.

실내: NYPD 본청, 심문실―낮

헨리

그러니까 그 변호사 릭의 말에 따르면, 클레어는 자신의 역할에 조금 더 깊이 빠져들고 말았죠. 구체적으로 말해서 천 달러만큼 깊이.

뒤따라 일어난 두번째 우연의 일치.

실내: NYPD 본청, 사무실―낮

데이비스 형사

그 프로듀서는 클레어가 먼저 공격하더니 총을 꺼냈다고
주장하고 있습니다…… 그리고 그 영상을 아내한테 보
내지 않는 대가로 돈을 요구했다고 하더군요. 클레어가
스텔라의 의뢰를 받았던 바로 그날 밤 일입니다. 계속 총
을 소지하고 있다가 그 총으로 스텔라를 위협했을 가능
성이 있습니다…… 그러다가 뭔가가 틀어졌고 몸싸움으
로 번졌겠죠.

프랭크

세상에…… 그 프로듀서가 사실대로 말했다는 증거가
있나?

데이비스 형사

그 여자가 사무실을 나가는 모습이 찍힌 보안카메라 영
상밖에 없습니다. 아무 일 없다는 듯이 태연하게 서명을
하고 나가는 모습이죠. 하지만 가방에서 튀어나와 있는
총이 보이실 겁니다.

실내: NYPD 본청, 사무실—낮

프랭크

그런데 클레어가 스텔라 포글러의 죽음에 관련되었다면
사후에 스텔라의 몸에 상처를 낸 건 왜지?

데이비스 형사

클레어는 그 시집을 가지고 있었습니다. 그 책에서 아이디어를 얻었을지도 모르죠. 살인 현장을 그런 식으로 조작하면 경찰의 관심을 강도사건에서 다른 쪽으로 돌릴 수 있다는 생각이 들었겠죠.

프랭크

콘돔까지 가져와 조작을 했다는 말인가?

데이비스 형사

불특정한 남자들과 자주 성관계를 하는 여자들은 직접 콘돔을 가지고 다니는 경우가 많습니다. 클레어는 감식반의 주의를 끌려고 스텔라의 허벅지에 자상을 내고 콘돔을 밀어넣었을 겁니다. 우리가 범인을 남자라고 생각하게 하려고요. 실제로 우리는 그렇게 생각했죠.

프랭크

누군가를 죽음에 이를 정도로 구타한 후에 그렇게 냉정하게 사고할 수 있는 사람은 소시오패스뿐이야.

데이비스 형사

아니면 압박감에 시달리며 연기를 하곤 했던 사람일지도요. 이를테면 무대에서.

프랭크

좋아. 클레어를 용의 선상에 올리지.

그리고 몇 주가 흐른 후.

실내: 캐스린 레이섬의 사무실 ─ 낮

프랭크

지금까지 우리는 아무것도 건진 게 없습니다…… 클레
어 라이트라는 배우를 제외하면요.

캐스린

흥미롭네요. 그렇다면…… 그녀가 용의 선상에서 제외
되었다고 생각하게 만들면 어떨까요? 그녀를 이 일에 끌
어들이고 몇 가지 심리검사를 받게 할 구실로 말이에요.

프랭크

그거 합법적인 겁니까?

캐스린

정식 동의서에 서명만 받으면 합법이죠. 살인자에 대한
프로파일을 구축하는 중인데 좀 도와달라고 말하면 될
거예요. 분명히 그런 걸 좋아할 거예요, 내 생각에는요.
수사에 참여할 수 있도록 우리를 구워삶았다는 생각 말

이에요.

프랭크

클레어에게 용의자라는 사실을 언제 밝히는 게 좋을까요?

캐스린

그 여자가 스스로 용의 선상에서 벗어나지 않는다면 말하지 않아도 돼요. 우리는 패트릭과 그의 시에 대해서 신파적인 이야기를 꾸며낼 거예요. 그녀의 배우로서의 본능을 자극할 만한 걸로요.

웩슬러지능검사. 미네소타다면성격검사. 헤어사이코패스검목표……

처음에 검사를 잔뜩 받는 중에도 나는 내가 사이코패스 진단 검사를 받는다니 이상하다고 생각했다.

그들은 내가 냉큼 물 거라고 생각한 미끼로 나를 꼬여낸 것이다. 처음에는 나를 촬영하는 비디오카메라였다. 그리고 나를 쇼에 올리고. 다음으로 내 허영심을 자극해……

실내: 관찰실—낮

더번 형사의 목소리

그럼요. 이런 임무를 하는 여자 경찰들이 있어요. 제 동료들을 무시하는 건 아니지만, 그 사람들을 보셨나요? 클레어라면 그자의 관심을 끌 가능성이 더 높아질 겁니다.

캐스린 레이섬의 목소리

지난번에는 통하지 않았죠.

더번 형사의 목소리

그자가 클레어한테 그 책을 줬습니다. 박사님도 그러셨
잖아요. 그자에게 그건 친밀함의 표시라고요.

내가 불쑥 들어와 이 작전에 참여하겠다고 주장하기를 기다리는
두 사람. 수사에 참여할 수 있도록 구워삶기 위해서.

캐스린

아주 좋아요, 클레어. 그런 건 다 프로이트의 헛소리죠.
하지만 나는 당신이 내 도전을 받아들이고 응수하는 방식
에 깊은 인상을 받았어요. 그 눈물은 좋은 마무리였어요.

속뜻: 역시 당신은 우리가 쫓는 살인자일지도 모르겠군요.

47

나는 곧장 침실로 달려가 여전히 내 손에 들려 있는 배전함을 침대로 집어던진다. "이게 뭐예요?" 내가 따진다.

패트릭이 깜짝 놀란 표정을 짓는다. "무슨……"

"내가 당신한테 하려던 이야기를 당신은 이미 거의 다 알고 있겠군요, 그렇죠? 사실 당신은 아주 많은 걸 알고 있을 거예요."

그가 나를 보며 눈만 껌벅인다.

"그 인간들이 당신한테 대체 뭐라고 했죠?" 나는 소리친다.

"당신이 내 아내를 죽였을지도 모른다고 했어요." 그가 차분하게 말한다. "유럽에서 돌아왔을 때 그 사람들이 찾아와서 당신이 살인범일 수 있다고 알려주더군요. 당신이 한 이야기며 그런 식으로 행동한 이유의 많은 부분이 설명이 되는 것 같았어요…… 그리고 당신이 그날 밤 스텔라의 방에 있었고 총을 가지고 있었다는 말을 들었을 때……"

"당신 정말 몰랐어?" 나는 도저히 믿기지 않는다는 듯이 말한다. "나는 처음부터 줄곧 당신을 믿었어. 그 인간들이 아니라 당신을. 그런데 당신이, 당신이 배신을 하다니, 이 개자식……" 나는 그에게 몸을 날려 두 주먹으로 그의 군살 없는 단단한 몸을 부질없이 친다. "나는 당신을 사랑하게 됐어." 나는 소리친다. 상상조차 못

했던 지독한 상황에 처한 이 순간에도 나는 마침내 이 말을 소리 내어 말할 수 있다는 사실에 기쁨을 느낀다. "그 인간들이 그러지 말라고 했지만 나는 너무 어리석었어. 패트릭, 모르겠어요? 나는 당신을 사랑해요."

내가 그의 얼굴로 손을 뻗자 그제야 패트릭이 내 양팔을 옆구리에 눌러 붙인다. "제발, 클레어. 진정하고……"

그때 문이 부서질 듯 세게 열리더니 프랭크 더번이 나를 패트릭에게서 떼어낸다. 나는 저항하지 않고 순순히 물러난다. 어차피 이제 아무것도 중요하지 않으니까. 아무래도 상관없으니까.

"클레어 라이트, 당신을 스텔라 포글러를 살해한 혐의로 체포합니다." 프랭크가 말한다.

나는 분노에 차 고함을 지르며 프랭크를 홱 밀쳐낸다. 그가 비틀거리는 틈을 타 나는 그의 팔 아래로 빠져나가 도망친다. 액션 연습이 비로소 빛을 발하는 순간이다. 어디로 가는지는 나도 모른다. 내가 아는 건 방금 내 세상이, 내 현실이 뒤집혔다는 사실뿐이다.

"젠장." 프랭크가 나를 뒤쫓으며 내뱉는 말이 들린다. "젠장." 그리고 그가 무전기를 향해 하는 말도. "긴급지원 요청."

48

결국 나는 제스의 집으로 간다. 내가 프랭크로부터 도망친 후로 경찰이 그곳을 감시한 것 같은 낌새는 느껴지지 않는다. 게다가 달리 갈 곳도 떠오르지 않는다.

하지만 제스는 집에 없고 나는 열쇠가 없다. 보드카 한 병을 사서 기다리지만 제스는 나타나지 않는다.

꼬리를 물고 이어지는 원처럼 지난 일들이 내 머릿속에서 빙빙 돈다.

릭

이런 말 해도 되는지 모르겠지만, 클레어, 당신은 그런 타입으로 보이지 않아요.

나

월세를 지불하는 더 신나는 방법이 있다는 사실을 깨닫기 전까지요.

프로듀서

엄밀히 말하면 정식 연락은 아니에요, 클레어. 나는 지금 아주 다양한 프로젝트에 필요한 사람들을 섭외중이거든요.

　　　　　　　프랭크

물론 우리 수사는 대부분 한 사람에게 집중되어 있죠.

　　　　　　　캐스린

용의자는 자신의 인격이 품고 있는 다양한 측면을 드러
내도록 유도될 테고, 그러면 그 결과를 스텔라 포글러의
살인범에 대한 내 프로파일 결과와 비교해볼 거예요.

　　　　　　　　나

그곳은 네크로폴리스; 망자들―
한때 내가 사랑했던 그 시신들―이
좋든 싫든 벌레처럼 나뒹굴고……

　　　　　　　캐스린

웩슬러지능검사 결과가 무슨 이야기를 해줄지 봅시다.

　　　　　　　패트릭

아무래도 당신을 사랑하게 된 것 같아요.

　　　　　　　패트릭

아무래도 당신을 사랑하게 된 것 같아요.

패트릭

아무래도 당신을 사랑하게 된 것 같아요.

나는 보드카 한 병을 거의 다 비우고 나서야 제스가 집을 비웠을 거라는 생각을 떠올린다. 결국 프랭크와 캐스린이 마련해준 곳, 카메라와 소형 도청기와 거짓으로 가득찬 그 아파트 외에는 돌아갈 곳이 없는 것이다.

그곳에도 아무도 없다. 하지만 결국 그들이 나를 찾아내리라는 걸 나는 안다. 나는 도청기가 숨겨진 곳을 돌아다니며 전선을 잡아 뜯고, 거울들 뒤에서 소형 카메라를 뜯어내고, 웨스트엘름 가구를 부수고, 조지아 오키프 예술서를 찢으며 집을 난장판으로 만든다. 나는 발을 들어 유리 테이블을 힘껏 밟는다. 처음에는 눈송이처럼 자잘한 금들이 생기며 유리가 혼탁해지더니 다음 순간 폭발하듯 와르르 부서져내린다.

그러나 아무 일도 일어나지 않는다. 텅 비고 망연한 절망감뿐이다. 나는 곧 체포되겠지. 더이상 패트릭은 없다. 더이상 연기수업도 없다.

〈소란〉 때와 마찬가지다. 아니, 그 이상이다. 나는 기진맥진한 채 난장판이 된 바닥으로 쓰러진다.

잘해봐야 추방일 것이다. 영국으로의 귀향. 내 꿈, 나의 두번째 기회는 끝났다.

나는 유리 파편 하나를 집어든다.

전부 연기만은 아니었다는 걸 그에게 보여주고 싶었는데.

나는 유릿조각을 손목에 댄다. 또 보네, 옛친구.

통증이 희열을 부른다. 통증이 말한다. 네가 옳았어. 그 사람들이 아니라 네가. 너는 찬란했어. 너는 진짜였어.

나는 땅콩 봉지를 뜯듯이 손쉽게 손목을 긋는다. 한 차례 심장이 뛰는 동안에는 아무 일도 일어나지 않는다. 그러나 다음 순간 펌프질을 하듯 피가 펑펑 흘러나온다. 희열과 공포가 머릿속에서 충돌한다.

그 인간들도 이제는 자신들이 무슨 짓을 했는지 깨닫겠지.

설령 모른다고 한들 무슨 상관인가?

지옥에나 가라지.

나는 바이올린 연주자가 활을 켜듯이 날카로운 유리 날을 팔에 대고 다시 긋는다.

나의 마지막 인사. 감사합니다, 여러분. 좋은 밤 되세요.

쇼는 끝났어요, 여러분. 이 쇼가 진행되는 동안은 그래도 즐거웠습니다.

마지막으로 한번 더, 유리 파편으로 살을 가른다. 터널이 나를 향해 달려오는 것처럼, 스포트라이트가 빛을 잃어가는 것처럼 눈앞이 흐릿해지더니 고개가 가슴으로 툭 떨어진다.

커튼 신호. 박수 신호.

망각 신호.

페이드아웃.

49

실내: 클레어의 아파트―밤

고양이가 애처롭게 울며 유리 파편들 사이로 돌아다닌다.

밖에서 문을 발로 차는 쿵쿵 소리가 난다. 그 충격에 문이 흔들리고 쿵쿵 울린다. 다섯번째 찼을 때 문이 경첩에서 떨어져나간다.

프랭크 더번이 다급하게 들어온다.

프랭크

세상에!

클레어가 의식을 잃은 채 피 웅덩이에 쓰러져 있다. 그가 달려간다.

프랭크

클레어! 클레어, 정신 차려봐요! 젠장!

그가 무전기를 꺼내 미친듯이 버튼을 누른다.

50

"생명을 위협할 정도는 아니었어요." 캐스린이 무시하듯 말한다. "손목 하나 그었을 뿐이에요. 전형적인 신파적 반응이죠."

"아무도 발견하지 못했다면 죽었을 겁니다." 프랭크가 매섭게 쏘아붙인다. "아직도 응급실에 있고요." 그가 패트릭 포글러를 향해 몸을 돌린다. "나머지 카메라들을 수거할 요원을 보내드리겠습니다."

패트릭이 자신의 아파트를 둘러본다. "전부 다요? 그 말씀은…… 이걸로 끝이라는 건가요? 다 끝났다고요? 그 여자는 기소됩니까?"

프랭크가 고개를 가로젓는다. "자백이 없으면 기소할 근거가 없습니다. 유감입니다, 패트릭 씨."

"하지만 클레어는 안전한 정신보건시설에서 심리상태를 평가받을 겁니다." 캐스린이 덧붙인다. "이민관세단속국에서 그녀를 영국으로 돌려보낼 절차를 끝낼 때까지 그 시설에 입원해 있을 가능성이 높습니다."

패트릭이 고개를 끄덕인다. "그런데 두 분은 어떻게 생각하시나요? 솔직히 말씀해주세요. 정말 클레어가 스텔라를 죽였나요?"

침묵이 한참이나 이어진다.

"솔직히 말해서," 캐스린이 말문을 연다. "영영 알 수 없을 겁니다. 계속 그녀를 감시했다 해도 알 수 없었을 거고요. 클레어 라이트의 경우엔 그녀 자신이 보고 싶어하는 것이 곧 현실이니까요."

51

그린리지. 주 북부로 20마일 떨어진 곳에 위치한 정신요양시설. 미국에서 체류한 십 개월 동안 나는 맨해튼을 벗어난 적이 거의 없었다. 이 나라에서 별별 일을 겪었지만 공공의료시설의 비참한 환경에 대해 마음의 준비를 시켜줄 정도의 경험은 없었다.

내가 수용된 병동은 전자잠금장치로 보호된다. 이론적으로 우리는 심리평가를 받는 동안 안전하게 수용되어 있다고 볼 수 있다. 하지만 결국 우리는 죄수다. 법적 심의 같은 것이 있었던 모양이지만 나는 참석하기 부적합하다는 판정을 받았고, 주에서 선임해준 내 변호사가 한 일은 내가 스스로와 타인에게 위험할 수 있다는 내용의 양식을 작성한 것이 다였다. 분명 그러리라 짐작한 대로다. 우리를 돌봐주는 직원들이 '새대가리'라고 부르는 육중한 체격의 흑인 남자는 이십사 시간 침대에 묶여 지낸다. 다른 환자들은 어느 정도 돌아다닌다. 물론 나는 전혀 알아들을 수 없는 어딘가의 사투리를 중얼거리며 보이지 않는 족쇄라도 찬 듯 발을 끌면서 반들반들한 복도를 오가는 것이 다일 뿐이지만 말이다. 모두 뭔지 모를 약을 먹고 영원히 넋이 나가버린 것 같다.

이곳은 몹시 더운데도 창문이 열리지 않는다. 남자 환자들은 맨가슴을 드러내고 돌아다닌다. 심지어 직원들조차 의료복 아래 아무엇도 입지 않는다. 야간에는 남녀 환자들이 고작 복도 하나를 사이에 두고 분리된다. 첫날 밤 나는 복도 어딘가에서 여자가 공격을 당해 비명을 지르는 소리를 들었다. 직원들이 공격한 남자를 끌어냈지만 두 시간 후 그자는 그녀의 병실로 다시 돌아갔다.

　내 담당의는 앤드루 배너라는 의사다. 그는 젊지만 만성피로 때문인지 피부 상태가 형편없다. 첫 진료 때 그는 내 반사신경 지점들 여기저기를 한참이나 두드린다.

　"육체적 스트레스나 트라우마를 겪고 있습니까?" 그가 묻는다.

　"무슨 일이 있었는지 다 말했는데요." 어째서인지 이가 덜덜 떨린다. "그건 경찰의 작전이었어요. 전 경찰에 협력했고요. 그들이 카메라가 잔뜩 설치된 아파트에서 살게 했어요. 하지만 다른 장소에도 카메라가 잔뜩 설치되어 있다는 말은 없었어요. 왜냐하면 경찰이 실제로 감시한 사람은 바로 나였거든요." 나는 내 목소리가 격앙되어 있다는 사실을 깨닫고 말을 멈춘다.

　"교통사고를 당한 적은 없나요? 아니면 강도는?" 닥터 배너가 작은 손전등으로 내 눈을 들여다본다.

　"없어요." 나는 떨지 않기 위해 이를 악문다.

　"신경과 관련된 증상은요? 간질은? 저혈당 쇼크는? 조증삽화는? 우울증이나 폭력에 대한 생각은요?"

　"없어요." 나는 붕대가 감긴 팔을 내려다본다. "그러니까 이건 별개고요."

　"실제로 있을 리 없는 사람들의 목소리가 들리나요?"

"특별히는."

그가 손전등을 딸깍 끈다. "특별히는?"

"가끔 내가 영화 속 등장인물이라는 상상을 해요. 내 연기를 지켜보는 거죠."

그가 기록한다. "지난 십이 개월 동안 비처방 약물을 복용한 적이 있습니까?"

"엑스터시뿐이었어요. 그렇게 자주는 아니었지만."

"아하." 또다시 기록.

"저기요." 나는 벌써 다섯 번은 한 것 같은 이야기를 꺼낸다. "저는 스텔라 포글러 살인사건 수사에 동원됐어요. 2월에 일어났던 살인사건 말이에요. 그게 다 제가 정신과의사를 만나게 하려는 경찰의 계략이었던 거예요. 그 여자가 저를 데리고 온갖 검사를 할 수 있도록요."

"무슨 검사요?"

나는 그 검사들을 떠올리려고 해보지만, 병원에서 주는 약을 먹어서인지 요즘 내 기억은 영 흐릿하다. "우리는 대개 이야기를 했어요. 위탁부모들에 대해서였죠. 지금 생각해보면, 그 여자가 작성하던 프로파일의 일부분이었던 것 같아요. 그 사람들은 마치 아빠곰과 엄마곰과 골디록스 같은 분위기를 만들었죠."

그가 다시 기록을 한다.

"선생님은 제 말을 믿으시나요?" 내 목소리에서 절망감이 느껴진다.

"물론이죠."

"정말요?" 마음이 놓인다. "정말 고맙습니다. 한동안은 제가 생각해도 미친 이야기 같았거든요."

여전히 뭔가를 끄적이며 의사가 말한다. "얼마 전에 우리 병원에 뱃속에서 나무가 자란다고 생각하는 환자가 있었습니다. 그 환자는 사과 심을 먹은 걸 기억하고 그 안에 있던 씨들이 뱃속에서 싹을 틔운 게 분명하다고 생각했죠. 위경련이 너무 심해서 고생하던 환자였는데 병원에서 약을 처방받고 나서는 위경련이 멈췄어요. 그 환자는 약이 독이라서 나무가 죽었다고 확신하더군요."

"하지만 그 사람은 여전히 미쳤잖아요." 나는 이야기의 요점을 이해하지 못한 채 되묻는다.

"그런 말은 이곳에서 주로 사용하는 표현이 아닙니다, 클레어. 우리 모두는 자신이 만든 현실 안에서 살아가죠." 닥터 배너의 눈이 자신의 노트북으로 향한다. "컴퓨터 네트워크와 약간 비슷해요. 네트워크 안에 있는 다양한 기기들이 다양한 소프트웨어를 구동하죠. 때로는 작은 문제들이 발생해요. 이를테면 호환성 문제 같은 거요. 그런 문제가 발생하면 기술지원이 바로잡죠. 내가 무슨 말을 하는지 아시겠습니까?"

"글쎄요."

"그럼 이렇게 말해보죠. 당신 몸에서 화학적 불균형이 발생해 살짝 조정할 필요가 있다고요."

"살짝 조정하다니, 무슨 뜻이죠?"

그 표현은 피모지드와 프로베린, 이클라이미톨 같은 약물의 공격을 뜻한다는 게 나중에 밝혀진다. 의사는 부작용이 별로 없다고 나를 안심시켰지만, 끈적거리는 시럽 같은 약제가 내 정신을 코팅해 사고 과정을 둔화시키는 것처럼 느껴진다. 그리고 그 약들을 먹으면 늘 허기가 진다. 나는 TV실에서 꾸벅꾸벅 졸면서 직원들이 배식해주는 또 한 끼의 탄수화물 가득한 식사를 기다리며 낮시간을 보낸다. 얼마 후 나는 상담시간에 닥터 배너에게 다른 환자들이 내 수면을 방해할까봐 무섭다는 이야기를 털어놓는 실수를 저지른다. 덕분에 수면제까지 처방받는다. 이곳에서 처방하는 모든 약들이 그렇듯 일단 한번 처방을 받으면 먹지 않을 자유는 없다. 약을 다 삼킬 때까지 직원이 곁에 서서 지킨다. 우피 골드버그가 출연하지 않는 〈처음 만나는 자유〉라고 생각하면 된다.

닥터 배너가 이렇게 약에 집착하다니 역설적이다. 애초에 그의 환자들의 뇌를 절여놓은 것이 약물남용이기 때문이다. 그 환자들은 약물 미식가의 온갖 지식을 동원해 처방전을 비교하고—"너는 메스암페타민을 받았어? 끝내주는데. 나한테 준 건 부작용이 지독한 물약 두 잔과 수지Q 처방전 같은 게 다였어*"—들어주는 사람이 있으면 합성헤로인과 크랙**을 하다가 경험했던 각성효과에 대해 떠든다. 나는 매일 밤 약에 취해 혼수상태에 빠지듯 잠이 드는 게 영 불안하다. 특히나 환자들 가운데 눈이 예리한 자들이 내가 무슨 약을 받는지 다 안다고 확신하기 때문이다. 하지만 선택의 여지가 없다.

일주일가량 지난 후 닥터 배너는 팡파르라도 울리듯 내 상태에 대한 진단을 내린다. 나는 편집망상삽화를 겪고 있다. 내 이야기는 다 실제로 일어난 일이며, 경찰의 작전은 이 병원만큼 현실이었다

---

* 수지Q는 정신병 치료약인 세로쿠엘과 코카인을 혼합해 주로 주사로 맞는 불법 약물이다. 환자의 처방전에 세로쿠엘이 포함되어 있어 수지Q를 떠올린 듯하다.
** 강력한 코카인의 일종.

고 항의를 하자, 닥터 배너는 손을 내저으며 내 반발을 물리친다. 그는 이렇게 주장한다. 그 사실은 중요하지 않다. 중요한 것은 그 일에 대한 내 반응이다. 나는 해리—내 인격이 여러 부분으로 분열되는 것—를 계속 경험했다. 정신병적 요소, 현실과 인식을 구별하지 못하는 면도 보인다. 그는 내가 보이는 증상들이 잠재적 연극성 성격장애와 관련되어 있으며 강렬한 스트레스가 방아쇠가 되어 표면으로 드러난 것이라고 생각한다.

이 모든 진단에 대한 치료법은 전과 동일하다. 전과 동일한 약을 먹되 복용량을 늘린다.

약물의 효과인지 단지 시간이 흘렀기 때문인지 몰라도 서서히, 서서히 내 불안은 잦아든다. 더이상 나는 소리가 날 때마다 기겁을 하며 날뛰지 않고, 공황발작으로 인해 토사물을 머금은 채 화들짝 눈을 뜨지도 않는다. 머릿속에서 조각난 이미지들이 급류처럼 흘러가는 속도도 급격히 줄어든다. 영화 속 장면이 꼬리를 물며 빙글빙글 돌아가던 속도도 느려지더니 어느 순간 멈춘다.

그리고 아주 드물게 내 인생이라는 영화 속을 활보하는 연기자가 되어 나 자신을 훔쳐본다.

패트릭 포글러를 떠올릴 때마다 느껴지는 심장을 찌르는 통증이 가라앉기까지는 시간이 더 걸린다. 그를 사랑하게 되다니 내가 얼마나 어리석었는지 이제는 잘 안다. 지금까지 사랑에 빠진 건 단두 번뿐인데, 두번째 사랑에서 나는 존재하지도 않는 대상을 사랑하고 말았다.

그렇다고 내가 느낀 감정마저 거짓이 되는 것은 아니다.

그 감정은 나의 소중한 비밀이자 닥터 배너나 그의 심리치료팀에게조차 털어놓지 않은 나 자신의 일부다. 그들에게 말해버리면 그들이 이 감정을 사라지게 할까봐 두렵다. 이 감정은 내가 이곳에서 유일하게 의지하는 버팀목이다. 내가 남겨둔 패트릭의 유일한 흔적이다.

프랭크와 캐스린에 대해서는 증오하는 감정조차 없다. 아무런 감정도 느껴지지 않는다. 캐스린이 나와 같은 편이라고 생각했을 때조차 그 여자에게 나는 체스 말에 지나지 않는다는 것을 알고 있었다. 그 여자를 좋아하거나 신뢰한 적은 단 한 번도 없었다. 지금은 그 본능이 옳았다는 것을 안다.

영원히 이어지는 나날. 지겨움과 권태감은
그 자체로 불멸한다……

처음 한동안은 조마조마한 마음으로 경찰이나 이민국 사람들이 나타나 나에 대한 처분을 내려주기를 기다린다. 하지만 몇 주가 그냥 흘러갔고 나는 새로운 가능성을 직시하지 않을 수 없다. 당국이 나를 이곳에 던져놓고 그대로 잊어버린 것이다. 내가 완치되었다는 닥터 배너의 결정이 없는 한, 누군가 나의 퇴원을 바라야 할 이유도 없다.

3부

52

"이제 좋아진 것 같아요." 나는 머뭇머뭇 말한다. "정말이에요. 요즘은 기분이 좋아요."

닥터 배너가 동정하는 듯한 표정으로 나를 바라본다. "안타깝게도 B군성격장애의 특징 중 하나가, 환자가 뒤틀린 자아상을 품는 거예요. 흔히 이런 사람들은 자신의 여러 특질 중에 타인에게 스트레스를 유발하는 특질을 중시하고 인간관계를 악화시킵니다."

나는 인상을 쓴다. "그 말씀은, 제가 아프다는 사실을 인정해야만 상태가 호전될 거라는 뜻인가요? 그거 〈뻐꾸기 둥지 위로 날아간 새〉 같은 상황이네요, 그렇죠?"

"환자분이 자신의 상태에 대해 스스로 내린 판단은, 나와 의료진이 내린 판단만큼 신뢰할 수 없다는 말을 하는 겁니다."

"그렇다면 레이섬 박사님은요? 그분은 뭐라고 하시던가요?"

"당신이 말하는 레이섬 박사라는 사람은 찾을 수가 없었어요, 클레어."

당신이 말하는, 이라는 표현이 어딘지 께름칙해 나는 그를 노려본다. "제가 그분을 지어냈다고 생각하시는 거예요?"

"그렇게 말하지 않았어요. 어떤 경우든 사실은……"

"중요하지 않죠. 알아요. 하지만 그분은 정신과의사예요. 그리고 저한테 그 별의별 검사를 다 받게 했다고요. 선생님이 가지고 계셔야 할 데이터들요."

"그런 게 존재한다면," 배너가 조심스럽게 대답한다. "치료에 유용할 겁니다. 하지만 확실히 말해두는데, 미국법심리학협회에는 캐스린 레이섬으로 등록된 사람이 없습니다. 내가 확인해봤어요."

"제가 선생님을 그분의 사무실로 데려가……"

"그건 불가능할 겁니다, 클레어."

"왜요? 한두 시간이면 될 텐데요. 그러니까 선생님이 저를 믿어주시면," 나는 필사적으로 매달린다. 배너는 나를 좋아하는 것 같다. 나는 그의 환자들 가운데 이성적인 대화를 나눌 수 있는 유일한 환자이고, 약물에 뇌가 절어버린 환자들보다 내 상담시간이 훨씬 길다는 사실도 이미 알고 있다. "어쩌면 저도 저 자신을 믿을 수 있을 거예요. 이 모든 쓰레기가 진짜 내 머릿속에만 있는 건지 걱정하는 대신에 말이에요." 부끄러움이고 뭐고 다 던져버리고 나는 울기 시작한다.

배너가 나를 잠시 바라본다. "좋아요." 그가 마침내 말한다. "그게 정말 도움이 된다고 생각한다면 차를 마련해보죠."

다음날 우리, 그러니까 닥터 배너와 나, 앤턴이라는 이름의 근육질 직원은 병원의 승합차를 타고 출발한다. 앤턴은 내가 탈주할 경우를 대비해 같이 가는 것이리라. 유니언시티에 도착한 후로 나는 내내 안절부절못하는 상태다. 아무리 돌아다녀도 찾고 있는 블록이 나타나지 않기 때문이다. "이 근처 어디쯤이에요." 나는 승합차의 이쪽저쪽을 빠르게 두리번거리며 말한다. "확실해요."

닥터 배너는 내 입에서 나오는 모든 말을 기록한다. 결국 나는 입을 다물고 양손을 마구 휘젓지 못하게 깔고 앉아버린다. 잠시 후 승합차가 모퉁이를 돌자 천만다행으로 그곳이 나타난다. 반쯤 빈 주차장과 야트막한 사무용 건물들이 흉물스러운 몰골로 줄지어 서 있는 익숙한 풍경 말이다.

"저기예요!" 나는 그곳을 가리키며 소리친다. "보세요, 제가 말했잖아요. 차 세워요."

우리는 차에서 내린다. 건물은 반쯤 버려진 것처럼 보인다. "걱정하지 마세요, 원래 이런 풍경이었어요." 나는 자신만만하게 말한다.

나는 정문으로 가서 문을 잡아당긴다. 열리지 않는다. 안을 들여다본다. 안내데스크에는 아무도 없다. 이곳은 비어 있는 건물로 보안회사가 경비견을 데리고 순찰을 돈다는 팻말뿐이다. 그리고 부동산업자의 광고판.

"여기는 아무도 없어요, 클레어." 닥터 배너가 뻔한 소리를 시작한다.

"잠깐만요." 나는 필사적으로 말한다. "제가 그 아파트를 보여드릴게요. 경찰이 사방에 감시카메라를 설치했던 곳이요. 바로 강 건너편에 있어요."

하지만 그곳에 도착하기도 전에 우리가 어떤 결과를 목도할지 짐작이 된다.

남아프리카 억양을 쓰는 여자가 문을 열어준다. 그녀는 에어비앤비로 이 집을 빌렸다고 한다. 사이트에 올라온 평이 아주 좋았단다.

그 아래층, 프랭크 더번이 머물렀던 아파트도 마찬가지다.

닥터 배너는 나와 시선을 마주치지 않으려 조심하고, 앤턴은 어느새 내 옆에 바짝 붙어 있다.

"전화 한 통 해도 돼요?" 나는 닥터 배너에게 잔뜩 흥분해 말한다.

"누구에게 걸려고요, 클레어?"

"프랭크. 더번 형사요. 그분이 레이섬 박사가 어디에 있는지 말해줄 거예요."

배너가 망설인다. "내가 대신 전화해보죠. 그런데 이제 정말 돌아가야 해요." 그가 휴대폰을 꺼내 번호를 누르더니 NYPD의 전화번호를 묻는다.

배너의 전화가 여기저기로 연결되는 동안 나는 얌전히 기다린다. 그는 프랭크 더번 형사와 통화하고 싶다는 말을 몇 번이나 한다. 그러더니 잠시 후 무표정한 얼굴로 전화를 끊는다.

"어떻게 됐어요? 뭐라 그래요?" 심장이 입 밖으로 튀어나올 것 같다.

"더번 형사는 지난 삼 개월 동안 병가였답니다."

"그럴 리가 없어요." 나는 무기력하게 말한다. "그 형사가 절 계속 따라다녔어요. 절 계속 감시했다고요. 심지어 경호암호도 만들었어요, 젠장……"

"당신의 경호암호가 뭐였죠, 클레어?"

"그게 케이…… 캠……" 나는 절망적으로 머리를 흔든다. "기억이 안 나요." 다시 울음이 터진다.

"앤턴." 닥터 배너가 부드럽게 말한다. "클레어 씨를 승합차까지 데리고 가줄래요? 그린리지로 돌아갈 시간이에요."

53

닥터 배너는 내게 집단치료를 받아보라고 한다. 그런 치료가 무슨 의미가 있을까 싶지만—정신적으로 불안정한 약쟁이들 무리에 대고 떠드는 게 어떻게 지금까지 일어난 문제를 풀 수 있다는 걸까?—오로지 그의 비위를 맞추기 위해 한번 해보기로 한다.

우리 집단은 모두 여덟 명으로, 식사시간을 피해 조용한 구내식당에서 모인다. 정신과 간호사인 올라가 진행을 맡는다.

"오늘은 먼저 클레어를 반갑게 맞아줍시다." 그녀가 낮고 차분한 목소리로 말한다. "잘 왔어요, 클레어. 치료에 중요한 한 걸음을 내디딘 거예요." 무기력한 박수 소리가 난다 만다.

"좋아요." 올라가 옆에 앉은 젊은 남자를 돌아보며 말한다. "이선, 이번주에는 어떤 생각을 했는지 우리에게 들려주세요."

이선이 약을 사려고 누나의 돈을 훔친 일에 대해 양심의 가책을 느낀다는 이야기를 두서없이 늘어놓기 시작한다. 나는 듣는 둥 마는 둥 한다. 그러다가 이 치료 광경이 무엇을 상기시키는지 깨닫는다.

사람들이 선생님을 중심으로 둥글게 모여서 순서대로 자신의 역할을 연기했었다.

그리고 박수.

이선을 시작으로 그날 집단치료의 주제는 '우리가 저지른 끔찍한 일'로 정해진다. 어떤 여자는 남편이 악마인 줄 알고 칼로 찔렀다. 또다른 여자는 자식들이 보는 앞에서 창밖으로 뛰어내리려고 했다.

마침내 내 차례다. "클레어." 올라가 내 쪽을 보며 말한다. "요즘 마음속에 자꾸 떠올라 당신을 괴롭히는 일이 있나요?"

"음." 내가 말한다. "집세를 낼 돈이 없는데 경찰 때문에 일도 할 수 없었던 때가 있었어요. 그래서 맨해튼의 호텔에 가서 성매매 여성인 척했죠."

"좋아요." 올라가 잠시 후 말한다. "그 이야기를 들려줘서 고마워요. 자, 애나……"

"와우." 내 오른쪽에 앉은 마이클이라는 남자가 불쑥 끼어든다. "잠깐만요. 그 일은 잘됐어요? 아무 남자나 붙잡고 창녀라고 말한 거예요?"

모두의 시선이 내게로 향한다.

그래서 그들에게 이야기를 들려준다.

실내: 뉴욕. 루스벨트호텔 바―밤

리베카

여자를 위해 가장 많이 지불한 액수는 얼마였죠, 앨런?

앨런

사백 달러.

                    리베카

두 배.

                    앨런

장난이죠?

                    리베카

아뇨, 그럴 리가요. 나는 즐기러 나온 거예요. 그러니 팔백
달러의 가치가 있죠. 하지만 당신 마음이 바뀌었다면……

                    앨런

아뇨, 잠깐만요. 팔백 달러라…… 좋아요.

                    리베카

반은 선불로 줘야 해요.

                    앨런

                (지갑을 꺼내며)

다 계획적이었군요, 그렇죠, 리베카?

                    리베카

물론이죠. 우리는 따로 올라가도록 해요. 당신이 먼저 가
요. 컨시어지와 눈을 맞추지 마세요.

"정말 그 남자들과 섹스를 할 작정이 아니었어요." 나는 이야기를 끝맺는다. "그래도 어쨌든 그런 짓을 종종 했죠. 그 무렵에 어떤 법률사무소에서 전문적인 바람잡이로 일하고 있었거든요. 차이가 있다면 아내한테 돈을 받는 대신, 남편한테 직접 받는다는 것뿐이었어요. 게다가 그 남자는 화대의 반을 아꼈고 결혼생활도 지켰잖아요. 분명히 쌍방이 이득인 상황이죠."

모두 얼어붙어 있다. 나는 '유부남 앨런'은 뉴잉글랜드의 단조로운 어조로—그는 뉴햄프셔 출신이고 그 지역에서 사냥은 죽여주게 좋은 일이다—연기했고, '창녀 리베카'는 낮고 쉰 듯한 목소리에 남부의 발음을 슬쩍 가미해 연기했다.

긴 침묵이 이어진다. 올라가 드디어 정신을 차린 것 같다.

"계속하죠." 그녀가 말한다. "애나, 당신은 무슨 이야기를 들려줄 거죠?"

54

"집단치료로 당신이 아직 회복되지 않았다는 사실이 확인된 것 같군요." 닥터 배너가 말한다. "내가 의심한 대로 말이죠."

뒤늦게 나는 또다른 덫에 걸렸다는 사실을 깨닫는다. "저를 얼마나 더 여기에 붙잡아두실 거죠?"

"당신이 다른 사람들이나 자신에게 위험이 되지 않을 때까지죠, 클레어."

"그게 언제인데요?"

"조금씩 나아지고 있어요. 하지만 약으로 즉각적인 증상은 가라앉힐 수 있어도 근본적인 문제들은 해결할 수 없어요."

"제가 이곳을 나갈 수 있을 만큼 좋아진 걸 선생님은 어떻게 아실 수 있죠? 도대체 뭘 찾고 계신 거예요?"

"당신이 좋아졌다는 증거가 될 만한 행동이 뭐냐고 묻는 건가요?"

나는 고개를 끄덕인다.

"그걸 말해주면 당신은 그런 행동을 완벽하게 흉내내리라 믿어 의심치 않아요." 그가 엷은 미소를 지으며 말한다. "그러니까 이렇게만 말해두죠. 당신이 더이상 당신인 척하지 않을 때, 나는 비로소 회복의 길에 들어섰다고 확신할 겁니다."

55

우리 환자들은 인터넷 사용이 금지되어 있다. 하지만 원무과 사무실에 인터넷이 연결된 고물 컴퓨터가 한 대 있다. 직원들이 주위에 의사가 없을 때 페이스북을 하는 모습을 본 적이 있다.

환자들은 몸을 놀리지 않기 위해 잡일을 하겠다고 자원할 수 있다. 내가 자원한 일은 재활용쓰레기 분류로, 그 일을 하면 사무실에 들어갈 수 있다. 나는 직원이 컴퓨터의 비밀번호를 입력하는 모습을 볼 기회를 잡으려고 괜히 종이를 정리하며 주위를 어정거린다. 그날 밤 늦게 나는 사무실에 몰래 들어가 인터넷에 접속한다.

먼저 '연극성성격장애'라는 용어를 검색한다. 링크 목록이 줄줄이 올라오는데, 대부분 심리학 사이트다.

연극성성격장애Histrionic Personality Disorder, HPD는 B군 정신과적 장애의 일종이라는 사실을 알게 된다. 이 장애의 특징으로는 끊임없이 인정을 갈구하는 것, 충동성, 타인을 유혹하려 하는 지속적인 욕구, 위험한 성적 행동, 변덕스러움, 남을 조종하려는 성향, 스릴을 추구하는 것, 버림받는 것에 대한 두려움, 실제로 존재하지 않는 관계에 중요한 의미를 두는 것, 현실을 왜곡하거나 도외시하거나 오해하는 경향 등이 있다. HPD 진단을 받은 환자의 80퍼센트가 여성이다. 그들은 지나칠 정도로 자살이나 자해를 하는 경향이 있다.

나는 연극성 histrionic이라는 단어가 오늘날 불명예스럽게 회자되는 히스테리 hysteria라는 단어에서 유래했으며, 이 단어는 또 '자궁'을 의미하는 그리스 단어에서 생겨났다는 사실도 알게 되었다. 20세기 초 히스테리는 바이브레이터로 치료했는데, 이 증상으로 고생하는 사람들—어김없이 여성이었다—이 오르가슴을 느낀 후 덜 불안정해 보였기 때문이다. 그보다 한 세대 전에는 그저 감금당했다.

다시 말해서 나는 미치지 않았는지도 모른다. 나는 그저 예로부터 남자 의사들이 그다지 좋아하지 않는 부류의 여자일 수도 있다.

캐스린 레이섬이 했던 말이 떠오른다. 그녀를 처음 만났던 날 말이다. 클레어는 불안정하고, 충동적이고, 위태롭고, 감정을 잘 터트리고, 거절에 잘 대처하지 못해요. 어떻게든 숨기려고 안간힘을 쓰지만, 약물중독자가 약을 갈구하듯이 타인의 인정을 갈구하는 면도 있죠. 내가 무슨 말을 하겠어요, 프랭크? 클레어는 배우잖아요.

그리고 나는 캐스린에게 그 말을 들었을 때 느꼈던 감정을 기억한다. 얼마나 자랑스러웠던가. 그녀는 나를 어떻게 가지고 놀아야 하는지 정확하게 꿰뚫고 있었다.

하지만 내가 미쳤든 안 미쳤든 나는 지금 여기 있고 나가는 방법을 알아내야 한다. 나는 모범 시민이 되어야만 한다. HPD의 징후가 조금도 없는, 온전한 정신 그 자체인 사람 말이다. 목록을 다시 살펴보니 한 가지는 확실히 알겠다. 무엇보다 앤드루 배너에게 추파를 던지는 짓을 당장 그만두어야 하고, 내가 그 사람만큼 솔직하고 지겨운 사람이라는 걸 납득시켜야 한다. 그러면 아마도 나를 내보내줄 것이다.

56

"요즘 증세가 호전되고 있어요." 배너가 다음 상담시간에 인정하듯 말한다.

"그 말은 제가 퇴원할 거라는 뜻인가요?"

"너무 빨리 처방을 바꾸기가 아무래도 꺼려져요, 클레어. 그리고 지금 처방한 약들은 예후를 면밀하게 지켜봐야 하는 것들이고요. 재심의에서 당신이 여기 좀더 있는 편이 좋겠다고 조언하려 해요."

실망을 금할 수 없지만 일단 귀가 쫑긋한다. 나는 재심의가 열리는지조차 몰랐기 때문이다.

"네, 그편이 최선이라고 생각하신다면 그러셔야죠." 나는 고분고분하게 대답한다.

그날 밤 나는 다시 컴퓨터 앞에 앉아서 치료감호 절차에 대해 검색해본다. 알고 보니 수용된 지 육십 일이 지나면 병원은 나를 이곳에 계속 잡아둘 수 있는 권한을 갱신하기 위해 심의를 열어야 한다. 내가 찾은 웹사이트에 나온 내용에 따르면, 병원이 신청을 할 경우 당신에게 사전에 통지해주어야 합니다. 당신은 이의를 제기하고 정신위생법률서비스나 변호사의 변호를 받을 권리가 있습니다.

바로 그 순간 내가 <u>스스로를 변호하는</u> 그림이 떠오른다. 판사 앞에 서서 모든 상황을 반전시킬 극적인 연설을 하는 모습 말이다. 나는 품위가 있고 예의바르지만, 단호하고도 차가운 열정으로 활활 타오르고 있다. 〈심판〉의 샬럿 램플링처럼.

나

판사님, 오늘 우리는 한 개인이 아니라 원칙을 수호하기 위해 이곳에 자리했습니다. 자연적 정의라는 원칙 말입니다.

나는 얼른 이 장면을 머릿속에서 밀어낸다. 내가 아직 근본적으로 호전되지 않았다고 증명할 만한 것이 있다면 이런 식으로 상상하는 행동일 것이다.

지금 나는 캐치-22* 같은 상황에 처했다. 내 증세가 호전된 것 같다면 그것은 약 때문이고 따라서 나는 이곳에 계속 머물러야 한다. 만약 호전된 기미가 보이지 않는다면 약을 더 먹어야 하고 따라서 나는 이곳에 계속 머물러야 한다. 이 상황이 하나부터 열까지 너무 부당해 비명이라도 지르고 싶다.

그 대신 잠자코 모니터를 노려보며 필사적으로 해결책을 궁리한다. 나를 보증해줄 누군가가 있어야만 한다. 내가 받고 있던 견딜수 없는 압박감에 대해 판사에게 증언할 수 있는 사람. 닥터 배너

---

* 조지프 헬러의 소설 제목에서 유래한 말로, 이러지도 저러지도 못하는 상황을 의미한다.

의 진단대로 내게 성격장애가 있다 해도—솔직히 인정하자, 그렇지 않은 연기자가 어디 있겠는가?—내가 선을 넘도록 밀어붙인 것은 그 병증이 아니라 캐스린 레이섬의 심리 게임이었다는 사실을 맹세할 수 있는 사람.

그러자 그 사람이 떠오른다.

그런 누군가가 있다. 그는 내게서 연락을 받을 줄 상상도 못할 것이다. 어차피 나는 더이상 잃을 게 없다. 그리고 그의 메일 주소는 여전히 내 머릿속에 박혀 있다. 그에 대한 다른 모든 것처럼.

혹시 그에게 품고 있는 이 감정 때문에 그가 연락해도 될 만한 사람이라고 단정짓는 건 아닐까?

에라 모르겠다. 생각하지 말자.

웹메일은 막혀 있지만 컴퓨터로 병원의 메일서버에 접속하는 것은 가능하다. 그나저나 보낸 사람이 정신병원인 듯한 메일을 열어볼 사람이 몇 명이나 될지 의문이다. 그런 경우를 대비해 제목에 '긴급 패트릭 제발 이 편지를 읽어요—스팸 아님!'이라고 적는다.

> 패트릭,
> 제발, 이 편지를 삭제하지 마요. 삭제하더라도 일단 끝까지 읽어줘요.
> 나는 뉴욕 북쪽 어딘가에 있는 정신병원에 갇혀 있어요. 여기서 나를 내보내주려 하지 않아요. 내 담당의는 배너라는 의사인데, 내가 미쳤다고 확신하고 있어요. 내가 레이섬 박사는 물론이고 다른 이야기까지 전부 털어놓는 실수를 하기도 했고 그날 당신 아파트에서 뛰쳐나간 후에 몇 가지 나쁜 선택을 한 탓도 있어요.
> 당신을 캐스린의 계획에 끌어들이기 위해 경찰이 나에 대해 무슨

말을 했을지 상상이 가요. (그 인간들은 당신에 대해서도 끔찍한 이야기를 날조했지만 지금 그 얘기를 하려는 건 아니고요.) 제발 그 이야기는 사실이 아니라는 걸 믿어줘요.

그렇다면 내가 왜 다른 사람들을 다 제쳐놓고 당신에게 편지를 보내는 걸까요? 왜냐하면 나는 여전히, 그 모든 거짓말과 위선에도 불구하고, 당신과 내 마음이 이어졌다고, 진정으로 이어졌다고 확신하기 때문이에요. 닥터 배너라면 내가 현실을 왜곡하거나 도외시하거나 오해하는 경향이 있는 정신병자라서 그렇게 생각한다고 말하겠죠. 하지만 나는 연기자잖아요. 그러니 아무도 지어낼 수 없는 뭔가가 있다는 것도 알아요.

내가 이곳에 얼마나 더 수용되어야 할지 결정하는 심의가 곧 열릴 거예요. 의사는 내가 더 입원해 있기를 원해요. 그의 뜻대로 된다면 나는 이곳에서 더 버틸 수 있을 것 같지 않아요. 그 일들이 실제로 일어났다고 보증해줄 다른 두 사람, 캐스린 레이섬과 더번 형사는 증발해버렸어요. 패트릭, 내가 그들이 생각하는 것만큼 미치지 않았다는 내용으로 뭔가를, 뭐라도 써줄 수 있다면 정말 도움이 될 거예요. 사실 그게 내 유일한 기회예요.

당신의 오래된 적수/연인/소울메이트
클레어

이 편지를 쓰는 데 꽤 오랜 시간이 걸린다. 이곳에 들어온 후 이정도로 정신적 노력이 요구되는 일은 한 적이 없다. 나는 내 이름 뒤에 키스 표시를 세 개 넣었다가 다 지운다. 피곤이 몰려온다. 쓴 글을 다시 읽어보려고 하자 단어들이 꿈틀거리며 화면에서 춤을

춘다.

음, 성공하든지 실패하든지 둘 중 하나겠지. '전송' 버튼을 클릭하고 나서야 내가 얼마나 애처롭고 구차해 보일지 걱정이 된다.

인터넷을 나오자 또다른 두려움이 나를 강타한다. 패트릭이 메일을 삭제하지 않을지도 모른다. 오히려 병원으로 곧장 보내버릴 가능성이 농후하다. 그러면 닥터 배너는 내 메일을 심의에서 역으로 이용할 것이다. 내가 쓴 메일은 그가 내 상태를 정확하게 진단했다는 더할 나위 없는 증거로 보일 것이다.

그런 맥락에서 내가 방금 쓴 글을 다시 생각해보니 온몸의 피가 차갑게 식는다. 나는 이곳에서 더 버틸 수 있을 것 같지 않아요. 마치 자해를 하겠다고 말하는 것 같지 않은가. 배너에 대한 내 의견—의사는 내가 더 입원해 있기를 원해요—도 편집증으로 읽힐 수 있다. 패트릭에 대해 한 말이며 우리가 이어져 있다고 운운한 부분은 전형적인 HPD다. 실제로 존재하지 않는 관계에 중요한 의미를 두는 것.

내가 상황을 호전시키기기커녕 더 악화시키고 말았을지 모른다는 것을 깨닫자 욕지기가 솟구친다.

57

패트릭에게서는 답장이 오지 않는다. 지금은 방학중이니 어쩌면 학교 계정을 확인하지 않을지도 모른다.

그가 메일을 보자마자 '삭제' 버튼을 클릭했다고 생각하는 것보다는 그렇게 생각하는 편이 마음은 편하다.

나는 다시 컴퓨터 앞에 앉아 치료감호 심의에서 싸워 이기는 법을 검색한다. 답은, 돈이 없다면 못 이긴다는 것이다. 판사는 대개 정신병원 의사들의 편을 든다. 그들의 증거를 논박할 수 있는 유일한 방법은 개인적으로 정신과의사를 고용해 다른 의견을 내게 하는 것이다. 하지만 내게 그럴 돈이 있다고 한들 이곳에서, 닥터 배너의 약물로 엉망진창이 된 내 머리로 어떻게 그런 일을 할 수 있을까?

충동적으로 구글에서 배너의 이름을 검색해본다. 이 병원의 직원 페이지가 바로 올라온다. 그곳을 확인해보니 앤드루 배너 의학박사는 "경계선성격장애와 연극성성격장애, 자기애성성격장애를 비롯한 B군성격장애에 특별한 관심을 가지고 있으며 이 주제로 몇 편의 논문을 공동으로 썼다".

개자식. 그래서 나를 여기 붙잡아두려고 안달을 하나보다. 그는 나를 연구하고 있다.

아니면 이런 생각조차 편집증적인 건가?

나는 '법심리학자 캐스린 레이섬'을 찾아본다. 아무것도 나오지 않지만 전혀 놀랍지 않다. 그 여자라면 분명히 가명을 썼을 것이다. 진술거부를 위해서겠지. 그녀가 한 또다른 거짓말.

나는 잠시 생각을 한 후 주소창에 Necropolis.com을 친다. 캐스린의 작전에서 여전히 이해 안 되는 수많은 것 가운데 하나가 굳이 그 사이트에 들어가라고 고집한 이유다. 나로서는 다른 이용자들과 교류하는 내 모습을 관찰하는 게 목적이었을 거라고 추측할 뿐이다. 하지만 왜일까? 내가 분위기에 휩쓸려 중요한 정보를 발설하기를 바란 걸까? 아니면 그 사이트에 또다른 중요성, 그러니까 내가 놓치고 있는 의미 같은 것이 있는 걸까?

네크로폴리스. 망자의 도시. 잘 생각해보면 BDSM 사이트의 이름으로는 괴상하다.

나는 '네크로폴리스+보들레르'를 입력한다. 시의 일부가 나온다.

그곳은 네크로폴리스; 망자들—
한때 내가 사랑했던 그 시신들—이
좋든 싫든 벌레처럼 나뒹굴고……

당연히 그렇겠지. 패트릭과 내가 처음 만난 날 함께 낭독한 시. 마치 전생의 일 같다.

네크로폴리스로 다시 돌아가 예전에 쓰던 아이디를 입력하고 게시판으로 들어가 글을 쓴다.

>> 누구 보들레르에 관심 있으신 분 있나요?

고요함에 귀가 멀 것 같다. 내 글 앞뒤에서는 사진까지 넣어가며 여러 종류의 채찍에 대한 대화가 이어지고 있다.

"클레어?"

야간당직 간호사 한 명이 놀란 표정으로 나를 내려다보고 있다. "뭐하는 거예요?"

허둥지둥 창을 최소화하지만 이미 늦었다. 간호사가 다 본 후다.

"이게 뭐예요?" 그녀가 내 손에서 마우스를 가져간 다음 나를 쳐다보면서 나무란다. "클레어는 지금 규정을 어기고 있어요. 그리고 이런 일은 당신의 상태에 전혀 도움이 되지 않을 거예요. 닥터 배너에게 이 일을 보고하겠어요."

58

나는 TV실에 앉아 책을 읽고 있다. 아니 읽으려고 애쓰고 있다. 나를 제외하면 이곳에 있는 사람은 새대가리뿐으로, 최근 이 주 동안 그는 결박 상태에서 풀려나 있다. 그는 사근사근해 보인다. 내가 보기에는 자유롭게 돌아다녀도 다른 환자들보다 더 위험하지는 않을 것 같다.

직원용 컴퓨터를 쓰다가 들킨 후로 내 약은 더 늘어났다. 나는 이곳에서 빠져나가려는 마음을 접었다. 조금이라도 더 깨어 있으려면 그 수밖에 없다.

이 방에는 너덜너덜한 책들이 든 상자가 있는데, 나는 풀로 봉인해버린 것 같은 머리로도 읽을 수 있는 게 없는지 살펴본다. 대개 서부극이거나 쿵후를 소재로 한 소설들이다. 그리고 병원에서 피어난 로맨스를 다룬 소설도 두 권 있는데, 다른 상황이었다면 비꼬는 거라고 생각했을지도 모르겠다.

새대가리가 고개를 든다. "이봐, 클레어. 뭐 읽고 있어?"

나는 무심하게 내가 꺼내든 소설을 본다. "『집중 치료』. 너는?"

그는 자신의 만화책을 살펴보더니 투덜거리듯 대답한다. "『저지 드레드』."

"다 읽으면 바꿔 볼까?"

새대가리가 나를 업신여기는 표정을 짓는다. "나는 그림이 없는 책은 절대 안 읽어."

나는 앉아서 첫 페이지를 노려본다. 단어들이 구더기처럼 꿈틀 거린다. 잠시 후 나는 책을 내려놓고 TV를 본다. 시청자의 58퍼센 트는 저 여자가 외도를 한 남편에게 기회를 한번 더 줘야 한다고 생각한다.

"클레어, 방문객이 찾아왔어요."

깜박 졸았나보다. 직원의 목소리에 나는 멍한 눈빛으로 고개를 든다. 내 옆에는 새대가리가 만화책을 내던지고 졸린 눈으로 TV를 보고 있다.

문가에서 공포에 찬 표정으로 나를 바라보는 사람은 페트릭이다.

59

우리는 면회실 한 곳으로 간다. 패트릭은 여전히 충격을 받은 듯하다. 그제야 그의 눈에 내가 어떻게 보일지 깨닫는다. 살이 찐 것은 말할 것도 없고 약의 부작용으로 피부는 여드름투성이다. 기름진 머리카락은 볼품없이 뻗어 있다.

"세상에," 그가 말한다. "세상에, 클레어, 당신 모습이 끔찍해요."

"여자를 유혹하는 법을 정말 모르네요." 그를 다시 만나면 뛸듯이 기쁠 거라고 생각했다. 하지만 막상 이곳을 찾아온 그를 보니 내 감정을 나도 잘 모르겠다.

의자를 빼면서 나는 비틀거린다. 약을 먹은 후로 무엇보다 균형 감각에 문제가 생겼다.

"정말 미안해요…… 클레어, 정말 미안해요."

내 모습이 끔찍하다고 말한 것에 대해 사과하고 있는 게 아닐 거라는 생각이 든다. 내가 이 꼴이 된 건 엄밀히 말해 그의 잘못이 아니라고 말하고 싶지만 단어가 생각나지 않는다.

"위로가 될지 모르겠지만," 그가 덧붙인다. "그 사람들이 나한테도 거짓말을 했더군요. 레이섬 박사와 더번 형사 말이에요. 나도 이제 다 알겠어요."

나는 고개를 가로젓는다. "별로 위안이 되지 않네요, 전혀요."

"어쨌든 이건 위로가 될 거예요. 내가 NYPD를 고소하려고 해요. 그들이 한 짓은 끔찍할 정도로 무책임했어요. 그래서 내가 여기 온 거예요, 물론 그게 다는 아니지만요. 그 소송에 당신 이름도 올리고 싶어요."

나는 방금 들은 내용이 제대로 이해되지 않는다. "왜요?"

"소송을 할 근거라면 나보다 당신이 훨씬 더 강력하잖아요. 그 사람들이 뒤에서 조종하지 않았다면 당신이 자살을 시도할 일도 없었겠죠. 이런 곳까지 오게 되지도 않았을 테고요. 방금 당신 주치의와 만났어요. 그 사람은 돌팔이예요. 당신은 제대로 도움을 받아야 해요. 당신이 그런 도움을 받도록 조치를 취할 생각이에요. 그리고 그 비용은 NYPD가 댈 거고요. 일단 당신의 치료감호를 끝내도록 진정서를 내는 것부터 시작할 거예요."

"패트릭…… 당신……" 그의 계획은 도무지 불가능해 보이고 어이가 없을 정도로 헛소리 같지만 동시에 완벽해서 웃음이 터진다. "당신이 나를 구해줄 거라고요?"

"그러면 안 되나요?" 그가 나를 가만히 살펴본다. 나는 내 꼴을 떠올리고는 고개를 숙인다. 그러자 그가 느닷없이 말한다. "당신이 메일에서 우리가 이어졌다고 그랬잖아요. 그리고 지난번에는 그 이상의 말도 했어요. 기억나요?"

안개 속에서 뭔가가 깜박거린다.

나

나는 당신을 사랑하게 됐어! 그 인간들이 그러지 말라고 했지만 나는 너무 어리석었어. 패트릭, 모르겠어요? 나는 당신을 사랑해요.

약에 취한 이 순간에도 나는 기억할 수 있다, 마침내 그 말을 소리 내어 전할 수 있어서 얼마나 기뻤는지를.

나는 눈을 꼭 감는다. "그래요. 기억해요."

"그 말 진심이었어요? 아니면 그 사람들이 그렇게 말하라고 한 건가요?"

"모르겠어요." 나는 고백한다. "진심이라고 생각했어요, 그때는. 너무 진심이라 마음이 아팠죠. 하지만 그게 나예요, 패트릭. 배우한테는 자주 일어나는 일이에요. 함께 연기하는 배우랑 사랑에 빠지는 거요. 쇼맨스, 사람들은 그렇게 불러요. 빛 좋은 개살구. 내가 유난히 그렇게 되기 쉬운 것 같아요."

"그렇군요." 그가 칙칙한 베이지색 일색인 주위를 둘러본다. "어쨌든 당신을 이 끔찍한 곳에서 빼내는 것이 우선 과제예요. 여기서 나가면 당분간 나하고 지내면서 어떻게 할지 여유를 갖고 고민해요. 그후에는 당신 맘대로 해요."

내가 거절하려 하자 그가 내 말을 막는다. "일단 몸부터 추슬러요. 그리고 다른 이유도 있어요. 드디어 희곡을 완성했어요. 당신이 읽어봐주면 좋겠어요."

"패트릭……" 나는 무기력하게 말한다. "나는 만화책 한 권도 못 읽어요."

"그렇다면 약부터 바꿔야겠군요. 의사들과 이야기를 해볼게요. 그리고 퇴원 문제에 대해서 내 변호사와도 이야기해봐야 하고요."

60

이 주 후 나는 그린리지를 떠난다. 패트릭은 내가 그와 함께 지
내는 걸 당연하게 여긴다. 나는 거절할 기력조차 없다. 그는 빈방
에 나를 묵게 하고, 향긋한 파리산産 오일로 욕조를 채우고, 커다랗
고 보송보송한 수건으로 내 몸을 감싸고, 웨스트사이드마켓과 시
타렐라에서 구입한 유기농 식재료로 요리를 해준다. 그의 아파트
건물에 헬스장이 딸려 있어서 나는 운동으로 병원에서 늘어난 체
중을 조금씩 빼고 있다. 벽거울에 비치는 작달막한 클레어 라이트
의 모습은 계속 피하는 중이다.

캐스린 레이섬의 말을 좀처럼 잊을 수 없다. 그자가 범인이라면
상어가 피냄새에 끌리듯 클레어의 취약한 부분에 끌릴 거예요.

하지만 나는 캐스린이 틀렸다고 굳게 믿고 있다. 거짓말이라는
건 말할 것도 없고.

매일 정신과의사가 찾아오면, 패트릭은 눈치 있게 외출을 해 우
리만 있게 해준다. 처음 몇 차례의 상담에서 닥터 펠릭스는 피를
뽑아 배너가 처방한 약 성분이 남아 있는지 확인하지만 그후로는
대체로 그동안 일어났던 일에 대해 이야기를 나눌 뿐이다. 내가 그
작전에서 캐스린의 역할을 설명하자 그는 분노로 얼굴이 하얗게
질린다. 그가 법심리학에 대해 아는 바에 따르면 캐스린이 계획한

함정수사는 확실히 불법에 가깝다고 한다. 영국에서도 여자 경찰을 미끼로 잠입시키는 비슷한 시도가 있었다. 그 경찰은 결국 정신적으로 망가졌고 판사는 증거가 오염되었다며 인정해주지 않았다. 게다가 해당 심리학자는 직업윤리를 위반한 죄로 기소되었다.

"클레어, 당신은 가볍게 끝난 거예요. 그런 종류의 압박감을 받으면 훈련받지 않은 민간인뿐만 아니라 누구라도 정체감장애를 경험할 겁니다."

우리는 내 과거에 대해 이야기하는 시간을 점점 늘려나간다. 내가 미국으로 도망치게 된 계기이자 어째서인지 내 휴대 수화물에 숨어 따라온 악마들에 대해서 말이다. 닥터 펠릭스가 문제에 대처할 전략을 가르쳐주는데, 변증법적행동치료라는 기법을 이용하면 내 생각의 패턴들을 고쳐 쓸 수 있다고 한다. 우리 모두 각자 인생의 극본이 있는데, 우리가 어린 시절 스스로 만든 이야기는 제대로 검토되지도 않은 채 우리 삶의 결과를 형성한다. 그의 치료법은 그런 이야기들을 몽땅 밖으로 드러내서 다시 쓰게 하는 것이다.

"이런 이론이 있어요." 닥터 펠릭스가 설명한다. "B군장애는 아이가 느끼는 감정과 아이의 감정들 가운데 양육자가 수용해서 인정해주는 감정이 부조화를 이루는 데서 비롯한다는 겁니다. 당신의 감정적 욕구가 무시되거나 위탁부모들에 의해 좌절되기까지 했다면 그 결과로 닥터 배너가 강조했던 종류의 행동이 나타날 수 있어요."

나는 폴의 경고를 떠올린다. 그곳이 지독히도 어두운 사람들도 있어, 클레어. 그래도 그곳에 가야 해.

병원을 나오기 전날 밤, 닥터 배너가 나를 찾아왔다. 그의 영향력을 벗어날 방법을 찾았기 때문에 내게 화가 났으리라 생각했는데 설령 그랬다고 해도 그는 전혀 그런 티를 내지 않았다.

"당신이 여기서 나가는 게 놀랍지만은 않아요, 클레어." 그가 말했다. "정신과의사들은 대부분 환자가 사람으로 제대로 기능한다면 괜찮은 거라고 주장할 거예요. 그리고 당신은 지금 분명히 사람으로 제대로 기능을 하고 있죠."

나는 뒤이어 나올 하지만을 예상하고 마음을 다잡았다.

"내가 다르게 생각하는 이유는, 이 특별한 장애가 내 전문이기 때문이에요. 그래서 나는 대개의 의사들이 못 보는 것을 볼 수 있어요. 그러니까 내 눈에는 보인다는 말이에요. 당신이 연기를 하고 있다는 게. 다른 사람인 척하는 게."

나는 몸을 앞으로 숙이고 아주 조용하게 말했다. 그도 내 말을 듣기 위해 몸을 숙였다.

"선생님 말씀대로예요. 저는 여전히 미쳤어요. 하지만 뱃속에서 사과나무가 자란 그 남자도 마찬가지였죠."

패트릭의 집으로 들어오고 일주일 후, 그가 나를 여객선에 태워 리버티섬으로 데리고 간다. 뉴욕에 온 뒤로 관광이라는 걸 해본 적이 없기에 나는 이런 일이 몹시 신선하게 느껴진다.

우리는 속이 텅 빈 여자* 아래에 서서 은빛과 검은빛이 뒤섞인 수면 위로 일렁이는 맨해튼의 불빛을 지켜본다.

"클레어," 그가 마침내 말문을 연다. "내가 사랑에 빠졌던 사람은 어디까지가 진짜였죠?"

"캐스린은 무척 영리했어요. 그 작전에 알맞을 정도로만 나를 드러내게 했으니까요." 나는 그를 힐끔 본다. "경고하는데, 진짜 클레어를 만나면 그만큼 좋아하지 않을 수도 있어요. 우선 나는 그때의 클레어보다 훨씬 더 연극적 기질이 강하니까요. 캐스린은 인정을 갈구한다고 표현했죠. 나는 내 정열을 끓어오르게 하는 것을 보면 손바닥을 뒤집듯 마음을 바꿔요. 나한테 관심이 집중되는 걸 즐기고요. 경우에 따라 공격적이기도 해요. 아, 그리고 나는 좀처럼 고분고분하지 않고, 피해자도 아니고, 절대, 절대 순종적이지 않아요. 당신이 보았던 클레어는 남자의 인정을 받고 싶어 안달난 것처럼 캐스린이 연출한 모습이에요."

"당신은 대단히 흥미로운 사람인 것 같아요." 그가 중얼거린다. 그의 시선이 배터리파크의 하늘 위에서 터지는 폭죽으로 향한다. "나는 운에 맡겨보려고 해요."

나는 한숨을 쉰다. "그리고 나는 남의 말에 잘 속아넘어가기도 해요. 당신이 범인이 아니라고 확신했을 때조차, 내가 역할에 너무 빠져들어서 그렇게 생각하는 거라는 캐스린의 말에 설득당했었죠."

"나는 스텔라를 죽이지 않았어요, 클레어."

"알아요. 계속 알고 있었어요." 나는 몸을 돌려 그의 옆모습을 가만히 지켜본다. "나도 죽이지 않았어요."

그가 고개를 끄덕인다.

---

* 자유의 여신상을 가리킨다.

"당신이 원하면 거짓말탐지기 테스트를 받을게요." 나는 덧붙인다.

패트릭이 미소를 짓는다. "그럴 필요는 없어요."

우리 둘 다 아무 말도 하지 않는다.

"우리가 극장에 갔을 때 나는 당신이 범인이 아니라고 확신했어요." 그가 덧붙인다. "그 배우가 우리를 귀찮게 한 후에 말이에요."

"라울. 노래하는 쥐새끼 라울. 당신이 박치기를 했던 자식."

"그때 속으로는 벌벌 떨었어요." 그가 엷은 미소를 띠며 고백한다. "그 자식이 작전을 다 망칠 것 같았거든요. 그게 아니어도 당신에게 너무 못되게 굴더군요…… 그렇게 손을 봐주니까 속은 후련했어요. 그리고 택시에서 당신이 동요하는 모습을 보고…… 다음 날 경찰에게 당신의 결백을 확신한다고 말했어요."

"그 점에서는 내가 한참 앞섰네요. 나는 오래전부터 당신에 대해서 그렇게 말했으니까요. 가여운 캐스린. 그 여자가 진작 작전을 전부 중지하지 않은 게 신기할 지경이에요."

그렇게 말하는 순간 내 머리 한구석에서 뭔가가 깜박거린다. 맞아, 왜 그러지 않았지? 작전이 실패한 것이 틀림없다는 사실을 알았을 때도 왜 계속 함정수사를 밀어붙였을까?

그 웹사이트와 관계가 있나?

"아참, 그리고 나도 고아예요." 나는 덧붙인다. "그게 가장 힘든 부분 중 하나였어요, 그 사실을 말할 수 없다는 점."

패트릭이 내 고백의 의미를 곱씹으며 천천히 고개를 끄덕인다. "나는 전부터 계속 알았던 것 같아요. 오직 당신에게서만 느낄 수 있는 어떤 면들이 나와 꽤 닮았다고 생각했거든요."

그가 손을 뻗어 내 손을 잡는다. "나는 병원에서도 이 질문을 했어요. 클레어. 그때는 제대로 대답해주지 않았죠. 당신이 많이 나아졌으니 다시 물을게요. 우리가 다시 시작할 가능성이 있을까요? 아니면 저 다리 아래로 흘러가는 강물처럼 돌이킬 수 없는 건가요?"

나는 브루클린브리지의 우아한 철제 장식을 바라본다. 그러자 갑자기 뭐든 가능할 것만 같은 희망찬 기분이 든다.

나는 대답한다. "어떤 다리는 지독하게 많은 물을 품을 수 있어요."

61

그날 밤 우리는 퇴원 후 처음으로 사랑을 나눈다. 아니, 우리가 다시 규정한 대로, 그것은 우리의 진짜 첫날밤이다. 그와 나는 모든 의미에서 서로의 나신을 드러낸다. 허위라는 옷을 모두 벗어던진다.

그가 내 왼팔을 가로지르는 가늘고 붉은 흉터 세 개에 입을 맞춘다. 그린리지의 간호사가 말했듯이 그 흉터들은 시간이 흐르면 사라질 것이다. 하지만 나는 그러지 않기를 바란다. 나는 그 상처들이 부끄럽지 않으니까.

이윽고 그가 한 손으로 내 머리를 받치고 내 눈을 들여다보며 이루 말할 수 없이 부드럽게 내 안으로 들어온다.

낱낱이 관찰당한다는 생각이 나를 공포로 밀어넣는다. 그래서 패트릭으로부터 나를 숨기려고, 이 위기에서 벗어나려고 한다. 다른 사람인 척하며 낯선 사람들과 잤던 때가 떠오른다. 때로는 쾌락을 가장했고, 때로는 쾌락을 가장하고 있다고 스스로를 속이기도 했다. 하지만 늘 언제나 연기였다.

내가 이런 상황을 정말 무서워한다는 걸 알겠다. 누군가에게 진짜 내 모습을 보여주는 상황 말이다.

노출된다는 감각은 이 공포를 더욱 강화할 뿐이다. 마침내 절정

이 찾아오자 그 공포가 파도처럼 내 위에서 산산이 부서지며 소용
돌이 속으로 나를 휘젓고 굴린다. 머릿속이 아득해진 나는 조난자
처럼 흐느끼고, 울부짖고, 목에서는 뜻 모를 말들이 흘러나오고,
두 다리는 경련을 일으키고, 등은 아프고, 온몸의 근육이 제멋대로
뒤틀린다.

  "이게 당신이 진짜로 절정에 이르렀을 때의 모습이군." 그가 속
삭인다.

62

며칠이 지난 후에야 나는 패트릭이 쓴 희곡을 집어들 정도로 상태가 호전된다. 그렇다고는 해도 글을 보면 여전히 단어들이 꿈틀거린다. 그러나 그가 쓴 글이므로 나는 견딘다. 처음에는 한 번에 두 페이지를 읽는 게 고작이었지만, 얼마가 지나니 세 페이지가 되었고 결국에는 전부를 다 읽는다.

〈나의 벌거벗은 심장〉은 1857년 여름, 보들레르가 정부인 잔 뒤발과 함께 사는 허름한 아파트에서 시작된다. 뒤발은 궁핍한 생활에 불평을 늘어놓고 있다. 보들레르는 『악의 꽃』이 출판되기만 하면 큰돈을 벌 수 있다고 줄곧 말해왔다. 하지만 책은 당국에 압수되었고 그는 외설 혐의로 재판을 받고 있다. 유죄판결이 나면 보들레르는 벌금형을 받거나 감옥에 갈 것이다.

잔은 그에게 고르라고 한다. 그가 받은 선금으로 사준 보석을 파는 게 좋은가, 아니면 예전에 수없이 그랬던 것처럼 그녀가 거리에서 몸을 파는 게 좋은가?

보들레르는 갈등한다. 보석을 골라야 한다는 것은 안다. 하지만 그녀가 그를 위해서 마지막으로 한 번 더 그 장신구로 몸을 꾸며주었으면 한다. 잔이 침실로 사라진다. 잠시 후 그 보석 외에 실오라기 하나 걸치지 않은 채 나온다. 이 시점부터 두 사람의 대화는 시로 바뀐다.

　　내 연인이 알몸을 드러냈네, 내 욕망을 알기에
　　반짝이는 보석들만을 몸에 걸치고……

　대충 읽어보니 전체 희곡이 이런 구조다. 그러니까 보들레르의
일생에서 가져온 장면이 보들레르의 시와 교차하며 이어진다. 연출
가에게는 난이도 높은 작업이겠지만 희곡 자체는 분명 흥미롭다.
　사랑을 나눈 후 잔이 보석을 팔러 나가자 친구인 플로베르가 찾
아온다. 플로베르—그 무렵 『마담 보바리』를 쓰고 외설죄로 기소
당했지만 무죄판결을 받았다—는 보들레르에게 당국이 이번에는
이기기 위해 벼르고 있다고 알려준다. 그리고 막후에서 힘을 써줄
영향력 있는 인물들을 찾아보라고 경고한다.
　보들레르도 이미 친구와 같은 우울한 결론에 도달한 터였다. 그
가 떠올릴 수 있는 사람은 단 한 명. 백의 비너스 아폴로니 사바티
에. 그가 『악의 꽃』에서 가장 폭력적이고 잔혹한 시를 익명으로 보
냈던 여인.
　다음 장면의 배경은 아폴로니의 집이다. 책이 출판된 후로 두 사
람이 이야기를 나누는 것은 이때가 처음이다. 기괴하고 잔혹한 시
들을 보낸 미지의 숭배자가 그녀의 살롱을 자주 드나들던 돈 한푼
없는 작가라는 사실이 밝혀진 후로 처음인 것이다. 그 장면은 강렬
하다. 아폴로니는 이유를 알고 싶어한다. 보들레르는 자신의 입으
로 설명하기를 거부한다. 시의 내용이 실제로 그의 머릿속에서 벌
어지는 일인지—그녀를 향해 정말로 폭력적인 감정을 품고 있는

지—아폴로니가 묻자, 보들레르는 자신이 아니라 시에 물어보라고 대답한다.

아폴로니는 그렇게 해봤다고 말한다. 그녀는 보들레르가 어떤 사람인지 잘 안다고 생각해, 시에 묘사된 잔혹함이 진실로 타락한 정신을 들여다본 결과가 아니라 선정적인 효과를 내기 위한 문학적 장치에 불과하다고 믿기로 한다.

그러나 그녀의 대사는 스스로를 납득시키려고 애쓰는 것처럼 들린다.

그 장면은, 아폴로니가 도울 방법을 찾아보겠지만 그 대신 재판이 끝난 후 부탁을 한 가지 할 테니 어떤 부탁이든 꼭 들어줘야 한다고 말하며 끝난다. 보들레르는 아폴로니가 다시는 만나러 오지 말라고 하거나 그녀에 대한 글을 쓰지 않겠다는 약속을 하게 할 것이라고 짐작하지만 별다른 수가 없다. 그는 그녀의 말대로 대가를 치르기로 약속한다.

이 대목에서 나는 지금까지 읽은 내용을 곰곰이 되짚어본다. 잔 뒤발이 나오는 장면은 훌륭하지만 어딘지 단순하다. 아폴로니가 나오는 장면은 차원이 다르다. 그녀의 캐릭터는 어찌나 생생한지 종이 밖으로 그대로 뛰쳐나올 것 같다. 그녀는 복잡하고 분열되어 있는데다. 시인의 심장 안에 도사리고 있는 어둠을 감지하고는 매혹되면서도 거부감을 느낀다.

마치 내가 패트릭의 내면에서 감지한 것들에 매혹되었듯이, 라고 나는 생각한다.

2막은 재판정 장면이다. 보들레르는 스스로를 변호하면서 예술은 도덕적 의제에서 자유로워야 한다고 유창하게 주장한다. 하지만 누군가가 그의 시에서 영감을 얻어 악행을 저지른다면 기분이 어떨 것 같으냐는 검사의 질문에 그만 당황한다. 보들레르는 시란 부도덕성을 보여줄 수 있지만 그것을 찬양하지 않는다고 주장한다. 검사는 부도덕성을 찬양하는 것으로 보이는 구절을 소리 내어 읽고 나서 같은 질문을 반복한다. 누군가가 당신의 시에서 영감을 얻어 악행을 저지른다면 기분이 어떨 것 같습니까? 보들레르는 우리 모두 사악한 생각을 품고 산다고 주장한다. 그는 그런 생각에 목소리를 주었을 뿐이라는 것이다. 그러나 자신의 추종자들을 부추길 수도 있다는 가능성을 그가 불쾌하게 받아들이지 않는 것은 분명하다.

재판은 하루도 걸리지 않는다. 가장 극단적인 시 여섯 편은 검열 대상이 되고, 보들레르는 삼백 프랑이라는 어마어마한 액수의 벌금형에 처해진다.

그는 아폴로니에게 돌아간다. 그는 아폴로니가 너무 늦게 나섰고, 그녀 자신에 관한 가장 잔혹한 시들이 발표되지 않도록 손을 썼을 것이라고 짐작한다.

그녀는 그러한 비난을 부인하지 않는다. 그럼에도 그에게 약속을 상기시킨다.

좋습니다. 그는 침울한 기분에 잠겨 대답한다. 원하는 게 뭡니까?

아폴로니는 보들레르에게 밤을 같이 보내고 싶다고 한다.

그녀에 대한 그의 진짜 감정이 뭔지 알아내려면 이 방법밖에 없다. 아폴로니는 이렇게 결론을 내렸다. 야만적이건 다정하건 그 모습이 샤를 보들레르의 본모습일 것이다.

어느 쪽이기를 바랍니까? 보들레르가 조용하게 묻는다.

다음 순간 우리 앞에서 아폴로니는 망설인다. 시를 통해 보여준 악마적인 모습이기를 그녀는 어느 정도 바라고 있다. 지금껏 늘 감상적이고 소심한 남자들의 사랑을 받아왔다. 그녀를 숭배하면서 동시에 모독하고 싶어하는 남자의 사랑을 받아본 적은 한 번도 없었다.

그럼에도 불구하고 아폴로니는 보들레르가 실은 좋은 사람이라는 걸 알고 있다고 주장한다.

그들은 침대로 간다. 극이 클라이맥스에 다다른 순간 암전이 된다. 이튿날 그는 그 유명한 거절의 편지를 아폴로니에게 보낸다.

63

글은 훌륭하다. 패트릭은 진짜 극작가처럼 여러 주제의 균형을 잘 잡았다. 데카당스를 결코 찬미하지 않고 대신 일종의 나르시시즘으로, 어떤 대가를 치르더라도 독창성을 얻기 위해 발버둥치는 예술가의 자존심으로 나타낸다.

하지만 무엇보다 이 작품은 서로의 동기를 탐색해나가는 남자와 여자에 관한 이야기다. 상대의 마음속에서 실제로 어떤 일이 벌어지고 있는지 알아보려 하는 이야기.

패트릭이 어디에서 영감을 얻었는지 모르려야 모를 수가 없다. 이것은 우리의 이야기다. 19세기 파리로 배경을 옮겨놓은, 그 경찰 작전에 대한 이야기.

한편으로는 해답을 알 수 없는 이야기이기도 하다. 아폴로니는 정말 자신이 내세운 그 이유로 보들레르와 동침을 한 걸까? 아니면 그를 사랑하게 된 걸까? 그녀의 나신이라는 현실이 그녀를 향한 그의 폭력적인 집착이라는 독을 이끌어내기를 바라기라도 한 걸까? 혹시 그랬다면 그녀의 의도는 성공한 것일지도 모른다. 그날 밤 이후 보들레르는 그녀에게 다시는 가학적인 시를 써 보내지 않았다. 그는 흑의 비너스와도 결별한 후, 남편과 사별하고 교외에 살고 있던 어머니의 집으로 돌아갔다. 극은 그가 정원에서 싱싱한 꽃 한

송이를 꺾어 자신의 단춧구멍에 꽂는 장면으로 끝이 난다.

보들레르와 마찬가지로 이 극도 아폴로니가 처음 그에게 제기한 질문에 끝내 속시원히 답해주지 않는다. 이 시는 당신의 진솔한 감정인가요? 아니면 충격을 주기 위한 장치인가요? 당신의 마음을 들여다볼 수 있다면 나는 무엇을 보게 될까요?

모든 인물이 다 훌륭하다. 하지만 아폴로니가 연기하기에 가장 흥미로울 것이다.

64

"당신 희곡," 나는 패트릭이 집에 돌아오자 얼른 감상을 들려준다. "마음에 들어요. 도발적이면서 다면적이에요. 심지어 함축적이고요."

"그러면 할 거예요?" 그가 열의에 차 말한다.

"하다니 뭘요?"

"당연히 아폴로니 역이죠."

내 기분이 바닥으로 곤두박질친다. "패트릭, 나는 못 해요." 나는 분하다는 듯 말한다. "프랭크와 캐스린이 말하지 않았어요? 나는 여기서 일을 할 수 없어요. 애초에 그것 때문에 그들의 멍청한 계획에 걸려든 거라고요."

"배우노조의 교환 프로그램에 대해서 들은 적 없어요? 여기서 일하는 영국 배우의 일과 영국에서 일하는 미국 배우의 일을 맞교환하는?"

"들어는 봤죠. 하지만 그건 프로듀서가……"

"내가 프로듀서예요."

"무슨 말이에요?"

"내가 직접 이 극을 무대에 세울 거예요. 브로드웨이에."

"브로드웨이?"

"정확히 말하면 브로드웨이 2960번지. 타임스스퀘어에서 너무 떨어진 곳이라 미안해요. 하지만 내가 할 수 있는 최선을 다한 곳이에요." 내가 여전히 이해 못한 표정을 짓고 있자 그가 덧붙인다. "대학에 극장이 하나 있어요. 내가 그곳을 대관했죠. 비용을 다 회수한다는 야무진 꿈 같은 건 꾸지도 않아요. 하지만 뭐 어때요? 출연진은 소규모지만 평론가들이 올 거예요. 게다가 스텔라의 돈을 달리 쓸 데도 없고요."

"패트릭……" 나는 부질없이 거절을 해보려 한다.

"그냥 한다고 해요."

"모르겠어요?" 이제 부아가 치밀어오른다. "당신은 내가 가장 손에 넣고 싶은 것을 주려고 해요. 전 세계 연극계에서 가장 중요한 도시 중 하나에서 초연을 하는 연극의 엄청난 역이죠. 하지만 나는 할 수 없어요. 다른 걸 떠나서 나는 그 역을 맡을 만한 몸이 아니에요."

"뛰어난 연출가를 섭외할 거예요." 그가 아무렇지 않게 말한다. "그리고 뛰어난 연기자들도. 지금은 충분해요, 클레어. 그렇지만 당신이 없으면 연극을 올릴 수 없어요."

"나는 받아들일 수 없어요."

"아무 조건도 없어요." 그는 내 말을 듣지 못한 것처럼 말한다. "이건 말할 필요도 없겠지만."

나는 눈을 꼭 감는다. 거절해야 한다는 걸 나도 안다. 하지만 내 안의 다른 나는 생각이 다르다. 못 할 건 뭐야? 이미 서서히 예전과 같은 기력을 되찾고 있다. 불어났던 체중도 빠지는 중이다. 피부도 나아지고 있다. 조금 전 부정적으로 말하기는 했지만 그 어느 때보다 이 역할을 잘해낼 수 있다는 걸 잘 안다.

이 역할이야말로 내가 미국까지 와서 잡으려 했던 기회일지 모른다. 이런 식으로 나타날 줄은 꿈에도 몰랐지만, 기회는 기회다.

그리고 다른 이유도 있다. 만약 이 극이 우리의 이야기라면, 함께 무대에 올리는 과정이 우리의 관계를 다시 쓰는 기회가 될 것이다. 진짜 내게도, 진짜 패트릭에게도 서로에게 속마음을 발가벗겨 보여줄 기회일 것이다. 그리고 이번엔 내 본거지에 설 것이다. 나의 타고난 재능을 발휘할 수 있는 곳, 무대에.

65

나는 내 물건을 챙기러 제스의 아파트를 찾아간다. 인터폰에 대고 내 이름을 말하자 그녀가 헉하고 숨을 들이쉬는 소리가 들린다. 제스의 집으로 올라가니 그녀가 입을 떡 벌린 채 아예 복도에 나와 있다.

"세상에, 클레어." 제스가 소리친다. "도대체 무슨 일이 있었던 거야?"

"일이 좀 꼬였어."

"석 달이 지났어. 대학에서 연락이 왔는데, 네가 왜 수업을 관뒀는지 물어보더라. 아는 게 있어야 대답을 해주지. 네 에이전트까지 다녀갔어."

"마시가 여기에 왔었다고?"

제스가 고개를 끄덕인다. "네 걱정을 하더라. 그 에이전트 말로는 네가 뭐랄까, 탈선을 했던 이력이 있다던데."

"탈선이라니 표현이 좀 심하다." 나는 투덜거린다. "그래도 내 걱정을 했다니 고맙네. 들어가도 될까?"

"그럼." 그녀가 어색하게 말한다.

"밀린 집세가 꽤 될 거야." 나는 제스를 따라 안으로 들어가며 말한다. "어떻게 지불할지 이야기를 해봐야 할 것 같아." 시선이 저절로 내 방문으로 향한다. 그런데 문손잡이에 세탁소 비닐에 든 남자 셔츠가 걸려 있다.

"클레어, 정말 미안해." 제스가 처량하게 말한다. "그 방을 세줄 수밖에 없었어. 아빠가 강요해서."

"아, 그래. 네가 왜 그럴 수밖에 없었는지 잘 알아." 나는 제스가 방을 남겨두지 않아 내심 섭섭했지만 선선히 대꾸한다. "내 물건은 어디에 있어?"

"창고에. 하마터면 네 오빠한테 줄 뻔했어."

"내 오빠?" 이번에는 내가 그녀를 빤히 바라볼 차례다. "나는 오빠가 없는데."

"위탁가정의 오빠, 존 말이야. 며칠 전에 약혼녀랑 같이 너를 찾아왔었어. 대학에서 주소를 알아봤대. 여기 있는 동안 너를 만나고 싶다더라. 두 사람은 뉴욕에 일주일 일정으로 왔대."

"아, 그 오빠." 위탁가정에서 지내게 되면 '형제들'이란 그저 인생을 잠시 공유한 사람들일 뿐이라는 사실을 제스에게 설명해봐야 소용없을 것이다. 그래도 존은 비교적 괜찮은 사람들 가운데 한 명이었다. "약혼녀는 어떤 사람 같았어?"

"괜찮아 보이더라. 아주 현실적이었어. 아무튼 전화번호를 받아뒀어." 제스가 잠시 머뭇거리더니 할말을 쏟아낸다. "있잖아, 내가 존한테 돈 이야기를 했어. 어떻게 해야 할지 알 수가 없어서, 그러니까 아빠한테 드려야 할 돈을 드리기는 했는데, 네 방을 청소하다가 나머지 돈을 보게 됐어. 어떻게 그 돈이……"

"아," 내가 끼어든다. "그 돈을 봤구나."

제스가 고개를 끄덕인다. "어떻게 생각해야 할지 모르겠더라."

"스텔라 포글러한테서 훔쳤다고 생각했겠지." 제스가 실제로 그렇게 생각하고 있다는 것을 알기에 거리낌없이 말해버린다. "그 여자가 살해되었을 때 사라진 돈이라고 말이야."

"설마." 제스가 부인한다. 속뜻은 예스.

"네 아버지한테 집세를 내려고 미친듯이 일을 했어. 너도 기억하겠지만 한 달 내에 천백 달러를 내야 했지."

"너는 일을 할 수 없었잖아. 네가 그랬잖아."

"헨리의 일을 받지 말라는 경고를 경찰한테 받았다고 했지. 그래서 내가 직접 돈을 벌었어."

"무슨 말인지 모르겠어." 하지만 제스는 서서히 의미를 깨닫는다. "오," 그녀가 말한다. "세상에, 클레어. 세상에. 왜 아무 말도 안 했어? 아빠라면 이해를……"

"오, 어련하실까." 나는 씁쓸하게 말한다. "네 아버지는 아주 잘 이해하셨어. 완벽하게 이해하셨다고."

"그게 무슨 뜻이야?" 제스가 작은 목소리로 묻는다.

"네가 연습실에 갔을 때 몇 번 네 아버지가 찾아오셨어. 두꺼비집을 점검하고 우리가 아무거나 막 버려서 막혔을지 모를 배관도 뚫고 집안 여기저기를 손보려고. 그래서 기회를 봐서 네 아버지한테 부탁을 드려봐야겠다고 생각했어. 좀더 시간을 달라고 말이야. 그랬더니 네 아버지는 정말 호의적이시더라."

"와우." 제스가 나를 빤히 바라본다. "와우. 이 이야기가 설마 내가 생각하는 식으로 흘러간다면 나는……"

나는 고개를 끄덕인다. "서비스 제공시 특별 할인. 당연히 여러 번 나눠서 제하는 걸로. 생각하고 말고 할 것도 없이 거절했어. 아무리 나라도 너무 이상하잖아. 룸메이트의 아버지와 그렇고 그런 짓을 하다니. 어쩌면 그것 때문에 내 물건을 여기서 치우라고 성화였을지도 몰라."

"오, 세상에, 클레어. 나는 꿈에도……" 제스의 얼굴이 하얗게 질렸다.

"네가 왜? 네 잘못이 아니야."

제스가 울기 시작한다. "말을 했어야지."

"너와 네 가족의 관계를 망칠 일은 하기 싫었어. 결국에는 이렇게 요란하게 날려버린 것 같지만." 나는 한숨을 쉰다. "이게 다 심리치료 때문이야. 가끔 진실이 너무 과대평가되고 있다는 생각이 들어. 하지만 병원에서는 진실을 유난히 좋아했지."

제스는 비틀거리며 냉장고로 가더니 와인 한 병을 꺼낸다. "우리, 한 병 따는 게 좋겠다."

술이 들어가자 제스는 어느 날 아침 짐을 챙겨서 프랭크 더번과 아파트를 나선 후 내게 무슨 일이 있었는지 당연히 전부 다 알고 싶어한다. 위장수사 작전과 그로 인한 정신의 붕괴, 그린리지까지 다 털어놓는 내내 제스는 믿을 수 없다는 표정으로 이야기를 듣는다. 하지만 내가 지금 패트릭과 함께 살고 있고 그의 연극에 출연할 예정이라고 하자 제스는 어안이 벙벙해 할말을 잃어버린다.

"그래서," 나는 이야기를 끝맺는다. "이제야 힘든 시기를 다 지나온 것 같아. 사랑에서도, 일에서도. 그리고 여전히 위대한 미합중국에서도 버티고 있으니까. 삼관왕이지."

마침내 제스가 말문을 연다. "사랑에 빠졌구나. 마지막으로 자기를 떠나려 했던 여자를 죽였을지도 모르는 남자랑."

"그건 캐스린의 헛소리였어."

"기자회견을 봤잖아." 제스가 내게 상기시킨다. 그녀의 목소리가 점점 높아진다. "너도 봤잖아. 그 남자는 용의자였어."

"나도 내가 무슨 짓을 하는지 잘 알아."

"사랑을 해본 경험이라고는 촬영장에서 만난 유부남 바람둥이뿐인 여자가 말이지. 정신병원에서 막 튀어나온 여자가 말이야. 세상에, 클레어. 차라리 바에서 아무나 골라잡은 남자를 만났을 때가 더 안전했어." 제스가 충격을 받은 표정으로 나를 뚫어지게 바라본다. "아니면 혹시 그거니? 사이코패스와 자고 있는지도 모른다는 게 내심 마음에 든 거야?"

"패트릭은 스텔라를 죽이지 않았어."

"그럼 누가 죽였는데?" 제스가 묻는다.

그 의문에 대한 대답은 나도 모른다. 당연하게도.

66

"대단하군요. 무대에 제대로 올리면 굉장한 작품이 될 겁니다. 한편으로 진지한 문제를 제기하는 연극이 되겠죠. 예술가로서 우리는 작품이 현실세계에 미칠 영향에 어떤 책임을 질 것인가."

아슬아슬한 주제를 자신의 방식으로 연출하는 것으로 유명세를 얻어 한창 잘나가는 젊은 연출가인 에이든 키팅과 만나는 자리를 패트릭이 주선했다. 지난해 에이든 키팅은 이오네스코의 〈코뿔소〉를 무대에 올려 토니상을 거머쥐었다. 나는 그를 흠모하는 티를 내지 않으려고 애쓰는 중이다.

"그런데 이렇게 소규모 연극이라면 캐스팅이 정말 중요해요." 에이든이 덧붙인다. 그의 곱슬곱슬한 금발머리 아래로 두 눈이 나를 힐긋 바라본다.

그가 무슨 생각을 하는지 안다. 작가 뜻대로 여자친구를 출연시키면 이 연극은 작가의 허영에 놀아나는 프로젝트로 보이겠지.

패트릭이 차분하게 말한다. "물론입니다. 그래서 내가 아폴로니 역으로 클레어를 떠올린 거고요. 그녀는 액터스스튜디오 출신이죠."

"저는 페이스에서 액터스스튜디오에 다니고 있어요." 나는 어물거리듯 말한다. "제대로 과정을 마치지……"

"나도 알아요." 에이든이 내 말을 자른다. "클레어, 당신을 무시하는 건 아니지만 이 연극이 상업적으로 성공을 거두려면 우리는 지명도 있는 배우가 필요해요. 요즘은 영화나 TV에서 잘나가는 스타들이 그쪽 활동을 쉬면서까지 연극에 출연하는 것이 유행이에요. 그런 배우들에게는 이 연극이 꽤 매력적인 기회로 보일 겁니다."

"그렇겠죠. 저도 이해해요." 나는 실망감을 드러내지 않으려고 애쓰며 대답한다. "연극을 위해 최선의 결정을 내려야겠죠."

"클레어의 역할은 이미 결정됐습니다." 패트릭이 냉담하게 말한다. "그 점에 대해서는 확실하게 이야기되었다고 생각했는데요. 나머지 배역은 알아서 결정하세요. 그리고 필요하다면 일류 연기자들을 불러들일 예산도 마련되어 있습니다. 하지만 내 전제조건을 받아들이지 않겠다면, 당신은 이 일에 적합한 사람이 아니겠군요."

잠시 두 남자가 서로를 노려본다. 둘 다 조금도 움찔하지 않으면서 상대를 향한 위협의 강도를 점점 높여가는 것 같다. 몸짓언어와 호흡을 잠재의식 수준에서 미묘하게 조종하기라도 하듯.

에이든이 도전적으로 말문을 연다. "그러면 각본은 어떻게 할까요? 내가 몇 군데 의견을 달아둔 게 있어요. 특히 후반부 말입니다. 나는 할리우드식 엔딩을 혐오합니다. 일부 대화가 삐걱거려요. 특히 잔이 옷을 벗을 때마다 진부한 대사를 읊어대더군요. 이대로는 자존심 강한 배우라면 아무도 이 역을 맡으려고 하지 않을 겁니다."

"작가로서 나는 당신이 요청하는 수정사항을 적극 수용할 겁니다." 패트릭이 말한다.

"계약서를 작성해서 고용을 보장해주기를 원합니다. 연극의 예술적 방향을 놓고 당신과 의견이 다르다는 이유로 내가 해고되는 일이 없게 말이죠."

"그건 일반적이지 않은데요."

"이 상황 자체가 일반적이지 않지 않습니까. 당신이 내게 전권과 각본을 수정할 권한, 적절한 예산을 보장해준다면 클레어의 오디션을 보겠습니다. 내가 약속할 수 있는 건 여기까지입니다."

"클레어의 오디션이 먼저입니다." 패트릭이 무자비하게 말한다. "그 조건이 마음에 드신다면 그렇게 합의를 합시다."

67

사실 나는 내 위탁형제와 그의 약혼녀를 만나러 가고 싶지 않았다. 하지만 술이 반쯤 비었을 때 제스가 자꾸 존을 만나보라고 부추기는데, 제스 아버지의 치부를 폭로한 마당에 가족에 대해 신경 쓰지 않는 사람처럼 보이고 싶지는 않았다. 실제로 그렇더라도 말이다. 그래서 결국 연락해보겠다고 약속하고 말았다.

게다가 제스의 아버지 일에 대해 양심의 가책을 조금 느낀 탓도 있었다. 사실 책임 소재를 따지자면 피차일반이었다. 어떻게 된 일이냐면, 그가 나와 자고 싶어하도록 유혹한 다음 그를 거절하면, 집세를 협상할 때 내가 더 유리한 위치에 설 것이라고 생각했던 것이다. 물론 이 일에 대해 제스에게 말할 생각은 결코 없었다. 그가 내 짐을 자꾸 내버리라고 했다는 말을 듣자 울컥해서 그런 것뿐이다. 한순간 말이 머릿속을 스치고 지나가자 다음 순간 그 말들이 모두 입 밖으로 쏟아져나오고 말았다.

그린리지에서 나온 후로 나는 좀더 충동적인 사람이 된 것 같다. 화도 더 잘 내는 사람이 되었다. 닥터 배너의 증상 목록을 인용하자면, 변덕스러움과 남을 조종하려는 성향까지 나타나는 듯싶다.

어쩌면, 제스에게는 적어도 아빠가 있지 않나 하는 생각에서 그랬는지도 모른다. 집을 사주고, 안전을 염려해주고, 언제나 딸을 위해 호들갑을 떠는 누군가가 있다는 사실 말이다.

어쨌든 제스는 제스답게 내게 존에게 문자를 보내게 했고 그 결과 나는 지금 타임스스퀘어 바로 근처의 스테이크하우스에서 그와 그의 약혼녀를 기다리고 있다. 내 옆에는 패트릭이 있다. 같이 가자고 하지 않았지만 그는 나의 허울뿐인 가족을 만나고 싶다고 했다. 문득 나도 존에게 자랑을 하고 싶다는 생각이 들었다. 존만 사랑을 얻은 게 아니라는 걸 보여주고 싶다고 말이다.

"클레어!"

마침내 두 사람이 도착한다. 나는 자리에서 벌떡 일어나 살짝 요란스럽게 존을 포옹하고 그가 "우리 앨리스"라고 소개해준 약혼녀와 악수를 나눈다. 내가 패트릭을 소개하고, 그가 두 사람에게 약혼 축하 인사를 건넨다. 존이 앨리스의 어깨에 올린 손에 의기양양하게 힘을 살짝 준다. 앨리스는 괜찮은 사람인 것 같다. 직접 보니 제스가 현실적이라고 평가한 이유를 알겠다. 그녀는 당장이라도 야외로 하이킹을 떠날 것 같은 차림이다. 튼튼해 보이는 워킹화와 청바지, 노스페이스 파카에 힙색을 두르고 있다. 한편 존은 배낭을 메고 9월 말이 다 되어가는데도 카고 반바지 차림이다. 내 기억 속 존은 눈이 쏟아지는 날에도 예외 없이 언제나 반바지를 입고 있었다. 문득 내가 괜히 공을 들여 꾸민 것 같다. 패트릭이 창고에서 내 옷가지를 가져올 때까지 마음에 드는 스텔라의 옷을 빌려 입으라고 했는데, 내가 입기에는 좀 고급스럽다.

"와, 이렇게 만나니까 좋구나." 존이 자리에 앉으며 말한다. 그는 삼 년 전부터 런던에서 일하고 있다고 말하면서도 여전히 요크셔 억양을 버리지 않았다.

"네 말투를 들으니 미국 사람 다 된 것 같은데." 그가 덧붙인다. "영국 상류층 억양이 좀 섞여 있지만."

"여기 캡* 운전사들은 대부분 나를 호주 사람이라고 생각해."

"저 봐, 캡이라니. 그래서 미국 사람 다 되었다는 거야. 고급스럽기는. 우리 동네에서는 버스라고 하는데." 그가 이렇게 농담을 하고는 활짝 웃는다.

패트릭이 앨리스를 대화에 참여시키려 해보지만 그다지 호응을 얻지 못한다. 처음에는 말수가 적은 사람인가보다 했는데, 그녀의 시선이 자꾸 존을 향하는 것을 보니 그가 무슨 이야기를 꺼낼 때까지 말을 아끼는 것 같다.

마침내 존이 본론으로 들어간다.

"너한테 연락해봐야 한다고 한 사람이 앨리스였어, 클레어. 우리가 약혼하고 나서는 앨리스도 로스와 줄리하고 잘 알고 지내게 되었거든. 이제 우리 가족의 일원이니까."

나는 로스가 누구인지 기억을 더듬는다. 그러다 위탁모인 줄리가 재혼을 했다는 사실을 기억해낸다.

"우리 나머지―줄리의 위탁아동들―는 왓츠앱에 대화방이 있어. 뭐, 너처럼 연락이 뜸해져서 소원한 사람들도 있지만. 그래도 우리 여덟 명은 서로 연락하면서 지내. 줄리가 낳은 아이들까지 포함해서. 두 달 후면 줄리의 예순번째 생일이야. 그래서 다 함께 모이는 자리를 마련하려고 해. 줄리는 훌륭한 분이고 우리는 줄리를 위해서 뭔가 특별한 걸 해드리고 싶어. 언론도 부르고 다른 준비도

---

* '택시'라는 뜻.

다 할 거야. 혹시 너도 그 자리에 참석하면 어떨까 하고."

나는 존을 빤히 바라본다. 설령 내가 영국으로 갈 수 있다고 해
도—설령 비행기표를 살 수 있고, 설령 다시 아무 문제 없이 미국
에 재입국할 수 있다고 해도—자발적으로 그 자리에 가서 그 여자
와 다른 위탁형제들과 시간을 보낼 거라는 생각은 솔직히 미친 소
리다.

내 표정을 본 존이 오해를 한다. "줄리는 너한테 아무런 악감정
도 없어, 클레어."

"그 여자가 나한테 아무 악감정이 없다고?" 나는 어처구니없다는
듯 되묻는다. "그 여자 남편이 나한테 그런 짓을 했는데도?"

존은 자신이 말을 좀더 해도 될지 마음을 정하지 못한 채 패트
릭을 힐끔 본다. 하지만 그는 십대 때부터 언제나 솔직하게 말하곤
했다.

"그러니까 줄리는 네가 그 일을 두고 한 거짓말에 대해 아무 악
감정이 없다는 거야." 그가 차분하게 말한다. "줄리가 늘 말하다시
피 위탁보호를 받는 아이들은 연기를 해. 특히 그전에 형편없는 곳
에 있었다면 더욱. 줄리는 복지공무원을 탓했어. 위탁아동이 남편
에 대해 한 말을 곧이곧대로 받아들였다고."

"그러니까 너도 내가 거짓말을 했다고 생각하는구나." 나는 씁
쓸하게 말한다. "그 여자가 늘 그랬던 것처럼."

옆자리의 패트릭은 아까부터 아무 말도 하지 않는다. 경고 사인을
알아챈 나는 한 손을 그의 팔에 올린다. 이 일은 내가 알아서 할게요.

"게리에 대해서 네가 그런 불평을 했을 때," 존의 말투가 퉁명스
럽다. "너는 실제로 있지도 않은 일을 잔뜩 지어냈어. 너도 알잖아,

클레어. 그게 다 연기학교에 들어가려고 네가 꾸민 계획의 일부였어."

나는 그를 노려본다.

"그때 우리가 어떻게 지냈는지 너는 정말 기억을 못하나보구나?" 나는 말한다. "여름마다 우리는 다른 위탁가정으로 보내졌어. 그래야 줄리와 게리가 자기 아이들을 데리고 가족끼리 휴가를 떠날 수 있었으니까. 우리한테 우리 물건을 절대 거실에 두지 말라고 했다고, 우리가 떠날 때 잊어버리고 안 챙겨 갈지 모르니까. 어떻게 그런 걸 잊을 수 있어?"

"그 사람들한테도 경계가 필요했어." 존이 두둔한다. "적어도 그들은 우리를 받아줬잖아."

"오, 그랬지." 나는 쓸쓸하게 말한다. "우리가 고분고분하게 굴지 않으면 언제든지 다시 버릴 수 있다는 암묵적인 위협과 함께 말이지."

그런 느낌에 너무 익숙해진 나머지 거의 내 일부처럼 느껴졌던 걸 나는 잊을 수 없다. 아무리 환영을 해주는 것 같아도 언젠가는 사라져버리거나, 다른 집으로 옮겨가게 되었다는 소식을 폭탄처럼 터트린다. 그래서 위탁아동들은 가야 할 때를 알려주는 보이지 않는 사이렌이 울리고 형식적인 이별의 절차가 시작되기를 마음속으로 늘 기다리고 있게 된다.

존이 한숨을 쉰다. "그러면 너는 줄리의 생일파티에 오지 않겠다는 거구나, 클레어?"

"억만금을 준대도 안 가."

"와우." 그가 머리를 가로저으며 말한다. "너는 변했구나. 항상 과장된 구석이 있긴 했지만 근본적으로 괜찮은 애였는데. 무슨 일이 있었던 거니, 클레어?"

나는 도전적으로 패트릭의 팔짱을 낀다. "그래, 나는 변했어. 나는 새 삶을 살고 있어. 여기서는 모든 게 순조로워. 그 나머지 일들은 나한테 아예 일어난 적도 없는 거나 마찬가지야."

"흉한 모습 보여서 미안해요." 그곳을 나서며 나는 말한다.

"그 자리에 있게 해줘서 고마워요." 패트릭이 말한다. 나는 설마 농담을 하는 건가 싶어 그를 빤히 바라보지만 그는 진지하다.

"우리의 성장 과정은 확실히 많이 차이가 나는군요." 그가 덧붙인다. "그래도 공통점이 있어요. 아무리 상황이 힘들어도 우리는 적어도 선택을 해왔죠. 우리는 가족과 고향과 출신을 선택할 수 있어요…… 어떤 사람이든 되고 싶은 사람이 될 수 있어요. 그리고 다른 사람에게 신뢰를 느끼는 일이 우리에게는 특히 힘든 일이라고 해도 일단 신뢰하기 시작하면 절대적으로 신뢰하죠."

"맞아요." 나는 고개를 끄덕이며 말한다. "그게 내가 뉴욕으로 온 이유 중 하나예요. 이곳은 전 세계에서 온 사람들이 만든 도시잖아요, 그렇죠? 새 모습을 만들어낼 수 있는 도시. 그리고 나는 다시는 그 가족의 일원이 되지 않기로 선택했어요."

패트릭이 팔짱 낀 팔에 힘을 준다. 그는 더이상 아무 말도 하지 않지만 나는 그가 무슨 생각을 하는지 잘 안다.

이제 당신에게는 내가 있어요.

68

에이든이 정한 내 오디션 장소는 첼시에 있는 작은 캐스팅 스튜디오다. 그는 냉랭한 표정을 한 채 내가 처음 보는 캐스팅 디렉터와 함께 테이블 뒤에 앉아 있다. 그는 캐스팅 디렉터의 이름이 모라고 소개한다. 살가운 인사 같은 건 없다. 그저 "오늘 우리한테 뭘 보여줄 거죠, 클레어?"와 "아무때나 준비되면 시작해요" 같은 말을 예의바르게 건넬 뿐이다.

긴장감으로 속에 든 것을 다 토할 것만 같은 심정을 애써 무시한 채 나는 심호흡을 하고 정신을 집중해 연기를 시작한다. 내가 준비한 연기는 레슬리 헤들랜드가 쓴 희곡 〈어시스턴스〉에 나오는 제니의 에필로그다. 온갖 상황—술주정과 춤, 비애, 코미디—을 연기해야 하는 요란하고 시끌벅적한 독백 부분이라 내 재능을 최대한 선보일 수 있을 것이다.

내가 연기를 끝냈지만 아무도 선뜻 말을 꺼내지 않는다. 한참 후 에이든이 말문을 연다. "수고했어요."

나는 그에게 질문을 퍼붓고 싶은 마음을 애써 억누른다. 어떻게 생각하세요? 어떻게 느끼셨어요? 다시 해볼까요? 더 빠르게? 더 느리게? 더 슬프게? 더 웃기게? 어떤 연기를 찾고 계세요? 제가 마음에 드세요?

캐스린 레이섬의 말이 다시 떠오른다. 클레어는 어떻게든 숨기려고 안간힘을 쓰지만, 약물중독자가 약을 갈구하듯이 타인의 인정을 갈구하는 면도 있죠. 자신감이 부족해서 나도 모르게 나를 좀 봐주세요! 라고 비명을 지르는 연기를 해버렸다는 깨달음에 우울해진다.

내가 방금 한 건 연기가 아니었다. 그저 과시한 것뿐이었다.

"다른 것도 해보고 싶어요, 하게 해주세요." 나는 차분하게 말한다.

에이든이 모를 힐끗 보자 모가 어깨를 으쓱한다. 이왕 왔으니 하나 더 보죠, 라고 말하는 것 같다.

"좋아요." 그가 한숨을 크게 쉬며 말한다. "뭘 하고 싶어요, 클레어?"

나는 그의 연극에도, 내가 따내고 싶은 역할에도 관련이 있을 만한 것을 찾아 기억을 휘젓는다.

그러자 본능적으로 그것이 내게 온다.

잘 읽으시네요……

나는 독백 대신 시를 외운다. 패트릭과 처음 만난 날 함께 읽었던 시. 낮은 목소리로 운율에 맞춰 암송을 시작한다.

나

내게는 천년을 산 것보다 더 많은 기억이 있다……

반쯤 암송했을 즈음, 모가 고개를 돌려 에이든을 힐긋거린다. 에이든의 표정에서는 아무것도 드러나지 않는다. 하지만 모의 몸짓에 용기를 얻은 나는 내 본능을 믿고 간신히 들릴 정도로 조용하고 차분하게 마지막 몇 줄을 읊조린다.

나

피에 굶주린 채 사막에 버려진,
반쯤 잊힌 신의 오래된 조각상처럼
그것의 수수께끼 같은, 풍상에 찌든 찌푸린 얼굴이
해가 지는 저녁 잠시 환하게 밝아진다.

내가 암송을 마치자 에이든이 인상을 쓴다.

"음," 그가 말한다. "내가 싫어하는 면이 잔뜩 보였어요. 특히 첫번째 연기. 그래도 당신과 함께 이번 프로젝트를 할 수는 있을 것 같군요."

그는 일어서서 나와 사무적인 악수를 짧게 나눈 후 자리를 뜬다. 하지만 나는 그가 떠나기 전에 그의 눈빛을 보았다.

그는 화가 났다.

내 연기가 형편없기를 바랐던 것이다. 그러면 나를 내보낼 구실이 생길 테니까. 하지만 이제 그는 자신이 선택하지도 않은 배우와 일을 하지 않으면 안 된다.

69

"그래서," 마시가 전자담배에 손을 뻗으며 말한다. "지금 뉴욕은 온통 그 이야기뿐이야. 음, 전위극에 관심이 있는, 자기집착에 빠진 뉴욕의 한 구석에서는, 어쨌든."

"정말 재밌어요." 나는 겸손하게 말한다.

"정말 제멋대로인 거겠지, 원래 그렇잖아." 마시가 트럼펫을 불듯 내 머리 위로 담배 연기를 내뿜는다. "하지만 자기 입장에서 보면 모든 게 변할 거야. 에이든 키팅 같은 연출가가 자기한테서 뭔가를 봤다면 다른 사람들도 얼른 시류에 편승하겠지. 노출 장면도 있어?"

"어느 정도."

"좋네. 평론가들이 그 이야기도 해댈 거야. 그러면 다리를 건너고 터널을 지나서 관객이 구름떼처럼 몰려들겠지. 다들 이보다 더 시시하게 경력을 시작해." 마시가 담뱃대로 내 쪽을 가리킨다. "이번에는 망치지 마, 클레어. 이 바닥에서 두번째 기회는 평생에 한번 올까 말까 하니까. 세번째는 절대 없어."

"절대 망치지 않을 거예요. 하지만 이 연극이 성공한다 해도 여전히 그린카드는 나오지 않죠?"

마시는 잠시 생각에 잠긴다. "현실적으로는 그렇지. 이번 연극에 출연하고 나면 교환 프로그램의 일환으로 일을 할 근거가 있다고 주장할 수야 있겠지만, 유명 배우가 아니라면 프로듀서들이 굳이 나서려고 하지 않겠지." 그녀가 나를 날카로운 눈초리로 바라본다. "이 패트릭인가 하는 사람과는 얼마나 진지한 사이야?"

"아주 많이 진지해요."

"결혼식 종이 울릴 만큼 진지해?"

나는 깜짝 놀라 눈만 깜박인다. 그러자 마시가 성마르게 말을 잇는다. "그래, 어렵하겠어. 하지만 그런 생각은 안 해봤다는 말만은 말아줘. 부유한 미국 시민이 고작 제일 좋아하는 배우가 주인공을 맡는 모습을 보고 싶어서 연극을 무대에 올리다니. 그 남자랑 결혼해. 그래서 그린카드도 받고 골드카드도 받아."

"그 사람은 지난번 결혼생활이 그렇게 원만하지 않았어요."

"어쨌든 그 논란도 연극에 방해가 되지 않을 거야."

"어떤 논란 말이에요?"

"둘 중 하나가 그 여자를 보내버렸다고 하더라고. 나야 바보 같은 소리라고 생각하지. 그런 이야기를 하는 사람들을 보면, 클레어의 파괴성은 대개 클레어 자신을 향한다고 말해주고 있어."

"그 점 감사해요." 나는 건조하게 대꾸한다.

마시가 전자담배로 내 말을 밀어낸다. "대부분은 두 사람이 함께 저질렀다고 생각해."

"말도 안 돼요."

"그런 소문이 관객을 극장으로 불러들인다면 무슨 상관이야?" 마시가 사려 깊은 눈빛으로 나를 바라본다. "다른 역할에는 누가 거론중인지 혹시 들었어?"

나는 고개를 젓는다. "패트릭은 몰라요. 에이든이 연출의 전권을 갖겠다고 했어요."

"연출가가 잔 뒤발 역에 냐샤 니리를 원한다는 말이 있어."

나는 감탄을 하며 고개를 끄덕인다. 짐바브웨와 아일랜드 혼혈인 냐샤는 지난해 노예의 일생을 소재로 한 드라마에서 보여준 연기로 수많은 상의 후보로 지명되었다. 그녀는 천 가지 눈빛을 가진 배우로, 눈 하나 깜짝하지 않고 애정이 담긴 눈빛에서 보는 이의 기를 죽이는 경멸감을 담은 눈빛으로 바꿀 수 있다. 게다가 날렵한 광대뼈를 보고 있으면 네페르티티*의 흉상이 되살아난 것 같다. 냐샤는 지구에서 가장 아름다운 여성 중 한 명이다.

"그러면 보들레르는요?"

"로런스 피사노한테 출연 제의를 했다나봐."

나는 할말을 잃고 마시를 빤히 바라본다. 로런스. 내가 첫번째 영화에서 사랑에 빠졌던 남자. 그를 위해서라면 죽을 수도 있다고 믿었던 남자.

그 순간 에이든이 무슨 속셈으로 그러는지 알 것 같다. 그는 나와 로런스에 관한 이야기를 들었을 것이다. 젠장, 그 이야기를 들려준 사람이 마시일지도 모른다. 나를 끝까지 거부해서 패트릭의 돈마저 포기할 수는 없었을 것이다. 그래서 로런스를 기용해 내가 스스로 포기하도록 만들려는 게 분명하다. 그러면 그는 어깨를 으쓱하며 이렇게 말하겠지. 뭐, 본인이 그러겠다니까.

"그러면 아폴로니 역으로 누구를 염두에 두고 있어요? 그러니까

---

* 이집트 제18왕조의 파라오 이크나톤의 왕비이자 투탕카멘의 이모.

나를 몰아내고 나면요?"

마시가 어깨를 으쓱한다. "본인이 직접 고른 배우한테 시키겠지. 자기가 알아서 나가주면."

"나는 절대 포기하지 않을 거예요."

마시의 눈이 번득인다. "나도 그 사람들한테 그렇게 말했어, 클레어."

70

그리고 이 모든 일의 한가운데에 여전히 나와 패트릭이 있다. 대성당이 내려다보이는 그의 조용한 아파트로 매일 돌아오는 우리. 더할 나위 없이 최고의 방식으로, 그러니까 함께 연극을 만들며 서로에 대해 조금씩 알아가는 우리 말이다.

"당신은 지금까지 진짜 클레어와 어느 정도 같이 살았잖아요. 그 클레어를 어떤 사람이라고 설명할 거예요?" 어느 저녁, 식사를 준비하는 패트릭에게 내가 묻는다. 패트릭은 웃음이 나올 정도로 요리에 집착한다. 제스와 나는 인터넷에서 되는대로 찾은 요리법에서 요구하는 재료가 반 이상만 있어도 그대로 요리를 만들면 된다고 생각했었다. 그런데 패트릭은 줄리아 차일드와 엘리자베스 데이비드*를 우습게 볼 정도다. 오늘밤 그는 오래된 프랑스 요리책 두 권, 즉 에스코피에와 카렘의 책 중에 어느 쪽을 참고할지 고민을 거듭하고 있다. 다른 사람은 절대 손도 못 대게 하는 식칼 수집품이 있는데, 다마스쿠스 강철을 면도날처럼 날카롭게 벼리고 작은 일본도처럼 두드려서 만든 칼들이다. 지금 그는 원자를 쪼개기라도 하듯 마늘을 잘게 다지는 중이다.

---

* 미국과 영국의 요리 연구가.

하지만 능력 있는 남자가 앞치마를 두르면 섹시해 보인다는 건 인정하지 않을 수 없다.

패트릭은 잠시 생각해보더니 대답한다. "변덕스럽고. 지저분하고. 시끄럽고. 그리고 매력이 끝이 없죠. 당신을 이해할 문을 찾았다고 생각한 순간 그 문이 아니라는 걸 깨닫곤 해요."

"어쩌면 그건 나한테 그런 문이 없기 때문일지 몰라요. 아니면," 나는 선선히 인정한다. "아직도 당신한테 좋은 모습을 보이려고 애쓰기 때문일지도 모르죠. 당신이 나를 더 잘 알게 되면 실망할지 모른다는 걱정을 끊을 수가 없어요."

"절대 그럴 일 없을 거예요."

"내가 늘 좋은 사람인 건 아니에요, 패트릭. 늘 상냥한 것도 아니고요. 당신도 봤잖아요, 존과 앨리스를 만나던 날."

"항상 좋은 사람처럼 구는 건 겁쟁이들이나 하는 짓이죠." 그가 내게 소스의 맛을 보라며 숟가락을 건넨다. "후추를 더 넣을까요?"

"하지만 당신은 좋은 사람이에요." 나는 이렇게 말한 다음 소스를 삼키고 맛있다는 뜻으로 고개를 끄덕인다.

그가 미소를 지으며 고개를 젓는다. "당신에게만 그런 거예요."

우리는 저녁을 먹으며 에이든이 요청한 수정안에 대해 이야기를 나눈다. 일부 수정안으로 인해 극중 보들레르의 삶이 실제와 달라지자 패트릭은 그 부분을 거부하는 중이다. 그 외에는 에이든에게 전권을 맡기겠다는 약속을 충실히 지키고 있다. 예를 들어 가장 마지막 수정안에서 잔은 보들레르가 아폴로니를 찾아간 걸 알고 질투심에 불타 화를 낸다. 격분한 잔은 아폴로니를 모델로 만든 유명한 누드 조각상을 찾아가 침을 뱉고 오겠다고 말한다. 하지만 막상 그 조각상을 보자 잔은 그 아름다움에 매혹되고 만다. 그때 조각상이 살아나고 두 여인은 사랑을 나눈다. 그 직후 관객들은 그것이 보들레르의 머릿속에서 벌어진 장면이며, 출판금지 처분을 받은 시들 가운데 여성 동성애에 대해 쓴 시를 재해석한 장면임을 알게 된다.

"당신은 괜찮아요?" 패트릭이 궁금해한다.

나는 어깨를 으쓱한다. "당신처럼 나도 에이든의 처분에 맡겨진 걸요. 그러는 당신은 어때요? 내가 무대에서 그런 연기를 하는 게 싫지 않아요?"

그가 고개를 젓는다. "나는 질투하는 타입이 아니에요, 클레어. 오히려 당신이 자랑스러울걸요, 아주 많이."

이번 연극에서 나는 실제 내 모습보다 훨씬 더 아름다운 여성을 연기해야 하므로 칼로리를 제한하는 프랑스 음식으로 다이어트를 하고 헬스장의 운동시간을 두 배로 늘린다. 그런 방법이 지겨워지면 근처 공원을 달리기 시작한다. 풀밭에 대학생들이 삼삼오오 무리 지어 있는 모닝사이드파크와, 허드슨강 맞은편의 아름다운 풍경을 즐길 수 있는 리버사이드파크를 달린다. 이제 옛날처럼 와우, 이거 영화에서 본 장면 같잖아, 라는 기분 대신 와우 이거 진짜야, 라는 감탄에 찬 깨달음이 스쳐간다.

결혼식 종이 울릴 만큼 진지해? 그런 생각은 안 해봤다는 말만은 말아줘. 마시는 시니컬하게 말했다. 물론 나도 그런 생각을 해봤고 지금도 하고 있다. 누군들 안 그러겠는가? 하지만 하루하루를 있는 그대로 받아들이고 우리 관계에 숨쉴 시간을 주려고 노력중이다.

닥터 펠릭스는 요즘 일주일에 한 번씩만 찾아온다. 상담중에 경찰의 위장수사에 대해 이야기하는 시간은 점점 줄어들고 패트릭과의 관계에 대해 이야기하는 시간은 점점 늘어나고 있다.

"나는 항상 사람들을 버렸어요." 나는 그에게 말한다. "아니면 사람들이 나를 버릴 수밖에 없는 상황으로 몰아가거나요. 이번이 이제껏 맺은 관계 중에 가장 오래가는 관계예요."

"혹시 누가 와서 이제 떠나야 할 때라고 말해주기를 기다리는 거예요? 그러니까……" 그는 자신의 기록을 들춰본다. "보이지 않는 사이렌이 울리고 형식적인 이별의 절차가 시작되기를 기다리고 있는 거예요?"

나는 닥터 펠릭스에게 존과 앨리스를 만난 이야기를 들려주었다. 그날 그는 기록할 게 너무 많아서 이야기를 따라오기 버거워했었다.

내가 한 말이지만 어찌나 신파적인지 절로 움찔한다. "물론 아니에요. 음, 어쩌면 조금은 그럴지도 모르죠. 여전히 내가 사기꾼처럼 느껴져요. 어떤 역할을 연기하는 것처럼."

"그런 느낌이 모순되게 여겨질 수도 있겠군요." 닥터 펠릭스가 중얼거린다.

"정말 우스운 게 뭔지 아세요? 그런 감각이 연기를 할 때만은 사라진다는 거예요. 하지만 스텔라의 아파트에, 그녀의 옷까지 입고 이렇게 있으면 말이죠……"

"그래요. 그 점에 대해서 말해주세요. 그건 패트릭의 제안이었나요? 아니면 당신의?"

"그 사람 생각이었어요. 그런데 현실적인 이유가 있어요. 내 옷이 전부 창고에 있거든요. 지금은 연극 준비다 뭐다 해서 짐을 가지러 갈 짬이 없어요."

그가 다시 기록한다.

"과연 진짜 사랑이 이런 느낌인지 궁금해요." 나는 말한다. "아니면 캐스린 레이섬이 지적했던 문제를 반복하고 있는 걸까요? 역에 지나치게 몰입하는 거 말이에요."

"당신이 오랜 시간 동안 가족의 일원이면서 가족과 거리를 두는 삶을 어쩔 수 없이 살아야 했다는 점을 감안하면 그리 놀랄 일도 아니죠. 그 점이 바로 애초에 당신이 연기에 끌린 이유일 수도 있어요."

"앞으로도 늘 이런 감각을 안고 살아갈 거라는 말씀인가요?"

"그 질문에 대답할 수 있는 사람은 없을 것 같군요. 사랑에 빠지는 일이 당신에게는 단순히 새롭고 놀라운 일인 걸 수도 있어요, 클레어. 그러니 지금은 순수하게 즐겨요."

하지만 솔직히 말해서 지금의 나와 패트릭 사이에는 뭔가 빠진게 있다.

"한 가지 고백할 게 있어요." 어느 저녁, 나는 그에게 말을 꺼낸다.

예전에 이 말이 우리의 심장을 얼마나 세차게 뛰게 했는지가 생각난다. 우리의 관객, 그러니까 보이지 않는 관찰자와 청자가 장비

위로 몸을 웅크리게 만든 것은 말할 것도 없고.

하지만 지금의 패트릭은 한쪽 눈썹을 치켜세울 뿐이다. "말해 봐요."

"나는 우리의 게임이 그리워요." 나는 말한다. "당신이 살인자 인지 아닌지 몰랐을 때는 정말 스릴 넘쳤어요."

그의 입술이 뒤틀린다. "내가 당신을 위해서 사람을 죽여줬으면 좋겠어요?"

"설마요. 하지만 나는 당신 연극에 나오는 아폴로니와 같아요. 나도 그 시들이 실제 당신을 반영한다고 믿고 싶지 않아요. 그러면 서 동시에 그러기를 바라는 마음도 있죠. 미친 생각이죠, 알아요. 당신이 사악한 사람이라고 해봤자 보들레르 수준일 테니까요."

패트릭이 몸을 숙여 내 정수리에 입을 맞춘다. "당신은 아직 나를 몰라요, 클레어." 그가 가볍게 말한다. "내 머릿속에 든 것을 전부 다 알지는 못해. 그러려면 시간이 좀더 필요할 거예요."

71

마침내 연습 첫날, 대본 리딩이 시작된다.

물론 나는 무서워 죽을 지경이다. 로런스를 다시 만날 테니까. 나샤를 만나면 당황할 테니까. 디자이너와 다른 스태프들이 내가 패트릭 덕분에 역할을 맡았다는 것을 알게 될 테니까.

내가 잔뜩 긴장한 모습이 패트릭은 우스운 모양이다. 그는 이런 내 모습이 처음이라며 나를 놀린다. 하지만 이렇게 주눅들 필요 없다. 나는 내가 얼마나 재능이 있는지만 기억하면 된다.

패트릭과 나는 연습실에 제일 먼저 도착한다. 다음으로 도착한 에이든이 인사를 건네며 진심이라고 착각할 정도로 살갑게 안아주지만 나는 본능적으로 신뢰하지 않는다. 비중이 더 적은 배우 네 명이 함께 도착한다. 그중 세 명은 대역도 맡을 것이다. 로런스는 연습이 시작되기 십 분 전에 도착하더니, 늘 그러듯 평범한 사람처럼 조명팀과 어울리고 실없는 소리를 하며 어슬렁거린다. 소년 같은 예쁘장한 얼굴은 거의 변하지 않았지만, 이제 그를 보아도 아무런 감정도 느껴지지 않아 안심이 된다. 정말 아무 감정도 들지 않는다.

"로런스, 클레어와 만난 적 있어요?" 마침내 에이든이 묻는다.

로런스가 내가 있는 쪽을 힐끔 본다. "네, 〈소란〉에 같이 출연했어요." 그가 느긋하게 내 쪽으로 걸어와 겉치레로 내 두 볼에 입을 맞춘다. "그동안 어떻게 지냈어, 클레어? 당신과 다시 연기를 하다니 기대가 커." 한때 내 심장을 녹였던 미소가 그의 얼굴을 스치고 지나간다. 하지만 그뿐이다. 우리가 한때 연인 사이였다는 사실에 대한 인정은 없다. 사과도 없고 내가 한 일에 대한 언급도 없다. 애정이나 후회가 담긴 말 한마디만 해줬어도 나는 충분했을 것이다. 하지만 그조차 받지 못할 것 같다.

촬영지에서의 섹스는 아무 의미가 없어, 달링.

냐샤는 시간에 맞춰 도착한다. 그녀는 헬스장에 가기라도 하듯 회색 운동복을 입었는데 지퍼 아래로 선홍색 티셔츠가 얼핏 보인다. 그리고 여러 갈래로 땋은 머리 위로 검은색 야구모자를 푹 눌러썼다. 그런 차림새에 미모가 빛을 잃기는 했지만, 광대뼈의 완벽함이나 반짝이는 두 눈의 아름다움까지 퇴색될 리 만무하다. 그녀는 TV 속 모습을 보고 상상했던 것보다 키가 더 작다. 냐샤는 낯을 가리나 싶을 정도로 진지한 표정을 하고 정중하게 나와 악수한다.

에이든이 박수를 치자 사람들의 대화가 이내 잦아든다. 그는 지금부터 우리는 가족이나 공동체나 다름없다며, 환영하는 인사말부터 건넨다. 그는 극단troupe이라는 단어가 살아남기 위해 서로에게 의지해 유랑하던 배우들의 단체를 고상하게 일컫던 오래된 말이라는 이야기를 한다. 그리고 연출 방향에 대해서도 간결하게 설명한다. 우리의 연극이 보들레르의 시에 내포된 날것의 힘을 끌어내야 한다고, 낭만주의의 감성에 푹 빠져 있던 한 세기 전 독자를 도발했던 『악의 꽃』처럼 우리도 현대의 관객을 도발하고 그들에게 도전해야 한다고 말한다. 그리고 마침내 그는 대본 리딩에 대해 이야기를 시작한다.

"오늘은 연기를 하는 날이 아닙니다. 그리고 오디션도 아니죠. 명확성에 포커스를 맞추세요. 대본에 적힌 말의 뜻을 드러내라는 겁니다. 연기는 앞으로 실컷 할 겁니다. 오늘 이 자리에서 우리는 한 팀으로 이 프로젝트를 처음으로 같이 살펴볼 겁니다. 이 자리에서는 그 누구도 다른 사람에게 잘 보이려고 애쓸 필요가 없습니다."

우리 모두 고개를 끄덕인다. 마지막 말은 나를 겨냥한 것이라는 생각이 든다. 냐샤가 야구모자를 벗는다.

내가 처음으로 등장하는 장면까지는 시간이 걸리기 때문에 우선은 듣기만 한다. 냐샤는 에이든의 말을 듣고 그저 대본을 소리 내어 읽고 있는 반면, 로런스는 벌써 자신의 해석을 가지고 대본을 분석하고 있다는 느낌이 선명하게 든다. 무엇보다 그는 보들레르의 대사를 프랑스어 억양으로 읽고 있다. 그가 첫번째 대사를 하자마자 패트릭은 고개를 퍼뜩 든 반면 에이든은 몇 페이지가 지나가도록 아무 반응이 없다.

"훌륭해요, 로런스." 에이든이 마침내 끼어든다. "우선은 대본을 그냥 읽기만 합시다. 억양은 나중에 다시 이야기하고요."

"그러죠." 로런스가 대답한다. "좋아요." 그가 다시 똑같은 억양으로 대본을 읽는다.

또다시 에이든이 그를 제지한다. "억양은 당분간 건드리지 말자니까요."

로런스가 인상을 쓴다. 그는 머릿속에서 이미 스스로를 연출한 것이 분명하다. 그러니 저 말투를 버리기 쉽지 않을 것이다. 다시 시작했을 때는 프랑스어 억양을 거의 다 버렸지만 아주 가끔 그 억양이 돌아온다. 그는 대본을 읽는 동안 짜증스러운 몸짓으로 눈을 가리는 머리를 쓸어넘긴다. 전에는 저 동작이 못 말리게 귀엽다고 생각했다. 지금은 왜 머리를 자르지 않는지 의아할 뿐이다.

냐샤는 거의 움직이지 않고 가만히 앉아 있다. 하지만 그녀의 목소리는 아름다움 그 자체다. 냐샤가 아무 기교를 부리지 않아도 그런 아름다운 목소리라면 몇 시간이고 들을 수 있을 것 같다.

마침내 내 차례가 오자 나도 냐샤가 한 것처럼 대사들이 스스로 목소리를 낼 수 있도록 읽으려고 한다. 하지만 내가 처음 연기하는 장면은 나, 아폴로니에게 지난 오 년 동안 폭력적인 내용의 시를 보낸 익명의 작가가 보들레르 자신이라는 고백을 듣는 대목이다. 그래서 나는 지금 로런스에게 느끼는 경멸감을 아폴로니가 보들레르에게 말하는 태도에 아주 조금 녹여낸다. 에이든이 생각에 잠긴 채 대본에서 고개를 들기는 하지만 아무런 말도 하지 않는다.

마침내 대본 리딩이 끝나자 서로를 향해 박수를 보낸다. 에이든은 우리 모두 훌륭하다고 말한다. 하지만 그건 근본적으로 대본이 좋은 덕일 것이다.

이 연극이 대단한 성공을 거둘 것이라는 확신이 든다. 내 연기 경력의 돌파구가 될지도 모른다. 이런 행운을 거머쥐다니 믿을 수가 없다.

모두 일어나서 기지개를 켠다. 로런스는 에이든에게 곧장 다가간다. 자신의 캐릭터 해석에 대해 이야기를 나눌 수 있는지 물어보는 소리가 들린다. 에이든은 예의바르게 대하지만 어물어물 넘어가려 한다.

냐샤가 내게 다가와 내 대본 리딩이 훌륭했다고 칭찬한다.

"정말 재미있는 작업이 될 것 같아요." 그녀가 조심스러우면서도 진지한 목소리로 말한다. 그녀는 어느새 운동복 윗도리를 벗었다. 셔츠 아래로 드러난 두 팔의 단단한 근육이 얼기설기 꼬여 있는 가느다랗고 까만 전선들 같다. 가까이에서 그녀를 보자 이 세상 것이 아닌 듯한 아름다움에 매혹되고 만다.

냐샤가 내 손목에 손을 올린다. "패트릭과 같이 지낸다는 이야기 들었어요." 그녀가 차분하게 말한다. "그분 정말 대단한 것 같아요." 그녀의 시선이 패트릭에게서 로런스—여전히 에이든과 열띤 대화를 나누는 중이다—로 옮겨가고 더이상 아무 말도 하지 않는다.

하지만 그것으로 충분하다. 우리는 이제 한편이다. 어쩌면 친구일지도 모른다.

72

이튿날 오후 모닝사이드파크를 달리며 전날 연습을 되새기고 있는데, 문득 친숙한 느낌이 든다. 무대에 선 배우라면 누구나 아는 느낌, 누군가 나를 보고 있다는 느낌이다.

하지만 말도 안 된다. 왜냐하면 이곳에는 언제 오더라도 나를 바라보는 시선이 수십 개는 되는데 평소에는 이런 느낌을 한 번도 받지 않았기 때문이다. 나는 머리를 흔들어 그 느낌을 떨쳐내고 다시 달린다.

공원을 한 바퀴 더 도는데 똑같은 느낌이 나를 사로잡는다. 그것도 아까 달릴 때와 똑같은 지점이다. 나도 모르게 목덜미의 털이 곤두선다.

나는 우뚝 멈춰 서서 고개를 든다. 저 위로, 할렘 쪽으로 향하는 계단 위에 누군가가 서 있다.

프랭크 더번.

다른 건 몰라도 그 형체가 프랭크라는 것만은 확신할 수 있다. 너무 멀어서 확실히 보이지는 않는다. 다만 서 있는 자세가 똑같다. 평소 그가 서 있던 모습 그대로다. 한쪽 어깨가 아픈 듯 살짝 돌린 채 난간에 기댄 거구.

한참 동안 나는 꼼짝도 하지 않는다. 다음 순간 앞뒤 살피지 않고 나무 사이를 지나, 내 다리를 휘감을 뻔한 개의 목줄을 훌쩍 뛰어넘으며 그를 향해 달린다. 지그재그로 이어진 가파른 계단이 네 단이나 있지만, 다리와 폐를 활활 태우며 순식간에 뛰어오른다.

그러나 아무도 없다. 나는 그 자리에 서서 헐떡이며 주위를 둘러본다.

내가 헛것을 봤나보다.

집으로 돌아가는 길에 나는 불쑥불쑥 주위를 둘러본다. 하지만 갑자기 웅크리고 운동화 끈을 고쳐 맨다거나 아무 문으로 허둥지둥 들어가는 것 같은, 영화에서 본 미행 장면은 없다.

집에 도착할 때쯤 되자 내가 잘못 봤다는 데 한 치의 의심도 들지 않는다. 다 떠나서 이제 와 프랭크가 왜 내게 관심을 가지겠는가? 그는 병가를 냈고 캐스린은 사라졌고 패트릭은 NYPD를 상대로 소송을 제기했는데 이제 와서……

그 순간 내 머리를 강타한 생각에 나는 그 자리에 우뚝 선다.

그 모든 것이 사실이 아니라면?

나는 패트릭이 누군가를 고소했다고 했기 때문에 의심 없이 믿은 것뿐이다. 프랭크의 병가는 작전에 참여중인 것을 숨기려는 핑계일지 모른다. 그리고 캐스린…… 그녀는 정말 사라졌을지 모르지만, 저기 어딘가에 있을 것이다. 나는 그것을 느낄 수 있다. 어딘가에서 나를 조종하고 있을 것이다. 자신의 게임을 계속하면서.

문득 욕지기가 치밀어오르며 실제로 어떤 일이 일어났을지 그려진다. 나는 그들이 짜놓은 덫으로 또다시 걸어들어온 거야. 그런리지에서 필사적인 내용의 메일을 패트릭에게 보낸 것을 시작으로 말이다. 캐스린이 생각에 잠긴 채 펜으로 입술을 두드리며 그 메일을 읽는 모습이 눈에 선하다.

캐스린

작전이 완전히 실패한 건 아닌 것 같네요.

프랭크

설마 포글러를 계속 이용할 거라는 말씀은 아니죠? 클레어는 다시는 그 사람을 신뢰하지 않을 겁니다.

캐스린

안 될 건 뭐죠? 이 메일을 보면 클레어는 여전히 포글러에게 집착하고 있어요. 그 사람을 빛나는 갑옷을 입은 기사로 만들어 그린리지로 들여보내보면 어떨까요?

프랭크

성공할 리 없어요. 클레어는 상태가 좋을 때도 편집증 증세를 보였잖아요.

캐스린

그러니까 그녀의 관심을 끌 만한 걸 준비해야 해요. 아주 유혹적인 걸로 준비해야겠죠. 클레어가 위험을 감수하고라도 손에 넣고 싶어하도록 말이에요. 이 세상에서 클레어 라이트가 가장 원하는 게 뭐죠?

프랭크

정신과의사는 박사님이잖습니까.

캐스린

관객이에요, 프랭크.

연극.

도대체 왜 패트릭은 느닷없이 희곡을 쓰고 싶다는 욕망을 불태우게 된 걸까? 나를 향한 사랑 때문에? 아니면 연극이 캐스린이 생각해낼 수 있는 가장 크고 빛나는 미끼이기 때문에?

오로지 나를 위해 쓴 빛나고 도발적인 역할. 그리고 너무 특별해 도저히 믿기지 않는 기회. 다시 말해 전문배우들과 함께 뉴욕의 무대에 오를 기회.

도저히 믿을 수 없는…… 하지만 바보처럼 나는 그 기회를 덥석 믿어버렸다.

아파트의 문을 열고 안으로 들어간다. "패트릭?"

아무 대답이 없다. 어쩐지 정적이 지금까지와는 다르게 느껴진다. 나 혼자만의 상상일지 몰라도 이 집이 내 말을 듣고 있는 것 같다.

나는 욕실로 들어가 세면대 옆에 쪼그리고 앉아, 용의자의 다리를 만지며 몸수색을 하는 경찰처럼 세면대의 뒷면으로 손을 넣어 만져본다. 전선을 찾기 위해서.

아무것도 없다.

정신없이 세탁실 선반을 확인한다. 말끔하게 개어놓은 수건을 죄다 꺼내 바닥으로 내던져도 내가 찾는 것은 나오지 않는다. 사악한 거미처럼 자신의 몸에서 뽑아낸 거미줄로 집안 곳곳에 숨겨놓은 악마의 새끼들과 연결된 배전함도 없다.

다시 생각해보니 내가 예전에 살펴봤던 곳에 또 도청장치를 숨기는 실수를 그들이 했을 것 같지 않다.

나는 전구를 하나씩 빼서 살펴본다. 아무것도 없다. 주방에서도 아무것도 찾아내지 못한다. 메인 침실에서도. 홀에서도.

그때 커피 테이블 위에 놓인 내 휴대폰이 눈에 들어온다. 오, 당연히 그렇겠지. 요즘은 당신의 스마트폰을 통해 당신을 엿들을 수 있다. 앱을 다운받는 것처럼 쉬운 일이고, 그런 일이 벌어지고 있는 줄 당신은 꿈에도 모를 것이다.

73

패트릭이 돌아오기 전에 나는 집을 말끔히 정리해둔다. 수건과 시트는 단정하게 개어 벽장에 집어넣고 전구도 모두 제자리로 돌려놓은 후 소파에서 대본을 외운다.

"집에 있었어요?" 그가 다가와 내게 입을 맞춘다. "오늘 연습은 어땠어요?"

"아주 좋았어요." 나는 가볍게 대답한다. "에이든이 영감을 줄 만한 것들에 대해서 이야기해줬어요. 같이 스트라빈스키의 〈봄의 제전〉 영상도 봤죠."

"폭동을 일으켰다는 그 영상?"

나는 고개를 끄덕인다. "그리고 예술에 자기검열의 의무가 있는지 없는지를 두고 이야기도 나눴어요. 예를 들면, 관객 중 누군가가 모방할 위험이 있는데도, 무대에서 자살 장면을 보여줘도 괜찮은가 같은 것들." 이런 토론이 벌어지면 대개 로런스와 냐샤의 의견이 갈렸는데, 냐샤는 우리가 우리의 행동에 책임을 져야 한다는 입장을 견지했지만 로런스는 우리가 다른 사람들의 행동까지 책임질 필요는 없다고 주장했다.

"학부 1학년생을 대상으로 하는 내 세미나를 듣는 것 같네." 패트릭이 한숨을 쉬며 말한다. 나는 그가 주방으로 가 식재료들을 선반에서 꺼내는 모습을 가만히 지켜본다.

"많은 연출가들이 이런 식으로 시작하죠. 다음번에는 신뢰 게임으로 넘어갈 거예요."

"신뢰 게임이라." 그가 미소를 지은 채 나를 힐끔 보더니 말한다. "내 기억에 우리도 그 게임을 했었죠."

"그랬죠. 전부 캐스린이 제안한 거였겠죠, 그렇죠?"

그가 고개를 끄덕인다.

"오늘 프랭크 더번을 봤어요." 나는 무심하게 터트린다.

"프랭크? 어디서?" 패트릭이 깜짝 놀란 표정을 짓는다.

"모닝사이드파크. 내가 달리는 모습을 지켜보고 있었어요."

패트릭이 눈살을 찌푸린다. "설마 그랬을 리가."

"분명히 그 사람을 봤다고요."

"그 사람이 얼마나 가까이 있었어요?"

"충분히 가까웠어요." 나는 그를 조심스럽게 관찰하며 대답한다. 만약 그 두 사람이 이 일에 대해 이야기를 나눴다 해도 프랭크는 대수롭지 않게 여겼을 것이다.

프랭크

클레어가 나를 제대로 볼 만큼 가까운 거리가 아니었어요. 그러니까 잘못 봤을 거라고 하세요.

"그거 참 이상하군요." 패트릭이 냉장고로 향하며 말한다. "그 작전이 지긋지긋할 텐데. 소송이며 전부 다." 그가 타라곤을 꺼내 다지기 시작한다.

"그러게요. 그 소송은 어떻게 되고 있어요?" 나는 여전히 무심하게 묻는다.

"법에 관련된 일이 다 그렇듯이 느릿느릿." 그가 칼을 손에 든 채 말을 멈춘다. "그건 그렇고, 내 변호사가 닥터 펠릭스에게 당신의 정신건강에 대한 보고서를 써달라고 하는데. 괜찮을까요?"

"그럼요."

"NYPD가 당신에게 얼마나 고통을 줬는지 강조하기 위해서 꼭 필요한 서류예요. 하지만 혹시라도 편집증으로 해석될 만한 부분은 희석하도록 해야겠죠."

"오, 정말 영리하네요." 내가 말한다.

"그게 무슨 뜻이지?"

"당신 변호사." 나는 설명한다. "그런 점을 놓치지 않고 생각해두다니 영리하다는 말이었어요."

"그러라고 돈을 주는 거니까." 패트릭이 인상을 쓴다. "혹시 무슨 일 있어요, 클레어?"

"당신이 아직 경찰에 협조중이라는 거 알아요." 나는 퉁명스럽게 쏘아붙인다.

"뭐라고?" 그는 진심으로 황당한 표정을 짓고 있다.

"연극 말이에요. 미끼로 쓰려고 당신이 쓴 거잖아요. 나를 끌어들이기 위해서."

순간 그의 얼굴에 분노가 스친다.

"전부 캐스린의 아이디어죠, 아닌가요?" 나는 계속 밀어붙인다. "그 여자는 내가 그런 역할을 맡기 위해서라면 무슨 짓이든 할 거라고 생각했어요. 솔직히 인정하자면 그녀 생각이 옳았어요." 나는 휴대폰으로 몸을 숙이며 말한다. "내 말 들려요, 캐스린? 당신이 옳았다고요."

"클레어," 패트릭이 칼을 내려놓고 근심어린 표정으로 다가온다. "클레어, 왜 그래요? 예전의 게임이 그립다더니. 혹시 이게 그런 거예요, 게임? 당신 인생을 더 극적으로 만들고 싶어서 있지도 않은 사건을 만들어내는 중이에요? 아니면 당신이라는 사람은 이런 헛소리도 진짜라고 믿을 수 있는 거예요? 솔직히 지금 당신, 무서워요." 그가 말을 쏟아내고 숨을 가다듬는다. "맞아요, 내가 그 희곡을 쓴 건 미끼로 쓰기 위해서였어요. 어떤 의미로는, 맞는 말이에요. 내가 그 글을 쓴 건 당신을 원했기 때문이에요. 여기 돌아와 나와 함께 있어주길 원했어요. 그 연극은 당신 마음을 사로잡기 위해 내가 생각해낼 수 있는 유일한 일이었어요. 그게 다예요."

오, 패트릭, 패트릭. 당신의 아름다운 이름마저 이제는 믿을 수 없어요. 패트릭 더 해트 트릭. 트리키 패트릭.* 한편 나는 공기보다 가벼운 클레어.

"당신이 그들한테 협력하고 있지 않다는 걸 증명해봐요."

"젠장, 클레어. 하지 않은 일을 어떻게 증명하라는 거예요?" 그의 얼굴이 분노로 굳는다.

"나도 모르죠. 그게 바로 문제의 핵심이에요, 그렇지 않나요? 우리 둘은 서로가 거짓말을 아주 잘한다는 사실을 아는데 어떻게 다시 서로를 믿을 수 있겠어요?"

---

* 해트 트릭(hat trick)엔 '교묘한 기술'이라는 뜻이 있고, 트리키(tricky)는 '영리하지만 사기꾼 같은 구석이 있다'는 의미로도 쓰인다. 해트 트릭과 트리키, 패트릭의 철자에 공통으로 들어간 트릭(trick)은 '속임수'라는 뜻이다.

74

　우리는 유대감을 맺기 위해 연습중에 이런저런 게임을 한다. 먼저 벽 게임. 이 게임에서는 한 명이 눈을 가린 채 달려가는데, 벽에 부딪히기 전에 동료배우들이 잡아줄 거라 믿어야 한다. 눈 맞추기 게임. 두 명이 짝을 지어 우정과 열망, 분노를 오가는 표정을 지으며 서로의 눈을 응시하는 게임이다.

　로런스의 눈을 보고 있으니 지금 내가 그를 어떻게 생각하는지 그가 눈곱만큼도 모른다는 게 믿기지 않는다.

　그리고 점토 게임이 있다. 이 게임에서는 배우 한 명이 조각상이 되고 다른 배우가 조각가가 되어 조각상이 되는 배우의 팔다리를 움직이고 표정을 바꿔주면서, 조각상 배우가 아직 뭔지 모르는 감정을 표현하도록 만들어줘야 한다. 나샤를 나른한이라는 단어에 들어맞게 조각할 때는 내가 어깨를 살짝 밀기만 해도 몸 전체의 균형이 바뀌는 것에 감탄이 절로 나왔다. 그녀는 흡사 정교하게 제작된 기계처럼 모든 부분이 완벽하게 균형을 이루고 있다.

　로런스를 조각할 때는 오만함을 표현해보라는 과제를 받았는데, 내가 한 일이라고는 그의 어깨를 조정해서 좀더 똑바로 서게 하고 턱을 들게 해 좀더 당당한 자세로 만든 것뿐이다. 나샤는 우스꽝스럽게 변한 로런스를 보더니 미소를 짓는다.

로런스도 그녀를 향해 환하게 미소를 짓는다. 그 미소를 보니 로런스는 나샤가 추파를 던진다고 생각하는 것 같다. 분노가 비수처럼 나를 찌른다. 로런스 때문이 아니다, 나샤 때문이다.

그걸로 충분해, 나는 생각한다. 함께 연기하는 여자 배우에게 홀딱 반하는 것. 상황이 더 복잡하게 꼬이려면 아직도 멀었다는 듯이.

마침내 우리는 대본으로 들어가 우리의 캐릭터를 탐구하기 시작한다. 처음에 내가 내 역할에 끌린 이유 중 하나는 아폴로니의 신비로움이다. 연극이 진행되는 내내 그녀가 무슨 생각을 하는지 한번도 명확하게 드러나지 않는다는 점 말이다. 하지만 그런 건 연습에서는 통하지 않는다. 나는 그녀가 무슨 생각을 하는지 알아내야 한다. 그러지 않으면 아폴로니라는 캐릭터를 설득력 있게 표현할 수 없다.

어쩌면 그녀가 스스로에게 거짓말을 하기 때문일 수도 있다. 언제나 그런 인물이 가장 흥미롭다. 스스로를 기만하는 인물. 왜냐하면 언제가 됐건 그 기만은 결국 허물어져내리기 때문이다.

"나는 보들레르의 선함을 믿고 싶다고 스스로에게 말하지만, 그러면서도 그가 품고 있는 어둠에 늘 끌리고 있어요." 나는 에이든에게 말한다. "마치 불꽃을 향해 가면서도 몸이 타지 않을 거라고 스스로를 기만하는 나방과도 같죠. 왜냐하면 다른 대안은, 불꽃에서 멀어지는 것은 너무 실망스러울 테니까요."

그가 고개를 끄덕인다. "나도 그 해석에 수긍이 가요."

나중에 패트릭에게 이 이야기를 하니 그가 이렇게 말한다. "연극에 대해서 말하고 있는 거예요? 아니면 우리 이야기예요?"

"그 연극이 우리예요. 그러니 진실하게 그 연극을 하려면 우리에 대한 진실을 연기해야 해요. 그리고 그게 무엇보다 섹시하지 않아요? 누군가에 대한 진실을 안다는 것 말이에요." 나는 잠시 머뭇거린다. "그러니까, 만약 당신이 아직도 경찰에 협조하고 있다면 솔직히 말해줘야 해요."

"클레어," 그가 내 손을 잡으며 지겹다는 듯 말한다. "이건 내 실수예요. 당신을 연극 무대로 밀어붙인 건 시기상조였어요. 당신은 여전히 위태로운 상태예요. 지금이라도 그만둬요. 어차피 당신 대역도 있으니까. 당신이 물러나도 대역이 넘겨받으면 돼요."

"나는 위태로운 상태가 아니에요." 나는 쏘아붙인다. "위태로움과는 정반대죠. 그리고 나는 절대 물러나지 않을 거예요."

일주일 만에 찾아온 상담시간에 닥터 펠릭스가 그 이야기를 꺼낸다.

"패트릭에게 전화가 왔었어요. 당신 걱정을 하더군요."

나는 어깨를 으쓱한다. "알아요."

"패트릭은 당신이 자신을 의심하는 게 상태가 악화되고 있다는 증거라고 생각해요."

"그 사람이야 그렇게 말하겠죠."

"당신은 어떻게 생각해요, 클레어?"

"나는 옛날 티셔츠 문구 같은 거라고 생각해요. 그것들이 당신에게 실제로 문제를 일으키지 않으면 그건 편집증이 아니다. 그것들이 정말 문제를 일으키는지 아닌지 판단을 내리려고 고민하는 중이에요. 그러니까 나한테 문제를 일으키는지 말이죠. 문제를 일으키지 않으면 나는 괜찮을 거예요."

그는 내가 그 이야기를 좀더 하도록 기다린다. 내가 입을 다물자 그가 다른 식으로 접근한다. "당신 경력에 중차대한 도전을 앞두고 있더군요."

"연극이요? 두말하면 잔소리죠."

"지금 상황은 닥터 배너가 처방한 약을 엄중하게 권장한 것보다 조금 더 일찍 끊었기 때문에 나타났을 수도 있어요. 물론 나는 당신이 그렇게 심한 압박감을 받고 있었는지 당시에는 몰랐고요…… 어쩌면 그때 복용했던 약의 일부를 다시 먹는 것도 고려해봐야겠어요. 물론 그때보다 복용량은 훨씬 낮춰서요."

문득 생각지도 못한 의문이 퍼뜩 떠오른다. 닥터 펠릭스도 이 작전에 연루되어 있을까?

나는 고개를 가로젓는다. "지금 당장은 맑은 정신으로 분별력을 잃지 말아야 해요. 게다가 다시 여드름이 날 위험을 감수할 수도 없고요."

"좋아요." 그가 걱정스러운 듯 대답한다. "그렇다면 당신의 걱정거리를 하나씩 살펴보면서 문제를 풀어나갈 수 있을지 알아볼까요?"

75

그날 저녁, 나는 패트릭에게 사과한다.

"당신이 거짓말을 하는 걸지도 모른다는 생각에 내가 잠시 어떻게 됐었나봐요. 하지만 닥터 펠릭스와 이야기를 나누면서 내가 과잉반응을 보였다는 걸 깨달았어요."

"그럼 우리는 문제없는 거죠? 더이상 그런 식으로 생각하지 않는 거죠?"

"그래요."

"오, 하느님 감사합니다. 클레어. 당신이 그러는 동안 내가 얼마나 걱정했는지 몰라요."

내가 오해를 풀자 패트릭은 확연히 긴장을 내려놓은 듯하다. 우리는 일찌감치 침대로 가서 사랑을 나누기 시작한다. 당신을 속상하게 했으니 다 보상해줄게요, 라고 대놓고 말하지는 않지만 그가 좋아한다고 알고 있는 건 다 한다. 실제로 모든 남자들이 좋아하는 것 말이다. 패트릭의 취향은 어느 모로 보나 보수적이다. 나는 그의 몸 구석구석에 입을 맞추며 잠시 그에게 쾌락을 선사한 후 그를 침대로 밀어붙이며 그의 위에 올라탄다. 그리고 그대로 움직임을 멈춘다.

"패트릭." 나는 조용하게 말한다. "당신한테 꼭 해야 할 말이 있어요."

"무슨 말?" 그가 내게 미소를 지으며 말한다.

"비밀을 지키는 것도 지쳤어요." 나는 그에게 말한다. "내가 그 여자를 죽였어요. 내가 스텔라를 죽였어요."

76

그는 너무 놀라 그대로 굳어버린 채 하염없이 나를 바라본다. "그게 무슨 말이에요?" 그가 충격으로 가라앉은 목소리로 마침내 되묻는다. "지금 무슨 말을 하는 거예요, 클레어?"

"돈이 필요했어요. 빈털터리였거든요. 제스의 아파트에서 쫓겨나기 직전인데다 수업료도 내야 했어요…… 우리는, 그러니까 스텔라와 나는 말다툼을 했어요, 스텔라가 당신을 협박하려고 한 것 때문에요. 그랬는데 그날 밤 늦게 그런 생각이 든 거예요. 스텔라가 하려던 게 협박이었다면 고작 사백 달러가 아니라 그보다 훨씬 더 큰 돈을 내야 한다고요."

실내: 렉싱턴호텔, 복도─밤

스텔라가 한 손에 잔을 들고 문을 연다. 그녀는 술에 취해 비틀거린다.

스텔라

오, 당신이군요. 내 남편을 유혹하는 데 실패한 아가씨.
무슨 일이죠?

나

여기서 할 이야기는 아니라서요.

실내: 렉싱턴호텔, 테라스 스위트룸 — 밤

나

……당신은 남편을 협박하려고 날 이용했어요. 만약 그 사람이 그렇게 점잖은 남자가 아니었다면 성공했을 거예요. 다시 말해 그 때문에 나는 방조범이 될 뻔한 거죠. 그러니 이천 달러를 더 받아야겠어요.

스텔라

주지 않겠다면?

나

주지 않겠다면 당신이 한 짓을 전부 당신 남편한테 알릴 거예요.

스텔라

어리석은 아가씨네. 당신이 지금 상대하는 사람이 누군지 알기나 해? 지배인을 부르기 전에 여기서 얼른 나가는 게 좋을 거야.

스텔라가 침대 옆에 있는 전화기로 간다.

나

전화기에서 떨어져.

그녀가 돌아선다. 그리고 내가 제스의 총을 겨누고 있는 모습을 본다.

스텔라

도대체 무슨……

나

돌아서서 벽을 봐. 잠깐, 먼저 여행가방부터 넘겨.

"죽일 생각은 없었어요." 나는 이야기를 끝맺는다. "그건 사고였어요. 내가 가방을 건네받는데 스텔라가 내 총을 움켜잡았고 나는 총을 놓게 하려고 아무거나 손에 잡히는 걸로 그녀를 후려칠 수밖에 없었어요. 하지만 그녀가 죽어버리는 바람에 그 돈을 그대로 두고 갈 수가 없었어요." 나는 그를 바라본다. "패트릭, 정말 미안해요. 전부 다 미안해요. 하지만 이미 일어나버린 일은 미안하지 않아요. 그 덕분에 당신을 만났으니까요. 나를 용서해줄 수 있어요?"

그는 여전히 믿기지 않는다는 표정으로 나를 바라보고 있다. 우리는 그대로 얼어붙은 조각상처럼 꼼짝도 하지 않는다. 이윽고 내가 침대 옆 테이블 위에 올려놓은 내 핸드폰을 힐끔 본다.

바로 그때 뭔가를 깨달은 패트릭의 눈이 반짝 빛난다.

"오, 세상에." 그가 어이없다는 듯 말한다. "내가 거짓말하는지 확인하려고 그런 소리를 늘어놓은 거였어, 그렇죠? 경찰이 진입해서 당신을 체포하는지 확인하려고. 당연히 경찰은 여기로 쳐들어오지 않아, 클레어. 경찰은 없어요. 왜냐하면 나는 그들과 더이상 아무 관계도 없으니까."

"나도 이런 거짓말을 하고 싶지……"

"그만." 그가 말한다. "이제 이런 짓 그만해요." 그의 표정이 사납게 일그러진다. "이건 너무 심했어."

"나는 꼭 알아야 했어요." 나는 작은 목소리로 말한다. "확실히 해둬야 했어요. 제발 이해해줘요, 패트릭. 당신이 더이상 경찰에 협조하지 않는다는 걸 말끔하게 입증하기 위해 내가 생각해낼 수 있었던 유일한 방법이었어요."

"오, 내가 그 사실을 입증해보죠." 그는 이제 화를 내고 있다. 지난번 극장에서처럼. 그가 손을 뻗어 양손으로 내 목을 감싼다. "만약 경찰이 이 집을 도청하고 있다면 내가 당신의 목을 조르도록 내버려두지 않을 거예요." 그가 이를 악문 채 말한다. "그 사람들이 내가 이러도록 내버려두지 않을 거예요."

그의 손가락에 힘이 들어가며 내 목을 점점 파고든다. 숨이 쉬어지지 않는다. 나는 손을 올려 내 목에서 그의 손을 떼어내려고 하지만, 그는 너무 힘이 세고 그의 두 손은 내 목을 더욱 세게 움켜쥘 뿐이다. 피가 귓속에서 쿵쿵 흘러간다. 나는 그의 손을 할퀸다. 내 눈앞에서 불꽃이 펑펑 터진다. 일순 현기증이 오더니 터널 속으로 계속 떨어지고 떨어진다.

나는 그의 품으로 들어간다. 그가 두 팔로 나를 부드럽게 감싸안는다. 목이 아프다.

"미안해요." 나는 속삭인다.

"아니, 내가 미안해요." 그가 조용히 말한다. 그리고 나를 더 꼭 안는다. 그가 떨고 있다.

"미안해하지 말아요. 내가 고의로 당신을 도발했잖아요, 내 사랑. 이건 신뢰 게임이었어요. 그리고 성공했고요."

77

 나는 동이 트기도 전에 눈을 뜬다. 내 옆에는 패트릭이 고양이처럼 잠들어 있다. 숨소리가 너무 고요해서 마치 죽은 것처럼 보인다. 잠들어 있는 순간에도 그는, 근육과 힘줄이 금방이라도 터질 것처럼 팽팽하게 결합된 몸을 웅크리고 뭔가를 지켜보는 것 같다.

 나는 그를 깨우지 않으려고 조심조심 이불에서 빠져나와 주스를 마시러 주방으로 간다. 목이 아픈데 우리는 내일—이제 오늘이다—대본 없이 연습에 들어갈 예정이다. 그러니 목소리가 나오지 않으면 큰일이다.

 주스를 마시며 창밖에 펼쳐진 도시를 바라본다. 나는 커다란 창문들이 이런 아파트를 무대 세트처럼 보이게 만들어서 좋다. 마치 우리가 공연을 하는 것 같고 이 집은 누구나 들여다볼 수 있는 인형의 집이 된 것 같다. 물론 이 동네는 밤이면 고요해지고 저 아래 거리도 거의 텅 비지만 말이다.

 스텔라에 대해 생각하는 중이다.

 예전에 강의 시간에 폴이 우리에게 이런 게임을 시킨 적이 있다. 게임 참가자 세 명은 붉은 모자나 검은 모자를 받는다. 그들은 자신의 모자는 볼 수 없는 대신 상대방의 모자는 볼 수 있다. 이 게임은 자기가 쓰고 있는 모자의 색깔을 가장 먼저 알아맞히는 사람이 이긴다. 이것은 다른 사람의 눈을 통해 장면을 바라보는 연습이다.

이제부터 나는 그런 연습을 해보려고 한다.

내가 하지도 않은 짓을 자백했을 때 패트릭은 몹시 놀란 것처럼 보였다. 그러더니 당황했다. 그리고 화를 냈다. 하지만 단 한순간도 내 말에 납득한 것 같지는 않았다.

그가 나를 사랑하고 믿기 때문일까?

아니면 내가 생각만큼 뛰어난 배우가 아니라서?

아니면 내가 저질렀다고 주장한 범행을 내가 저지를 수 없다는 사실을 알기 때문에…… 왜냐하면 스텔라가 죽는 순간에 그가 그 자리에 있었기 때문에?

순찰차가 곤히 자는 주민들을 깨우지 않으려고 사이렌은 끄고 경광등만 번쩍이며 텅 빈 거리를 맹렬하게 지나간다. 또다른 살인 사건 현장으로 출동하는 중일 것이다. 또 누군가의 삶이 파탄났다.

느닷없이 닥터 배너의 목소리가 들린다.

닥터 배너

당신이 멜로드라마 같은 환상을 본다는 게 놀랍지 않아
요, 클레어. 그게 당신이 가진 장애의 증상이거든요. 내
일이면 당신은 정확히 반대의 주장을 스스로 납득하게
될 겁니다.

나는 알아야 해. 나는 스텔라를 죽인 진범이 누구인지 알아야만 한다. 패트릭이 살인범이라는 사실을 밝혀내면 그를 향한 사랑을 멈출 수 있기 때문이 아니다. 그가 만약 범인이라면 그가 더이상

그 사실을 내게 감추지 않기를 바라기 때문이다.

　이것이 나의 어두운 비밀이다. 그를 향한 사랑이 내 마음을 온통 차지해버려서 설령 그가 범인이라는 사실을 알게 되더라도 내 감정은 바뀌지 않을 것이다. 이것이야말로 단순명료한 사실이다. 하지만 나는 그가 그런 일을 저지르고도 내게 털어놓지 않는 것만큼은 참을 수 없을 것이다.

　아폴로니처럼, 나도 어둠을 들여다보아야 한다. 그것을 향해 걸어가야 한다.

　물론 경찰을 찾아가지는 않을 것이다. 그 대신 시도해볼 만한 방법이 있다.

78

>> 빅터?

>> 클레어. 언젠가 당신이 네크로폴리스를 다시 찾아와주길 바랐어요.

>> 빅터, 부탁이 있어요.

>> 뭐든지, 나의 천사.

>> 당신이 별로 좋아할 것 같지 않아요.

>> 말해봐요. 나는 변태치고는 놀라울 정도로 마음이 넓으니까.

>> 당신을 만나고 싶어요. 제대로 말이에요. 오프라인으로.

한참 동안 침묵이 이어진다. 우리의 침묵이 위성들 사이로 퍼져
가고 컴퓨터에서 컴퓨터로 전속력으로 건너가고 끝도 없이 이어지
는 광섬유 케이블을 구불거리며 따라가는 동안, 전화선이 윙윙거
리고 전파방해로 지직거리고 장거리교환을 하는 삑삑 소리와 딸깍

거리는 소리가 들릴 것만……

　　>> 이거 데이트야, 클레어?

　내가 유혹했던 남자들, 연기를 하며 만났던 그 많은 남자들도 결국은 그들 스스로가 만들어낸 망상이자 허구가 되어버린다는 생각이 든다.

　　>> 아뇨. 미안해요. 그냥 친구로 지내요. 하지만 믿어주세요. 정말 중요한 일이에요. 당신은 내가 믿을 수 있는 유일한 사람이에요.

　　>> 어디에 살아?

　　>> 뉴욕. 당신은요?

　　>> 꽤 가깝네.

　　>> 어디가 좋아요?

　　>> 이스트빌리지에 인터넷카페가 있어. 세인트마크스플레이스에 말야. 거기서 정오에 만날 수 있어.

　　>> 내가 어떻게 당신을 알아보죠?

>> 사이트에 접속해. 그러면 내가 말해줄게.

>> 고마워요, 빅터. 중요한 일이 아니었다면 이렇게 부탁하지도 않았을 거예요.

79

나는 약속 시간보다 십오 분 일찍 도착해 구석진 자리를 고른다. 내 옆자리에서는 일본인 남학생이 여자친구와 진지하게 화상채팅을 하는 중이다. 근처에는 체격이 좋은 비즈니스우먼이 손가락 두 개로 정력적으로 키보드를 두드리며 보고서를 작성하고 있다. 어느 자리에서는 십대 소년이 게임을 하고 있다. 연신 킬킬거리는 이탈리아 커플은 신혼여행 사진을 올리는 중이다.

그리고 레인코트를 입고 다 마신 스타벅스 컵을 만지작거리는 중년 남자도 있다.

나는 네크로폴리스에 들어간다.

>> 도착했어요, 빅터?

>> 나 여기 있어, 클레어.

>> 여기라니 사이트요? 아니면 인터넷카페요?

>> 둘 다. 당신이 어떻게 생겼는지 말해줘.

>> 나는 스물다섯 살이에요. 머리는 짙은 색. 다른 사람이 입던 캐시미어 카디건 세트를 입고 있어요. 구석진 자리에 앉아 있고요.

>> 예쁘다는 말은 빠트렸잖아.

고개를 든다. 비즈니스우먼이 유감이라는 듯 나를 보며 활짝 웃는다.

80

"그런데 정말로 누군가를 해치려는 거예요? 정말로 사람들을 해칠 생각인지 궁금해서요."

본명이 커린인 빅터가 고개를 가로젓는다. "나는 파트너를 지배하는 성적 판타지를 꿈꿔. 하지만 슈퍼모델과 함께 사는 환상이나 직업 음악가가 된 환상, 평화로운 세상을 꿈꿀 때도 있어. 나는 사회에 대한 내 의무를 잘 알고 있어, 클레어. 다시 말해 다른 사람들처럼 나도 내 욕구를 조절하고 있어." 그녀가 어깨를 으쓱한다. "멋진 피지배자는 찾기 힘들어. 특히 뚱뚱하고 늙은 레즈비언이라면 말이야. 하지만 이성애자 친구들을 보니 걔들이라고 해서 더 쉽게 찾아내는 것 같지도 않더라고."

"알았어요. 이해했어요."

"이게 다 무슨 일인지 털어놔봐." 커린이 말한다.

나는 경찰의 위장수사에 대해 들려준다. 그리고 그 수사가 어떤 식으로건 네크로폴리스와 관련이 있을지 모른다는 내 가설도 털어놓는다. 미친 여자로 보이지 않도록 이야기를 그만 멈춰야 하는데 잘 안 된다. "애초에 내가 그 사이트에 들어가야 한다고 했던 사람은 경찰 심리학자였거든요." 나는 말을 끝맺는다. "그 여자가 아니었다면 그런 식으로 내 캐릭터를 설정해야겠다는 생각은 죽어도 떠오르지 않았을 거예요. 게다가 패트릭도 그 이상한 것들에 푹 빠져 있는 것처럼 보였거든요. 물론 실제로는 아니었지만."

"그 이상한 것들에 푹 빠진 사람으로서 말하자면, 그 남자는 몹시 포용력이 좋은 것 같아."

"미안해요, 그런 뜻이 아니라……"

그녀는 미소로 내 사과를 밀어낸다.

"그래서 내가 궁금한 건 이거예요. 대체 왜 네크로폴리스인가?" 내가 묻는다. "왜 경찰의 프로파일러가 완벽하게 합법적인 BDSM 사이트에 그렇게 관심이 많을까요?"

커린이 대답을 망설인다. "네크로폴리스에는 겉으로 보이는 것보다 더 많은 게 있을지 몰라. 적어도 그렇게 말하는 이용자들이 있어. 다크웹에 숨어 있는 부분에 대한 소문이 있거든. 회원도 초대를 받지 않으면 접근할 수 없는 곳이야. 수위가 높은 일들이 일어나는 곳이 있다면 바로 거기야."

"수위가 높다니 무슨 뜻이에요?"

"거래. 이미지와 영상, 내가 이해하기로는 그래."

"불법 이미지요?"

커린이 고개를 끄덕인다. "내가 듣기로는. 자세한 건 물어보지 않았어. 내 취향이 아니거든."

캐스린 레이섬이 내게 들어가라고 밀어붙인 사이트가 불법적인 사이트의 일부였다니 전혀 놀랍지 않다. 그런데 패트릭은 이 일과 어떤 관계가 있을까?

"죽은 생각들로 가득한 오래된 책상도/고통으로 가득한 내 머리보다 더 많은 비밀을 품고 있지는 않겠지." 우리가 처음 만난 날 패트릭은 확신에 찬 목소리로 이렇게 말했다. 그것이 실마리였을까? 이것이 그들이 깊숙이 숨긴 진실을 가리기 위해 보들레르의 시까지 이용해가면서 그가 에둘러 입에 담았던 비밀일까?

만약 그가 네크로폴리스에서 이미지를 구입했고 스텔라가 그 사실을 알게 되었다면, 그녀가 그를 떠날 거라고 한 말이 설명된다. 심지어 그녀가 그날 밤 그렇게 불안해했던 이유도.

그러다 나는 문득 우리 사이의 차이를 깨닫는다. 스텔라가 두려워한 것에 나는 자꾸 끌린다. 패트릭이 그런 짓을 하고 있다 해도 나는 충격받지 않을 것이다. 오히려 그 반대다. 나는 그의 그런 부분을 받아들일 수 있는 기회를, 우리의 친밀함이 더욱 깊어질 기회를 반길 것이다. 불꽃에 끌리는 나방처럼.

81

약속 장소인 바에 도착해보니 헨리는 벌써 두 잔째 맥주를 주문하고 있다. 그는 일찌감치 도착했다고 한다. 스텔라 사건 이후 그 법률사무소는 배우자 외도 관련 업무를 줄였고 그는 채무 징수 업무로 배치되었다.

"컴퓨터 검색이 태반이야. 지루한 일이지. 조만간 나를 내보낼 것 같아. 내가 가진 기술이 그 사람들한테 더이상 소용이 없으니까."

"제가 헨리한테 따로 의뢰할 일이 있다면요?"

그가 눈썹을 치켜세운다. "자네 남자친구를 조사해달라는 거야?"

순간 그래달라고 할 뻔했지만 나는 고개를 가로젓는다. "사람에 대한 의뢰가 아니에요. 물건에 더 가깝겠네요."

나는 네크로폴리스에 대해 알아낸 내용을 간략하게 설명한다. "그 사이트를 한번 파보세요. 어떤 식으로든 숨겨진 부분에 들어갈 수 있는지 조사해주세요."

"실은 말이지," 헨리가 생각에 잠겨 말을 꺼낸다. "스텔라 살인 사건에서 줄곧 석연치 않았던 점이 두 가지 있었어. 그날 밤 그 여자가 얼마나 안절부절못했는지 기억하지?"

나는 기억을 떠올리며 고개를 끄덕인다. 내가 들어갔을 때 그녀는 창가를 이리저리 서성거리고 있었다.

스텔라

조심해야 해요, 알겠어요? 조심하겠다고 약속해줘요.

"스텔라는 USB 메모리를 가지고 있었어. 열쇠고리에 달린 금속 재질의 작은 USB였지." 헨리가 말을 잇는다. "그걸 손에 칭칭 감고 있었는데, 기억해?"

나는 기억을 더듬어 그 모습을 떠올린다. 그녀가 양손을 비틀던 모습. 금속제의 열쇠고리가 반짝이는 것을 보기 전까지 묵주라고 생각했던 물건을 쥐어짜듯 비틀어대던 모습. 내게 남편에 대해 경고할 때─당신은 내 남편 같은 남자를 한 번도 만나보지 못했을 거예요─그녀의 시선이 아래로 향하던 모습. 마치 그것이 자신이 하고 있는 말의 증거라도 된다는 듯이.

"이건 지레짐작일 뿐이지만, 우리가 지금 이야기하는 물건이 불법적인 이미지라면 그 USB 메모리에 저장되어 있었을지 몰라." 헨리가 술잔에 손을 뻗으며 말한다.

"그 이야기를 경찰에 했어요?"

"물론이지. 하지만 그 방을 수색했을 때 USB 메모리는 나오지 않았대. 경찰은 내가 착각했거나 범인이 가져갔을 거라고 생각하더군."

나는 의자에 깊숙이 기대며 생각한다. "스텔라는 나를 고용해 패트릭을 덫에 빠트리려 한 건, 그보다 유리한 입장이 되기 위해서였다고 했어요. 그 말이 사실이라면 USB 메모리도 그 목적을 위한 수단이었을 거예요. 그런데 그게 사라졌는데도 어떻게 캐스린 레이섬은 네크로폴리스에 대해 알고 나한테 설명했을까요?

"그 여자 FBI였을지도 몰라."

나는 그를 바라본다. "왜 그렇게 생각하세요?"

"첫째, 그렇게 생각하면 그 여자가 가명을 쓴 게 설명이 되거든. FBI 요원이 현장수사를 할 때 그게 규정이니까. 둘째, 불법 사이트 감시가 그쪽 업무이기 때문이야. 만약 FBI가 네크로폴리스인지 하는 걸 인지하고 있었다면, 심지어 감시를 하고 있었다면 당연히 그 여자가 이 수사에 참여할 여지가 있었겠지. 살인사건이 일어나면 일선 경찰들이 작성해야 하는 전자설문지가 있어. 강력범검거 프로그램이라는 것 때문에. 대개는 이게 꽤 귀찮단 말이지. 질문지가 30페이지나 되는데, 자신이 담당한 범죄가 미해결 사건과 일치하는지 확인하려고 작성하는 거야. 그런데 아주 가끔 '전송'을 클릭하면 콴티코*의 어느 번호로 연락하라는 알림창이 뜰 때가 있어. 컴퓨터가 스텔라의 죽음과 그 사이트에 있는 뭔가 사이에 관련성이 있다고 판단했다면……"

"그 관련성이," 나는 고개를 끄덕이며 말한다. "보들레르죠. 그래서 거길 네크로폴리스라고 부르는 거예요. 그 사이트 이용자들은 보들레르에 빠져 있어요. 당연히 좋은 쪽으로는 아니고요."

---

* 콴티코에는 FBI의 주요 기관이 위치해 있다.

82

"오늘 헨리를 만났어요." 나는 말한다.

"누구요?" 패트릭은 읽고 있는 책에서 눈도 들지 않는다.

"내가 전에 같이 일했던 전직 경찰. 경찰 수사가 어떻게 되고 있는지 그 사람한테 물어보려고요."

그제야 패트릭이 고개를 든다. "그 사건은 다시 들먹이지 않기로 합의를 봤다고 생각했는데."

"아뇨. 합의를 한 사람은 당신이죠. 나는 아무것도 합의하지 않았어요. 요점은, 헨리한테서 재미있는 이야기를 들었다는 거예요. 스텔라한테 USB 메모리가 있었대요. 범인이 그걸 가져갔는데, 그 안에는 네크로폴리스라는 사이트에서 받은 이미지가 저장되어 있을 가능성이 있어요." 나는 잠시 숨을 돌린다. "혹시 당신이 그 사이트와 관계가 있는지 나는 알아야겠어요."

패트릭이 아무 감정도 드러나지 않는 얼굴로 나를 지그시 바라본다. "맞아요." 그가 마침내 대답한다. "관계가 있어요."

나는 숨을 내쉰다. "당신은 그 사이트를 드나들었어요. 그리고 그곳에서 이미지를 샀어요."

"그런 게 아니에요." 그가 고개를 젓는다. "어느 날 메일로 섬네일 몇 개를 받았어요. 그 이미지들을 보낸 곳의 도메인 이름이 그

거였죠. 네크로폴리스."

"하고많은 사람 중에 왜 당신한테 보냈을까요?"

"그 섬네일들은 『악의 꽃』에 관련된 이미지가 표현된 디지털 사진들이었어요." 그가 조용하게 말한다. "재창조라고 말할 수도 있겠네요."

"왜요?" 내가 되묻는다.

"과거에는 시집을 전문가 판본으로 출간할 경우 간혹 전면삽화를 실었어요. 유명한 화가가 시를 그림으로 표현하는 거죠. 시의 주제가 성적이거나 외설적일 경우에는 개인 수집가용으로 소량만 제작했어요." 그가 아파트의 벽 하나를 가득 채우고 있는 책꽂이를 가리킨다. "나도 삽화가 실려 있는 『악의 꽃』 희귀본이 몇 권 있어요."

"그러면 당신한테 온 것도 그런 거였어요? 시에 대한 삽화? 그런 게 아니라 사진으로?"

그가 고개를 끄덕인다. "우스꽝스러운 사진들이었어요. 포토샵으로 어찌나 손을 댔는지 보들레르의 시에서 느껴지는 효과는 사라지고 없었거든. 그래서 그렇게 답장을 보냈죠. 그후로 다시는 네크로폴리스의 메일을 받지 못했고요."

"그 이미지들을 지금도 가지고 있어요?"

"아니." 그가 책꽂이로 시선을 돌린다. "그게……"

"패트릭, 제발요. 중요한 사진일 수도 있어요."

그가 한숨을 쉰다. "한 장은 남겨됐어요. 딱 한 장. 표지. 가장 덜 불쾌한 걸로."

그가 책장으로 간다. 그리고 책 사이에 끼워져 있는 종이 한 장을 꺼내 건넨다. 그것을 본 순간 나도 모르게 숨을 삼킨다.

그 사진에는 살빛이 갈색과 검은색 사이의 어디쯤인 여자의 평평한 배가 찍혀 있다. 그녀의 머리카락은 작은 장미 송이처럼 배꼽 주위를 휘감으며 사진에서 보이지 않는 곳에서 쏟아지는 빛을 받아 반짝인다. 그 아래로 솜털이 가느다랗게 아래로 이어져 있다. 짧게 깎았기 때문에 배꼽과 그 솜털이 한 송이 꽃처럼 보인다. 섬세하면서 다정한 느낌의 이미지다. '악의 꽃'이라는 단어가 배꼽 위 피부 깊숙이 새겨져 있다는 점을 제외하면. 아무리 봐도 내 눈에는 포토샵으로 만든 이미지로 보이지 않는다.

"세상에." 내가 속삭인다.

그가 고개를 끄덕인다. "알아요. 다른 사진들도 비슷한 식이었어요."

"그것들이 전부……" 나는 말을 멈춘다. 내가 말하려 하는 감상이 그 섬뜩한 이미지와 어울리지 않는다는 걸 깨달았으니까. "이렇게 아름다웠나요?"

"어떤 면에서는 그렇다고 볼 수 있죠." 그가 조용하게 대답한다.

나는 도저히 사진에서 눈을 돌리지 못하고 계속 바라본다. "악에서 피어난 아름다움."

"악에서 피어난 아름다움." 그가 동의한다.

"그 메일에 다른 건 없었어요?"

"간략한 글귀 하나뿐이었어요. '같은 씨앗에서 피어난 또다른 꽃. 또다른 변신. 숭배자로부터.' 그런 내용이었어요."

"그게 무슨 뜻이에요?"

"내가 서문에 쓴 걸 인용한 거예요. 역자의 일은 한 언어를 다른 언어로 바꾸는 게 아니라 변신시키는 것—새로운 세기에 새로운 매체로 시를 다시 되살리는 것—이라고 썼거든요."

"그리고 여기 그런 행위를 하는 사람이 있군요. 차이점이라면 당신은 언어라는 매체를 다루지만 그 사람은 사진을 찍는다는 거고요. 그 사람은 실제 장면을 찍고 있어요."

패트릭이 인상을 쓴다. "어쩌면."

"그 이야기를 경찰에 했어요?"

"했어요. 메일을 몇 통 받았다고 이야기했죠. 그런데 별로 관심을 보이지 않더군요."

"일반 경찰이 그 두 가지를 관련짓기는 힘들 거예요. 그 관련성을 찾아낸 사람이 캐스린 레이섬이었어요. 훨씬 나중 일이었지만." 내 눈이 다시 그 사진으로 이끌리듯 향한다. "같은 씨앗에서 피어난 또다른 꽃. 마치 '악의 꽃'이 싹을 틔워서 번져나가는 모습을 상상한 것 같아요. 악의 확산. 그리고 그자한테 영감을 준 사람이 바로 당신이에요." 나는 또다른 사실을 깨닫는다. "그게 바로 당신이 쓴 희곡 2막의 주제 아닌가요, 그렇잖아요. 검사가 보들레르한테 누군가가 그의 시에 영감을 얻어 악행을 저지른다면 기분이 어떨 것 같으냐고 묻는 부분 말이에요. 당신도 같은 입장이잖아요. 당신한테는 팬이 있어요. 추종자들마저 있죠. 그리고 그들 중 누군가가 자신의 작품을 당신이 제대로 평가해주지 않는다고 생각해 스텔라를 죽인 거예요."

"그럴 수도 있겠죠." 패트릭이 불편한 듯 말한다. "그렇지만 너무 앞서가지는 말아요."

"하지만 패트릭, 이게 무엇을 뜻하는지 안 보여요? 이번 연극으로 누군지 모를 미치광이의 개인적인 판타지에 우리가 불을 지피고 있는 거예요. 우리가 하고 있는 일에 대해 그가 어떻게 느끼겠어요?"

"왜 그가 뭔가를 느낄 거라 확신하는 거죠?"

나는 그 사진을 다시 본다. 혐오스러우면서도 묘하게 매혹적이다. "나는 이 사진을 찍은 남자가 자신을 역겨운 포르노 사진작가라고 생각할 것 같지 않아요. 이자는 자신을 예술가라고 여기겠죠. 우리 연극이 마음에 들지 않으면 그저 〈뉴욕 타임스〉에 악평을 보내고 말지는 않을 거예요. 그보다 우리 연극을 좀더 개인적으로 받아들일 거예요."

"그 사람이 왜 그러겠어요. 하지만 당신이 그렇게 걱정스럽다면…… 연극에서 빠지고 싶어요?"

순간 그러고 싶은 유혹을 느낀다. 하지만 패트릭의 말처럼, 내 생각은 아무 근거도 없는 가설일지도 모른다. 게다가 내가 이 모든 일에 관련되기도 전에 일어난 일 때문에 엄청난 기회를 차버릴 생각은 추호도 없다.

"물론 아니죠." 나는 대답한다. "하지만 이제부터 조심해야겠어요."

83

그 일이 있고 이틀 후 모닝사이드파크를 달리던 나는 벤치에서 뭔가를 발견한다. 누군가 두고 간 페이퍼백 한 권.

가까이 가보니 『악의 꽃』이다.

나는 다가가 그 책을 집어든다. 그 순간 사진 한 장이 떨어진다. 내 사진이다. 마시가 자신의 홈페이지에 올리려고 내게 찍게 한 사진을 싸구려 종이에 프린트한 것이다.

그 사진에 적힌 시는 「유령」이다.

형형하게 빛나는 무시무시한 눈이 달린 천사처럼,
나는 당신이 잠든 곳으로 가리니,
밤의 그림자에 몸을 숨기고
당신을 향해 소리 없이 미끄러지리.

욕지기가 치밀어오른다. 하지만 계속 읽는다.

그리고 나는 당신에게 주리라, 나의 어두운 아름다움을,
달빛처럼 차가운 입맞춤을,
무덤 주위를 기어다니는

뱀의 촉감처럼 부드러운 애무를.

누군가는 당신의 사랑스러움과 젊음을
부드러움으로 구애할 때,
나는 공포로 당신을 지배하리.

84

"그래서 아무도 못 봤고요?"

"아무도 못 봤어요. 그러니까 주위에 사람은 많았어요. 하지만 수상하게 보이는 사람은 없었어요. 그리고 또 그 느낌을 받았어요. 누군가가 나를 지켜보는 느낌."

패트릭이 들고 있던 책을 뒤집는다. 그 책은 모든 면에서 평범한 그의 번역서로 정식 판본이다. "대학 구내서점이 두 블록만 가면 있어요. 내 학생 중 누가……"

"그 안에 내 사진을 끼워서요?" 나는 그의 말을 끊는다. 내 목소리에서 내가 스트레스를 받고 있는 게 느껴진다. "왜 그러겠어요?"

"당신이 보들레르에 관한 연극에 출연하니까. 구글에서 찾아봤을 수도 있고. 잊지 않고 표를 사려고 끼워뒀을……"

"그런 단순한 사정일 거라고는 믿지 못하겠어요."

"내가 경찰에 협력하지 않는다는 걸 믿지 못했던 것처럼." 그가 부드럽게 말한다. "프랭크 더번을 봤다고 믿는 것처럼."

"그때는 내가 과잉반응을 했을지 몰라요." 나는 순순히 인정한다. "하지만 이번엔 과잉반응 같은 게 아니에요. 그 책은 내 눈에 띄라고 두고 간 거라고요. 불을 보듯 뻔해요. '나는 공포로 당신을 지배하리.' 그 사람은 나를 겁주려는 거라고요." 나는 패트릭이 들고 있던 책을 빼앗아 힘껏 던져버린다. "그 사람 짓이에요. 틀림없어요. 그 이미지를 만든 남자 말이에요. 그 남자가 나를 따라다니고 있어요. 나한테 메시지를 보내면서 말이에요."

"경찰에 신고할까요?"

"경찰이 이런 이야기를 진지하게 받아들일 리 없잖아요, 안 그래요? 당신 말대로 이건 그냥 책이니까. 그리고 이제 당신은 경찰과 사이도 나쁘잖아요."

"그럼 어떻게 하려고요?"

나는 잠시 생각한다. "헨리한테 내 경호를 맡아달라고 부탁해보면 어떨까요? 연습을 다녀올 때 헨리가 동행해줄 수 있을 거예요."

패트릭이 고개를 끄덕인다. "좋은 생각이에요. 당신이 안전하게 느낄 수만 있다면 뭐든 해봐야죠."

하지만 그가 내 의견에 동의하기 전 아주 잠깐 말을 멈추는 모습을 나는 보았다.

85

다음 연습에서 에이든이 한 가지 발표를 한다.

"여러분은 이곳의 보안 인력이 충원된 걸 봤을 겁니다. 이곳을 출입할 때 필요한 출입증도 여러분에게 모두 발급되었고요. 클레어에게 스토커가 생겼을지 모르기 때문에 이런 조치를 취한 겁니다. 클레어가 이 건물을 나갈 때 경호원이 함께 있는 모습도 이미 봤겠죠. 새로운 절차에 전적으로 협조해주기 바랍니다. 이런 조치는 모두의 안전을 위한 거니까요."

방 저편에 앉은 로런스가 대본에 낙서를 하며 눈살을 찌푸리는 모습이 보인다. 그가 무슨 생각을 하는지 상상이 간다. 또 시작이네. 이곳의 드라마퀸.

지옥에나 떨어져. 나는 그에게 소리 죽여 말한다.

그러나 헨리조차 스토커에 대해 회의적이다.

"스토커들은 주위에 책을 두고 사라지기보다 더 괴상한 짓거리를 하는 경향이 있어." 그가 내게 말한다. "대개는 연애편지로 시작하지. 그러다 반응이 없으면 분통을 터트리고 집착이 순식간에 분노로 변해."

"나는 이 자식이 일반적인 스토커라고 생각하지 않아요. 사냥감을 추적하는 사냥꾼에 더 가깝죠."

"그렇다면 왜 굳이 자신의 존재를 자네한테 알리겠어?"

"나도 몰라요. 하지만 어쩐지 이것도 다 그자의 계획에 들어 있을 것 같아요. 내 머리를 휘젓는 거요. 심리 게임을 하는 거죠."

"만약 그자가 하는 짓이 그런 것뿐이라면 너무 걱정할 필요 없을 거야."

"헨리는 그 사진들을 못 봤잖아요. 그자는 예전에도 살인을 했어요. 시를 보내는 걸로 끝내지 않을 거예요. 결국 그 시들을 재현하고 싶어질 거예요."

"동일인물이라면 말이지. 말이 나왔으니 말인데, 어젯밤에 네크로폴리스를 돌아다녀봤어. 확실히 그곳을 보고 나니 평범한 사이트의 내용은 너무 시시하게 느껴지더라고. 아무도 미끼를 물지 않았어."

"분명 물 거예요." 나는 장담한다. "네크로폴리스가 이 모든 사건을 푸는 열쇠예요. 저는 확신해요."

86

모든 섹스신은 액션신과 마찬가지로 세심하게 조율한다. 우선은 옷을 다 입은 채로, 처음에는 절반의 속도로 시작해서 사분의 삼의 속도로 빨라지며, 춤이나 체조 연습에 가까워질 때까지 연습한다. 정열보다 정확성이 더 중요하다.

"언제든 불편하게 느껴지면 바로 말해요." 에이든이 우리에게 당부한다. "동료 배우와 스스로를 존중해야 해요. 경계를 정하는 일은 절대 나쁜 게 아닙니다."

물론 나는 아무 말도 하지 않는다. 나의 한계로 공연에 짐이 되는 사람이 되고 싶지 않기도 하거니와 내가 못 넘을 경계가 보이지 않기 때문이기도 하다.

"이건 절대, 결코 즉흥적으로 연기할 수 없는 유일한 장면입니다." 에이든이 강조한다. "공연 당일 예상 못한 일은 절대 일어나지 않아요. 오로지 신뢰의 문제예요."

나는 섹스신이 세 번 있다. 조각상인 내가 생명을 얻어 잔과 사랑을 나누는 장면. 보들레르와 단 하룻밤을 보내는 장면. 그리고 연극의 가장 마지막 장면으로 에이든이 패트릭에게 다시 쓰게 한 새 클라이맥스 장면. 이 장면에서 나와 냐샤와 로런스는 각자 해골과 함께 왈츠를 추는데, 그 춤은 점점 요란하고 난잡하게 변해가는 죽음의 무도다. 해골들은 무대 위 장치에서 인형사들이 조작할 것이다. 처음 이 장면을 연습할 때 줄이 대책 없이 엉켜서 고생했기 때문에 우리는 이 장면에 시간을 가장 많이 들인다. 이 장면을 제대로 마치고 난 뒤에야 비로소 다른 장면으로 넘어간다.

냐샤와 함께 찍는 장면은 비교적 쉽다. 나는 대좌에 누워 있는 조각상이니 처음에는 수동적으로 반응을 하다가 점점 흥분을 느껴 황홀경에 빠진 다음, 처음 조각된 자세 그대로 굳어가야 한다. 로런스와의 장면은 좀더 골치가 아프다. 그 장면이 어떻게 연기되어야 할지 아무도 모른다. 에이든조차 말이다. 어떤 면에서는 전체 연극에서 가장 중요한 장면이다. 연극의 핵심적인 미스터리를 담고 있는데, 아폴로니를 흠모하던 보들레르가 그녀를 거부하게 되는 변환점인 장면이기 때문이다. 우리는 다양한 대안을 놓고 토론한다. 그는 성적 불구자인가? 황홀해하는가? 겁에 질렸는가? 눈물범벅인가? 패트릭의 대본에는 아무런 지시사항도 없다. 우리는 모두 그것을 책임 회피라고 생각하지만, 우리조차 그 여백을 무엇으로 채워야 할지 의견을 하나로 모을 수 없다.

에이든의 요청으로 패트릭이 워크숍에 참가해 아이디어를 낸다. 우리는 그중 몇 가지를 시도해보지만 여전히 어딘지 덜거덕거린다.

그러자 패트릭이 조심스럽게 말한다. "내가 한 가지 제안을 해도 될까요?"

"물론이죠." 에이든이 말한다.

"만약 아폴로니가 보들레르 위에 올라탄다면," 패트릭이 말한다. "그 자세에서 아폴로니가 그의 손을 자신의 목으로 가져가면 어떨까요?"

"그러는 목적이 뭐죠?"

"그건 모호하죠. 한편으로는 보들레르가 시에서 그려진 그런 사람이 아니라는 걸 증명할 기회를 준 것일 수 있어요…… 그게 아니면 그런 사람이라는 걸 증명해보라고 그를 도발했거나. 요는, 그가 화를 낸다는 겁니다. 그리고 우리는 보들레르가 분노하는 이유가 아폴로니가 여전히 그를 믿지 않기 때문인지 아니면 자신이 통제력을 잃고 만 것 때문인지 알 길이 없겠죠."

"관객은 그런 모호함도 개의치 않을 겁니다. 하지만 아폴로니는? 바로 그 순간 그녀가 원하는 건 뭐죠?" 에이든이 내게로 몸을 돌린다. "클레어? 이건 당신의 역할이에요."

"제 생각에 아폴로니는 그 순간 보들레르가 시에 진실하기를 바랄 것 같아요." 나는 천천히 말문을 연다. "그녀의 모든 말과 행동을 고려해볼 때 그녀는 보들레르가 진실하기를 원해요. 그리고 두려움을 느껴요. 왜냐하면 그 상황이 그녀를 어디로 데려갈지, 그 두 사람을 어디로 데려갈지 알 수 없기 때문이에요. 그녀는 이것이 금기를 깨는 행위라는 걸 알아요. 하지만 적어도 이 순간 그녀가 진실로 욕망하는 게 바로 그거예요. 그의 가장 깊은 곳에 숨겨진 가장 어두운 비밀을 공유하는 친밀함이요. 그래서 그는 그녀의 뜻을 따라요. 그리고 바로 그 이유로 그녀를 거부하죠. 그 이유가 바로 여기에, 다음날 그녀에게 쓴 편지에 나와 있어요. 나는 정열이 두려워요. 정열에 유혹될 때 내가 느낄 혐오감을 너무 잘 알기 때문이죠. 보들레르는 스스로 드러낸 자기 모습에 겁먹은 거예요."

나는 패트릭을 본다. 그도 내 눈을 바라본다. 잠시 후 그가 고개를 끄덕인다.

"좋아요, 그거면 되겠어요." 에이든이 결정한다. "그런 식으로 갑시다."

87

마침내 우리가 언드레스 리허설*이라고 별명을 붙인 연습 단계
에 이르렀다. 처음으로 옷을 벗고 누드 장면을 연습하는 것이다.
에이든과 안무가를 제외한 사람들의 출입이 제한된 채 연습실이
폐쇄된다. 처음에 나는 어떻게, 어떤 분위기로 접근해야 할지 몰라
갈팡질팡한다. 진지하고 존중하는 분위기일까, 아니면 유머러스하
고 유쾌한 분위기일까? 하지만 그런 고민은 가운을 벗은 냐샤의 등
장과 함께 머릿속에서 사라진다. 내가 몇 마일씩 달려서 어떻게 될
문제가 아니었다. 능직물처럼 단단한 몸과 완벽한 가슴, 테니스 라
켓처럼 팽팽하고 판판한 배를 가진 그녀에게 나는 도저히 경쟁이
되지 않았다. 나는 잠자코 가운을 벗는다.

이 분가량은 분위기가 어색하지만, 어느새 나는 알몸임을 완전
히 망각한다.

연습을 끝내고 연습실을 다시 열자 잡무를 보는 스태프가 다가
온다. "클레어, 당신 앞으로 꽃이 왔어요. 저기에 뒀어요."

세면대에 거대한 검은 백합 다발이 놓여 있다. 나는 패트릭이 보

---

* 보통 공연 전에 무대의상을 차려입고 하는 리허설을 '드레스 리허설'이라고 부르
는 데서 비롯된 말.

낸 것이라 짐작한다. 내가 오늘 많이 긴장했다는 걸 알 테니 말이다.

카드에는 보내는 사람의 이름 대신 타자기로 친 글귀뿐이다.

> 당신의 달콤한 눈에서 쫓겨난 행복과
> 공포에 익사한 당신의 심장을
> 볼 수 있다면 얼마나 좋을지.

나는 그에게 전화를 건다.

"꽃 보냈어요?"

"아니요." 그가 대답한다. "젠장, 꽃을 보냈어야 했는데."

"그런 말을 하는 게 아니라, 또 시를 받았어요." 나는 그 시를 읽어준다. "『악의 꽃』이죠, 그렇죠?"

"맞아요. 「슬픈 마드리갈」이라는 시의 일부분이에요." 패트릭의 말이 점점 느려진다. "백의 비너스에게 보낸 시. 보들레르는 수많은 남자들이 그녀를 미소 짓게 하지만 자신은 그녀를 눈물 흘리게 하는 특권을 가진 소수가 되고 싶다고 했었죠."

"'공포에 익사한 당신의 심장……' 또 그자예요." 몸이 덜덜 떨린다. "책을 남기고 간 자식. 틀림없어요."

패트릭의 침묵이 한동안 이어진다. "하지만 꽃다발 하나를 위협으로 해석하기는 힘들어요, 클레어. 누군가가 축하의 뜻으로, 그러니까 마침내 당신의 재능이 빛을 발하게 된 것을 축하하고 싶어서 보낸 선물일 수도 있잖아요."

"꽃이에요, 패트릭. 검은 꽃. 악의 꽃. 그 자식은 자신이 예고했던 짓을 정확히 하고 있어요. 나를 겁주려는 거요." 그리고 성공했고요.

그런데 이렇게 생각하는 와중에도 내 마음 한구석은 이 상황에 감사라도 하고 싶다. 이 상황을 이용해. 아폴로니가 어느 날 자기 앞으로 온 익명의 편지를 개봉해 잉크가 갓 마른 똑같은 시를 받았을 때 그녀 또한 누가 보냈는지 혹은 왜 이 남자의 관심의 대상이 되었는지 도저히 알 길이 없었다. 그 시를 보낸 사람이 숭배자인지, 스토커인지 아니면—밝혀진 대로—이 두 가지가 기묘하게 결합된 사람인지 말이다. 나는 줄곧 그녀가 겁에 질렸을 거라고 막연히 짐작만 했는데, 당해보니 어떤 느낌인지 감을 잡겠다.

　　"그 카드 글귀의, 실제로 존재하지도 않는 속뜻에 너무 중요한 의미를 둔다는 생각이 들지 않아요?" 패트릭이 차분하게 말한다. 그 순간 나는 알아차렸다. 그도 연극성성격장애의 증상을 검색해봤다는 것을.

88

연습실을 막 나서는데 로런스가 다가온다.

"아까는 꽤 대담하던데." 그가 소년 같은 미소를 지으며 말한다. "당신 정말 작정을 했구나."

"고마워요." 머릿속이 온통 그 꽃다발 생각뿐이라 나는 건성으로 대답한다. 어서 집으로 돌아가고 싶다.

그가 모의라도 하듯 목소리를 낮춘다. "있잖아, 당신이 잠자리에서 얼마나 환상적인지 잊고 있었어."

"그 말 칭찬으로 받아들일게요. 그런데 내가 지금 가봐야……"

"잠깐만……" 그가 내 팔에 손을 올린다. "요즘 어때, 클레어?" 그가 조용하게 묻는다. "우리 사이에 아무 일도 없었던 척하느라 정말 힘들었어. 하지만 보는 눈이 있어서 그런 척한다고 해서 실제로 당신한테 아무런 감정이 없다고 넘겨짚지는 마."

나는 그를 빤히 바라본다. "솔직히 말해서 로런스, 나는 그렇게 넘겨짚었어요."

그는 나의 비꼬는 어조를 무시한다. "우리는 배우잖아, 어? 우리는 뭐가 현실이고 뭐가 아닌지 절대 몰라. 저기, 우리 한잔하러 갈까? 나는 요즘 맨더린오리엔탈에서 지내."

"좋아요." 나는 천천히 대답한다. "그러죠. 여덟시까지 그쪽으로 갈게요. 그냥 한잔하면서 이야기나 하는 거예요, 됐죠? 우리 사이를 말끔히 정리하기 위해서요."

"물론이지. 그냥 한잔하자고. 즐거운 시간이 될 거야."

그의 열에 들뜬 아름다운 얼굴을 보자 우리 사이의 일이 완전히 끝난 게 아니라는 걸 알겠다.

89

그날 저녁, 로런스는 두번째 마티니 잔을 반쯤 비웠을 무렵 우리의 섹스신을 연습하며 얼마나 흥분했는지 털어놓는다. "매일 밤 당신하고 그런 연습을 하며 어떻게 버틸지 모르겠어." 그가 소년 같은 미소를 지으며 덧붙인다. "그리고 이런 말을 해도 될지 모르겠지만, 당신도 전적으로 일로만 대하는 것보다 좀더 몰입하지 않았어?"

"조금은." 나는 볼을 붉히며 말한다.

우리가 서로에게 은은하게 추파를 던지며 세번째 마티니를 반쯤 마셨을 즈음 그가 함께 방으로 가자고 한다.

조금 더 서로에게 지분거린 후 비로소 나는 그에게 방으로 가자고 한다. 그는 공원이 내려다보이는 꼭대기 층의 스위트룸에서 지낸다. 덕분에 패트릭이 큰돈을 써야 할 것이다.

로런스가 샴페인 한 병을 딴다. 그가 첫 잔을 따르자 나는 그와 자는 일은 없을 거라고 못 박는다.

"안 잘 거라고?" 그가 가볍게 되묻는다. 분명 내 말을 믿지 않는 것이다. 로런스를 거절하는 여자가 그리 많지 않을 테니까.

"안 자요." 나는 거듭 말한다.

그는 여전히 미소를 짓고 있다. "그렇다면, 내 제안에 관심도 없는데 오늘밤 여기는 왜 온 거야, 클레어?"

"그냥 전망이 보고 싶었어요."

나는 그길로 방을 나와 집으로 향한다. 패트릭에게 돌아가 내 가방에 숨겨두었던 카메라로 찍은 영상을 모두 보여준다. 연극이 막을 내리자마자 로런스의 아내에게 보낼 영상.

"당신은 사악하고 미쳤어요." 패트릭이 나를 바라보며 말한다.

"내가 얼마나 미쳤는지 당신은 몰라요." 나는 그에게 장담한다. "아직 아무것도 못 봤으니까."

90

이튿날 아침 헨리가 평소처럼 나를 데리러 와 연습장까지 데려다준다. 나는 로런스를 덫에 빠트렸다는 사실에 흥분이 채 가시지 않은 상태다. 그런데 연습실로 들어가니 모두 충격을 받은 표정으로 둘러서 있다. 내 대역인 루이즈는 아예 울고 있다. 로런스는 심각하면서도 신경질적인 표정을 짓고 있다. 나와 눈도 맞추지 않는다.

"클레어." 나를 부르는 에이든의 목소리가 어둡다. "방금 아주 끔찍한 소식을 들었어요. 냐샤에 대한 소식이에요. 이 소식을 어떻게 전해야 할지 모르겠는데…… 냐샤가 죽었어요."

잠시 동안 나는 그의 말이 이해되지 않는다. "뭐라고요?"

"이십 분 전에 경찰에서 연락이 왔어요. 냐샤는 콜럼버스에 있는 레지던스호텔에서 지내고 있는데, 아침에 차가 대기중인데도 냐샤가 내려오지 않아서 컨시어지가 무슨 일인지 확인하러 올라갔대요." 그가 우리 모두를 둘러본다. "경찰은 자세한 이야기를 해주진 않았어요. 하지만 이야기를 종합해보면 살해된 것 같아요. 경찰이 우리에게 몇 가지 질문을 해야 하니 이곳에 있으라고 하는군요."

91

우리는 당혹감에 휩싸여 말없이 앉아 있다. 이 사태로 연극이 어떻게 될지 아무도 선뜻 묻지 않는다. 누군가 나샤의 가족에 대해서 묻지만 잘 아는 사람이 없다. 그녀는 사생활을 철저히 지키는 사람이었던 것 같다.

형사 세 명이 우리에게 진술을 받으러 온다. 자신을 페렐리 형사라고 소개한 여자 형사가 내게서 진술을 받는다.

나는 형사에게 모든 것을 말하기로 마음먹는다. 나샤를 위해서. 그래서 스토커며 꽃다발이며 그 메시지가 나를 겨냥했다고 짐작한 이유를 모두 털어놓는다.

"처음에 그는 「유령」이라는 시를 적어뒀어요. 여자의 침실에 침입해 폭행을 하는 내용이죠. 저는 그 메시지가 저를 겨냥했다고 생각했어요. 하지만 실제로 그자는 보들레르가 한 짓을 정확하게 재현하고 있었던 거예요. 시는 나한테 보냈지만, 시에 묘사된 일은 흑의 비너스한테 일어났으니까요."

페렐리 형사가 이해가 안 된다는 듯 나를 보며 눈만 껌벅거린다. 나는 초조하게 내 가방을 가져와 책을 꺼낸다.

"형형하게 빛나는 무시무시한 눈이 달린 천사처럼, 나는 당신이 잠든 곳으로 가리니," 나는 시를 읽어준다. "이건 다시 말해서 나샤의 숙소를 의미해요. 밤의 그림자에 몸을 숨기고 당신을 향해 소리 없이 미끄러지리. 음, 이건 의미가 명확하죠. 그리고 나는 당신에게 주리라, 나의 어두운 아름다움을, 달빛처럼 차가운 입맞춤을, 이 부분에서 알아차렸어야 했어요. '나의 어두운 아름다움'이잖아요. 그자는 흑의 비너스를 가리켰던 거예요. 냐샤가 그의 표적이었던 거죠. 내가 아니라."

"고인의 죽음이 이 시의 내용하고 비슷하다는 거군요." 페렐리 형사가 천천히 말한다.

"바로 그게 내가 하고 싶은 말이에요." 하마터면 살인범이 사진도 찍었을 거라는 말을 하려다 얼른 삼킨다. 그 말을 하면 네크로폴리스에 대해 설명해야 하고, 일단 그 이야기를 시작하면 내 말은 전부 미친 소리처럼 들릴 것이다.

굳게 다문 형사의 입술이 그럴 가능성은 희박하다고 말하는 것 같다. 하지만 그녀는 수첩에 그 내용을 기록한다.

"냐샤는 어떻게 죽었죠?" 나는 계속 묻는다. "그 시처럼 죽은 거 아니에요, 그렇죠? 냐샤가 자고 있을 때였죠? 칼이나 깨진 유리 같은 걸 쓰지 않았나요? 시체를 절단한 것 같은 훼손도 있고요?"

페렐리 형사가 불쾌한 표정으로 나를 바라본다. "지금으로서는 세부사항을 알려드릴 수 없습니다, 라이트 씨. 수사를 위해서죠." 수사를 위해서라고 하지만 내 귀에는 당신 같은 미친 여자한테는 안 된다고 말하는 것처럼 들린다. "자, 이제 어젯밤 이 건물을 나간 후의 행적에 대해서 말씀해주시겠습니까?"

"저는 저녁 여덟시에서 아홉시 사이에 로런스 피사노가, 그러니까 저기 있는 저 사람이 묵고 있는 맨더린오리엔탈에서 같이 술을 한잔했어요."

그녀가 눈을 치켜뜨며 나를 힐끗 본다. "바에서요?"

"네…… 그리고 그의 방에서도요. 잠시."

그녀가 별말 없이 내 대답을 받아 적는다. 어쩐지 이 말은 꼭 해야 할 것 같다. "같이 자지는 않았어요."

"음, 그건 제가 상관할 일이 아닙니다, 라이트 씨. 시간이 중요할 뿐이죠. 그후에는요?"

"집으로 갔어요. 저는 극작가인 패트릭 포글러하고 같이 살아요. 113번지에 있는 인클레이브빌딩요."

"알겠습니다." 형사가 수첩을 탁 덮는다. "지금으로서는 고인의 죽음이 고인의 직업과 관련이 있다고 볼 근거가 없습니다. 그러니 너무 불안해하지 마세요."

그 말을 이해하는 데 잠시 시간이 걸린다. "제 말을 안 믿으시는군요? 그 스토킹이 이 사건과 아무 관계가 없다고 생각하시는 거죠?"

"우리는 여러 가능성을 열어놓을 겁니다." 그녀가 중립적인 태도로 말한다. "하지만 누군가가 당신한테 시를 두고 갔다는 사실과 당신이 꽃을 받았다는 사실은 우리가 진행중인 수사 방향과는 무관합니다."

92

에이든은 우리에게 원하는 만큼 연습실에 있으라고, 남은 하루는 쉬라고 한다. 대역인 루이즈는 마침내 눈물을 그쳤다. 그리고 로런스의 팔에 안겨 함께 연습실을 나간다. 남은 우리는 말없이 여기저기 흩어져 각자 생각에 잠겨 있다.

나는 헨리에게 전화를 걸어 집까지 데려다달라고 한다. 집에 가보니 에이든이 패트릭을 찾아와 연극에 미칠 영향에 대해 이야기하고 있다. 분명히 그 소식은 소셜미디어에서 빠르게 확산되고 있으리라. 나는 주방으로 들어가지만 두 사람의 이야기가 들리는 것은 어쩔 수 없다.

"페이스와 이야기를 나눴어요." 에이든의 말소리가 들린다. 페이스는 냐샤의 대역이다. "무대에 오를 준비가 되어 있더군요. 대신 대본을 약간 수정해서 지금 페이스가 맡은 역할을 들어내야 할 겁니다."

"사람들은 연극이 취소될 거라고 생각하지 않을까요?" 패트릭이 묻는다.

"그럴 것 같지는 않아요. 연습중에 배우가 사망하는 일이 흔치는 않지만 전대미문의 사건은 아니거든요. 사람들도 공연이 계속되어야 한다는 걸 알아요."

그리고 당신은 이 일이 매스컴을 타면 티켓 판매에 도움이 될 거라는 걸 알지. 냉소적인 생각이 불쑥 든다.

"보도자료를 낼 겁니다." 에이든이 덧붙인다. "우리 모두 좋은 친구이자 뛰어난 연기자였던 냐샤를 잃고 슬픔에 잠겨 있습니다. 그녀의 갑작스러운 죽음은 끔찍한 비극이며 우리는 언제까지나 그녀를 그리워할 겁니다. 그리고 내일 아침 제일 먼저 연기자들을 연습실로 돌아오게 할 거예요. 페이스는 집중적으로 연습을 해야 할 겁니다."

"이런 사건이 벌어졌는데도 에이든은 놀라울 정도로 침착하네요." 에이든이 가자 패트릭이 말한다.

"그게 그 사람 일이니까요. 지금이야말로 우리 배우들은 그의 리더십을 기대할 거예요."

"그런데 당신은? 당신은 괜찮아요?"

나는 대답을 망설인다. "끔찍한 이야기 하나 해도 돼요?"

"해봐요."

"그 소식을 들었을 때," 나는 천천히 이야기를 꺼낸다. "에이든이 우리한테 비보를 알렸을 때…… 나는 분명 아주 큰 충격을 받았어요. 겁에 질렸죠. 냐샤가 가여워서 슬펐고요. 그런데 그후 내가 느낀 감정은……"

"계속해요." 패트릭이 말한다.

"한편으로는 아주, 아주 조금 실망스러웠어요. 왜냐하면 이게 결정적 증거잖아요, 안 그래요? 캐스린의 주장이 처음부터 끝까지 다 틀렸다는 증거. 다른 피해자들처럼 스텔라도 이 살인자한테 희

438

생되었을 거예요. 내 마음 한구석에서는 다른 걸 바랐지만……"
나는 말을 멈춘다. "내 마음속에는 여전히 당신이 살인자면 좋겠다
는 기대감이 어느 정도 있었어요. 당신이 언젠가는 그 끔찍하고도
어두운 비밀을 나한테 털어놓을 거라 기대했죠."

그가 어처구니없다는 표정을 짓는다. "제정신으로 하는 말이에
요?"

"당신은 나의 진짜 모습을 알고 싶어했잖아요. 충격받았어요?"

"하지만 이건 진짜 당신이 아니야, 그렇죠?" 그가 천천히 말한
다. "그 여자예요, 아폴로니. 당신의 역할. 당신이 또 역에 너무 깊
이 몰입해서……"

나는 고개를 젓는다. "아폴로니는 나를 기반으로 만든 인물이에
요. 당신도 알잖아요. 지금까지 그녀는 줄곧 나였어요, 패트릭. 이
런 속마음을 털어놓을 정도로 당신을 신뢰하기까지 긴 시간이 걸렸
어요. 나도 내가 좀더 연민이나 동정심 같은 감정을 느꼈으면 좋겠
어요. 하지만 실은, 나는 그런 식으로 생겨먹은 사람이 아니에요.
오랫동안 아무도 나를 원하지 않는 어린 시절을 보내서라고 생각
하든, 경계성인격장애라 그렇다고 하든, 뭐라고 생각해도 상관없
어요. 어쨌든 나는 다른 사람들과 달라요. 나는 그냥 다른 거예요."

93

이튿날 우리는 연습을 재개한다. 페이스는 나샤가 창조한 인물 설정을 수정하지 않아도 될 정도로 뛰어나다. 그녀는 모든 것을 똑같이 연기한다. 자세와 동작, 연출까지 똑같기 때문에 우리는 새 연기자와 맞추기 위해 처음부터 다시 연습할 필요가 없다. 나샤가 연습실에 되돌아온 기분이 들 정도다. 이것만으로도 페이스가 얼마나 재능이 있는지 알 것 같다. 사람들은 늘 말한다. 오늘의 대역이 내일의 스타라고.

나는 몇 번이나 페이스를 나샤라고 부르고는 아차 한다. 내가 자꾸 실수를 하자 로런스가 매섭게 지적한다.

출연진 중에 로런스만 언론과 인터뷰를 해, 자신이 나샤를 얼마나 존경했는지 밝힌다. 나는 그 나샤가 로런스를 어릿광대 정도로 생각했다는 걸 블로거들에게 슬쩍 흘릴까도 생각했지만 그러지 않는다. 나는 나대로 신경쓸 일이 잔뜩 있고 인터넷에는 이미 그녀의 죽음에 대한 온갖 가설이 넘쳐난다.

집중적으로 연습을 진행한 지 이틀이 지났고 개막일을 닷새 앞둔 날, 출연진과 스태프 모두 연습실에서 실제 극장으로 이동한다. 그때까지 연습실 바닥에 색색의 테이프로 표시되어 있던 무대배경이 느닷없이 입체적인 현실이 된다. 런스루 리허설만이 아니라 의상 퍼레이드, 테크 리허설, 조명팀의 큐투큐 리허설까지 진행한다.
사전예매분은 날개 돋친 듯 팔려나간다. 첫 두 주는 이미 매진이
다. 실제로 살인사건이 벌어진 보들레르의 이야기를 누가 거부할
수 있겠는가?

나는 전용 분장실을 받았다. 냐샤가 그렇게 죽지 않았다면 그녀
에게 주어졌을 무대 뒤편의 토끼굴 같은 비좁고 먼지 덮인 공간이
다. 화장대와 세면대, 거울, 작은 침상까지 갖추어놓았다. 나는 그
곳이 무척 마음에 든다. 들어갈 때마다 잠시 멈춰 서서 그곳의 냄
새를 한껏 들이마신다. 배경에 칠했던 페인트, 무대의 먼지, 좀먹
은 벨벳. 마법 왕국의 향수.

이내 그곳은 꽃으로 들어차기 시작한다. 패트릭으로부터, 에이
든으로부터, 제스로부터, 마시로부터.

로런스에게서는 아무것도 오지 않았다는 사실을 나는 확인한다.

얼마 후 눈길을 끄는 꽃다발이 도착한다. 꽃줄기가 긴 흑장미들
이 맨해튼에서 가장 비싼 꽃집 한 곳의 로고가 찍힌 포장지에 아이
스크림콘처럼 길게 싸여 있다. 포장을 풀자마자 꽃다발이 전부 흩
어지는 바람에 나는 기겁을 한다. 꽃송이는 전부 줄기에서 잘라냈
고 줄기마저 조각조각나 우수수 떨어져내린다.

타자기로 쓴 글귀가 있다.

언젠가 나는 꽃들을 처벌하리
그저 감히 활짝 피어났다는 죄목으로.

어디에서 인용한 구절인지 금방 알아차린다. 「아주 유쾌한 이에

게」의 일부분이다. 보들레르가 아폴로니 사바티에에게 보낸 시. 후
에 외설이라는 이유로 출간금지된 이 시에서 보들레르는 아폴로니
를 어떻게 죽이고 싶은지 묘사했다.

94

"이제는 당신도 내가 꾸며낸 이야기라고 생각할 수 없을 거예요." 나는 패트릭에게 말한다. "그자는 아직 끝나지 않았다고 말하고 있어요. 냐샤가 끝이 아니었다고 말이죠."

패트릭이 인상을 쓴다. "내가 그 꽃집에 전화해볼게요."

그가 불안한 표정으로 전화를 끊는다. "꽃집에서는 매장에서 나갈 때만 해도 꽃에 아무 이상이 없었대요. 그런데 그곳에서 꽃다발을 배달한 곳은 극장이 아니라 무인 물품보관함이었다는군요. 누구든 이 짓을 한 자가 당신에게 꽃을 배달하기 전에 줄기를 다 자른 게 틀림없어요."

"꽃집에서 주문자 이름은 받아뒀대요?"

그가 고개를 젓는다. "온라인 주문이었대요. 지불은 페이팔로 했고."

"그러니까 내가 편집증이었던 게 아니네요."

패트릭이 서둘러 레드와인 한 병을 딴다. 그리고 잔을 건네며 조심스럽게 말한다. "그래, 편집증이 아니었어요. 하지만 스토커가 아니라 다른 식으로 해석할 여지가 있어요, 안 그래요?"

"예를 들면?" 내가 멍하니 묻는다.

"짓궂은 장난."

"뭐라고요?" 내가 입을 열자마자 그가 내 말을 단호히 자른다.

"예를 들면 로런스가 있잖아요. 그 사람이라면 당신이 첫번째 꽃다발을 받은 후에 얼마나 겁에 질렸는지 봤을 거예요. 아마 당신이 그에게 했던 작은 장난에 대한 앙갚음 같은 게 아닐까요?"

"그 가설은 로런스가 첫번째 꽃다발을 보낸 사람이 아니라는 사실을 완전히 무시하고 있잖아요. 게다가 로런스는 내가 그 영상을 갖고 있다는 것조차 모른다고요."

"그러면 에이든은 어떨까요. 연출가들은 고의로 여자 배우들을 겁 준다고들 하잖아요." 그가 망설이더니 말한다. "역할에 부족하다고 생각하는 배우에게는 특히. 히치콕이 티피 헤드런에게 했던……"

"에이든이 아니에요, 패트릭. 아니라고. 그 사람은 나를 기용하고 싶어하지 않았지만 일단 내가 캐스팅된 후로는 개인적인 감정은 배제하고 대해줬어요." 나는 잔에 손도 대지 않은 채 거절한다.

"클레어……" 패트릭이 머뭇거린다.

"왜요?"

"한 가지 물어보고 싶은 게 있어요." 그가 조용히 말문을 연다. "혹시 당신 스스로 이 꽃들을 보낸 거 아니에요?"

"농담이죠?" 나는 내 귀를 믿을 수 없어서 되묻는다.

"나는 이해할 수 있어요." 그가 자신의 잔을 바라본다. "그게 당신이 역할에 몰입하는 방법이었다면. 아니면 보들레르가 보낸 시를 받았을 때 아폴로니가 느꼈던 감정을 느껴보고 싶었다면. 하지만 그렇다면 내게 말해줘야 해요."

"어떻게 내가 그런 짓을 할 거라고 생각할 수 있어요?"

"당신이라면 얼마든지 놀라운 일을 벌일 수 있다는 걸 아니까.

당신이 역할에 어떻게 헌신하는지도 알고. 그게 내가 당신을 사랑하는 이유이기도 하니까. 다만 당신이 얼마나 깊이 빠져들지 그걸 모르겠어요."

"그 꽃을 보낸 사람은 내가 아니에요. 패트릭." 나는 결국 잔을 들고 단숨에 와인을 들이켠다. "그자예요. 이 짓을 한 사람은 그자라고요."

그날 밤 나는 제스에게 전화를 걸어 한 가지 부탁을 한다.

95

"마침내 그 사이트에 들어갔어." 다음날 아침 극장으로 걸어가는 길에 헨리가 말한다. "네크로폴리스의 숨겨진 부분 말이야."

"정말요? 뭐 좀 찾았어요?" 116번가 모퉁이에는 가판대가 하나 있다. 그리고 그곳에서 칼리지워크*가 시작된다. 나는 가판대에서 〈뉴욕 타임스〉 한 부를 사서 냐샤에 대한 기사가 실려 있는지 확인한다. 신문을 재빨리 넘기며 내용을 훑는다. 냐샤에 대한 기사는 없는 것 같다. 그 대신 우리 연극에 대한 몇 가지 코멘트와 함께 추측성 기사들이 실려 있다. 니리 씨는 로런스 피사노의 상대역으로, 영국 출신의 전도유망한 신예 배우 클레어 라이트와 함께 연기할 예정이었다. 나에 대해 전도유망한이라는 표현을 써준 건 이번이 처음이다.

헨리가 고개를 젓는다. "거긴 이를테면 상호부조 방식이야. 내가 뭔가를 올리지 않으면 다른 사람의 콘텐츠를 다운받을 수 없는 거지."

"오." 실망감에 그 말밖에 나오지 않는다. 그곳에 답이 있으리라 굳게 믿고 있었으니까.

---

* 116번가에 있는 컬럼비아대학의 정문에서 동서로 가로지르며 캠퍼스를 양분하는 길.

"그래도 리스트에서 사진들의 제목은 읽을 수 있었어."

그의 말투가 어딘지 신경이 쓰여 나는 얼른 그를 바라본다. "그게 왜요?"

"가장 최근에 올라온 사진의 제목이 '유령'이었어."

"그건 나샤예요." 나는 얼른 대답한다. "분명히 그럴 거예요." 내 예상이 옳았다는 걸 깨닫자 순간 가벼운 현기증이 난다.

"그것 말고도 더 있어, 클레어." 그가 어쩐지 주저한다. "다른 이미지가 있었어. 아직 업로드되지는 않았지만. 제목이 '개봉박두: 나의 벌거벗은 심장'이야."

"그건 우리 연극 제목이잖아요."

그가 고개를 끄덕인다.

"헨리, 경찰에 알려야 해요."

"이론적으로는, 나도 자네 생각에 동의해. 하지만 현실적으로 경찰이 뭘 할 수 있을까? 사람들이 그런 사이트를 들락거리는 이유는 익명으로 활동할 수 있기 때문이야. 거기 이용자들의 신원을 확보하는 데 몇 달이 걸릴 수도 있다는 걸 자네도 나도 알잖아." 그가 손을 뻗어 어색하게 내 어깨를 꼭 잡는다. "잘 들어, 클레어. 걱정하지 마, 알았지? 내가 자네를 지켜줄 거야. 내가 안전하게 지켜줄게."

96

나는 내 분장실로 들어가 문을 닫는다. 테크 리허설은 문제없이 잘 끝났다. 오늘 저녁에는 드레스 리허설을 앞두고 있다. 내일이면 드디어 개막이다.

더 많은 꽃다발이 속속 도착한다. 이제 매일 꽃을 받기 때문에 그게 특별한 일은 아니다. 그런 줄 알면서도 이 메모를 읽는 순간 심장이 미친듯이 뛰기 시작한다.

나의 벌거벗은 심장.

그 밖에는 서명도 이름도 전혀 적혀 있지 않다. 나는 공포에 휩싸여 포장지를 푼다. 하지만 꽃들은 아름답고 멀쩡하다. 조금도 훼손되지 않았다.

어쩌면 이 꽃다발은 출연진 전원에게 보낸 것이고, 그 때문에 꽃집에서 보내는 사람의 이름 대신 연극의 제목을 썼을지도 모른다는 생각이 든다.

나는 의상을 입기 전에 침상에 누워 에너지를 재충전하면서 감각기억 연습을 몇 가지 해본다. 하지만 도무지 집중이 되지 않는다. 아까 들은 헨리의 말이 자꾸 머릿속을 맴돈다. 내가 안전하게 지켜줄게.

그리고 다른 것도 있다. 그의 손길. 그가 내 어깨를 꼭 쥐던 방식. 내가 남자의 관심에 유별나게 예민한 건 사실이지만, 그렇다고 해도 그의 손길에는 어딘지 이상한 구석이 있었다.

바로 그때 내 머리 위로 걸린 줄을 따라 무대배경이 스르르 이동하듯이 모든 기억이 재배치된다.

헨리.

경찰에게 처음 질문을 받던 날, 헨리에게도 질문을 했는지 물어본 기억이 난다. 프랭크는 그랬다고 했다. 하지만 헨리는 전직 경찰이니 그런 상황에서 어떻게 처신하면 되는지 누구보다 잘 알 것이다.

자신을 향한 의심의 칼끝을…… 내 쪽으로 돌리는 방법도.

그가 말하지 않았던가, 조만간 일자리를 잃을 것 같다고. 그도 스텔라의 돈이 필요했다. 그리고 잠입수사를 해본 사람이니 범죄 현장을 조작해 단순 강도사건이 아니라 뭔가가 더 있는 것처럼 보이게 할 수 있었을 것이다.

나는 스텔라를 살해한 헨리의 희생양에 불과했던 걸까?

따지고 보면 나는 완벽했다. 그 법률사무소는 범죄를 저질렀을지 모른다는 이유로 나를 버리는 패로 정했다. 헨리는 그 쓰레기 같은 변호사 릭의 소송을 이용해 나를 도둑은 물론이고 능숙한 사기꾼으로 보이게끔 손을 썼을 수도 있다.

그는 심지어 사전에 나와 스텔라를 만나게 했다. 내가 범죄를 계획할 시간이 있었던 것처럼 보이도록 말이다. 그날 밤 스텔라가 그에게 했던 말이 그런 내용이었을까? 이게 틀어질 줄 알았어요. 이 말은 마치 헨리가 그녀에게 뭔가를 하도록 설득했다는 것처럼 들리지 않는가.

어떤 사람들은 그 회색 지대에 장악되고 말아. 그리고 그걸 놓아버릴 수 없게 되는 거야……

나는 머리를 흔들어 그런 억측들을 모두 몰아낸다. 경찰이 헨리의 증언을 확인할 거라고 했으니 철저히 했을 것이다. 내 어깨를 쥐던 어색한 손길은 나를 보호하고 싶은 마음의 표시일 뿐 다른 의미는 없었으리라.

그리고 솔직하게 인정하자면, 헨리는 처음 내 면접을 봤던 후로, 그러니까 바에서 그에게 추파를 던지는 연기를 한 후로 내게 약간의 연정을 품고 있는 것 같다.

헨리가 나를 안전하게 지켜주고 있다. 더이상 편집증 환자처럼 굴지 말자.

그때 문을 두드리는 소리가 들린다. "누구세요?" 내가 대답한다.

"헤어와 메이크업 담당입니다."

나는 문을 연다. 젊은 남자가 서 있다. 그는 짧게 자른 머리를 잘 손질했고 환한 미소를 짓고 있다. 살짝 눈화장도 했다. 어깨에는 메이크업 담당자들이 필요한 물건을 넣어서 어디든 들고 다니는 접이식 케이스 하나를 걸고 있다. 모든 스태프에게 요구한 대로 그도 극장의 보안출입증을 목에 걸고 있다.

"안녕하세요." 그가 밝게 인사를 건넨다. "라이트 씨, 저는 글렌입니다. 오늘 컨디션은 어떠세요?"

"오, 안녕하세요." 내가 알기로 로런스와 냐샤는 계약 조건으로 헤어와 메이크업 담당을 요구했었다. 하지만 나는 직접 해야 하는 줄 알았다. "들어오세요. 그리고 그냥 클레어라고 부르세요."

"만나서 반갑습니다. 클레어." 그가 어깨에서 케이스를 내리고 뚜껑을 연다. 사다리처럼 된 내부의 제일 위층에는 각종 브러시와 화장용 펜슬이 잔뜩 들어 있다. "바로 시작할까요? 가운을 입어야 해요."

"그러죠." 에이든은 조각상 장면을 위해 내 피부를 창백하게 분장하게 했다. 나는 글렌에게 등을 돌린 채 상의를 벗고 가운을 걸친다. 도중에 거울을 힐끔 본다.

그가 나를 지켜보고 있다.

그런 행동은 일단 프로답지 않다. 하지만 작업에 들어가야 할 대상으로 나를 보고 있는 것일지 모른다. 편집증적인 생각은 절대 금지.

나는 자리에 앉는다. 우리는 함께 거울 속에 비친 내 얼굴을 비판적으로 살피기 시작한다. "이걸 좀 어떻게 해줄 수 있으면……" 나는 이마에 도드라진 뾰루지를 가리키며 말한다. 배너의 약을 끊은 지 십 주나 지났건만 내 피부는 아직도 뾰루지에 시달리고 있다.

"문제없어요." 그가 양손으로 내 머리를 잡고 이쪽저쪽으로 기울이며 말한다. 얇고 하얀 고무장갑 너머로 느껴지는 그의 손가락이 차다. "내가 작업을 다 끝낼 즈음이면 클레어는 이 극장이 문을 연 이래 가장 아름다운 시체가 될 거예요."

나는 움찔한다. 문득 나샤가 떠오른다. "엄밀히 말해서 나는 조각상이에요. 그리고 고작 한 장면 동안이죠."

글렌이 메이크업 케이스로 손을 뻗더니 한 층을 더 열어 컨실러를 고른다. "그나저나 저는 이 연극을 좋아해요. 방금 전에 기술팀을 만났어요. 모두 좋은 사람들이더군요. 그런데 당신은 정말 근사하네요."

"고마워요." 나는 겸손하게 대답한다.

그가 뾰루지 주위에 작은 원을 그리며 능숙하게 컨실러를 바른다. "사실 나는 샤를 보들레르를 몹시 좋아해요." 그가 패트릭처럼 프랑스어 억양으로 보들레르의 이름을 발음한다. 샬러 보들레어.

글렌이 잠시 손을 멈추더니 거울 속 나를 보며 몽롱하게 시를 인용한다.

"우리 이제 평온해지도록 해요, 오 나의 슬프고 불안에 지친 영혼이여.

당신은 저녁을 원했죠. 봐요, 이제 이곳에 저녁이 왔어요.

땅거미가 어두운 포옹으로 우리를 에워싸고

그 포옹은 누군가에게는 평화를, 하지만 다른 이들에게는 공포를 선사하죠."

나는 내 팔을 내려다본다. 소름이 돋아 있다. "낭송을 참 잘하네요."

"고마워요······ 이 시가 어떻게 끝나는지 알아요?"

나는 고개를 가로젓는다. "보들레르 전문가는 패트릭이지 내가 아니에요. 그 사람하고 꼭 이야기를 해보세요." 물론 패트릭이라고 이런 엄청난 팬의 관심을 좋아할 것 같지는 않지만.

"오, 패트릭, 그 번역자." 글렌이 삿대질을 하듯 거울 속 나를 향해 컨실러를 흔든다. "진짜 마니아들은 그 사람이 작업한 번역의 일부를 조금 자유분방하다고 느낄 수도 있어요. 방금 그 시는 아니지만요. 그 시는 꼭 자장가 같지 않아요? 죽음의 자장가."

그는 여전히 내 눈에 시선을 고정한 채 계속 시를 읊는다.

"쇠약해진 태양이 시야에서 미끄러져 사라진다.
죽음이 의기양양하게 바다로부터 솟아오른다.
귀를 기울여요, 내 사랑, 다가오는 달콤한 밤에 귀를 기울여요."

줄곧 저 사람의 눈빛은 의기양양했어.

글렌이 '의기양양'이라는 단어를 말했을 때 드러난 만족한 기색. 왜일까? 도대체 글렌은 왜 저렇게 의기양양한 걸까?

그가 컨실러를 케이스에 넣으려고 손을 아래로 뻗는다. 바로 그때 케이스 아래쪽을 가득 채운 철제 도구들이 눈에 들어온다. 의사의 진료실에 있으면 더 어울릴 것처럼 보이는 메스와 바늘, 흉측한 갈고리 들.

문득 모든 조각이 제자리를 찾아간다.

이미지. 꽃. 시.

나의 벌거벗은 심장.

헨리가 아니다. 패트릭도 아니다. 내가 아는 그 누구도 아니다. 머리를 단정하게 손질하고 빛나는 미소를 짓는 이 상냥해 보이는 낯선 남자다.

"내 대본 좀 건네줄래요?" 나는 부탁한다. "저기 있어요."

"그러죠." 그가 대본을 집으려고 몸을 돌린다. 그 순간 나는 벌떡 일어선다. 하지만 의자가 바닥으로 넘어지는 바람에 그가 획 돌아본다. 그가 케이스에 손을 넣더니 뭔가를 집어든다. 메스다.

나는 뒤로 물러나지만 분장실이 협소한 탓에 침상에 부딪혀 비틀거린다. 내 등에 벽이 느껴진다. 더이상 도망칠 곳이 없다.

나를 향해 다가오는 그의 얼굴에 순수한 기쁨이 깃들어 있다. 놀이공원에서 놀이기구를 타는 아이처럼.

나는 아래로 손을 뻗어 침상의 매트리스 밑에서 제스의 총을 더듬더듬 찾는다. 총을 보면 그가 하려던 짓을 멈출 거라고 생각한다. 하지만 그는 멈추지 않는다. 그리고 나는 한순간에 마음을 정해야 한다. 영원 같은 한순간.

생각하지 마. 행동해.

그래서 나는 행동한다.

97

극장은 폐쇄되었다.

다른 선택은 할 수 없었다. 쇼는 계속되어야 한다고 말하는 사람들조차 감식반이 살인 현장을 세세하게 조사해야 한다는 현실적인 요구를 무시할 수 없다. 게다가 경찰의 심문도 받아야 한다.

물론 나는 법을 어겼다. 아무리 미국이라고 해도 외국인은 허가증이 없으면 총을 소지할 수 없다. 하지만 자기방어를 위한 것이었다는 점이 패트릭의 변호사에게 힘을 실어주었다.

나를 공격한 자의 이름은 글렌 퍼먼이었다. 경찰이 신속하게 밝혀낸 사실에 따르면 그는 수습 장의사였다. 그런 이유로 헤어와 메이크업 보조로 사칭할 수 있을 만큼 분장에 대해 충분한 지식을 보유했던 것이다. 그는 또한 『악의 꽃』에 집착하고 있었다. 경찰은 그의 아파트에서 주석이 잔뜩 적혀 있는 『악의 꽃』을 열 권 넘게 찾았다.

그의 메이크업 케이스에서 네크로폴리스에 바로 이미지를 업로드할 디지털카메라가 나왔다.

경찰이 나에 대한 조사를 끝냈을 즈음에는 이미 날이 바뀌어 있었다. 기진맥진해진 나는 나머지 배우들이 모여 있는 연습실로 돌아갔다. 사람들은 앞으로의 일에 대해 의논중이었다. 즉, 우리의 연극을 다른 무대에서 올릴 시도를 해볼지, 이대로 끝낼지를 말이다.

로런스는 공연을 취소해야 한다고 말했다.

"이 연극이 던지는 핵심적인 질문이 뭔지 잘 생각해봐요." 그가 주장했다. "보들레르를 재판정에 세운 검사의 질문 말이에요. 어느 한 사람이라도 당신의 시에서 영감을 얻어 악행을 저지르면 어떻게 할 것인가? 그때 당신은 어떤 책임을 지는가?" 그는 우리를 둘러보았다. "이 연극을 무대에 올리는 바람에 퍼면 같은 사이코가 태어나는 데 일조하면 어쩌죠? 그러고도 아무렇지 않게 살 수 있을까요?"

"클레어?" 에이든이 나를 돌아보며 조용하게 불렀다. 그도 피곤해 보였다. "당신 의견은 어때요? 이번 사건 때문에 가장 힘든 사람이 당신이잖아요."

나는 잠시 아무 말도 하지 않았다. 어째서인지 게리와 줄리의 집에 처음 도착했던 날의 기억이 느닷없이 생생하게 되살아났다. 나는 그전에 지내던 위탁가정에서 몇 주 만에 쫓겨났다. 내 물건은 죄다 쓰레기봉투에 들어 있었다. 왜냐하면 사회복지과는 내가 위탁가정을 옮겨다닐 때 택시에 태워줄 돈은 있지만 여행가방을 사줄 돈은 없었기 때문이다. 여행—이사—이야말로 어린 내가 가장 많이 했던 일인데도.

지금도 생생히 기억난다. 쓰레기봉투 하나를 들다가, 사회복지과는 할 수만 있다면 나까지도 그 안에 넣어 던져버릴 것이라는 사실을 깨달았던 순간이. 그들에게 나는 그 정도의 의미였을 뿐이니까. 쓰레기.

"저는 우리가 연극을 해야 한다고 생각해요." 나는 에이든에게 말했다. "우리는 이런 기회를 다시는 만나지 못할 거예요. 적어도 나는 그래요."

모두의 시선이 내게 꽂혔다. 내가 무슨 괴물이라도 되는 것처럼 말이다. 하지만 내 말이 옳았다. 그게 사실이다. 반면 로런스는 트위터에서 읽었을 법한 뻔한 소리를 지껄였을 뿐이다.

에이든이 투표를 하자고 했다. 나는 계속하고 싶어한 유일한 사람이었다.

패트릭이 나를 집으로 데리고 왔다. 그제야 나는 무너지듯 쓰러지며 총을 쏘던 순간을 몇 번이고 떠올리면서 구역질을 하고 울음을 터트렸다. 왜냐하면 영화에서 결코 제대로 표현하지 않는 장면이 죽음이라는 사실을 알게 되었기 때문이다. 현실의 인간은 연기가 계속 이어지도록 자기 몸을 끌어안은 채 가만히 누워 있지 않는다. 인간의 몸은 죽고 싶어하지 않는다. 포기하리라 생각되는 시점이 한참을 지나도 포기하려 들지 않는다. 피를 흘리고 경련하고 숨을 쉬려고 헉헉거린다. 자신을 살리려고 달려오는 구급대원보다 훨씬 더 열심히 싸운다. 인간의 몸은 돌이킬 수 없음을 받아들이려 하지 않는다.

그 노인의 몸에 피가 그렇게 많을 줄 누가 알았겠어? 나는 열여섯살에 올랐던 무대에서 이런 대사를 한 적이 있다. 그때 사람들이 내 연기가 환상적이었다고 칭찬해주었지만 정작 나는 그 대사의 진정한 의미를 전혀 몰랐다.

머릿속을 맴도는 이미지들 가운데 도저히 지워지지 않는 장면은 글렌 퍼먼을 처음 쏜 순간이 아니다. 왜냐하면 한 발을 맞고도 그의 움직임은 전혀 느려지지 않았기 때문이다. 그것은 두번째 방아쇠를 당겨 그가 비로소 무릎을 꿇은 순간이다. 그의 입술이 움직였다. 무슨 말을 하려고 했지만 내 총알이 폐를 관통했기 때문에 공기가 새어나가 그의 목소리는 말이 되어 나올 수 없었다. 마치 풍선에서 바람이 빠지듯 공허한 휘휘 소리에 불과했다.

바로 지금 내가 그런 존재로 느껴진다. 내면에 아무것도 남지 않은 것처럼 텅 비어 공허할 뿐이다.

98

"우리는 유럽에 갈 거예요. 당신에게 파리를 보여주고 싶어요."

나는 그저 잠이나 자고 싶을 뿐이지만 그럴 수 없다. "당신 잊었구나. 나는 유럽 출신이에요. 열네 살에 수학여행으로 파리에 갔었다고요. 다른 여학생 하나랑 부아드불로뉴*에서 여장 남자들을 보려고 몰래 빠져나갔죠."

"이번 여행은 달라요." 패트릭이 내 머리를 부드럽게 쓸어내린다. "당신에게 내가 학생 시절 자주 갔던 곳을 보여주고 싶어요. 내가 처음으로 보들레르를 발견한 곳. 잠시 떠나 있는 것도 좋을 거예요. 그러면 이야기도 제대로 할 수 있을 거고. 당신에게 하고 싶은 이야기가 있어요. 하지만 여기서 하고 싶지는 않아요."

그가 말하는 투로 보아 단순히 느긋하게 한담이나 늘어놓으려는 게 아니라는 예감이 든다. 하지만 상관없다. 글렌 퍼먼의 죽음 덕분에 패트릭과 나는 마침내 서로를 향한 의혹의 눈길을 거두게 되었으니까.

게다가 나는 패트릭이 그 '사랑의 도시'에서 내게 하고 싶은 말이 뭔지 알 것 같다.

---

* 파리에 있는 대공원.

"음…… 그거 괜찮은 생각 같네요."

그의 손이 계속 내 머리를 쓰다듬는다. "어땠어요, 클레어?"

나는 그가 무엇에 대해 묻는지 모르는 척하지 않는다. "솔직하게?"

"솔직하게."

"무엇보다 자랑스러웠어요. 그렇게 재빨리 반응했다는 사실이 자랑스러워요. 폴의 즉흥연기 게임 덕분이었던 것 같아요. 멈춰 서서 상황을 분석하지 말고 그 순간에 호응하라. 나는……" 다음 말을 하려니 부끄러워 나는 고개를 들어 그의 얼굴을 바라본다. 하지만 이제 내가 나이기 때문에 그가 사랑한다는 걸 안다. 내 머릿속에 있는 최악의 것도 그를 믿고 털어놓을 수 있다는 걸 안다. "나는 방아쇠를 당기고 이렇게 생각했어요. 연기를 썩 잘했어."

"그후에는?"

"그후에는 끔찍했죠. 내가 한 짓과 내가 보인 반응 모두. 하지만 그런 순간은 곧 지나가더라고요. 그리고 나서 느꼈어요……" 나는 이 이야기를 정말 타인에게 털어놓아도 될지 망설이며 다시 말을 멈춘다.

"뭘?" 그가 살며시 재촉한다.

"진짜라고." 나는 말한다. "글렌 퍼먼을 죽인 후 나는 그 어느 때보다 진짜라고 느꼈어요."

당신이 신뢰하는 사람에게 정직하기. 이 세상에 이런 감정은 어디에도 없다.

99

닷새 후 우리는 파리행 비행기에 오른다.

"당신에게 말해야만 하는 게 있어요." 패트릭이 공항으로 차를 몰며 말을 꺼낸다.

그의 차분함, 앞쪽 도로에서 시선을 떼지 않는 태도를 보면 분명 중요한 이야기임이 틀림없다.

"뭐예요?" 나는 그가 선뜻 이야기를 이어나가지 않자 재촉한다.

"아주 오래전에 대학생이었을 때 여자친구가 있었어요. 아름답고 지적인 사람이었죠. 나는 그녀가 밟고 지나간 땅마저 숭배할 정도였어요. 적어도 그때는 그렇게 생각했어요."

그가 잠시 말을 멈추고 생각을 정리한다.

"그러던 어느 날 저녁 어떤 아가씨를 봤어요. 그냥 서 있었어요, 길가에. 성매매 여성이었죠. 어떤 분위기에 휩쓸려서 그 여자를 큰 소리로 불렀어요…… 그건 계시였죠. 갑자기 나는 머릿속에 꾸역꾸역 넣어뒀던 것들을 전부 꺼내 마음껏 실행에 옮겼어요. 그녀는 나와 잘 맞았거든요. 내가 무엇을 꿈꾸든 그녀는 내가 더 멀리 갈 수 있도록 내 등을 떠밀어줬어요. 나는 그녀에게 집착했고."

우리는 이제 터널을 통과하는 중이다. 터널 천장의 나트륨등이 그의 얼굴에서 점멸한다. 그것조차 알아차리지 못하는 듯 그의 두 눈은 먼 과거 속의 뭔가에 고정된 것 같다.

"계속해봐요." 나는 조용하게 말한다.

"어느 날 밤 너무 나가고 말았어요. 사고였지. 그녀는 우리의 행위가 얼마나 위험한지 알았어요. 그녀는 그냥…… 운이 나빴던 거예요."

운전대를 잡은 양손은 바위처럼 꿈적도 않고 차가 달리는 속도도 일정하다. 하지만 나는 그의 어깨를 단단히 옭아맨 긴장이 눈에 보이는 듯하다.

"그녀는 죽었어요." 그가 말한다.

나는 아무 말도 나오지 않는다. 여러분은 각자의 감정과 소통해야 해. 폴은 이렇게 말하곤 했다. 하지만 무슨 감정을 느끼는지조차 모를 때는 어떻게 해야 할까? 감정이 너무 압도적이면?

"지금 당신에게 다 털어놓는 거예요." 패트릭이 덧붙인다. "우리 사이에 더이상 비밀이 있는 게 싫어서. 당신에게 선택권이 있기 때문이기도 하고. 내 가방에는 파리행 비행기표 두 장 외에 런던행 편도 비행기표도 한 장 있어요. 당신이 원하면 곧장 예전의 삶으로 돌아갈 수 있어요. 아니면 나와 함께 머무를 수도 있고. 당신이 결정해요. 클레어. 하지만 마음을 정하기 전에 이것 하나만 알아줘요. 당신을 사랑해요."

우리는 터널을 빠져나온다. 한참 동안 나는 창밖을, 끝도 없이 펼쳐진 도시의 풍경이 휙휙 지나가는 모습을 바라본다.

나

당신 곁에 머무르고 싶어요.

그리고 행복에 겨워 그를 향해 미소 짓는다. 내가 가진 최악의 비밀을 함께 나누는 것보다 더 좋은 일은 내가 사랑하는 사람이 그의 최악의 비밀을 함께 나눌 때라는 사실을 깨달았기 때문이다.

100

패트릭은 에투알개선문 근처의 작은 호텔에 우리가 묵을 방을 예약해뒀다. 18세기의 우아함을 간직한 조용한 은신처 같은 호텔이다. 나는 짐을 풀고 나서 그가 잠시 외출한 사이 커다란 하얀 욕조에 몸을 담그고 피로를 푼다.

패트릭은 돌아와서도 어디에 다녀왔는지 말해주지 않는다. "미리 준비해둘 일이 있어서." 아무리 물어봐도 모호하게 대답하고 넘어갈 뿐이다. 그의 주머니에서 얼핏 반지함 같은 네모난 상자의 윤곽이 보이는 것 같아 나는 더이상 묻지 않는다.

이튿날 패트릭은 보들레르의 삶을 따라가는 여정을 직접 계획해 나를 데리고 나선다. 잔과 시인이 살았던 로쳉 저택. 오르세미술관에 전시되어 있는 클레생제의 아폴로니 누드 조각상. 보들레르와 여러 보헤미안들이 모여 술을 마시고 토론을 벌였던 유명한 술집 레되마고.

오후에는 패트릭이 학창시절을 보냈던 곳들을 찾아간다. 센강 좌안과 카페드플로르 등을 돌아본다. 하지만 가장 좋았던 곳은 자잘한 자갈돌이 깔린 리틀아프리카로 우리는 그곳에서 쿠스쿠스를 먹고 라벨이 없는 병에 담긴 투박한 맛의 레드와인을 마신다. 카페의 창가에는 물담뱃대가 늘어서 있는데, 물부리의 끝은 은박지로 싸여 있다. 그 담뱃대 하나로 패트릭이 부글거리는 아라크*가 담긴 사발을 통해 뜨거운 담배를 빨아들이는 방법을 보여주자 나는 머리가 살짝 몽롱해진다.

"잠깐만 있어봐요." 그가 이렇게 말한 후 가게 안쪽으로 들어간다. 잠시 후 돌아온 그의 손에는 라벨이 없는 병이 들려 있다.

"압생트예요." 그가 선명한 녹색 액체를 두 잔 따르며 알려준다. "보들레르 답사 여행을 마무리하는 의미예요. 이 술에는 가벼운 환각제가 들어 있죠." 그는 설탕통에서 설탕을 한 숟가락 떠서 술에 타더니 잔을 촛불 위로 든다. 술이 보글보글 끓기 시작하자 그는 술을 젓기 시작한다.

"이러면 숙취가 생기지 않아요?"

"당연히 생기죠. 하지만 우리는 보들레르와 달리 이부프로펜이 있으니까. 살뤼!**"

"살뤼." 나도 따라 한다. 그날 오후는 내내 머릿속이 뿌옇다. 약동하는 색채와 롤러코스터를 탄 듯한 현기증 속에서 패트릭이 좋아하는 시를 암송하는 동안 내 심장이 헬륨처럼 한없이 부풀어올랐던 것만이 흐릿하게 기억난다.

그날 밤 그는 내게 옷을 든든하게 입으라고 한다.

"왜요?" 저녁에도 포근해서 우리가 떠나온 뉴욕의 쌀쌀한 가을

---

* 쌀이나 야자 즙으로 만든 독주.
** '건강하길, 번창하길'이라는 뜻의 프랑스어로 건배할 때 쓰기도 한다.

보다 훨씬 더 따뜻하다.

"추운 곳으로 갈 거니까." 그가 배낭을 둘러멘다.

그는 택시 기사에게 몽파르나스 묘지로 가자고 한다. 우리는 택시에서 내린 후 육중한 돌문 사이를 지나 묘지공원으로 들어간다. 좁은 길과 가로수가 늘어선 길로 단정하게 구획된 묘지인데, 가로숫길 사이에 있는 묘지들은—패트릭의 말에 따르면 그곳의 무덤은 삼만 오천 개가 넘는다—고딕부터 아르누보까지 온갖 양식의 집합체다.

패트릭은 공원 한가운데의 조용한 곳으로 나를 데려간다. "보들레르의 묘와 기념비가 여기 다 있어요." 그가 설명한다. "이게 그 기념비죠."

그것은 8피트 높이의 하얀 대리석 조각상이다. 반은 천사고 반은 악마인 이중적인 형체가 임종을 맞은 시인을 내려다보고 있다. 기념비 위로 수십 장의 지하철표가 흩어져 있는데, 표마다 조약돌을 얹어 날아가지 않게 해뒀다.

"이런 식으로 존경심을 표시하는 거예요. 특별히 이곳까지 여행을 왔다는 증거를 보여줘서." 패트릭이 주머니에서 우리의 비행기표를 꺼내더니 몸을 숙여 그 표들 곁에 내려놓는다.

다음으로 우리는 어머니 곁에 잠들어 있는 시인의 수수한 묘에 잠시 들렀다가 묘지공원을 나온다. 그리고 프루아드보가街를 따라 걸음을 재촉한 후 마침내 작고 녹슨 쇠창살문이 있는 벽 앞에 멈춰 선다. 그 문 뒤로 지하실 같은 곳으로 내려가는 계단이 보인다.

패트릭이 열쇠를 꺼내 문을 연다.

"운이 좋았어요. 혹시 자물쇠를 바꿨으면 어쩌나 걱정했는데."

그러더니 그는 배낭에서 손전등 두 개를 꺼낸다.

"우리 지금 어디로 가는 거예요?" 나는 안으로 들어가며 묻는다.

"지하묘지." 그가 우리가 들어온 문을 조심스럽게 다시 잠그더니 손전등을 켜고 내게 먼저 가라는 몸짓을 한다. "이런 출입구가 수십 개나 돼요. 전부 잠겨 있지만 열쇠는 암시장에서 구할 수 있죠. 가끔 학생들이 이곳으로 내려와서 파티를 열기도 해요."

나는 계단을 내려간다. 암흑 속에서 서늘한 바람이 희미하게 불어와 안쪽의 건조하고 퀴퀴한 부패의 냄새를 전해준다. 그리고 속삭이는 듯한 절대적인 정적. "파티 소리는 안 들리는데."

"당신도 참 바보 같은 소리를. 이 터널들은 200킬로미터가 넘게 뻗어 있어요."

손전등을 비춰보니 머리 위에 바위 천장이 있다. 발밑에는 백묵 같은 회색 자갈들이 깔려 있다. 이곳에서 들리는 유일한 소리는 자박자박 걸어가는 우리의 발소리와 똑똑 떨어지는 물소리뿐이다.

"이곳은 원래 채석장이었어요. 로마시대까지 거슬러올라가죠." 패트릭의 목소리가 등뒤에서 들린다. 소리가 울리지 않는 것을 보니 주위에 모두 흡수되는 것 같다. "사람들이 묘지를 이 아래로 옮겨오자는 환상적인 발상을 한 건 고작 18세기였어요."

그가 우리가 지나온 공간에 손전등을 비춘다. 처음에는 꽤 좁아 보인다는 생각밖에 들지 않는다. 그러다 나는 깜짝 놀라 펄쩍 뛰어오른다. 내가 벽이라고 생각했던 것이 실제로는 세월의 더께가 앉아 거뭇거뭇해진 두개골 더미였기 때문이다.

"터널의 이 구역에만 육백만 명에 달하는 파리 사람들의 유골이 있어요." 그가 말한다. "이곳도 보들레르가 아주 좋아한 장소죠."

우리는 교회처럼 넓고 높은 동굴 같은 방들을 지나간다. 뼈 무덤을 뒤로하고 점점 터널 깊숙이 들어간다. 마침내 패트릭이 멈춰 선다.

"이쪽이에요." 그가 손짓을 하며 말한다.

우리는 바위를 깎아 만든 계단 근처에 있다. 우리 아래로 잔물결 하나 없는 수정처럼 맑은 물웅덩이가 보인다. 패트릭이 먼저 아래로 내려가 두 손으로 물을 뜬 후 손가락 사이로 똑똑 흘려보낸다.

"채석공들이 몸을 씻고 싶으면 그저 지하수가 있는 곳까지 땅을 파기만 하면 되었어요. 이곳의 물이 에비앙보다 더 깨끗하죠. 그리고 두 배는 오래되었고." 그가 작은 은제 촛대 하나와 수건 한 장, 샴페인 한 병을 배낭에서 꺼낸다.

"여기서 수영이라도 하려고요?" 나는 초에 불을 붙이는 그에게 묻는다.

"그래요. 하지만 아직은 아니에요. 그전에 당신에게 먼저 보여주고 싶은 게 있거든요."

그의 목소리에서 긴장된 기색이 느껴진다. 아무래도 이곳까지 온 목적이 관광은 아닌 듯하다. 이것은 일종의 공연이고 나는 관객이다. 나는 머리를 모두 비우고 그가 시작한 의식에만 집중하며 어울려주기로 한다.

가져온 물건을 내버려둔 채 점점 좁아지는 통로를 따라가니 우리 앞에 또다시 계단이 나온다. 우리는 다시 계단을 내려간다. 그렇게 도착한 곳은 일종의 막다른 골목으로, 암반을 깎아 예배당 크기로 만든 공간이다. 그리고 그곳은 다시 작은 방들로 갈라진다. 귀가 먹먹할 정도로 고요하다. 손전등 불빛으로 주위를 살펴보니 벽에 배낭이 두 개 더 기대어져 있다.

"우리가 쓸 배낭?" 내가 묻는다.

그가 고개를 끄덕인다. "식량."

"어제저녁에 미리 준비해두었다는 일이 이거였어요?"

"말하자면 그래요." 그가 둥근 바위 천장에 손전등을 비춘다. "우리는 지금 그 사람의 무덤 바로 아래에 와 있어요. 당신이 여기에 와줘서 기뻐요, 클레어. 이곳은 내게 몹시 각별한 곳이거든요."

그가 곁방으로 들어가 가스램프를 켜자 따스한 느낌의 노란 불빛이 그곳을 가득 채운다.

"음, 정말 대단한 곳이네요." 나는 바위로 된 벽들을 돌아보며 말한다. "정말 아늑해요."

그는 아무 대답도 하지 않는다. 그때 이상한 소리가 들린다. 누가 흐느끼는 듯한 기묘한 소리다.

"패트릭?"

그는 아무 대답도 하지 않는다. 나는 더 안쪽의 방으로 걸어들어간다.

"누구 없어요?" 나는 조심스럽게 말한다. "아무도 없어요?"

갑자기 경고도 없이 어둠 속에서 손 두 개가 내 발치로 쑥 튀어나온다. 나는 숨을 헉 들이쉬며 허겁지겁 뒤로 물러난다. 그 손은 어둠 속으로 다시 사라진다. 하지만 그 짧은 순간 나는 양손을 묶어놓은 끈을 분명히 보았다.

패트릭이 가스램프를 들고 소리도 없이 내 뒤로 다가온다.

"패트릭, 이게 무슨 일이에요?"

그가 램프를 든다. 그 불빛에 바닥에 웅크리고 있는 검은 피부의 젊은 여자가 모습을 드러낸다. 그녀의 다리는 묶여 있고 그 밧줄의 끄트머리는 벽에 박힌 쇠고리에 고정되어 있다. 입도 재갈을 물리듯 천으로 칭칭 묶어놓았다.

"세상에." 나는 나직이 내뱉는다. 머리가 어질어질하다. 이곳에서 벌어지고 있는 일에 대해 가능한 설명은 하나뿐이지만 내 머리는 눈앞의 광경을 이해하려고도, 내가 안다고 생각했던 모든 것이 틀렸다는 사실을 받아들이려고도 하지 않는다.

"네크로폴리스에서 비슷한 취향의 사람들을 만난 사람이 글렌 퍼먼만은 아니었어요." 패트릭의 말투가 차분하다. "거긴 놀라울 정도로 활발한 커뮤니티죠. 우리는 희귀한 관심사를 가졌지만 인터넷 덕분에 서로를 찾아낼 수 있었어요. 그리고 가끔 서로를 돕기도 하고. 파리에도 친구들이 있는데 나를 위해 기꺼이 이런 준비를 해주었죠."

"이 여자는 누구예요?" 나는 겁에 질려 묻는다.

패트릭은 벌벌 떨고 있는 여자에게 눈길도 주지 않는다. "저 여자 이름은 로즈일 거예요. 저 여자를 신경쓰는 사람은 아무도 없죠. 당신을 빼면 말이에요."

"그게 무슨 뜻이죠?"

"저 여자가 당신의 첫번째가 될 거라는 뜻이에요." 그가 아무렇지 않게 말한다. "길가에 서 있던 아가씨가 나의 처음이었듯이."

"말도 안 돼." 나는 공포에 차 말한다. "설마 내가 그럴 수 있을 리가……"

"스텔라는 비슷한 시험을 통과하지 못했어요. 내가 그녀를 얼마나 사랑했는데. 하지만 그녀는 진실을 알게 된 순간 나를 받아들이지 못했죠. 당신만큼 강한 사람이 아니었거든."

"당신이 스텔라를 죽였구나." 나는 낮게 중얼거린다. "다 알아 버렸기 때문에 당신이 스텔라를 죽였어."

"그래, 내가 죽였어요. 하지만 그것 때문이 아니에요. 나는 스텔라가 너무 겁에 질려서 경찰에 신고하지 못하리라는 걸 알고 있었어요. 스텔라를 죽인 건 그날 밤 만난 어떤 사람 때문이에요. 바에서 만난 아가씨. 그녀는 나와 함께 시 한 편을 낭송했지. 그리고 그녀의 목소리…… 그 순간은 완벽했어요. 약속으로 가득했고, 가능성으로 충만했지. 그 순간 나는 스텔라가 죽을 수밖에 없다는 사실을 깨달았어요." 그의 옅은 눈동자가 내 눈을 응시하며 다가온다. "만나자마자 당신이 특별한 사람이라는 걸 금방 알아봤어요. 클레어. 내가 모든 것을 함께 나눌 수 있는 사람. 하지만 지금부터 그걸 증명해 보여야 해요. 당신이 이 일을 해낼 수 있는 사람이라는 걸 보여줘야 해요."

"나는 할 수 없어요. 패트릭. 나는 못해……"

"이미 했잖아요." 그가 논리적으로 말한다. "당신은 이미 망상에 빠진 불쌍한 녀석을 죽였어요. 당신이 그랬잖아. 당신이 진짜처럼 느껴졌다고. 나는 당신에게 그 느낌을 다시 선사하려는 거예요. 하지만 이번에는 얼마나 강렬할지 상상도 할 수 없을걸요."

"패트릭, 제발……"

"자, 이제부터 우리는 궁극의 신뢰 게임을 하는 거예요." 그는 내가 아무 말도 하지 않은 것처럼 계속 말한다. "저 여자를 죽여요. 그러지 않으면…… 내가 어떤 위험을 감수하고 있는지 당신도 알겠죠, 클레어? 당신을 잃을지도 모르는 위험을 감수하는 거예요. 스텔라를 잃어야만 했듯이."

101

구역질이 난다. 나는 어쩌면 그렇게도 어리석었을까. 나는 패트릭이 나를 이곳으로 데려와 프러포즈를 할 거라 생각했다. 내가 헛물을 켜는 동안 그는 나를 이곳으로 데려와 죽일 생각을 하고 있었다니.

"패트릭, 나는 못해요." 다시 한번 나는 말한다.

그런데 내 안에 이미 도사리고 있는 끔찍한 일부는 생각이 다르다. 과연 그럴까?

"할 수 있어, 내 사랑. 당신은 할 수 있어요. 당신이 무엇을 할 수 있는지 나는 다 알아요." 그의 목소리는 낮고 차분하며 마치 최면이라도 거는 것 같다. "나는 당신을 지켜봤어요. 시험을 했죠."

"패트릭…… 이 일은 생각할 시간이 필요해요. 제발!"

그가 잠시 따져본다. 그러더니 바닥의 여자에게 몸을 돌려 프랑스어로 무슨 말을 한다. 겁에 질린 여자의 눈이 휘둥그레지더니 필사적으로 고개를 끄덕인다.

"좋아." 그가 칼을 꺼내 여자의 결박된 양손은 그대로 둔 채 벽에 묶어놓은 밧줄만 자른다. 그리고 그 칼을 그녀의 앞쪽으로 멀찍이 내려놓는다.

"나는 방금 저 여자에게 여기서 살아 나가고 싶으면 당신을 죽이는 수밖에 없다고 말했어요." 그가 건조하게 말한다. "그러니 이제 선택은 당신의 몫이에요, 클레어."

로즈가 칼을 향해 조금씩 다가오고 있다.

"보들레르의 시 중에 이렇게 어려운 문제를 그린 시가 있죠." 패트릭이 배낭 하나에서 총을 꺼내 내게 내민다. "그는 온갖 악으로 가득한 동물원을 묘사해요. 그리고 수수께끼를 한 가지 내죠. 이들보다 훨씬 더 지독한 괴물은 누구인가? 대답은 자신의 손에 피 한 방울 묻히지 않은 채 그의 시에 묘사된 공포를 즐길 수 있는, 바로 당신 같은 독자야."

"그 칼 들지 말아요, 로즈." 나는 간절하게 말한다. 그녀는 내 말을 들은 것 같지 않다. 그녀가 영어를 알아듣기나 하는지조차 모르겠다.

"자, 이제 당신도 손을 피로 물들여야 할 때예요." 패트릭이 내게 말한다.

로즈가 잠시 망설이더니 칼을 향해 달려들어 결박되어 있는 양손으로 집으려고 버둥거린다.

나는 마지못해 총을 받아든다.

"좋아." 패트릭이 숨을 내쉰다. "자, 내 사랑. 이제 쏴버려요."

죽느냐 죽이느냐. 비현실적으로 생생한 꿈을 꾸고 있는 것 같다. 내 속에서 마구 흘러넘치는 감정들, 혐오감과 공포, 황당함을 어떻게 처리할지 엄두조차 나지 않는다.

그리고 뭔가가 더 있다. 언젠가는 반드시 일어날 일이었다는 끔찍한 깨달음. 내 마음속 어딘가에서 나는 줄곧 알고 있었다.

나는 이 순간을 원했다.

102

위탁가정에서 자라는 아이들은 누구나 저마다의 사정이 있다. 어떤 아이는 알코올에든 마약에든 중독된 부모를 두었다. 어떤 아이는 그런 부모조차 없다. 또 어떤 아이는 방치되었거나 학대를 받았다.

나는 사람들에게 내가 고아라고 말했다. 하지만 그것은 사실이 아니었다. 내 부모는 소위 힘든 시기라는 걸 지나던 중이었다. 밤새 부부싸움이 이어졌다. 한번은 아빠가 내 방으로 들어와 자고 있던 나를 깨우더니 엄마에 대해 욕을 하기 시작했다. 아빠는 엄마가 얼마나 못된 여자인지, 자기보다 훨씬 나은 인간이라고 생각하는 '천사 같은' 이 여자에 대한 진실을 내가 알아주기를 원했다. 나는 아빠 뒤로 힐끔 본 엄마의 모습을 지금도 기억한다. 그때 엄마는 내게서 아빠를 떼어내려고 안간힘을 쓰고 있었다. 아빠가 마치 씨를 뿌리듯 한 팔을 휙 돌리던 모습. 그 손이 엄마의 얼굴에 닿자 엄마가 홱 돌며 바닥으로 쓰러지던 모습. 어린아이였던 내 눈에는 그 모든 동작이 안무처럼 매끄럽게 이어지는 것 같았다.

한번은 아빠가 거실의 가구를 모조리 박살내고 테이블 다리로 엄마를 의식을 잃을 때까지 때렸다. 몇 번이고 엄마는 아빠를 집에서 쫓아냈지만 그때마다 아빠는 돌아와 늘 똑같은 소리를 주문처럼 늘어놓았다. 여기는 내 집이야. 내 딸이야. 너는 나한테서 집과 딸을 빼앗을 수 없어.

나는 부부싸움이 시작되면 침대 밑으로 숨어들어갔다.

그날 밤 아빠가 나를 발견한 곳도 그곳이었다.

"얼른 나와, 클레어." 아빠가 말했다. "엄마가 다쳤어."

"나는 이제 가봐야 해." 침대에 앉아 있는 내게 아빠가 말했다. "엄마를 쉬게 해드려, 알겠지? 엄마는 잠을 자야 해. 그러면 좋아질 거야. 아침에 혼자 옷을 입고 학교에 갈 수 있겠니? 누가 물어봐도 엄마가 침대에 있다고 말하면 안 된다. 그냥 엄마는 괜찮다고 해. 할 수 있겠니? 엄마가 괜찮은 척할 수 있어? 아빠를 위해서?"

나는 고개를 끄덕였다. "응, 아빠."

"착하구나. 사랑한다. 너도 아빠를 사랑하니?"

"아주 많이 사랑해요." 나는 대답했다.

재판에서 그들은 내게 비디오로 증언을 녹화하거나 가림막 뒤에서 증언해도 된다고 했지만 나는 그러고 싶지 않았다. 나는 지금까지 비밀로 해야 했던 것들을 전부 큰 소리로 사람들에게 말하는 모습을 아빠에게 똑똑히 보여주고 싶었다.

판사는 내가 자신이 법정에서 본 가장 용감한 증인 중 한 명이라고 말했다.

그리고 판사는 아빠가 저지른 살인에 대해 종신형을 내렸다. 나는 한 번도 아빠가 있는 감옥으로 면회를 가지 않았다. 단 한 번도.

103

실내: 파리의 지하무덤—밤

패트릭이 곤두선 내 신경을 어루만지듯 차분하게 말한다.

패트릭

전에도 이런 상황에 처해봤잖아요, 클레어. 그때는 방아
쇠를 당겼어. 얼마나 간단한지 기억하죠? 나를 믿어요.
이번에도 쉬울 테니까.

나는 연극 속 한 장면을 연습하는 것처럼 몸을 돌린다. 총을 겨
눈다. 그리고 방아쇠를 당긴다. 나는 패트릭을 쏜다. 내가 사랑하
는 괴물을.

104

방아쇠를 당긴다. 총에서 딸깍 소리가 난다. 패트릭이 한숨을 내쉰다.

"내가 당신을 믿고 이 총을 건네겠다고 한 건…… 비유적으로 한 말이었어요. 그 총은 장전되지 않았어요."

그가 내 손에서 총을 가져가더니 총알을 장전한다. 그리고 로즈에게 총을 겨누고 그녀의 손에서 칼을 빼앗는다. 그가 벽에 박힌 고리에 다시 밧줄을 단단히 묶자 로즈는 재갈 사이로 처절하게 흐느낀다.

"이리 와요." 그는 로즈를 무시하고 내게 말한다.

"어디로 가는 거예요?"

"나도 몰라요. 아무데도 가지 않거나. 어디든 가거나. 결말이 이렇게 나는 건 나도 원하지 않았어요, 클레어. 나는 당신이 그 일을 해내기를 바랐어요. 나를 이해해주기를. 내 세계에 함께해주기를 바랐죠."

우리는 물웅덩이가 있는 방으로 되돌아간다. 아까 패트릭이 밝혀놓은 초는 꽤 줄어들어, 퀴퀴한 바람이 희미하게 불어올 때마다 불꽃이 일렁이며 암벽에 그림자를 새긴다.

그가 배낭에서 병을 꺼낸다. "이걸 마셔요. 고통을 줄여줄 거예요."

나는 병에 든 액체를 쭉 들이켠다. 압생트.

"그리고 나를 위해 읽어줘요." 그가 부드럽게 말한다. "큰 소리로 읽어요. 처음 읽었을 때처럼."

나는 그가 내미는 책을 받아 단조로운 목소리로 읽기 시작한다.

"내게는 천년을 산 것보다 더 많은 기억이 있다."

패트릭의 얼굴에 눈물이 흘러내린다. 나는 나머지 부분을 암송하며 책을 손에서 놓아버린다.

"죽은 생각들로 가득한 오래된 책상도
고통으로 가득한 내 머리보다 더 많은 비밀을 품고 있지는 않겠지……"

그가 양손으로 내 목을 감싼다.

"콘스탄티노플." 나는 말한다.

"뭐라고?" 패트릭이 눈살을 찌푸리며 묻는다.

"내 경호암호. 기억나지 않는다고 말했던 그 단어. 그 단어를 말하면 나를 구해주러 온다는 뜻이지. 지금 당장. 콘스탄티노플."

"그래서 뭐, 클레어?" 그가 황당하다는 듯 말한다.

뭔가가 굴러들어온다. 금속의 공 같은 물건. 곁눈질로 보니 그 물건이 바닥을 굴러간다. 이윽고 벽을 치고 멈춘다.

다음 순간 아무 일도 일어나지 않는다. 하지만 그렇게 생각하자마자 엄청난 백색광이 폭발한다. 곧바로 굉음이 뒤따른다. 그 충격이 얼마나 강력한지 우리 둘은 그대로 쓰러진다. 고음의 소음이 내 귀를 가득 메운다. 손전등 불빛이 연기로 가득찬 암흑을 가르는 순간, 검은 제복을 입은 그림자 같은 형체들이 사방에서 동굴로 쏟아져들어온다.

그들 중 한 명이 내 곁에 무릎을 꿇고 얼굴을 가린 바이저를 들어올린다.

경찰특공대 지휘관

클레어! 클레어, 당신 괜찮아요?

내 겨드랑이로 부드럽게 파고드는 손길이 느껴지더니 그가 나를 일으켜 품에 안는다.

"프랭크," 나는 말한다. "와줬군요."

105

리옹을 막 벗어난 외곽에 위치한 라마르틴은 질곡 많은 기나긴 역사를 품고 있다. 원래 정신병원이었던 이곳은 후에 게슈타포를 심문하는 곳으로 쓰였다. 현재는 유럽에서 가장 경비가 삼엄한 감옥이 들어서 있다. 인터폴의 본부와 가깝기 때문에 이곳은 세계의 감옥이나 다름없는 곳이 되었다.

12월의 어느 서리 내린 아침, 캐스린 레이섬이 이곳을 방문한다. 그녀보다 앞서 왔던 수많은 사람들처럼 심문을 하기 위해서다. 과거에는 심문관들이 기다란 고무호스와 배설물이 가득한 욕조, 경찰봉, 엄지손가락을 죄는 기구 등을 사용하던 곳이었지만 지금은 파스텔톤으로 칠해져 있을 뿐인 작은 방으로 안내된다.

그녀는 펜과 종이, 작은 녹음기, 프랑스 담배 한 갑을 가져왔다.

패트릭 포글러가 호위를 받으며 들어온다. 그는 정규 죄수복인 헐렁한 청바지와 청재킷을 입고 있다. 손목에는 수갑이 채워져 있다.

"담배 가져왔어요." 캐스린이 앉으며 말한다. "요즘 담배를 피운다면서요."

"여기서는 모두 담배를 피우죠. 미국 같지 않으니까요."

"대우는 잘해주나요?"

그가 어깨를 으쓱한다. "무슨 상관이죠? 견딜 만합니다."

캐스린이 담배를 테이블 맞은편으로 민다. "당신에게 한 가지 제안할 게 있어요, 패트릭."

"아하, 그래요." 그가 비웃는다. "겁도 없이 진실만 추구하는 학자 양반. 승진은 당연할 테고. 요즘은 연구 실적 압박도 심하겠죠, 그렇죠? 틀림없이 내게서 두툼하고 훌륭한 논문을 뽑아낼 희망을 품고 있겠지."

"당신과 네크로폴리스의 다른 이용자들의 관계." 그녀가 차분하게 말한다. "나는 그 사이트가 어떻게 돌아가는지 더 자세히 알고 싶어요. 누가 누구를 지배했나요? 당신과 퍼먼은 서로를 경쟁자로 보았나요? 아니면 서로 다른 매체로 협력하는 동료 예술가로 여겼나요? 그가 창조한 이미지들이 없었다면 당신의 욕망은 욕망으로만 남았을까요? 아니면 그 번역 시집이 퍼먼과 같은 추종자들을 발굴해내리라 늘 기대했나요? 네크로폴리스엔 어마어마한 자료가 있어요, 패트릭. 그리고 그곳은 우리에게 새로운 영토나 매한가지죠. 당신이 협력한다면 나도 당신에게 뭔가를 해줄 수 있을 거예요."

"내 건은 사법 거래가 없을 거라고 생각했는데, 레이섬 박사."

"내 제안은 다른 거예요. 물물교환에 가깝죠. 당신이 내 질문에 대답하면…… 나도 당신 질문에 대답해주죠."

"무슨 근거로 내가 당신에게 할 질문이 있을 거라고 생각하지?" 그가 어리둥절해하며 묻는다.

"오, 분명히 있을 거예요. 질문을 하나 했군요, 어쨌든."

그녀에게 한 방 먹은 그는 내키지 않지만 고개를 끄덕여 그 사실을 인정한다.

"당신은 어디까지 진짜였는지 궁금할 거예요." 캐스린이 덧붙인다. "클레어가 당신에게 했던 말 한마디 한마디가 모두 진심이었는지. 아니면 작전을 수행하는 내내 단순히 우리의 지시를 따랐는지."

패트릭이 의자 등받이에 몸을 기댄다. "그러면 말해봐요."

"클레어는 놀라운 사람이에요, 패트릭. 그리고 뛰어난 배우죠. 우리가 클레어를 찾아갔을 때 그녀는 역할과 절대적으로 하나가 되어 몰입하는 연기를 배우는 중이었어요. 우리가 그녀에게 요청한 역할을 그 연기법대로 진행하자는 제안을 한 사람은 바로 클레어였어요."

실내: 캐스린 레이섬의 사무실—밤

캐스린이 내게 간략하게 설명한다.

캐스린

당신은 좀더 극단적인 인물상을 만들어내야 해요. 그리고 그 캐릭터대로 이십사 시간 내내, 몇 주씩 살아야 해요. 설령 당신이 가장 신뢰했던 사람들이 당신에게 최악의 모습을 보여준다고 해도요.

나

할 수 있어요.

캐스린

그리고 또다른 것도 있어요······ 당신의 새로운 캐릭터
가 그럴듯하게 완성되면 당신이 꼭 해야만 하는 것.

나

알아요.

"나는 클레어에게 당신을 사랑해야만 한다고 했어요." 캐스린이
담담하게 말한다. "그리고 사랑에 빠지게 되면 그 종착지가 어디건
그 감정의 논리에 따라 행동해야 한다고요. 그 행동이 설령 배신을
하는 것 같든, 미친 것 같든, 위험해 보이든 상관없이."

패트릭이 잠시 눈을 감는다. "그렇다면 거짓이었군. 전부 다."

"요점을 파악하지 못하는군요. 클레어에게 그건 아무런 차이가
없어요. 그녀는 당신을 사랑했죠. 스스로를 당신과 사랑에 빠지게
만들었어요. 우리는 바로 그런 게 필요했어요."

"그러나 나의 숙녀의 모든 덕목은 가면이다." 패트릭이 부드러운
음성으로 인용한다. "그녀의 아름다움은 그려진 얼굴일 뿐." 그는 캐
스린을 날카로운 눈빛으로 바라본다. "그럼 네크로폴리스는 어떻
게 된 겁니까?"

"그게 뭐요?"

"당신은 모종의 수법으로 그곳에 잠입했어요, 그렇죠? FBI니
까. 하지만 그곳을 폐쇄하는 대신 당신은 그곳에 똬리를 틀고 우리
를 지켜봤어요. 우리를 연구한 거죠. 마치 우리가 연구실 유리 케이
스 안의 개미집 주위를 돌아다니는 개미라도 되는 것처럼. 애초에
퍼먼의 사진을 내게 보낸 사람이 당신이라고 내기라도 할 수 있어

요." 그가 앞으로 몸을 기울인다. "당신이 그후에 일어난 모든 살인사건 하나하나의 공범이라는 사실을 알고 있나? 스텔라도 포함해서 말이야. 가여운 스텔라. 그녀의 숨통을 끊은 건 나일지 몰라도, 그녀가 죽음에 이르기까지 일련의 사건들이 차례차례 일어나도록 시동을 건 사람은 바로 당신이었어."

캐스린이 녹음기의 단추를 누른다.

"패트릭 포글러와의 면담," 그녀가 말한다. "1번 테이프."

106

실내: 뉴욕 웨스트 44번가, 델턴호텔 바—이른 저녁

나는 바의 구석진 곳에 앉아 술잔을 든 채 그 한 잔으로 버티는 중이다. 당신은 아마 내가 데이트 상대를 기다리고 있다고 생각할 것이다.

하지만 그때 내 맞은편 자리에 털썩 앉는 덩치 큰 중년 남성을 보고는 생각을 바꿀 것이다.

나는 맞은편의 그를 보며 미소 짓는다. "왜 이렇게 늦었어요, 프랭크?"

"서류작업 때문이죠. 요즘은 형사가 되려면 미친듯이 타자를 칠 줄 알아야 하거든." 그가 웨이트리스에게 손을 흔들어 맥주를 주문한 후 나를 돌아보며 묻는다. "괜찮아요?"

"나는…… 괜찮아요." 나는 대답한다. "물어봐줘서 고마워요."

"내 말은 술 말이에요." 그가 무뚝뚝하게 대꾸한다.

"알아요. 그리고 네, 괜찮아요."

프랭크가 고개를 끄덕인다. 그가 재킷 안쪽에서 봉투 하나를 꺼내더니 테이블에 놓고 내 쪽으로 민다. "이거 받아요. 여기 서명하고 우편으로 보내기만 하면 돼요. 그린카드는 일주일 내에 나올 거예요."

나는 봉투를 본다. 그러나 집어들지 않는다.

"나는 영국으로 돌아갈 것 같아요, 프랭크."

그가 눈썹을 치켜세운다. "이런!"

"내 위탁모의 생일파티가 열릴 거래요. 파티에 참석해야 해요. 그리고 지금까지 내가 도망쳤던 모든 것들…… 그것들이 더이상 무섭지 않아요. 비교할 수도 없죠……" 나는 문장을 완전히 끝내지 않는다.

"그런 것 같군요." 그가 조용히 말한다. 그러더니. "좋아요, 혹시 필요한 게 있으면……"

나는 미소 짓는다. "그냥 콘스탄티노플이라고 말하라고요?"

그도 환하게 웃는다. "그래요. 그러면 내가 달려갈게요. 특공대를 데리고 섬광 수류탄 두 개를 들고."

나는 애정을 담은 눈빛으로 그를 바라본다. 너무나 많은 것을 공유했던 이 남자를. 나의 수호천사. 모니터 위로 몸을 웅크리고, 헤드폰을 귀에 바짝 붙이고, 지지직거리는 잡음 속에서 마법의 단어가 들리기를 기다렸던, 패트릭과 내가 만든 그 모든 환상을 완전히 무너뜨릴 순간만 기다렸던 남자.

몇 주가 몇 달이 되었을 때도, 필요한 순간이 닥치면 내가 있는 곳으로 그가 달려와주리라는 것을 단 한 번도 의심하지 않았다.

나는 처음부터 그들이 어떤 반전을 만들어내리라는 걸 알고 있었다. 내가 패트릭의 은밀함과 편집증을 뚫고 들어가도록, 그가 나를 완전히 신뢰하도록 도와주리라는 것을 알고 있었다. 그들이 내게 뭔가 말해주려 할 게 분명했지만 그것이 무엇인지 알고 싶지 않았다. 나는 매 순간 상황에 따라 반응할 것이라고 그들에게 말했다. 당신들이 내게 무엇을 던져주건 그것을 활용해서. 그편이 훨씬 진실할 것이기 때문이다.

나조차 내가 어디까지 빠져들지 상상하지 못했다. 하지만 나는 정서기억을 활용하기 위해 예전에 유일하게 사랑에 빠졌던 경험에 의지했다. 그리고 내 본능이 나를 끌고 갈 만한 곳은 오직 한 곳뿐이었다. 왼팔 주관절와를 비교적 얕게 가로로 절개한 상처 세 개. 그거면 몇 시간 동안 출혈을 할 거예요.

그날 공원에서 프랭크를 얼핏 보았을 때도 마찬가지였다. 나는 미소를 짓거나 손을 흔드는 반응을 보이는 대신 질문을 했다. 내 캐릭터는 이 일을 어떻게 생각할까? 그 일을 이용해 내가 여전히 패트릭을 의심하고 있다고 패트릭이 믿게 만들었다. 그럼으로써 그가 나를 의심할 이유가 없다고 믿게 만든 것이다.

패트릭에게 그의 것과 똑같이 뒤틀리고 소시오패스적인 마음속을 살짝 보여주기. 하지만 언제나, 언제나 그 모든 연기를 관통해 온 선線, 내 캐릭터가 점점 더 깊이 그의 품을 파고들게 만든 매우 중요한 진실이 하나 있다.

"나는 아직도 그 사람을 사랑해요." 나는 살며시 말한다.

"누구를?" 프랭크가 언뜻 내 말을 이해하지 못하고 눈살을 찌푸리더니 이렇게 되묻는다. "그 미친놈을? 왜?"

"캐스린의 말이 옳았어요. 그건 분장을 지우듯 그냥 지울 수 있는 게 아니에요. 나는 나 자신이 그의 머릿속으로 들어가도록 만들었어요. 그랬더니 나의 일부는 그 사람의 머릿속에서 쉽게 헤어나오지 못하더라고요."

그가 잠시 나를 살핀다. "한 가지 말해줘요, 클레어. 당신은 어디까지 갔을까? 우리가 그곳에 진입하지 않았다면 말이에요. 혹시 그 여자를 향해 방아쇠를 당길 수 있었을까?"

"그 점이 문제인 것 같아요. 어디까지가 연기인가?" 나는 고개를 가로젓는다. "아뇨. 당연히 나는 할 수 없었어요."

나는 그것이 거짓말이라는 사실을 깨닫고 내심 놀라지만 너무나 자연스럽게 대답한다.

왜냐하면 애초에 질문이 잘못되었기 때문이다. 그것은 전혀 올바른 질문이 아니다.

프랭크는 내게 이렇게 질문했어야 한다. 패트릭이 그 여자를 죽이려고 했다면 나는 어떻게 했을까. 내가 역할을 깨트리고 그 결과 그의 손에 죽었을까. 아니면 여전히 온기가 남아 있는 시체 옆에서 우리가 사랑을 나누었을까.

미국인들이 으레 그렇듯 프랭크는 감상적이다. 버터팝콘 한 통 같은 할리우드식 결말을 들려주면 그는 만족할 것이다.

진짜 클레어 라이트는 어느 쪽일까? 이곳에 앉아 귀중한 그린카드를 앞에 둔 채 그것을 마련해준 사람과 유쾌한 대화를 나누는 쪽일까? 아니면 유혹할 수 없었던 유일한 남자의 마음 깊은 곳에서 감지한 어둠에 매혹되었던 쪽일까?

어느 쪽이 연기일까. 그때의 나는 어떤 사람이었을까? 지금은 어떤 사람인가?

어떤 사람들은 그 회색 지대에 장악되고 말아. 그리고 그것을 놓아버릴 수 없게 되는 거야……

프랭크가 살짝 묘한 표정으로 나를 바라보고 있다. "영화 촬영장에서 사람들이 사용한다던 그 말을 기억해두는 게 좋을 거예요, 클레어.”

　“뭐라고요?” 나는 되묻는다. “그게 뭔데요?”

　“촬영지에서의 섹스는 아무 의미가 없다.”

　“맞아요,” 나는 미소 지으며 맞장구를 친다. “촬영지에서의 섹스는 아무 의미가 없다.”

　나는 잔을 들어올려 그의 잔에 살짝 부딪치며 건배한다. 그가 방금 내게 지어 보였던 기묘한 표정—두려움이 뒤섞인 염려—을 나의 기록보관소 깊은 곳 어딘가에 잘 저장해두어야겠다.

　언젠가 써먹어야겠어.

　그리고 내 머릿속에서 보이지 않는 카메라가 천천히 멈췄다 멀어지며 우리의 모습도 멀어지고, 우리의 대화는 늦은 저녁 뉴욕의 어느 바에서 들리는 사람들의 말소리 사이로 섞여들어간다. 마침내 스크린에 ‘THE END’가 점점 뚜렷해지고 크레디트가 올라가기 시작한다.

십칠 년 전 나는 다른 제목과 다른 이름으로 경찰의 위장수사에서 모종의 역할을 제안받는 어느 여자 배우에 대한 소설을 썼다. 그 소설은 꽤 호평을 받았고 몇몇 나라에 수출되었으며—수많은 책들처럼—판매 부진이라는 고배를 마셨다. 남은 것은 내 마음을 긁어대는 좌절감뿐이었다. 할 수 있는 일은 다 해주었던 출판사들에 대한 게 아니라 나 자신에 대한 좌절감 말이다. 좋은 글감을 형편없는 글솜씨로 날린 것 같아 괴로웠다.

약 이십 년의 시간을 빨리 감아, 『더 걸 비포』가 성공을 거두자 이전에 냈던 책을 재출간할 기회가 생겼다. 하지만 여기저기 손볼 곳이 많은 예전의 원고를 다시 꺼내고 싶지는 않았다. 나는 새로 시작하고 싶었다. 그래서 처음부터 다시 썼다.

그 결과가 바로 이 소설이다. 이 책은 예전 작품과 소재가 동일하고 같은 장면이 들어가 있지만, 플롯과 인물 설정, 구조는 완전히 다르다.

보들레르의 시는 내가 직접 번역했다. 시의 여러 부분을 스릴러에 어울리도록 자유롭게 삭제하거나 축약했다. 그럼에도 근본적인 의미까지 바꾸지는 않았다.

처음 나왔던 작품의 헌사에서 나는 도움을 주신 자오쯔청 교수님, 마이클 워드, 클라크 모건, 앤시아 윌리, 맨디 휠러, 이언 와일리, 션 그리피스, 브라이언 이니스, 샘 노스, 마지막으로 에이전트인 캐러독 킹에게 감사의 마음을 전했다.

이제 이분들에 더해, 케이트 미시악, 데니즈 크로닌, 캐라 웰시, 펭귄랜덤하우스의 모든 분, 그리고 유나이티드에이전트의 밀리 호스킨스와 캣 에이킨에게 고마움을 전한다. 물론 캐러독 킹에게도 또 한번 감사드린다.

또한 초고에서 귀중한 조언을 해준 티나 세더홈과 닥터 에마 퍼거슨에게 감사를 전한다.

십칠 년 전 작품에서 나는 클레어가 만난 남자들 중에 가장 점잖고 충실하고 언제나 변함없는 남자에게 더번이라는 이름을 주었고, 내 친구이자 동료인 마이클 더번에게 그 책을 바쳤다. 십칠 년 후인 지금도 같은 이유로 나는 다시 그 친구에게 이 책을 바친다.

옮긴이 **이경아**

한국외국어대학교 러시아어과와 같은 대학 통역번역대학원 한노과를 졸업했다. 현재 한
국외국어대학교 통역번역대학원에서 강의하면서 전문 번역가로 활동중이다. 옮긴 책으
로 『더 걸 비포』 『모두를 위한 페미니즘』 『비밀의 화원』 『버드 박스』 『위대한 중서부의
부엌들』 『모든 일이 드래건플라이 헌책방에서 시작되었다』 『소설이 필요할 때』 『여행하
지 않을 자유』 『오시리스의 눈』 『구석의 노인 사건집』 외 다수가 있다.

문학동네 세계문학

빌리브 미

1판 1쇄 2020년 7월 30일 | 1판 2쇄 2020년 9월 11일

지은이 JP 딜레이니 | 옮긴이 이경아 | 펴낸이 염현숙
책임편집 윤정민 | 편집 김경미 오동규
디자인 이효진 이원경 | 저작권 한문숙 김지영 이영은
마케팅 정민호 정진아 함유지 김혜연 김수현 | 홍보 김희숙 김상만 지문희 김현지
제작 강신은 김동욱 임현식 | 제작처 영신사

펴낸곳 (주)문학동네
출판등록 1993년 10월 22일 제406-2003-000045호
주소 10881 경기도 파주시 회동길 210
전자우편 editor@munhak.com | 대표전화 031) 955-8888 | 팩스 031) 955-8855
문의전화 031) 955-8896(마케팅) 031) 955-2634(편집)
문학동네카페 http://cafe.naver.com/mhdn | 트위터 @munhakdongne
북클럽문학동네 http://bookclubmunhak.com

ISBN 978-89-546-7345-7 03840

www.munhak.com